地火在地下运行，奔突；熔岩一旦喷出，将烧尽一切野草，以及乔木，于是并且无可朽腐。

——《野草·题辞》

吴义勤 主编

陈培浩 著

互文与魔镜

上海人民出版社

本书系广东省青年文化英才项目成果

目　录

第二辑　思与文

第三辑　人与文

地火奔突 批评问道
——序"地火文学批评丛书"

吴义勤

文学批评作为专门的学科是现代教育体制的产物。韦勒克、沃伦的文学理论/文学史/文学批评三分法既是对西方学术的准确概括，又把这种划分传递到中国。如今有无数专业研究者从事着文学批评工作，很大原因就在于这种知识生产具有深厚的学科支撑。文学现场源源不断的新作需要文学批评的阐释，层出不穷的文学现象需要文学批评去辨认，文学史的准入门槛需要文学批评去建构和创设……因此，文学批评从来不缺热闹，甚至，文学批评的问题就在于太过热闹。

近年来，对文学批评的反思与诟病不绝于耳。站在不同的立场上会有不同的反思：忧心于批评的独立性、公正性而有对"红包"批评的发难；忧心于批评的及物性和同时代性而有对学院化批评的针砭；忧心于批评的专业性而有对泡沫化媒体批评的炮轰；忧心于批评标准的主观性和随意性而有对"棒杀"和"捧杀"批评的深恶痛绝。这些不同的反思之间甚至是相互抵触的，从事纯学院文学批评的人关心的是文学批评的精深渊博以及在学术谱系中的突破，这个谱系由于很难被非专业读者共享而常被视为艰深晦涩，因此反对批评的过度学院化成为一种有代表性的声音。反过来，受过专业训练，把客观公允、准确自洽作为批评标准的批评者能轻易发现当下很多批评，或自说自话，没有参照，无限放大；或翻手为云覆手为雨，为了不同需要能引申出完全不同的结论。这只能说明任何批评类型都有其限度。

批评的乱象呼唤有效的批评伦理，显然，这种伦理恐怕不是以某种类型为旨归，不是定于一尊，而是在批评场域中确立一种有益的生态。除了抄袭、谩骂等明显有违文学批评的道德及专业伦理的做法外，作为类型的争执，不妨且看其百花齐放、百家争鸣。从事文学批评者也不妨多一点平常心，无论是习惯于肯定性的批评，还是善做否定性的批评，无论是何种批评风格，文学观点和判断本身并无高下优劣之分，更不存在审美和道德上的高低之分，"剜烂苹果"这样直接、实证的文本批评有精深学院批评所不及处，但优秀学院批评的宏阔视野也不该被轻慢。

提倡批评生态的包容多元并不意味着我们没有自己的批评立场。何谓文学批评，教科书提供的是一般化定义，但好的文学批评都是个人风格化的。所以，从事文学批评者不仅要追问何谓文学批评，更要追问何谓有效的文学批评，何谓好的文学批评。在我看来，文学批评必须要有幽微曲折的审美之心，也要有精深宏阔的历史之眼，前者帮助批评家不要遗漏了作家的体验，后者帮助批评家为这种体验找到合适的历史位置。能如此，便不失为称职的批评家。可是，更好的批评家，还为自己的写作找到个人风格；更更好的批评家，他的写作不仅阐释作品，阐释自己，也在时间的迷雾笼罩的巨石荒野中寻路，并用创造性的批评照亮了人类精神的某条分岔小径。

鲁迅在《野草·题辞》中写道："地火在地下运行，奔突；熔岩一旦喷出，将烧尽一切野草，以及乔木，于是并且无可朽腐。"我相信在中国文学批评场域，也有这种问道的力量在"地下运行"，它奔突着，吸纳着，要去寻找那条精神的该往之路！主编这套"地火文学批评丛书"，与其说是已找到了这样的一种力量，不如说是呼吁这样一种于边缘问道的批评！

是为序！

自序：从互文到魔镜

一般认为，"互文性"（intertextuality）概念由克里斯蒂娃（Julia Kristeva）在《世界，对话与小说》（*World*，*Dialogue*，*and Novel*）中提出，后经乃师罗兰·巴特对文本问题的讨论而广泛传播。克里斯蒂娃认为文本总会超出语言系统，进入到话语网络体系，秦海鹰认为"克里斯蒂娃赋予互文性概念的三个主要内容：文本的异质性、社会性和互动性"。"互文性"将传统对文本意义的封闭式认知推向复杂动态的开放性空间。文本不仅与其他种种文本存在千丝万缕的关系，而且跟赋予它意义的各种知识、代码、表意实践构成的语境（context）紧密联结。所以 intertextuality 不仅是 text 与 text 之间的关系，更是从 text 到 context 的勾连。互文性理论是 1960 年代西方文论从结构主义向后结构主义转变过程中提出的代表性概念，这个理论虽没有福柯、罗兰·巴特、巴赫金等人理论声名显赫，但在我的批评实践中，却总是若隐若现地感受到它方法上的启示，并长久地葆有对它隐秘的亲切感。

应该说，"互文性"提供的并非一种现成的理论工具，像弗洛伊德精神分析理论那样，你可以操起"自我 / 本我 / 超我"等概念练手，它提供的是一种理论洞察和方法指向。从文本到文本，从文本到语境，话是这么说，路却要自己去走。正是在这里，"互文性"鲜明地区分了理论家和批评家的工作。显然，克里斯蒂娃和罗兰·巴特完成的主要是理论家的工作，却依然把广阔的空间留给了批评家。很多批评家并不认为他们得到了克里斯蒂娃的启发，但这并不妨碍他们和克里斯蒂娃做着相互印证的工作。这正是互文性理论有趣的洞察。在我的阅读中，那些创造性的阐释常常有意无意地跨过了互文性的桥梁。

最早以"互文性"的发现而让我大吃一惊的是许子东的文章《重读〈日出〉、〈啼笑因缘〉和〈第一炉香〉》，文章首发《文艺理论研究》1995年第6期，收入王晓明主编的《二十世纪中国文学史论》时加了一个标题"一个故事的三种讲法"，也解释了作者把三个作品放在一起读的原因。原来《日出》《啼笑因缘》《沉香屑·第一炉香》这三部一般看来风马牛不相及的作品在许子东这里是"一个故事"："都描写了一个女人如何贪图金钱虚荣而沉沦堕落的故事。女主人公（陈白露、沈凤喜、葛薇龙）都是年轻貌美，都有学生背景，她们都放弃和背叛了自己的情感原则，或成为交际花，或嫁给年老的军阀。当然，三部作品对这同一个故事有着不同的写法。"那时高中刚毕业，孤陋寡闻，对此文颇有惊为天人之感。后来才知道这是结构主义的一种研究思路，结构主义相信纷繁复杂的故事表象底下存在着并不甚多的故事模型。许子东机敏地在三部小说中提炼了"相同"的叙述模型，却迅速地导向了对"不同"讲法的辨析，如果说"相同"来自人类漫长的故事传统，"不同"则折射了个人立场、文化思潮构成的"语境"。这也是所谓的从text到context。

当然也有主要专注于从text到text的，比如孙绍振先生。孙先生的文本细读功夫声名远扬，要害在于他常能在不同文本中挖掘出可资比较的"互文性"。比如从杜牧、叶绍翁、辛弃疾、杜甫、贺知章、韩愈、白居易等诗人的名作中挖掘出九种面对春天的不同诗情；从杜牧、范仲淹、马致远、刘禹锡、杜甫等诗人的作品中搜寻出六种面对秋天的诗意；从毛泽东的《卜算子·咏梅》和《沁园春·雪》中比较出二种不同的冬天之美……这或许不是克里斯蒂娃意义上的"互文性"，但又有何妨，它要求批评家化身侦探，发现文本与文本之间的隐秘关联。批评不再是按图索骥的一般性审讯笔录，简直就是上穷碧落下黄泉搜寻蛛丝马迹的福尔摩斯。

互文性本身显然不仅是发现文本与文本之间的相似或差异，一个足够好的文本侦探，能够由文本而潜入历史的深海。比如文学史家洪子诚先生在《读作品记》中就化身一个从文本触摸历史的侦探。且以其中一篇为例。《〈玛琳娜·茨维塔耶娃诗集〉序：当代诗中的茨维塔耶娃及其他》这篇文章典型地体现了由文本通往历史的解读逻辑。文中，洪子诚从50年代的中国对阿赫玛托娃的介绍谈起，由于在40年代的苏联受到日丹诺夫严厉的批判，阿赫玛托娃以"混合着淫秽和祷告的荡妇和尼姑"的形象传到50年代的中国。洪子诚并不抽象地谈论阿赫玛托娃或茨维塔耶娃，而始终在"跨文化传播"以及"接受史"的视域中看待她们。"到了60年代，中国少数读者知道了茨维塔耶娃，以及曼德尔斯塔姆的名字，并非翻译、出版了他们的作品，他们是爱伦堡给带来的"。1963年，作家出版社出版了爱伦堡回忆录《人、岁月、生活》，其中谈到茨维塔耶娃等人的生活和创作。"爱伦堡的序言，精彩之处是对茨维塔耶娃思想情感、诗艺的矛盾性，和对她的'极端的孤独'性格的论述。"洪子诚指出，茨维塔耶娃诗集1956年在苏联得以出版，跟斯大林去世后的"解冻"背景相关；但这个格调的作品显然无法进入彼时中国文学的期待视野，只能透过爱伦堡的介绍这个曲折的路径被少数中国读者读到。

可是，即使爱伦堡这个传播通孔是如此之小，却依然影响着中国诗人的写作。通过对茨维塔耶娃《我的诗……》多个中译版本的比较，洪子诚敏锐地发现多多《手艺——和玛琳娜·茨维塔耶娃》依据的很可能就是当年爱伦堡评述茨维塔耶娃的文章。"假设当年多多读到的不是这篇序言，而是另一种译法，《手艺》可能会是不同的样子。"这里引出某种文化传播上的悖论，"在当代那个精神产品匮乏的年代，可能不是完整的诗集，只是散落在著作文章里的片段诗行，也能起到如化学反应的触媒作用。张孟恢在爱伦堡的这篇文章中，就投下了释放诗人创造能量的催化剂"。洪子诚又征引1957年《译文》刊登的阿拉贡论波特莱尔的文章《论冰和铁更刺人心肠的快乐——〈恶之花〉百年纪念》对中文诗歌产生影响的例子，该文译者沈宝基，产生影响主要不在于阿拉贡的观点，而在波特莱尔光彩熠熠的语言。"陈敬容译的九首波特莱尔和阿拉贡论文中沈宝基翻译的《恶之花》的零星诗行，根据相关的回忆文字，70年代在北岛、柏桦、多多、陈建华等青年诗人那里都曾引起惊喜，产生震动。在各种各样资讯泛滥的当今，这种震动变得稀罕；我们在蜂群的包围、刺蛰下，感官已经趋于麻木。"洪子诚还通过茨维塔耶娃诗歌不同的中文选本的编选策略讨论对诗人形象大相径庭的塑造，通过茨维塔耶娃与多多、张枣（二位都写过和或致茨维塔耶娃的诗歌）就语言在诗歌中的特殊位置这一带有元诗歌色彩的话题写就的诗作进行讨论。

文学思潮在不同民族之间的传递容易辨析，但语言的影响则极难具体化，此处洪子诚化身语言侦探，在历史的烟尘中寻找蛛丝马迹，建构了一条令人信服的语言跨文化传递链，也引申了很多有趣的发现。显然，洪子诚的文本解读，超越于一般性作者、内容、写作背景介绍，而在动态的阅读史中追踪其接受历程，由此不仅打开文本，也打开文本的语言旅行史。

在我的文学批评历程中，总是越来越深地感受到"互文性"的诱惑和启示。应该说，我所理解的"互文性"已经不完全是克里斯蒂娃意义上的"互文性"，我以为互文性就是一个文本唤醒另一个文本，而文学批评就是以各种各样的方式找到文本的联结点。比如，在众多旅行电影中我看到它们潜藏着的"奥德修斯"，通过奥德修斯这个荷马史诗形象把诸多中国当代电影串联起来，并通过与奥德修斯"返乡"这一古典原型进行对照，透视中国当代电影折射的文化症候。一个朋友说这是一个有趣的比较文学研究方法。在我，这就是"互文性"，是对文本隐秘联系的激活和唤醒。我曾有过各种各样进行互文性批评的设想，比如以每年十二个月份为标题，分别解读十二部作品，努力激活每部作品与每一月份之间的互文性，同时又把作品间如春夏秋冬日月流转的关系展示出来；也设想过阐释十二个文本，每个文本以某种方式连结着下一个文本，环环相扣地串一串文本的念珠。作为一个有互文执念的人，我总是从一个文本发现它跟无数其他文本的关联，在这个意义上，文本不仅是它自身，它又分解成无数其他形式出现在其他文本身上。

有心的读者会发现，互文性构成了这本文集的方法论基础。通过死亡与拯救串起了李安、基耶斯洛夫斯基、史蒂芬·戴德利、李玉的四部电影；通过"城市书写"串起了老舍、张爱玲、王安忆、金宇澄、邓一光和卡尔维诺；通过"不忠的女人"串起爱玛、安娜·卡列尼娜和王佳芝；通过荒诞话语串起黄金明、王威廉、陈崇正和马拉；通过"傻子"串起辛格和余华……即使是那些针对单个作家的评论，我也努力为他们的写作编织一个具有互文性的参照网，比如在战争叙事谱系中读熊育群《己卯年雨雪》；在当代诗的"广场"书写中读杨克；在"80后"的青春自伤和历史自救谱系中读李晁……或者努力发掘作家文本内在的互文性；比如在格非的作品中辨认出一以贯之的"草蛇灰线"叙事；在魏微的早期写作中辨认一种叙事的抒情话语；在林渊液的写作中探讨一种女性主义的思辨……

　　对我来说，互文性不是为了把陌生的文本连接在一起，而是为了连接背后的洞开。所以，在我，文学批评必须成为一面魔镜。如今人们普遍接受韦勒克把文学理论／文学史／文学批评三分的概念框架，也日渐习惯于把研究和批评泾渭分明地加以区分。在这种视野中，文学史当然属于更加客观的研究，文学批评则属于不无主观的阐释。因此，文学批评负责发出一束具有辨析度的声音，文学史则负责把不同的声音收集起来，制作一个时代的声谱。可是，也有学者以为文学史只不过是另一种形式的文学批评（黄子平就这样认为），文学史在客观的面目底下依然保留各种形式的主观偏向。人们通常以为文学批评在含金量上必然不如文学史，这恐怕是一种误解。它们只是工作方式不同而已，伟大的文学批评必须在文学现场就做出诊断。现场最大的特征是混沌未明，所以好的文学批评不仅是对文本的好坏做出辨认，更以阐释为火把，在千千曲径上照出一条道路。因此，我才说文学批评必须是一面魔镜。魔镜之说，首先来自童话《美女与野兽》，美女通过一面魔镜看到了远方生病的父亲。这里，魔镜的功能在于洞悉远方的真相，这可谓求真。可是，魔镜说的另一启发则来自耿占春的《中魔的镜子》。如果说信奉现实主义的人们相信文学可以如一面镜子一样原原本本地反映现实的话，经过现代主义、后现代主义洗礼的读者即使相信文学是一面镜子，也不得不承认，它已经是一面中魔的镜子，从中取出的将是种种变形的镜像。那么，文学批评作为魔镜正呼应着文学这面中魔的镜子。

第一辑　影与文

奥德修斯变形记："旅行"影像的文化症候

> 我想象着老年的荷马，或詹姆士·乔伊斯
>
> 在词语的岛屿和激流间穿行寻找着巨人的城堡
>
> 是否听到塞壬的歌声？午夜我们走过
>
> 黑暗而肮脏的街道，从树叶和软体动物的。
>
> 空隙，一支流行歌曲，燃亮
>
> 我们黯淡的生活，像生日蛋糕的蜡烛
>
> 我们的恐惧来自我们自己，最终我们将从情人回到妻子
>
> 冰冷而贞洁，那带有道德气味的历史
>
> ——张曙光《尤利西斯》

  诗人张曙光在这首极为著名的作品中，将乔伊斯在《尤利西斯》中创造的古今互喻下的"英雄变形记"结构用于指涉1960年代成长起来的中国人的心路历程。众所周知，《奥德赛》中，在特洛伊战场立下赫赫战功的奥德修斯经历战争十年，海上漂泊十年。这个智慧英雄经历过海上风暴，漂泊到吃莲花人的国土，后来又到了独眼巨人居住的山洞，他用酒灌醉了巨人，用烧红的木棒刺瞎了独眼巨人，自己藏在羊肚子下面才逃了出来。他们到了把人变成猪的女巫的岛，由女巫指引游历了冥土，见到了特洛伊战争中死亡将士和自己母亲的灵魂，得到了先知的指点后重新上路，又遇到人头鸟身的怪物，为了不被塞壬的歌声迷住，他用蜡封住伙伴们的耳朵，把自己捆在船桅上，才脱离险境。尽管路途艰难，但奥德修斯除了拥有英雄的智慧，还有英雄的子嗣和坚贞的妻室。

归家途中遇到正在寻父的儿子忒勒玛科斯，父子二人返回家中，与佩涅罗佩相遇，杀掉了觊觎他国王宝座和美眷的挑战者们。

某种意义上说，乔伊斯是和卡夫卡一样的先知型现代小说家，他们共同预言了现代的"变形"本质。只是，卡夫卡的"变形"是相对于人的变形（甲虫）；而乔伊斯的"变形"则是相对于古代英雄的变形。这种在古代英雄映照下的现代悲鸣在歌德的《少年维特之烦恼》中便已经若隐若现：来到瓦尔海姆乡间的维特随身携带的正是袖珍本的《荷马史诗》，渴望着呼吸英雄空气的维特却不得不生活于等级化、庸碌不堪的现实生活中，这无疑是维特自杀的最内在因素。可见，从《荷马史诗》到《少年维特之烦恼》，智慧英雄已经变成感伤青年，只是这个带着浪漫主义气息的青年至少还有勇气以死亡发出最惨烈的控诉。到了乔伊斯这里，古典英雄彻底沦为了现代庸人：在《尤利西斯》中，驰骋疆场、力挽狂澜的英雄奥德修斯变成了逆来顺受、含羞忍辱的广告推销员布鲁姆，坚贞不渝的王后佩涅罗佩变成了耽于肉欲的女歌手莫莉；助父除虐的勇士忒勒玛科斯变成了精神空虚的骚客斯蒂芬。古今互喻，在古代西方英雄的衬托下，现代世界正在走向沉沦和堕落，现代生活变得卑微、苍白、平庸和渺小。

张曙光杰出之处在于，他将"英雄变形记"这个典型的西方文学象征结构镶嵌进了中国当代的精神生活，使得"尤利西斯"也成为观察中国生活的有效镜像。"在词语的岛屿和激流间穿行寻找着巨人的城堡"，却又不得不穿行于"黑暗而肮脏的街道"，置身于"树叶和软体动物"丛生的世界，这正是对当代中国尤利西斯们境遇的绝佳隐喻。换言之，无论是中国或西方，"奥德修斯"消失了，取而代之的是形形色色的"尤利西斯"。从奥德修斯到尤利西斯的变形轨迹，恰恰映照着"现代性"最内在的精神症候。奥德修斯最大的外部境遇是"漂流"，正是险恶的旅途证实了奥德修斯之为奥德修斯；奥德修斯最大的内部特征是"智·力"，智慧和力量助他运途多艰却逢凶化吉。奥德修斯无疑是阳刚之物，他将无人能够拉动的弓拉满，并一箭穿过九个并排的箭孔，这证实了男人在面对外部世界时一箭穿心的信心。相比之下，现代的"尤利西斯"们同样被抛入奥德修斯式的艰辛漂流中，却已然丧失了奥德修斯的智和力。卑微庸碌的布鲁姆的性无能，成了英雄黯然沦落的生理隐喻。因而，"奥德赛的变形记"最核心的要素便是"无能"——形形色色的"无能"，各种原因导致的"无能"成了当代日常生活最内在的精神镜像。本文考察近年几部与"旅行"相关的电影，它们包括《落叶归根》《人在囧途》《人再囧途之泰囧》《心花怒放》《后会无期》《李米的猜想》《三峡好人》《天注定》等八部电影。它们包括人们通常指认的"公路片"，但当"旅行"概念打开的时候，它并不仅仅在"公路上"。这种旅行既包含主动的"说走就走"，也包含被迫的迁徙和流离。我所关心的是，当代的中国，一方面人们如何通过影像想象"旅行"，丰富惨烈的现实生活如何被删节并塑造成关于自由和疗愈的神话；另一方面，生活的复杂性又如何拓展了"旅行"的内涵，使得"旅行"在"奥德修斯变形记"的精神视野中提供对当代生活的有效诠释。

自由神话和囧的疗愈

仿佛一夜之间，旅行作为一个自由神话已经深入人心。"来一场说走就走的旅行，谈一场奋不顾身的恋爱"，"要么读书，要么旅行，灵魂和身体一定有一个在路上"这些小资格言以其明快的语调将旅行跟恋爱、读书、灵魂等物事相联系，从而为其涂上亮晶晶的精神油漆，成为文青们身份想象的有效方式。可是，旅行并非从来都意味着自由、释放和疗愈的。中国古代虽一贯有读万卷书，行万里路的古训，但对于古人而言，远游的背井离乡既是对尽孝伦理的违背（"父母在，不远游"），更是一种充满疲倦和病痛的身体折磨。不妨想一下韩愈被贬到潮州途中悲哀的吟哦（"云横秦岭家何在，雪拥蓝关马不前"）。因此，在古代，恨一个人，就让他去远行。如此才可以理解中国古代旅行文学不彰的原因，而在《西游记》中，西游是作为充满挫折、困顿和磨难的旅途来设计的。显然，只有进入现代，新交通工具极大解除了旅人的舟车劳顿之苦，旅行变得轻松有趣，换一个地方发呆才变成小资们乐此不疲的自我释放和自我想象的方式，旅行才得以跟自由、恋爱、灵魂取得轻巧的联系。也正因此，公路片在近年的中国才成为大放异彩的类型片。

众所周知，公路片的一个重要成规是：物理空间的转换同时也带来精神空间的变化，旅行并非一场可有可无的来了又走，它必须给困顿中的主角以精神启示、救赎或疗愈。弗洛伊德曾讲过一个经典案例：18个月大的婴儿，在母亲外出时经常独自玩一种游戏，他／她把缠线板扔出去时说"去"；把缠线板拉回来时说"这里来"。在弗洛伊德看来，婴儿通过这样游戏重演了丧失客体以至重现客体的过程，从而排解母亲缺席所产生的焦虑。某种意义上，通俗电影的本质便是一个这样的缠线板游戏。通过对具有典型性匮乏的描述和象征性满足为观众造梦，让观众在短暂的观影中获得抚慰乃至于疗愈。可是，象征性的疗愈和创造性的救赎之间存在着巨大的差距，通俗电影《麻雀变凤凰》的灰姑娘梦想成真和哲理电影《红》的生命发现和救赎之间相差何止道里计。令人遗憾的是，中国当代公路片很多时候虽然兢兢业业讲述一个令人捧腹的笑话，但比婴儿缠线板游戏也高明不了多少。

《人在囧途》无疑是近年中国公路片爆红的先声。"囧"作为在当代中国被重新赋予意义的热词（原来的意思是"光明"，由于其蹙眉的象形而成为网络应用最广泛的表情，并重新获得了"悲伤、无奈、困顿"等含义），也是当代中国人复杂精神状况的一种漫画化。《人在囧途》通过企业家李成功春运还乡所遭遇的囧况，企图给"囧"一种象征性的出路。"回家"无疑是《人在囧途》的重要关键词，它既指向春运的返乡潮，更指向剧中李成功的出轨和回归。电影虽然指涉了种种社会现实（春运、行骗、出轨），但只是闹剧性地使用了这些现实材料。这些现实的真正社会内涵并没有得到解释和发挥，只是被"人间自有真情在"这样笼统的价值想象性地取消掉。因此，囧的现实在此片中遭遇了浪漫化的方案：三宝被"骗钱"却引出了民办教师倾力救助患病儿童的感人故事、客车上丢失钱包沦落小招待所而窘况环生的李成功自然等到了千辛万苦送来钱包的乘务员、而家外有家的李成功，在事情濒于暴露之际，却同时遇到了中国好情人和中国好妻子。情人自省而含爱离去，妻子大度声称"回家就好"。"囧"于是被严重掏空而仅成为被喜剧调戏的现实背景。当然，满足于缠线板游戏的观众也可能在这番想象性的精神抚摸中获得释放。《人在囧途》将视点放在成功人士李成功身上，将过年时节离乡讨债的民工牛耿的故事也予以浪漫化处理。在拿到钱之后，牛耿似乎可以欢乐地回家过年了。值得一提的是，在贾樟柯的《天注定》中，杀手阿三同样在春节还乡。或许可以说，贾樟柯续讲了过年回家的故事。只是他的故事从回家的路上就充满了血腥和暴力，他显然并不相信廉价的"回家就好"，他讲述的是"回家之后怎样"的故事，本文后面将详讲他呈现的故乡沦陷的现实。

如果说《人在囧途》无心真正讲述当代中国的囧状，它的表征策略却无意间触碰了当代中国的精神症候，导引出很多更内在的现实。无疑，李成功们常被视为当代中国的奥德修斯：他们在外建功立业、光耀门庭，他们的问题不再是家中佩涅罗佩遭人觊觎，而是他们已经无法跟家中的佩涅罗佩同心同德。这个奥德修斯忘乡记的故事，贾樟柯在《三峡好人》中通过沈红寻夫的故事予以讲述，它所呈现的变迁中国的家庭裂变，被《人在囧途》轻省地用"回家就好"悄然掩盖。

《人在囧途》之后，《泰囧》成了中国公路片一次意外的风光。创业者徐朗和高博正在竞争"油霸"的生产授权书，授权者周先生已经远赴泰国，谁先找到授权人，意味着谁拥有先发之机。徐朗在飞机上意外邂逅前往泰国旅游、淳朴傻乐的三宝，于是演出一番异国风光中的奇特旅途。同样通过一段状况百出、囧象环生的旅途，同样通过淳朴、傻乐者对自以为聪明的成功者的启示，《泰囧》要疗愈的是某种流行的职场进取强迫症。相比之下，再后出的《心花怒放》则企图疗愈更具普遍性的感情创伤。只是，这些商业类型片的想象性疗愈都是婴儿缠线板游戏的水平。《泰囧》中，徐朗从执念中顿悟，从创业的进取伦理回归到日常的家庭伦理，毅然将授权书撕毁；而三宝则终于在生活中迎来与女神范冰冰合影的机会。这种精神疗愈和匮乏圆梦的电影抚慰功能都执行得潦草生硬，近于霸王硬上弓。

必须指出的是，西方公路片事实上包含于小和大两个传统：其小传统是五六十年代的"垮掉的一代"文化；其大传统则是西方源远流长的"漂流"文学传统。从《奥德赛》《鲁滨孙漂流记》以至20世纪海明威的《老人与海》，"漂流"一直是西方文学确认人对于自然的进取心和征服欲的方式。"漂流"文化在西方的最新结晶当属李安的《少年派的奇幻漂流》（此片的特点在于将东方的宗教智慧用于一个传统的西方母题中，重新确认了人与自然相处之道）。漂流文学传统与五六十年代"垮掉的一代"文化相遇，而演绎为后来蔚为大观的公路片。虽然人们通常将拍于1945年的《绕道》视为公路片的先声，但公路片的深入人心跟垮掉的一代和嬉皮士运动关系密切。公路片作为青年文化的重要载体，其内核往往是体制反抗。著名的《珍妮与克莱德》将1930年代一对真实罪犯的故事搬上荧幕，呼应于1960年代末期美国的反战反政府社会心理，影片将罪犯塑造为英雄的策略事实上正是某种反体制文化立场的表征。同样著名的《末路狂花》通过两个家庭妇女出走而变身女战士的故事，对抗的则是整个男权体制。影片的最后，路易斯、塞尔玛在众多警察包围下微笑着驾车驶入万丈峡谷的画面同样强烈地声张其反抗立场。无论是西方漂流文学的对抗自然，还是公路片的对抗体制，反叛性和英雄性始终是其题中之义。无论是古典的奥德修斯，还是现代的公路英雄，他/她们在不同的境遇中坚持着阳刚之气。可是上述中国公路片，那些当代中国的奥德修斯们，他们委顿孱弱；不仅因为这不是一个英雄的时代，更因为他们的创造者，无心在世俗化的时代充当某种对抗性元素。于是，不管是娱乐工业的商业导演，还是曾经被视为文化英雄的青年领袖，他们都无意居留于奥德修斯的位置，而选择在感伤的旅途中融入现实象征秩序。这说的已经是韩寒的故事了。

融入象征秩序的青年主体：向自由说"后会无期"

对于塞万提斯而言，当他让堂吉诃德上路时，他决定写的是一部骑士小说，然而，他要写的是一部反骑士的骑士小说。换言之，大部分时候，他用反讽的手法来表现堂吉诃德"伟大的骑士精神"。当人们听说韩寒导演的《后会无期》是一部公路片时，大部分人会觉得非此不可。再没有任何一种电影类型比公路片更适合作为赛车手、被视为"自由英雄"的韩寒了。可是，当人们看过电影之后才发现，这是一部非典型的公路片，甚至，这是一部反公路的公路片。换言之，不同于一般公路片的自由、反抗主题，《后会无期》演绎的是"告别自由""告别反抗"。如果放在更大的文化语境考量，它其实是韩寒以"成长"的隐喻向自身长期承担的公知、文化英雄身份的感伤告别。即是说，长期被推举为中国青年文化领袖的韩寒，决计推辞带领信众在漫漫海上寻找归路的奥德修斯角色。

《后会无期》的故事脉络非常清晰：住在中国最东边小岛东极岛的最后三人傻子胡生、归乡者浩汉和青年教师江河，由于"大岛建、小岛迁"的形势而不得不迁移。江河被分配往中国最西边的地方当老师，他们于是决定开车送江河入职，沿途看望幼时密友周沫、浩汉通信多年互有好感的女笔友刘莺莺。电影由四个主要情节单元构成：三人遇到并不得意的周沫、江河落入假小姐苏米的局中、浩汉遭遇与刘莺莺同父异母的真相、被"自由骑士"阿吕骗走汽车。

黄平准确指出《后会无期》存在着言语反讽、情节反讽和命运反讽三种类型的反讽（《无路可走的"在路上"——韩寒〈后会无期〉、反讽和青年》）。甚至可以说，"反讽"既是这部电影的基本语法，也是导演本人的价值观。（在另一篇关于王小波的论文《革命时期的虚无：王小波论》中，黄平认为反讽是虚无者的哲学，是犬儒主义文化的惯用武器。显然他是把王小波也当成韩寒分析了，如果把他对王小波虚无主义的分析用于韩寒的《后会无期》倒是极为贴切。）这部电影并不通过情节障碍而组织起环环相扣的戏剧链条，它的情节是平行而非扭结的。如果说电影存在着什么统一的作者语调的话，那就是带着感伤的反讽和解构。这一次韩寒的反讽不是恶作剧式的，它充满了无奈和感伤。周沫故事解构的是外面世界多公平和精彩的神话。周沫说，"在小地方想要往上爬，得靠人际关系和家庭势力；在大城市，起码公平一点。"浩汉的回答是，"但在大城市，如果你有关系有势力的话，你就比别人更公平。"如果说遭遇周沫构成了对生活小小的冷水的话，遭遇刘莺莺则构成了对浩汉不容小觑的精神挑战。因为，刘莺莺解构的不仅是浩汉的梦中情人，而且是浩汉如英雄般死去的父亲。

遭遇苏米的单元是全片最有戏剧性的部分，它解构的是"信任"。苏米出场的身份是主动上门的"小姐"，江河甚至因招嫖卡片上的照片并未造假而赞她有诚信。紧接着，江河遭遇了苏米一伙精心策划的"仙人跳"而仓皇逃走。最后，江河得知苏米的"小姐"身份也是假的，她被一个负心汉抛弃，需要钱出国生下肚子里的孩子。在浩汉看来，即便这段是实情也未必值得信任。随着苏米几人驾车离去，其真相成了难以破解的谜团。（诚然，怀孕生子为何一定要到国外？怀孕女子适合进行"仙人跳"这样具有相当危险性的骗局？）这种真相的不确定性同样存在于阿吕的故事中。茫茫山野中，摩托车被骗的自由骑士阿吕既带来一个凄美动人的骑士爱情故事（"每年我都会骑行到这里来纪念她"），更将骑行狠狠地上升到自由世界观的高度上。（"你是为了生活，而我是为了自由"，"它这样在太空孤独地漂流，只为了一个简单的理由，就是要到外面的世界看一眼"，"你们的偶像是一个明星，而我的偶像是一颗卫星"。）可是，这个"值得交"的自由骑士居然在获得他们的信任之后开走了他们的汽车。这里的叙事不确定性体现在：我们无法确证他的故事有几成真实，他究竟是彻头彻尾的骗子还是因为受骗而泄愤他人，抑或是有其他难言的苦衷。通过阿吕，"信任"被解构了，他所讲述的"自由"因此也被解构了。电影于是来到其最重要的情节——汽车被骗之后浩汉、江河的激烈辩论和温水煮青蛙的实验。某种意义上，江河依然信任着不确定生活中的某种确定性，持"再坏的人也可以局部信任"的观点。而浩汉则通过将锅盖盖上来指认现实表明他在生活挫折之后的迷茫和颓废。那么，韩寒站在哪里？究竟是江河还是浩汉体现了他的真实立场？"后会无期"的命名及其主题歌已经揭露了真相：

> 当一艘船沉入海底，
> 当一个人成了谜，
> 你不知道，他们为何离去
> 就像你不知道，这竟是结局

电影最后，在旅途结束之后，闪回到途中的一次对话，浩汉对江河说："跟人告别的时候，还是得用力一点。因为你多说一句，说不定就是最后一句；你多看一眼，说不定就是最后一眼。"显然，这最后一段是代表韩寒说的，浩汉才真正代表了韩寒的感伤和颓废。在韩寒看来，自由并非从来没有过，只是它在锅盖随时被盖上的现实下却是如此难以把握。所以，你不知道，他们为何离去；当拥有时就要紧紧拥有，能看时就要再看一眼，因为你不知道它何时会消失。

这种沉重的不确定感还通过小说的叙事结构体现出来。电影的第一层叙事人是傻子胡生，胡生在江河遭遇苏米的逃跑中被丢下了（这或者隐喻着在成长的过程中原初的纯真将无法上路），后来的故事，他则是通过多年以后江河的自传小说《旅行者》读到的。所以，旅途的叙事人后来又转换为江河。黄平认为这种傻子叙事是典型的不可靠叙事。其不可靠既体现在胡生的智力水准，也体现在江河的叙事过滤。换言之，正如我们不知道苏米、阿吕究竟是何种程度的骗子一样，我们也不知道胡生、江河的叙述在何种程度上忠于他们的生活。因此，无论是《旅行者》还是《后会无期》，最终都陷入了一种感伤的虚无之中。

《后会无期》的虚无很大程度上是通过对"奥德修斯"式父亲的解

构实现的：浩汉干过出租车司机、保安等工作，自称在全国任何地方拉屎都有人送纸，此时的浩汉其实在模仿着他父亲的生活。即使他当海员的父亲在他十岁时便死于海难，却丝毫不妨碍他成为浩汉心目中奥德修斯式的英雄。因此，刘莺莺提供的真相，瓦解的不是浩汉一场持续多年的意淫，而是瓦解了浩汉心中的父亲英雄梦——他的父亲不但抛弃了他投入其他女人怀抱，而且非常窝囊地死于酒后失火。阿吕看上去也是浩汉父亲式的人物——美丽的英雄幻影。解构作为英雄的父亲，从而解构一个可以认同的理想。悖论的是，《后会无期》解构了英雄式的父亲，却又感伤地融入了残酷的父之秩序，它通过旅途最终建构的是青年主体无奈地融入现实象征秩序的镜像。

精神分析学家拉康把主体的形成过程分成"实在界""想象界"和"象征界"三个阶段。实在界是一个原初统一的地方，没有任何丧失和匮乏，婴儿由于尚未体验到自我而得以圆满俱足。拉康将镜像阶段归入想象界，婴儿通过将镜中的影像体验为自我，建立与理想自我的认同和统一感。象征界在拉康那里则是现实的语言秩序，主体通过内化语言的象征秩序而成为一个文明中的个体。拉康的走向象征界的学说同时跟某种从弑父到仿父的俄狄浦斯现象相关联：不同于弗洛伊德较为简单的俄狄浦斯情结，拉康将俄狄浦斯现象分为三个阶段：第一阶段，主体的世界中只有他和母亲的存在；第二阶段时父亲作为颁布法律和禁令的否定力量介入进来，父亲作为象征秩序的执行者，使主体接触又反抗着象征秩序；第三阶段时主体开始接受父亲的法令并认同父亲，从而使自己成为现实象征秩序的注册者。

不难发现，《后会无期》既是浩汉、江河的主体融入象征秩序的过程，也是韩寒本人融入象征秩序的过程。在旅途的前半段，他们尚处于主体的想象界，与自由、梦想、信任、公平等理想镜像相认同而获得自我的平衡。在经历诸种受骗及幻灭之后，他们开始从想象界进入象征界，特别是浩汉，唯有向现实秩序认同，才能解决其精神危机。电影中，周沫、刘莺莺、浩汉父亲、苏米、苏米三叔、阿吕都是作为象征秩序的具体化出现的，特别是三叔所谓的"小孩子才分对错，大人只看利弊"更是赤裸裸的现实象征结构的格言化。而阿吕的自由宣言则由于其骗车行径而彻底变为笑话，这是象征秩序对理想的消解和粉碎。值得注意的是，浩汉和江河还存在着差别，浩汉开始更理想化而后则更加幻灭，更深地被象征秩序所捕获。可是江河一开始就是半体制化的，作为一名教师，他从东极岛被分配到国境最西处入职，他并非一个自由人，他在受骗之余还保存着某种理想化的天真，所谓"再坏的人都可以局部信任"。可是，电影的最后，江河成了著名作家，他作品中的场景也成为东极岛的旅游热点。他的改编作品大受欢迎，即使他对改编深为不满也无济于事。韩寒意在指出，江河尽可以保持自己的天真，可是他不可避免地被象征秩序符号化，人们并不管被符号化的江河是否是江河本身，人们只管消费作为象征秩序一部分的符号江河，而江河对此其实无能为力。正如张曙光在《岁月的遗照》中所写：

> 我们已与父亲和解，或成了父亲，
>
> 或坠入生活更深的陷阱。而那一切真的存在
>
> 我们向往着的永远逝去的美好时光？或者
>
> 它们不过是一场幻梦，或我们在痛苦中进行的构想？
>
> 也许，我们只是些时间的见证，像这些旧照片
>
> 发黄、变脆，却包容着一些事件，人们
>
> 一度称之为历史，然而并不真实

这种80年代结束以后的历史虚无感在《后会无期》中成为一种自由虚无感，最终大获全胜的，依然是拥有多副面孔的象征秩序。《后会无期》并不具有文本意义上的经典性，却由于作者的特殊地位而具有中国文化语境下的重要性。它既深刻地表征了青春一代文化英雄"告别自由""告别反抗"，从弑父到自伤的文化立场转换，更深刻地表征着当代青年文化无以附着的价值虚无感。

《后会无期》还应该置于现实的中国文化语境中考察。如果从现实人生看，韩寒事实上具备某种奥德修斯特征：在一场旷世大战中成为举世皆知的英雄，同时，英雄又面临着艰难的还乡。韩寒从青春写手而迅速上位为著名"公知"，万人推举的"文化英雄"。（最极端的说法是，有人将韩寒视为当代鲁迅，"一个韩寒的力量大过中国所有文科教授"。）然而，韩寒的面前依然展开无数条歧路，推崇者希望他扮演奥德修斯，"他见过许多种族的城国，领略了他们的见识，/心忍着许多痛苦，挣扎在浩渺的大洋，/为了保住自己的性命，使伙伴们得以还乡。"(《奥德赛》）可是，通过《后会无期》，韩寒宣告了他对奥德修斯角色的拒绝，他渴望扮演的不再是登高一呼，引领万众的智慧英雄奥德修斯，甚至也不是助父杀敌的英雄之子忒勒马科斯。从青春写手到"文化英雄"，韩寒的文化认同并没有转移到更多承担的"父"位置上；他依然熟悉地占据着"子"一代的文化位置。只是，这一次他却不再挥舞弑父之刀扮演文化逆子，他成了感伤的反讽者，通过不断的反讽和解构，宣告奥德修斯海上漂流的无意义；通过青蛙实验的寓言为自己摘下英雄面具寻找遁词。

正如有人说过"真正糟糕的是，我对未来已经不再抱有希望"。真正糟糕的是，缴械的韩寒事实上对未来已经不再抱有希望。他只能说"多看一眼，说不定就是最后一眼"，他并没有找到更多的价值资源来维持想象界的理想自我。真正悲哀的是，我们竟然似乎也不能过分苛责。

梦碎的奥德修斯：毒贩、杀手和上访者

不妨先从几年前的一部公路片谈起——《李米的猜想》。华谊兄弟推出的这部商业片集合了明星、悬念等元素，体现了强烈的市场野心。这部片子通过戏剧化的杂糅兼容了各种类型片的元素，当时最有名的宣传语是：初看这部片，以为是公路片，接下来才发现是侦探片，看到最后才发现这原来是爱情片。可是如今我们回顾此片，最重要的原因在于

它事实上内蕴着一个"梦碎的奥德修斯"的主题,而且这个主题还将在其他电影中不断被更加现实主义地讲述。

李米是一个年轻柔弱的出租车司机,她虽然竭力模仿男性司机的派头,但遭遇故障的时刻还是暴露了她的笨拙。职业跟体能之间的矛盾只为了烘托她独特的职业意图:她当司机只是为了寻找突然消失的男友方文。李米确信方文并未远走,因为她不断收到方文寄来未署地址的信。李米开着出租车漂流于城市的人海茫茫,如奥德修斯寻找着还乡的路,她的"故乡"便是她和爱人居住的地方,只是这个爱人却突然隐身了,故乡因此也坍塌了。寻找男友的李米一次被两个乘客裘火贵、裘水天劫持,并因此卷入一场凶杀、贩毒的案中案。电影的最后,李米没有找到方文,却意外收到方文寄来的一盒录像带。原来,当她寻找方文之时,另一个镜头正跟在她身后,记录着她的漂流和寻找。最后,方文在录像中现身,答案并不难寻找,方文正是一切迷案的谜底,而他的动机,却来自对李米的承诺。方文说:"李米,我做到了。去开家超市吧,也许我很快会回到你的身边,也许我可能回不去了,不知道……嗯,万一我要是回不去的话,这些就算我留给你的吧。嗯……其实不管发生什么事情,你真的不用为我担心,真的!凡事都是要付出代价的嘛,也没有什么后悔不后悔的。万一我要真的回不去的话,你要是哪天想我了,就看我给你写的信,一共是五十四封……就说这么多吧……"高中毕业那年,他们都考不上大学,他们渴望在一起,他们的梦想是开一家超市。可是他们的爱情遭到了李米母亲的质疑和反对,因此,和李米一起开一家超市或退而求其次——让李米开一家超市成了方文人生的至高目标,为此不惜成为毒贩。

我对于电影这个意外而不无煽情的结尾并无甚好感,在我看来,这是一个聪明导演的媚俗之作,他拼命将各种具有市场前景的元素熔于一炉(公路、悬念、凶杀、侦探、爱情),爱情无疑是最具欺骗性的大众神话。所以,将一场迷案的结局归于爱情不无催泪效应。应该说,《李米的猜想》消解了梦想的神话,又建构了爱情的神话。现代卑微、庸砾，尚未出发的尤利西斯们，在梦碎一地的瓦砾上，只有爱情的露珠仍是他们的慰藉。然而，相比于后来《中国合伙人》那样直白粗鲁的梦想神话，《李米的猜想》对底层幻灭的揭示无疑是商业电影极为少有的"现实主义"立场。虽然这个有着社会学重要性的发现同样被《李米的猜想》小心翼翼地保藏于精致的消费主义修辞术中。

然而，我依然认为此片最重要的地方在于，它提供了奥德修斯现代变形的某个版本。对于这部电影而言，无论李米还是方文，甚至是运毒犯裘水天，都是奥德修斯的现代底层化身。他们怀抱着与爱人团聚的爱情梦想开始漂流，其结局却是悲剧性的。因而，不管《李米的猜想》如何用诸种悬念增加爱情的致幻性，它终究泄露了底层奥德修斯梦碎旅途的当代秘密：现代版的奥德修斯并未梦想成为英雄，他们渴望占有的舞台不是战场，而是超市——一个典型的现代物化空间，他们渴念的不是建功立业，而是与佩涅罗佩厮守小日子。可是，他们无法被这个世界接纳，《李米的猜想》出示的重要现实是：梦碎的奥德修斯被迫成了现代的毒贩。

这个"梦碎的奥德修斯"的故事其实在贾樟柯的电影中得到更彻底的讲述。透过"奥德修斯"的文化透视镜来看《三峡好人》，将有非常有趣的发现。电影中，处于"奥德修斯"位置的居然是那个矮小木讷的矿工韩三明。奥德修斯和韩三明平行于漂流的命运和还乡的愿望。模仿过分浪漫的话说，矿工是一种探索地球深度的工种，跟漂流似乎无涉。可是，在当代的背景下，矿工也不可避免地陷入某种精神漂流和流离失所中。山西矿工韩三明十几年前花钱买了一个老婆，他和妻子感情不错，他们还育有一女。后来公安将他被贩卖的妻子"解救"回重庆，并带走了女儿。电影中，老实巴交的韩三明强烈地思念女儿，他来到重庆三峡库区，就是为了见上女儿一面。显然，和女儿所构成的血缘家庭构成了其貌不扬，也并不富裕的韩三明的精神之家。如果说奥德修斯渴望回到佩涅罗佩和忒勒玛科斯所在的家乡，韩三明则渴望"回到"有妻子和女儿同在的"家"。电影中，公安的"解救"悖论性地使韩三明落入了奥德修斯的还乡之痛中；多年后的夫妻重逢，妻子依然愿意跟他一起生活，只是韩三明必须为她支付赎身费三万元。因此，为了接妻子"还乡"，他必须再回山西挖上一年煤。

在韩三明这里，奥德修斯虽变成了木讷的矿工，却依然葆有着对还乡的渴望；可是在另一条线索中，从山西到重庆打拼并小有成就的郭斌却早就丧失了还乡、思妻的愿望。可悲的不是奥德修斯变成了矿工，而是奥德修斯已经忘了家乡。"忘乡"成了最典型的现代病症，《三峡好人》事实上在两条寻亲的线索中奏响了一曲家园丧失的挽歌。三峡水位的上涨，无数移民迁走，一大批游客赶去领略即将逝去的风景。对于贾樟柯而言，他关心的是那些在三峡长大的移民，他们以后将成为永远无法还乡的奥德修斯，他们该如何处置自身的家园记忆和还乡情结？可是，与家园的丧失相比，更让他惊心的却是现代背景下无所不在的忘乡症。影片中，当沈红来到三峡库区时，一个只有十五岁的小女孩在路边询问她是否需要保姆，她渴望离家。而另一个青年"小马哥"的举止动作都刻意地模仿《上海滩》中的周润发。显然，到处是站在故乡想象远方的青年。

如果说《三峡好人》中，奥德修斯的还乡之梦还有韩三明赖以寄托的话，那么在《天注定》中，现代的奥德修斯漂流就被指认为凶杀这样触目惊心的暴力事件。《大注定》由四段相互独立的故事构成，它们联结于主角最终的暴力行动，贾樟柯希望借这部电影思考暴力何以产生的问题。四位主角中颇具英雄气质的莫过于大海和阿三，可是他们却成不了建功立业、重坐江山的奥德修斯，而成了求告无门、林冲夜奔式的"铡奸英雄"（大海）和亡命天涯、行踪无定的冷酷杀手（阿三）。

稍微联想一下，不难发现大海这个命名显然是对曹禺《雷雨》不动声色的回应。《雷雨》中，工人代表鲁大海领导着工人阶级对资产阶级周朴园进行反抗，曹禺的戏剧才能表现在他将阶级矛盾置于错综的情感血缘伦理纠缠之中。而当贾樟柯再讲一遍工人阶级的故事时，"大海"的困惑，已经不再在家庭伦理内部。愤怒的大海成了本阶级的边缘人，他被疏远、调侃乃至于肆无忌惮地嘲笑。相比于鲁大海，他失去了他的阶级联盟；相比于奥德修斯，他根本就没有获得离开家乡、建功立业的机会。大海是拥有英雄梦的，他天真地相信凭借着他几年自学的法律知识可以扳倒村长和明星企业家焦胜利。可是，他寄给中纪委的检举信由于没有地址而被邮局拒收。他当众质问焦胜利的结局是被焦的打手用高尔夫球杆狠狠殴打，并且周围的人开始为他取绰号"老高"（品尝过高尔夫球杆滋味的人）。焦胜利则成了这个时代在商海中披荆斩棘、在故里坐拥江山的英雄奥德修斯，他乘坐私人飞机返乡时村长还组织村民前往机场列队迎接。反而是对集体资产和利益念兹在兹的大海没有群众基础，他的行为看上去更像是《奥德赛》中整天纠缠佩涅罗佩、觊觎奥德修斯位置的狂蜂浪蝶。这个具有强烈英雄梦的当代乡村孤独者，既不能成为鲁大海式的阶级英雄，也不能成为奥德修斯式的西方英雄，他最终在乡里上演的晋剧《林冲夜奔》和《铡判官》的暗示下，模仿了中国古典英雄林冲的行径。可是，当杀戮的快感被释放的时候，他也控制不住内心嗜血的魔鬼，除了会计、村长、焦胜利等主要相关人之外，他还枪杀了会计妻子、村委会工作人员（嘲笑过他）和路边一个无故不断鞭打一匹老马的村民。杀戮过后，在空旷的乡间公路上，我们看到疾驰而过的警车，还有那匹主人被杀而得以释放的老马，正茫然地走向不知何处的前方。显然，并没有一个梁山泊在等待大海。他将自己认同为被鞭打的老马那样的受压迫者，他的命运在呼啸的警笛声中不难想象，但作为一个反抗者的群体，他们的命运却像这匹老马一样迷茫而不知何为前方。

相比无法迈向外面世界的大海，《天注定》的第二个暴力者阿三则更是当代中国漂流四方的底层奥德修斯。王宝强扮演的阿三是一个冷血杀手，他骑着破摩托车回乡，衣着如一般底层民工，表情冷峻阴郁，在山西乌金山附近的十八湾遭遇三个抢劫的少年，出手神速地将三个少年逐一击毙。贾樟柯挖掘了王宝强"傻根"之外的另一张面孔，更挖掘了当代中国暗涌的暴力冲动。电影表现的是阿三的一次还乡，家中的"佩涅罗佩"也在惊慌地织着衣物，却不是因为有人纠缠，而是为"奥德修斯"的战利品（寄回家的巨款）而坐立不安。同样，那个助父杀敌的忒勒马科斯在这里变成一个对父亲非常陌生的懵懂少年。全乡的青壮年都出去打工了，他们或者都不知道奥德修斯，却做着建功立业的英雄梦出去了。阿三还乡是置于当代中国内陆的"空巢"现实下展开的。十二月三十，阿三赶回到家里，正赶上家里为母亲庆祝七十大寿——母亲的生日在十一月初七，但只有春节时人才齐。无疑，故乡依然在召唤着阿三，即使他是一个杀手；但"故乡"又变得如此不可眷恋。春节以外的时间，空巢的故乡自然令青年人觉得越来越没有意思；春节时，还乡的青年们一起打牌、聊天更勾连起触目惊心的现实：男人在外面世界并不轻松，而女人们则有不少已经干起了"特殊服务"的营生。男人们发生口角而斗殴，这战斗不是奥德修斯与挑战者之间的决斗，而是现实的小矮人们为指认现实和否认现实而发生的面子之战。它已经丧失了正义和非正义的崇高感甚至牺牲的悲剧感，它就是一场琐碎的闹剧。即使鼻青脸肿、缺胳膊断腿都无法改变这个本质。行走在这群赌牌斗殴的故人中，阿三像一个彻头彻尾的局外人。远方正在将故乡掏空，还乡便弥漫着越来越浓的鸡肋的味道。

"还乡"在这里有了非常独特的中国内涵，奥德修斯之还乡，是去征服一段凶险的旅途，以证明人力的伟大；去征服挑战者，以证明国王的不可战胜；去认领家中的宝座、美眷和虎子。对奥德修斯来说，还乡不是乡愁的召唤，而是荣誉对英雄的追随。而当代中国，奥德修斯的荣誉属于形形色色的焦胜利们，他们从名字上便显出了敢为当代英雄的气概。剧本已经编好，阿三们注定不是主角，同样游走于惊涛骇浪，他们于是选择了暗处的舞台。没有人知道他的行踪，甚至是他的妻子兄弟。他的"战功"也不能夸耀，他的故乡也不可久居。然而故乡依然在召唤着他——他在春节这个节点赶回家，他把钱大部分寄给妻子。即使阿三和大哥、二哥之间的血缘亲情已经变得客气而生疏，他最终可以依靠的依然是家庭伦理的那点温情。贾樟柯于是挖掘了杀手阿三的困境和迷茫：他并非出于对钱的贪婪，而是对生活的乏味而成为杀手。还乡不久，他就决定远走缅甸。面对妻子的挽留，他的回答是："没意思，枪响那一下子有意思。"在日渐失去故乡的人中，阿三们是"故乡感"尤其薄弱的一类人。所谓"故乡感"是一种人在宗族地域共同体中获得归属的情感体验，故乡感丧失的最核心要素是人丧失了融入共同体的情感能力，他将自己体验为一个绝对的原子人。因此，他才可能如此冷漠地处理别人的生命。阿三一定也是有过英雄梦的人物，但进不能在正面舞台上扮演奥德修斯，退不能栖居于已经沦陷的故乡。这个徘徊于无地的"流氓"，只有在暴力的枪击中感受麻木灵魂的一丝丝冲击。梦碎的奥德修斯，竟成了中国乡土上的嗜血杀手，其内在症候则是精神的危机、英雄梦的失落和故乡沦陷的内在纠结。

结　语

在《落叶归根》中，前来深圳打工的老赵碰到了死于工伤的家乡好友老王，于是为了让老王落叶归根、安葬故里，老赵开启了一段曲折的还乡之旅。不管这部电影如何通过"朋友情谊"和"故乡召唤"等伦理来抚慰工友死去的悲伤，它都无法掩盖当代底层奥德修斯作为匿名者（他们只有老王、老赵这样的姓）客死他乡，而故乡沦陷的事实。英雄已死，青年文化领袖拒绝认领奥德修斯的角色；而那些在商海中驰骋被视为英雄的焦胜利、李成功、郭斌们，他们人前的光鲜背后，是各种忘乡症的发作。

"现实"一方面被删繁就简，塞进当代中国影像中的"旅行"包，以适应疗愈的游戏；另一方面，"现实"也常常涨破"旅行"的刻板印象，为"旅行"提供了小资情调以外更为复杂多样的面孔。于是，在某些电影中，李成功、徐朗、耿浩们在旅行中轻松地得以重生，"旅行"对于他们是主动、想走就走；在另一些电影中，"旅行"却被还原为艰辛的迁徙、漂泊乃至于流亡。还乡是现代人的天职，可在故乡已经成为问题的今天，还乡便不仅是"回家就好"那样简单的精神抚摸。

　　奥德修斯作为当代中国的透视镜，最终照出的是当代中国伦理资源的匮乏。我们无法像《中央车站》里寻父的"约书亚·方特奈·德派瓦"一样在坚韧的家庭伦理和宗教伦理中重构破碎心灵的信仰。这部巴西电影中，退休女教师朵拉在奥德佩兰大街上为人写信。"写信"是一种典型的隐喻，"信"在建构交流的过程中也在建构更深层的"信"。唯有还有"信"的人才依赖于写信。可是朵拉很多时候虽替人写信，自己却并不确信。电影通过朵拉帮助约书亚寻找父亲"耶稣"（都是充满隐喻的名字）的旅程，重新建构了巴西人寻找信仰的过程。可是，我并不认为，《中央车站》里的宗教资源可以轻易地移植到中国电影中。于是，这种典型的伦理匮乏下，中国的"旅行"影像要么是现实地诠释破碎，要么是通过旅行将破碎轻巧地疗愈。前者真实得让人不忍直视，后者则虚假得让人无法容忍。奥德修斯已死，尤利西斯们在这两者间徘徊。

面子、麻将和知识分子被收缴的骨头：

斜目而看《蒋公的面子》

《蒋公的面子》不期然间大热，我见过关于此剧最令人惊讶的评价来自一位北大博士，南大博士后。她在公开批评北大的信中提到北大企图透过南大对她施压。但是南大宣传部表现淡定，她于是在对南大表达感谢时说：因为这是出了《蒋公的面子》的学校呀（大意）！这个评价吓我一跳，即是说，在作者看来，《蒋公的面子》是一部可以代表南大学术气质的作品，以一部刚刚出炉的作品作为一座110年名校的精神气质见证，这个评价有远多于艺术层面的意味。《人民文学》2013年第6期刊登了这个剧本，最近又授予该作品年度特殊文体奖。

面子和段子

必须说，剧名就很抓人。我们当然可以轻易猜测到"蒋公"所指，以"公"称"蒋"，不是大陆当代的通用称谓。那么是沿用40年代的习称？还是政治局面变化之后的对蒋立场的调整？抑或是近十年来浪漫民国想象加严峻现实焦虑相结合的结果？那么此剧站在哪里？剧中"面子"又所指何物？这种有所了解有所疑问的状态，大概就是最佳的审美期待状态。

以古说今是剧本常用手段。当年在民国时代，郭沫若写战国；如今在共和国时代，作家们写民国，比如刘震云的《一九四二》。这次《蒋公的面子》说的事和1942很近，那是1943年。这一年，中央大学校长顾梦余和蒋介石闹翻了，甩手不干了。黄埔军校校长蒋介石觉得校长都是一样的，一怒兼任了中央大学校长，却遭到学生和教授们的抵制。老蒋搞不定知识分子，于是决定怀柔——宴请中文系几位有名望的教授，既是姿态，也是笼络。剧中的夏小山、时任道、卞从周三人都接到蒋校长请帖。去，还是不去？这是个问题。该不该给"蒋公"这个面子以及自己是否曾经给过老蒋这个面子成了全剧的核心。

"面子"当然是此剧的关键词和认识通道。从文化语言学的角度，"面子"不同于"脸庞"，前者是一种社会价值尺度，承载着某种关于社会尊严的共同认知。因此，此剧中"蒋公的面子"意味着，在某种意义上，"蒋公"的社会尊严必须获得知识分子的认同和确认；而知识分子的"面子"观，却有距蒋公越远越体面的内在规范。所以，影响《蒋公的面子》接受的一个社会性潜文本其实正是知识分子"面子观"的时代差异：1943年，"蒋公"的面子由知识分子决定给或者不给，而知识分子的面子，却来自是否有勇气不给蒋公面子。它暗含着这样的观点：知识分子的尊严和价值在于人格的独立和对权贵的疏离。这种面子观，在中国历史中，恰恰是一种典型的民国产物。它不可能产生于"习成文武艺，货与帝王家"的价值观之下，它截然不同于李白的"天子呼来不上船"。李白说的不过是一个诗人的酒话，这份放荡不羁根本没有定义古代文人面子观的资本。可是民国不！在一个割据和战乱的格局中，"现代"的价值观被渐渐释放和扩大。知识分子找到了自己安身立命的领地——大学、学术。这片领地吁求着自己的价值观和面子观，一种不赴宴的面子观。

正是因为知识分子视大学和学术为不容侵犯的领地，所以在赴宴与不赴宴的对峙中，我们看到的其实更是以"大学学术"为领地的一场入侵和保卫战。"蒋公"设宴，意在昭告天下，军人校长依然得到学术权威承认，委员长获得了成为校长的合法性。有趣的是，拥有最高政治权力的"委员长"能否通约拥有学术权力的"校长"？蒋公的宴会希望证明这种权力的"通约性"，而知识分子的面子观必须证明学术对于权力的不可通约性。

这番对峙，如今看起来居然这样遥远，虽在民国，却比战国更遥远。在我们当代的现实感受中，学术早不是权力不可通约的骨头，而是权力呼来挥去的红烧肉。小权力对学术也许还动用宴会，大权力对学术传令或恩典可矣。

请注意《蒋公的面子》中，"校长"代表着一个至高的价值位置，这个位置为委员长、行政院长们所不能占据。可是，如果参照当代的现实，"校长"居然成了一个人人喊打的坏词。我们也许更能理解《蒋公的面子》爆红的文化症候。

可是不要忘了我们是在讨论一部戏剧。它有具体的历史背景，可是它的主要角色却是艺术虚构的。我们如今津津乐道的，只是来自一个90年代开始在南大流传的段子。虽然做了很多实证功夫，编剧温方伊依然无法证实"蒋公的宴会"的历史真实性和人物对应性。它不属于正史，而是野史，甚至不过就是段子。可是关于过去的正史属于过去，而关于过去的野史却深刻地从属于当代。段子里的野史，深刻地见证了当代的欲望和焦虑。如同在一个秩序混乱的时代，影视作品中的警察都变得空前英勇一样，在一个斯文扫地的时代，对于斯文尊严的想象，才会成为一件如此获得共鸣的事件。

这里，一个吊诡的隐喻是：那种知识分子可以不被权力搞定，以不给权贵面子为面子的面子观，如今只能在无法确认的段子中重温了。"去，还是不去"的知识分子难题，在经过时间的洗礼之后已经彻底过时。要知道，"去，还是不去"这道选择题的背后，其实还存在着一杆并不完全失衡的天秤。"蒋公的面子"是天秤的一边，知识分子的骨头在天秤的另一边。至少，曾经有过某个时代，知识分子的骨头具有某种程度的选择权，可以选择是否给"蒋公"面子。而"蒋公的面子"再大，也不得不由于骨头的存在而调整相应的表情。不管这种选择权的实质意义有多大，它最真切的现实焦虑是：知识分子的骨头没有了，面子便何从谈起。在普遍没有骨头的时代，"面子"问题不是是否赴宴的问题，而成了能否赴宴的问题。于是，不再是骨头选择是否给"蒋公"面子，而是"蒋公"选择以什么方式"恩典"没有骨头的生物。

骨头的缝隙

很多人也许正是在几个知识分子"去，或者不去"的辩论中缅怀一种已逝的知识分子面子观的。可是，这种思路显然是不够的，它不但可能成为一种日渐流行的浪漫民国想象的一部分，而且将大大简化《蒋公的面子》的复杂内涵。在我看来，作为一部探讨知识分子话题的剧作，它在表层上涉及了学术人格的不可通约性和知识分子面子观的时代变迁，在深层上却试图对权力如何在知识分子的精神结构中找到渗透的缝隙予以回答。

有人会认为，"蒋公的面子"这个题目创意是吕效平所提供，温方伊只不过将其具体化罢了。事实上，编剧的具体化正是一种艺术想象和思想表达的过程。每种独具的思想，都必须寻找到其自身的形式。人们很容易意识到"去，或者不去"是"蒋公的宴会"背后的选择题。可是这道选择题依然拥有多种不同写法，而且每种写法都将导向一个不同的思想倾向。

设想此剧采用很常用的强对比法，"旧社会把人变成鬼，新社会把鬼变成人"是这种强对比的最典型表达式。剧中，中大教授时任道是激进左派，信仰马克思唯物主义，他之反蒋，是在蒋曾经下令杀害学生的独裁者层面上；古典文学教授夏小山是不合作知识分子，潜心学问，但保持知识分子独立人格，他之反蒋，是在蒋作为中央大学校长的层面上；合作派教授卞从周反希特勒、反斯大林，但不反蒋——既不反蒋的国民党，也不反蒋以军人领袖的身份长校，虽然承认这样在学术上有不妥，但却认为在行政上大有益，总体而言，他是个有"灵活性"、善于夹缝生存、左右逢源的知识分子。采用强对比法，可以是同代知识分子之间在同一问题上的强对比；也可以是不同代知识分子在相近的"接见"问题上的强对比。

这样一来,"民国知识分子"的光辉形象同样可能被勾勒出来。有骨头时代对无骨头时代的反讽同样可以得到表达。然后,观众会说,看,这就是民国呐! 这是刘文典的故事在这个时代被一讲再讲的背景。可是,我要说,幸亏它没有! 我不知道多少人是在"浪漫民国、反讽现实"的意义上欣赏《蒋公的面子》的,可是我觉得这部剧的优点,却在于从这种浪漫的民国想象中摆脱出来,把民国、文革和当代作为一个序列连接起来。于是,我们既看到不同时代知识分子精神人格的断裂,又看到了权力如何在知识分子的精神结构中找到渗透的缝隙。于是,我们在一个想象的戏剧结构中看到对"知识分子何以如此"的回答。

　　值得一提的是此剧争论的核心是1943年的事情,却开始于1967年南京大学"文革楼"中的场景。红小将忙于派系械斗,顾不上被关押的"反、坏、右"。老年夏小山跑到楼下关押老年时任道的屋子,目的是讨个公道:时任道为何捏造揭发他当年接受蒋介石宴请? 夏小山说,我们虽有矛盾,但是1957年你被打为右派时我并没有揭发。"这事关系到我的政治生命,可不能瞎说。"时任道表现得很过敏,"你快出去","让革命小将看见了""让他们看见又要说我们订立攻守同盟,就更说不清楚了"。当年面对老蒋请帖拒之神色凛然的时任道此时已成惊弓之鸟,满口的政治套话。当下从周告知他们暂获行动自由时,他说的是"造反派让我们回家了吗?""那我们还是不要乱说乱动"。当夏小山提议"我们回家看看"时,卞从周的反应是"你走吧,你不过是学术权威",只是"人民内部矛盾","我还是留下陪任道吧"。没想到时任道不乐意了,他说"我右派帽子六三年已经摘了,你还是历史反革命"。最后还是夏小山一语中的"我们都是牛鬼蛇神,还分什么三六九等啊"。这些对话让我们透过戏剧的想象结构窥见知识分子的思想改造是如何让他们"脱胎换骨"的,骨头已被抽调,他们还回得到过去吗?

　　有趣的是,如果说"文革"场景让我们看到铮铮铁骨是怎样变成惊弓之鸟的,民国场景的真正意味却在于指出权力是如何在知识分子的精神结构中找到渗透的缝隙的。

回到"蒋公之宴"，去，还是没去？成了历史的谜团。夏小山甚至连接到请帖都想不起了，究竟是真未赴宴，还是刻意的遗忘？究竟时任道的"揭发"，是还原了历史真实？还是基于自身利益最大化原则进行的记忆伪装？由于没有历史材料佐证，剧作者选择悬置这些判断，而把1943年的赴宴争论变成开放的想象戏剧结构，一个观众可以自由填充的"可写的文本"。于是在全剧的逻辑中，我们隐约发现了他们赴宴的多种可能性。蒋介石所代表的权力，找到了渗透于知识分子精神结构缝隙的契机——那便是知识分子的怕和爱。

对于卞从周而言，他很可能是通过"怕"而被收编的。他怕什么？怕对抗，怕混乱，怕没有稳定体面的物质生活。于是他总是可以找到跟政府合作的理由。于是，现实虽然不好，但"政府还是在进步"；"蒋介石长校虽然学术上不妥，但行政上却大有益处"。卞从周当然还不是毫无知识分子底线的人，可是他总能选择性地记忆，并找到为自己的底线辩护的部分现实。相比之下，假如夏小山和时任道赴宴，成了两块被权力克服了的石头，那么他们便是因为"爱"而产生弱点的。夏小山爱吃，文人爱吃，不失风雅。卞从周于是以蒋宴上将有的金华火腿烧豆腐诱之，在物资极端匮乏的现实中，名士夏小山的心理弱点恰恰呈现于一道金华火腿烧豆腐之上，像豆腐一样脆弱。于是，他提出了赴宴的条件：蒋以行政院长或委员长的名义邀请，而不是以校长的名义邀请。这既是一种婉拒，难道不也是在为自己的口欲之快留下余地？知识分子因为私人之"爱"而在原则上进行"适当"调整，但岂不闻"千里之堤，溃于蚁穴"。

如果说夏小山的"爱"还停留于口腹层面的话，那么时任道的"爱"便显得很精神，甚至很崇高——爱书！他的九箱珍本旧书滞留于桂林，即将被侄儿典卖。"我那本《文选纂注评林》可是初刻原版，难得的善本。文枢堂的《水经注》四十卷齐全，也很难得。还有元代珍本、清人手稿。其中，有鱼山先生的真迹"，"我那明刻《丁卯集》可是孤本，刊刻极精湛，极罕"。

恐惧和爱，都可能成为被攻陷的入口。换言之，他们在五六十年代成了互相揭发、自觉区分三六九等的人谁能说只是时代的断裂和意外？因此，剧中关于天气的两处隐喻便显得格外意味深长。1943年的茶馆中，夏小山和时任道的对话，他们说："天真够冷的。""比昨天还冷。""是啊，越来越冷。"1967年的"文革"中，时任道家中，"天真热。""比昨天还热。""是啊，越来越热。"

正是在越来越冷和越来越热的天气隐喻中，现实和历史形成了某种既"对称"又"失衡"的结构。他们对称于某种权力和学术人格的对峙，又失衡于学术对权力抵抗力的严重萎缩，这才是"越来越"的真正内涵——历史永远猜错了现在，现在往往误解了未来，很多东西只有在过去之后，人们才突然发现它还非谷底。历史在记忆中被加了柔光，在怀旧中被浪漫化。这里有现实焦虑的致幻效应，但并非没有真切的历史差异。正是差异让"越来越"变得真切，成为一个可以投寄想象的共鸣箱。

知识分子的"麻将"

事实上，《蒋公的面子》并非一部充分调动各种舞台元素的现代剧，它主要靠对话推动，对它的解读，必然调动很多时代性、社会性的潜文本。因此，它之"现代"，是对一种现代知识分子精神人格失落的悼念和讨论，是一种人格气质的现代，而不是一种舞台技术的现代。对于很多习惯了各种声光道具等舞台元素的全方位参与的小资现代剧的观众而言，它的舞台效果甚至是乏味的。然而，如果说作为戏剧，它没有对戏剧道具的有效运用也是不够公允的。

剧中，1943年的时、夏、卞三人来到时任道家中，墙上挂着一副对联"自去自来堂上燕，相亲相近水中鸥"，这毋宁说是一种精神和趣味的自我期许。戏剧第一幕开始于1967年的"文革"场景，高音喇叭中刺耳的政治口号和革命歌曲，舞台上老年夏小山和老年时任道充满革命套话的对话。这一舞台场景，并置于40年代时任道挂着对联的家庭场景，于是显出了一种强烈的反讽。"自来自去"的堂上燕如今却成小心翼翼、杯弓蛇影的惊弓之鸟。知识分子的脱骨之悲在这种道具并置中得到凸显，因而它不仅服务于道具转场的方便，而是内在于戏剧的主题结构。

更加值得注意的是此剧中一个重要的道具——麻将。麻将代表着利益的攻防，知识分子的麻将游戏，虽然少了些实际利益的铜臭，却同样不乏彼此的精心营计。40年代的时任道是最看重自身的骨头的，可是为了保全骨头和自己酷爱的书，他无疑有着一番复杂的"骨头算盘经"——他希望通过蒋介石的能量把远在桂林的书运到南京，但他不可能自己向蒋开口，于是寄希望于准备赴宴的卞从周。这么一来，他当然既保全自己的骨头和面子，又保存了自己骨头和面子所依附的精神来源。然而，他无疑是牺牲卞从周的骨头来保全自己的骨头。于是，他明知楼之初不在南京，当然不可能赴蒋介石之宴，却和卞从周打赌楼之初是否赴宴。在信息不对称的情况下赢得了卞从周为他做一件事的代价。这就是为何卞从周大叫"诈和"的原因。时任道这圈"保存骨头"的麻将打得确实存在着某种伦理瑕疵。

可是千万别以为卞从周真是傻子。毋宁说，当时任道自作聪明地"诈和"时，卞从周其实也在酝酿着自己的"诈和"。从书入手，请蒋援手很可能正是他通过时任道妻子对这个桀骜不驯的同事进行的"和平演变"。于是，时任道痛苦地发现：他要还卞人情的那顿饭钱，居然是卞借给时妻的。他精心设计的棋局只是别人棋盘上的一颗子。知识分子的麻将攻防战，是一场精神和骨头保卫战，可是在一地鸡毛的现实中，谁可以浪漫地以为他们一定能坚持？

上面说过，这并非一个在形式上具有很强现代感的剧作，它的剧本性远远强于剧场性。它的价值其实是基于当下中国而言的，正如导演吕效平所说："如果你知道中国当代戏剧的现状，你就知道《蒋公的面子》在当代中国戏剧中的少有高度；但如果你知道世界戏剧的状况，你就知道《蒋公的面子》到底还是三年级本科生的习作。"

　　它不像《一个无政府主义者的死亡》那样不断给人制造意外，它的剧场元素发挥得并不出色。作为一个传统话剧，它的动作性甚至是相当小的。可是，它谈历史，却拥有鲜明的及物性；它以鲜明的问题意识去面对知识分子精神侏儒化的内在复杂性。这使它在当下中国小剧场被各种轻飘飘的小资后现代剧所占领的背景下获得极强的辨识度。

拯救与自由：四部电影的生命自救：

以李安、基耶斯洛夫斯基、史蒂芬·戴德利、李玉为例

一

大家都在说，李安不愧是李安！不仅因为他始终走在电影技术的最前沿，更因为他始终将技术革新和人文思索无间地结合。《比利·林恩的中场战事》，有人吐槽译名，*Billy Lynn's Long Halftime Walk*，直译是《比利·林恩的漫长中场休息》，台湾的翻译是《中场无战事》，不过从内容看译成"中场战事"比"中场无战事"要准确得多，而且这个译名容易让观众以为是战争片，在李安的招牌之外再添一份题材上的吸粉力。可是，这确实不是一部战争片，也不是反战片。年轻的 B 班技术兵比利·林恩在伊拉克战场上为了拯救班长而跟一个当地士兵近身肉搏，在你死我活的瞬间搏杀中，他目睹了对手在他身下，被他的尖刀刺杀，从一个充满威胁和力量的敌人变成睁大着眼孔僵硬直挺的尸体，死亡的气息像鲜血一样浓烈地喷散出来。这个场景被意外地拍摄下来，他成了美国的国家英雄。他所经历的最糟糕的一天使他及 B 班战友成了政治、商业力量所追逐和包装的英雄。电影虽然触及了多个层面的内容：比如伊战中普通人的困境、美国国内对战争的不同声音，对商人的唯利是图和表演本能表达了反讽，对爱的拯救力量也有所肯定。可是，这不是一部战争片，以恢弘的画面去正面表现战事是好莱坞电影的拿手好戏，但显然不是李安的追求；它也不是一部反战片，它并不触及战争的复杂性和文化冲突。毋宁说，李安再次以一个成长青年的视角去面对人的精神困境与自我拯救的问题。

这部电影并未反战，却反英雄，李安一再解构林恩被政治商业力量符号化、标签化所赋予的英雄面具。英雄是勇敢无畏励志的，英雄的符号有助于唤起远离战争人们的国家认同感，它在过滤改写了当事人复杂经验的同时将其作为国家意识的黏合剂。这种集体主义、国家主义的宏大叙事一贯是李安所警惕的，正如他在《色·戒》中将王佳芝还原为女人一样，这次他将林恩还原为战士。"I am not hero, I just a soldier"。林恩并非怀着崇高荣誉感走上战场，他不过为了报复在姐姐车祸困境中负义弃之的男友而面临了要么上战场要么监禁的选择而阴差阳错来到伊拉克。他对于战争和敌人并未有深刻的认识，可是作为一个战场上的士兵却有自身的职责和本能反应。"I just do what I have to do."媒体见面会上记者们向林恩近身肉搏那一艰难时刻索要浪漫故事，林恩只能如此回答：我和敌人没有时间相互"体会"，一切发生得太快了，我来不及考虑什么，只是做了我不得不做的事情。林恩朴素的回答显然在抗拒着某种关于英雄的浪漫想象，可是却以"朴素"的真实再度落入了继续被符号化的陷阱——这是他无法逃避的命运。之所以说回国短休的林恩在经历着中场战事，既因为他们作为英雄被邀请参加一场重要的橄榄球比赛的中场演出，又因为这场有碧昂斯等超级流行巨星参加的演出对于林恩而言简直是一场灾难。现实战场将林恩抛入了一场无法回避的生命漩涡中，而消费战争建构英雄的诉求又使林恩再次被抛入了另一场战事中。演出的过程中观众才真切地感到这群所谓的国家英雄不过作为娱乐演出的人肉布景存在。他们的舞台作用就是站在巨星背后充当背景，一个伴舞的黑人舞者挑衅地低声取笑林恩是"傻大兵"；演出结束后收拾舞台的工人同样对他们不屑乃至敌意，双方甚至爆发激烈的肌体冲突。更重要的是，那些震耳欲聋的音乐，那些爆炸般的盛大烟花，再次将林恩带回到对战场上残酷战事的回忆。或者说，再次迫使他重新面对战友惨死，而自己别无选择地手刃一条生命，死亡气息浩大无边地压迫他的心灵的时刻。就此而言，林恩的困境是毫无疑义的。

林恩既面对战争的残酷，也面对媒体社会消费社会加诸于他的二度战争。一切都似实若虚，面对着媒体流出真诚眼泪的商人，以激励国家认同感的冠冕堂皇的理由企图廉价榨干并改写 B 班战士的血泪战争经验。这里，生活似乎真的进入了鲍德里亚所谓的拟真之景。鲍德里亚关于伊拉克战争曾经有过惊人的论断，他认为伊拉克战争并没有在现实中发生，它发生和结束在现代大众媒体上。鲍德里亚以其激烈的姿态片面而深刻地道出了后现代媒体社会的某种真相：对于大众而言，发生在远方的战争其实真的像没有发生一样，战争画面在电视上被全方位直播、分析和传播，可是它真的很像一场被虚构的游戏。显然，鲍德里亚是站在远离战争的大众视角进行的理论创制；可是李安却站在经历战争的人一边，他显然不会同意鲍德里亚伊拉克战争仅仅发生和结束在媒体上的判断。或许他会说，媒体让现实战争再发生一遍，让伤害再放大无数倍。可问题是，你还必须活下去。所以，李安并不只是在揭露，他更希望借助林恩追问：在"拟真"的世界中我们还应该相信什么？我们又如何在"拟真"世界所构造的破碎困境中重生呢？

显然，李安有限度地相信了爱。如果说林恩的归国之旅有什么安慰的话，那大概来自拉拉队员菲珊。在一般刻板印象中，拉拉队员基本是一种道具性存在，同样是出于英雄崇拜的菲珊告诉林恩，她作为拉拉队员工作最有意义的部分其实是在社区服务，她信仰上帝，她坚信所有黑暗的房间都会在缝隙里透出光。由于电影对拟真现实无所不在的反讽使得观众甚至不能放心地认同菲珊的言语，她是否是为了消费帅气的国家英雄林恩而在表演呢？她可本来就是一个跟表演极近的身份呀。可是，菲珊的爱确实给了林恩巨大的安慰，他甚至产生了为她留下了的念头。菲珊似乎也是真诚地喜欢着林恩。他们更重要的共鸣来自，他们作为不同舞台上的"演员"都感受到了生活所不可逃避地陷入的表演性正在遮蔽真实本身，所谓真实在别处，应该去寻找更真的生活。之所以说李安只是有限度信任爱，是因为事实上菲珊同样不可避免地透过媒体建构的英雄形象来理解林恩，她相信你是英雄，你理所当然应该回到战场上去。那一刻，林恩应该有些怅然，他想摘下的英雄面具，还是牢牢地存在心上人的对焦视域中。或许，这才是真实的！当然，林恩也没有答应姐姐凯瑟琳留下来的要求。所以，李安塑造的林恩不是集体主义英雄主义的人，也不是个人主义和平主义的人，而是一个因着个人血肉体验回避标签，也承担着公民、战士的职责、义务意识的普通人。战士是林恩最后的身份认同，它不是英雄，也不是懦夫。或许，它更像一份工作，一种契约，规定了林恩的生活边界，为此，他带着姐姐的爱和纠结，带着菲珊的好感和吻痕，带着战场和现实的伤害，必须从心灵黑洞走出来，重回战场。这甚至是象征性的：作为一个普通人，林恩就是我们，我们无法拒绝世界，我们能做的便是走出破碎的心灵黑洞，重回不同的战场做一个战士。

二

林恩的心灵破碎与拯救令人想起基耶斯洛夫斯基蓝白红三部曲之《蓝》。蓝作为法国国旗三原色之一象征着自由，而基耶斯洛夫斯基的三部曲正是对自由、平等、博爱的重新解释。何谓自由，人如何获得自由？电影从刚刚在车祸中丧失音乐家丈夫的朱莉的困境开始。丈夫死后，朱莉便决定让自己的生命进入等死状态。某种意义上讲，丈夫让死亡囚禁了，而朱莉却被囚禁于对丈夫过于浓烈的爱中。基耶斯洛夫斯基如何思考这种爱？朱莉又如何向爱的囚禁赎回自己的自由？

车祸中，朱莉丧失了丈夫和五岁的孩子。她虽然死里逃生，却已经心如槁灰，一能走动就打算吞药自杀。出院后，她所做的一切近于料理后事。她要扔掉这时刻提醒着她压迫着她的往日生活，换一个地方过离群索居的日子。她挂出出售房子的通告、扔掉丈夫尚未完稿的作曲稿、主动叫来多年的追求者并和他做爱，她以这种方式刺激自己被悲痛紧紧钳住的麻木神经，可是却不是跟过去告别进入新生活，而是作为一个结束的仪式，她企图将自己连同对丈夫的记忆一起跟正在展开的生活切割开来。而与丈夫以外的人做爱这件之前绝不可能的事，不是一种开始，而是以一种不可能宣誓结束。

临行前一件事改变了她的生活。她在电视上看见她的追求者公布了丈夫的手稿，并宣称要完成这部名为《欧盟协奏曲》的遗稿。电视上，她还意外地发现丈夫生前的照片中有一个亲密的女友。或许，这是男友企图改变她做出的举措。她一直活在自己编织的想象世界中，她生活的目的便是爱、爱护并为自己的丈夫骄傲。过分的投入使她无法接受其他人的爱，甚至也无法发现丈夫对其他人的爱。而真相在丈夫车祸以前被所有人刻意隐瞒起来。那一刻她是何感受？她反对男友续写丈夫曲谱的决定，因为"那是私人"的；而男友则坚决认为那是"公共的"。此时她大概没有意识到男友为她丈夫"续曲"不仅是现实意义上的，也在曲折地表达着对她的爱意。她没有忍住好奇心，跟丈夫的情人见了面。这个已经怀孕九个月的女律师问她"你恨我吗？"她说"我不知道。"

回家后，她取消了出售房子的通告，她决定把房子送给怀着丈夫骨肉的女人。那一刻，她内心是否意识到：一切并未结束。丈夫的生命在另一个即将出生的生命中延续；他们以前的房子或许应该由这个生命来继续居住和记忆。那么，朱莉的生命也应该从和丈夫的过去中切割开来，获得自己新的可能性。朱莉终于解脱了！

显然，朱莉并不是那种毫无生命悟性的女人。她对艺术的感悟力正是她对丈夫无限深爱的前提；她对包容心和对复杂事物的理解力也是她轻易接纳了丈夫情人的前提。基耶斯洛夫斯基的电影总是把个人的困境纳入到所有人的总体困境中来看。电影中，正在万念俱灰中的朱莉接待了几个邻居，他们联名要求驱逐一个租住于此的女房客，因为她是一个脱衣舞女郎。他们不能接受一幢纯洁的民居楼混入这样道德暧昧分子，并且他们理所当然地认为，作为高尚音乐家妻子的朱莉会无条件响应。朱莉沉思片刻，拒绝签名。因为不能获得所有人的签名，那个女孩子留了下来。于是，朱莉在一天夜里又接待了这个登门道谢的女孩，她们甚至成了朋友，对于已经丧失家庭万念俱灰的朱莉而言，又有什么不可以呢？可是，在选择驱逐或接纳一个具有道德暧昧性的人时，她对驱逐说不，而选择了对接纳的肯定。一天深夜，朱莉接到了这个女孩的电话，女孩用颤抖的声音说她正处在生命中最艰难的时刻，她在演出，即将轮到她出场了，她从后台看见坐在第一排的一个男人，那是她的父亲。这是她跨不过去的一刻，她恳求朱莉前来，想办法转移她的父亲。这是一个意味深长的情节，它不是朱莉从困境中自我拯救并重获自由的关键，但却提供了一些旁证。朱莉身处困境，当然知道无法跨过的一刻有多么煎熬；所以，看似与己无关，自己的努力却可以帮助别人渡过难关，又有何不可？所以，朱莉对这个女孩子的同情和包容不是一般意义上的善良，而是对深处困境者的惺惺相惜，对世界复杂生存本相的理解和包容（她始终平视着这个跳脱衣舞的女孩），更重要的或许是，她最深的内心对人应该从困境走出的坚持显然不像她的行动那样悲观。

电影借由朱莉的故事和对"蓝"的创造性阐释思考了爱的禁锢和自由的内涵。当朱莉被丧亲之痛折磨得奄奄一息的时候，她常常在晨曦或薄暮的微弱蓝光中突然被丈夫的某些音乐片段击中，整个心灵和身体都痉挛而不能自己，此时一道忧郁的蓝光在她的脸上摇移闪烁。朱莉是爱蓝的，她所有的财产都不带走，只带走了一个蓝色的风铃。蓝凝聚着她的爱和记忆，便也凝聚着她全部的思念和创伤。可是，导演通过那些痛苦时刻闪烁在朱莉脸上的蓝光企图告诉我们，这不该是蓝的真正含义。在法国的国旗颜色学中，蓝代表着自由。那么何谓自由？自由是否便是去爱并为爱赴死的自由？作为一个自由公民，死亡当然也应该包含在自由选择权之中。可是，基耶斯洛夫斯基要说的自由却是人类不被任何情感囚禁的自由，这种自由便是人在困境中自我拯救从而接纳更丰富复杂性的自由。基耶斯洛夫斯基显然从未否认朱莉的爱，可是这种过量的爱显然常常忽视了世界的复杂本质：比如朱莉丈夫有情人这一事实。即使是拥有朱莉这样深通音乐、倾心相许并全力扶持的妻子，音乐家的生命中依然需要更多的复杂性和可能性，以完成他的艺术。而朱莉，一直拒绝着其他人的追求，爱令她亲手将自己的所有可能性切断，并将自己装在一个透明的玻璃罩中。从这个意义上说，音乐家不死，朱莉就不会重生。朱莉在一次次的游泳中感受着生命的浮沉，感受着深入蓝色水底的窒息感和浮出水面的被承载感。我以为电影中多次出现朱莉在泳池中独自游泳的画面，大概在提示着：水之蓝最终是要托住生命的，而不是要淹埋生命的。在困境、破碎和复杂性中被托住的生命才能长出新的可能性，也才是理解了真正的蓝，真正的自由！

三

关于破碎与完整，困境与拯救，我们还必须提到另一部电影，那便是史蒂芬·戴德利的《时时刻刻》（*The Hours*）。在《蓝》中，朱莉是通过丈夫的逝去才获得自己自由的新生的。在《时时刻刻》中，克拉丽莎·沃甘也是通过先知诗人理查德的死亡才获得重新理解生命的契机。这部直面女性生命困境的电影稍为复杂地并置了四个不无关联的时间层面。

1923 年的伍尔芙正在写作着一部小说《达罗薇夫人》，她准备让小说中的女主人公死去，对，必须死去。而她自己，也正处在丈夫爱心的牢狱中，她时刻准备着越狱，也许唯有死亡，才是最一劳永逸的越狱方式。（《对她说》中的贝尼诺也正是把自杀表述为越狱的。）

生活在二战末期洛杉矶的一位中产阶级妇女劳拉·布朗，她正在阅读着伍尔芙的那部《达罗薇夫人》，她有一个看上去很完美的家庭。这个幸福的主妇，在清晨温柔地目送丈夫上班，然后，她准备和乖巧的儿子一道，为当天生日的丈夫烹制一块精美的蛋糕。可是，这一天，她的拉拉女友来访，这个和她同样拥有看上去完美家庭的女友，让她精致的生活像蛋糕一样，被扔进了垃圾桶。她的内心，萌动着和达罗薇夫人一样的自杀念头。这同样是一位被身份所囚禁的女人，一个同性恋者，她该如何面对自己的性别身份、欲望认同与生活中丈夫、儿子之间的冲突纠缠。她们选择了面向现实，背向欲望。现实被装点得如花盛开，却在不期然间被汹涌的爱欲冲击得支离破碎。所以，怀着第二个孩子的她，把儿子送到熟悉的朋友家，独自一人来到旅馆的房间里，躺在床上，寂静而孤独绝望地阅读《达罗薇夫人》，最痛苦的时候，她同样希望汹涌的潮水将她卷走，并一并带着囚禁着她性别身份的世俗规约。在某一刻，她同样希望踏上自杀的越狱之途。

克拉丽莎·沃甘，现代版的达罗薇夫人，另一个女同性恋者，居住在2001年的纽约市。她深爱她的朋友理查德，一个才华横溢，却因艾滋病而濒死的诗人。理查德给她起的外号也是达罗薇夫人，因为她和达罗薇夫人的名字一样，都是克拉丽莎。克拉丽莎正热心地准备为理查德操办一个颁奖party，她对被绝望、自卑和虚无折磨得奄奄一息的理查德说，我只是想让一群朋友聚到一起，让他们告诉你你的作品会不朽。可是先知诗人理查德并不相信这样的温暖一刻对于整个人生的意义，他说，聚会过后，我该如何继续去面对那些时光。诗人理查德状如先知，他看透一切，所以无条件地认同于虚无。作为一名男同性恋者，他没有和恋人生活在一起，却由一个女同性恋者无微不至地看护着。并且，这种看护天才的美好愿望，如此强烈，以至超越了她的性别身份认同，它成了囚禁克拉丽莎的另一种情感。

有一天，写作中的伍尔芙终于逃跑出来，她在车站前的长廊对前来寻找的丈夫说，我们不能靠逃避生活来解决矛盾。她说，她曾经想让一个人死，她以为这个人是达罗薇夫人，但现在她改变了主意，她要让先知死，因为没有先知，没有人可以预先对生活有判断。你的困境，你必须诚实地去面对它，然后你才知道它是什么样子的。

在旅馆阅读着《达罗薇夫人》的劳拉·布朗在自杀的梦魇中突然惊醒，她决定回去，接回正哭得死去活来的儿子，她决定生下肚子里的孩子，然后离开他们，包括她的丈夫。

正当克拉丽莎在兴奋、紧张和焦虑中走近她一手操办的party的时候，先知诗人理查德，正如伍尔芙所预言的那样，他拆开了窗户的木板，让阳光透了进来，他坐在窗边和克拉丽莎说话，突然后仰，用具体的死亡吞灭了他无尽的虚无。

令人唏嘘的是，理查德的死并没有马上解放了克拉丽莎，真正囚禁她的是她自己的内心，她放弃了和同性女友的爱欲同居，却在付出和看护的牢狱中获得自己生存的安全感和意义感，在持久的受虐和自虐中也获得一份难以理解的幸福安定。片尾，年老的劳拉·布朗突然出现，这个抛夫弃子摆脱囚禁的女人，她是先知诗人理查德的母亲。

　　这是一部关于自我囚禁和自由的电影。劳拉·布朗是伍尔芙的分身式人物，她们放弃了把死亡作为生命囚徒的越狱方式。现代版达罗薇夫人克拉丽莎，她和伍尔芙的丈夫一样，一直用爱在看护着他们心目中的天才爱人，却把这种看护变成了看守，并且在这种囚禁与自我囚禁中获得生存的意义。所以，电影的后面，伍尔芙对丈夫说教，劳拉·布朗则启蒙了克拉丽莎。

　　伍尔芙的话令人动容，她说：要永远直面人生，你才会知道它真正的意义，然后，不管人生是怎样的，都要去热爱它，然后，才能放弃它。

　　直面人生，张扬选择的自由，正如萨特把自由定义为生命的本质。自由并不是生命的本质，而是被定义为的生命本质。这就是说，自由不是自来水，拧开水龙头就会哗啦啦地流出来。而是说，自由是生命中最值得去追求的东西，因为自由的限度，就定义了生命的宽度。可是，自由之重要，反过来说明囚禁的普遍性。

　　人人有追求自由的权利。人人生下来就被赋予了不同的追求自由的能力。有的人的自由是一个杯子，有的人则是一片大海。人总难免被某种世俗的平均数所绑架，并在绑架中产生某种安定感。儿女一出世就把父母判处了无期徒刑，儿女一成长，就被父母终身绑架。及至结婚，就劫持了别人的人生，在生儿育女中被判刑。如此循环往复，成了世世代代的人生。自由的权利早就拱手让出，被对不稳定的恐惧所代替。自由这种天赋人权，更需要能力和勇气去实践，唯勇者得之。这意味着，自由不仅是一个不劳而获、从天而降的权利议题，自由始终是一种需要付出代价、需要诉诸成长渴求的勇敢者的游戏。

我们知道，福柯有句著名的话叫"是话语在言说我，而不是我在言说话语"。福柯的话语观在90年代以后的中国变得深入人心。它揭示了某种语言的规训机制，人们的主体性往往是被各种无孔不入的巨型话语和微观权力所塑造的。可是，这并不意味着萨特关于"自欺"的论断已经毫无意义了。在萨特看来，人由于害怕承担选择的结果而欺骗自己说"我没有选择的自由"，他沉浸在安全无害、跟秩序不敢冲突的自戕状态，然后才成为那个环境的典型造物。所以，在萨特那里，"话语之所以能言说我"，是因为主体已经通过自欺而放弃了。这样的人只是"在自身中"而非"作为自己"。80年代萨特在中国大行其道，90年代以降则成了福柯的天下。这里有着八九十年代中国深刻的社会变化，以及随之而来知识体制从现代向后现代的转型。可是，我不愿意认为福柯哲学真的取代了萨特哲学。至少在关于自由这一议题上，福柯显微镜般揭示了自由的话语钳制，而萨特则鼓舞着主体在话语钳制中去成为更自由的自己。人无往而不在囚禁中，自由是打破生命枷锁而悦纳可能性的勇气和能力。

四

《观音山》披着残酷青春文艺片的外衣，可是真正的魂却在京剧演员常月琴的故事中。某种意义上，常月琴的处境就是《蓝》中朱莉的处境，不同的是，折磨朱莉的主要是丧夫之痛，而常月琴则被丧子之痛所压迫。因此，这两部电影都涉及了生命的破碎与重建的议题。可是，《蓝》只有朱莉这条线索。换言之，基耶斯洛夫斯基要展示的是朱莉陷入和走出困境的全部心灵褶皱，这对于很多观众而言当然要陷入某种文艺片的闷。所以，有商业企图的《观音山》给电影安上了一个残酷青春的壳——酒吧女歌手南风、无业青年丁波和跟屁虫式的朋友肥皂一起租住到了新近被裁员的京剧演员常月琴家里，开始了一番相互惊吓、相互折磨又相互救赎的故事。

不同于《蓝》一开始就展现了朱莉的困境，《观音山》则云遮雾绕地把常月琴的内心悲痛藏为故事的谜底——儿子的车祸身亡彻底将她推入了精神的谷底，她始终拒绝接受这一现实，她保留儿子出事的汽车，隔一段时间就坐到车里面痛哭；她不能接受儿子女友在纪念日上门祭拜。她始终被封锁于内心严重的精神创伤之中。电影后面出人意料地将汶川地震的纪录片画面纳入故事中。在常月琴跟几个年轻人前往观音山途中，沿途望见震后的废墟，坍塌的楼房和空荡荡大街。地震制造了无数骤逝的生命，同时留下了无数创伤的心灵，和常月琴一样，他们该如何自救？还有无数处在困境中的芸芸众生，他们该如何自救？李玉导演提出了一个普适性的问题。不过相比于李安、基耶斯洛夫斯基这些大导演，李玉对生命困境的视觉演绎和精神求索都不无生硬，电影的最后就是由常月琴跟观音山观音庙中一个师傅的对话完成的。地震使这座小庙中的佛像都破碎了，所以这个师傅过来重塑佛像，仔细地为佛像重画金漆。这个场景所蕴含的精神的破碎与重建的内涵不言自明。有趣的是，这个老师傅居然将他师傅的肉身也塑进了佛像中，在他看来，他可以因此而跟师傅保持永远的对话。显然，老师傅是心有定数的信仰者，而常月琴却始终为某种生命的"无常"感所折磨（因此，常月琴之"常"，其实却是对"无常"的一种折射）。她跟师傅说，生活不知为什么就变了，之前有的一切突然都没有了，这种不确定令人恐慌和无措。尤其是死亡，不管是儿子的死还是自己的死，都不会有预告，仿佛人生中最大的谜团。你不知道什么时候会死，也不知道死后的样子，所以会怕。师傅说，你还没有达到无生无死的境界。死后是一个极乐的世界，而死是一件迟早会到来的事情。既然死一定会来，而死亡又带来了极乐，又有什么可以害怕的呢？这番佛学智慧的提示常月琴并没有完全听进去，她说：孤独不是永远的，在一起才是永远的。如果没有她突然在山崖上的纵身一跳，我们几乎以为她已经被老师傅的佛学鸡汤点化了。然而，也正是她这非常之一跳，如神来之笔，解救了这部电影的说教。

　　显然，观音山之"观世音"本来就有静观世相之意义，芸芸众生，有多少人可以入于佛"无生无死"的境界呢？常月琴终究不是《蓝》中的朱莉，虽然环绕着她破碎的一切正在重建，可是她依然被无常感牢牢掌控。既然死是走向极乐，而且是走向跟儿子在另一世界的相逢，死又何妨赶快到来呢？也许她自己都没有想到会到观音山自杀，更没有想到会在跟一个智慧的老师傅一番超脱般的谈话后突生去意，这正印证了她所说的"你不知道死亡会在什么时候来"。她因为对无常的恐惧而主动去论证了无常。在这一点上，《观音山》看起来是非常虚无的。可是，反过来，既然我们一直说"无生无死"，我们又凭什么将走向死亡判定为虚无呢？世相不就是世界处在永恒的破碎中，一部分人在破碎中重新站起来，一部分人在破碎中走向毁灭吗？旁观了常月琴遁入另一世界的南风们，他们的生活仍会继续。

毫无疑问，虽然有人将死亡视为解脱，或所谓越狱。但对于绝大多数人而言，死亡就是一种绝对的取消，它意味着身体和灵魂从此被囚禁于不可知、不可见的黑暗领域之中。因此，死之恐惧便是人类创生伊始所面临的元恐惧。而在思想上超越死亡的浓重阴影以重获生之自由便是几乎所有民族的哲学要处理的问题。在各种宗教哲学中，总是通过对一个彼岸天堂的想象来平衡生的创伤和死的沉重。既然阴阳相通、生死相连，此生之外还有三生或万万生，死就不是一种结束，而只是一种甚至值得期待、努力和投资的过渡。无论是佛对现世的看空，基督要求的现世苦修，都是把现世镶嵌进一个阴阳互化的宏大想象坐标中，从而驱逐了死亡的致命酸性而再造生的意义感。在这一点上道家有所不同，道家并不想象西方极乐或彼岸天堂，道家是通过将生死的差异抹平来抵消死亡的恐惧感。庄子之所以能够妻死而鼓盆而歌，是因为在他看来"生也死之徒，死也生之始，孰知其纪！人之生，气之聚也。聚则为生，散则为死。若死生为徒，吾又何患！""人生天地之间，若白驹之过隙，忽然而已。注然勃然，莫不出焉；油然漻然，莫不入焉。已化而生，又化而死。生物哀之，人类悲之。解其天弢，堕其天帙。纷乎宛乎，魂魄将往，乃身从之。乃大归乎！不形之形，形之不形，是人之所同知也，非将至之所务也，此众人之所同论也。"（《知北游》）庄子的解脱之道是将生死视为同一物质的不同存在形式，他善于"齐物"，不仅万物，而且生死也被抹平起来。这样做的结果，一是达观，二是取消了万物差异所带来的丰富美感。事实上，人越是沉溺于对现世物、欲的爱恋，就越难以通达齐物；而人越通达超脱，就越取消而难以享受万物差异所带来的愉悦感和意义感。当然后者在佛法中会被视为一种需要超越的"我执"。

《观音山》跟以上几部"救赎与自由"电影不同之处在于，它虽然生硬却更直接提出了面对死亡这一问题。而且，它以一种倔强的绝望姿态拒绝救赎的可能。虽然这种拒绝不是完全的，并非所有人都不可从创伤之河中被泅渡出来。可是，虽然世界时刻在破碎和重建，却有某种创伤不可能被复原。常月琴是一个陷入严重"我执"的人，可是，这不也是世界上的一类人么？虽然世界和文明为创伤提供了那么多的超脱之道，却依然不能阻止有那么多的人无法从阴影中完璧而归。就此而言，《观音山》的特别正在于它的绝望，它看似说教而终于不是说教，它将死亡阴影的伤害磨成一根针，刺向我们虚无的心脏。

生命是不能咀嚼的"红"：
基耶斯洛夫斯基和他的《红》

木心说快乐是吞咽的，悲伤是咀嚼的，如果快乐是咀嚼，那么就会咀嚼出悲伤来。当代中国需要宏大叙事，而艺术家是"为热带人语冰"，能够"于天上看见深渊"，"于千万人眼中看见无所有"，所以看到的往往是苍凉的和破碎的。

基耶斯洛夫斯基（1941—1996）是享有世界声誉的法国籍波兰电影大师，近30年的电影生涯留给世人无数精彩的作品。《十诫》《薇若妮卡的双重生活》（又译《双生花》）和《红》《白》《蓝》三部曲更是被全世界的电影爱好者推崇备至。其中，《蓝》获1993年威尼斯电影节最佳影片金狮奖、最佳女主角奖、摄影特别奖；1993年洛杉矶影评人协会最佳音乐奖；1994年法国恺撒电影节最佳女主角、最佳剪辑、最佳音响奖；1994年西班牙戈雅电影节最佳欧洲电影奖。《白》获1994年第44届柏林国际电影节最佳导演奖。《红》则获得1995年度奥斯卡最佳导演、最佳编剧、最佳摄影提名（当年获最佳导演的是《阿甘正传》的导演罗伯特·泽米吉斯）。

蓝白红，法国国旗的三色，分别象征自由、平等、博爱。但基耶斯洛夫斯基显然并不满足于在政治层面展示欧洲国家的意识形态，他注视的是这些主流意识背后的个人内涵及其悖论。在影片中，导演充分展示了他对自由、平等、爱情、宿命等议题的伦理思考，将波兰80年代"道德焦虑"提升到哲学的层面。就此而言，基耶斯洛夫斯基的"蓝白红三部曲"正是藏于西方启蒙意识形态这领华美袍子中的那只虱子，带哲学味的。

和《蓝》《白》一样，《红》这部片子同样成功地强化了颜色的象征内涵：电影前部分，女主角范伦蒂娜拍香口胶广告背景是一种热烈、鲜艳、天真无邪的红；电影最后，范伦蒂娜从船难中得救的那张照片中，天边则是惨淡的、呆滞的、欲说还休的红。红从单一到复杂，从清晰到暧昧，已经获得了超越颜色的伦理思辨。

一、博爱的限度

电影首先通过爱的天使范伦蒂娜展示了博爱的危机。范伦蒂娜爱弟弟、爱母亲、爱邻人、爱男友、爱宠物狗。范伦蒂娜是博爱的化身，爱所有的一切：撞到狗她会千方百计为它医治、在路上会帮助老人把垃圾丢进垃圾桶、相信人人都有隐私权，对爱情忠贞不贰，但基耶斯洛夫斯基却令她的博爱遭遇深刻的危机。一开始她并不自知，像许许多多普通人一样，她精神的氧气是博爱的幻觉。但这种幻觉却被老法官活生生地打破。当她目击老法官正在窃听邻居通话的事实时，她对生活抱着一种简单清晰的是非判断，她相信基于善的行为可以获得善的结果。所以，她说："恶心！"她径直朝邻居家走去，她要揭露这种不道德的行为。相比之下，老法官古尔则显得冷静、冷漠到让人不可捉摸，窃听的事实以及窃听对象的地址都是他如实告知范伦蒂娜的。在他那里，没有一件事是需要掩藏的。当他为范伦蒂娜指出邻居的家门时，他已经知道范伦蒂娜不可能去说出真相。因为，真相还意味着伤害，只有走进邻居的家门，范伦蒂娜才忽然意识到对那个一无所知、贤惠温柔的主妇，那个天真无邪的孩子来说，不知道真相意味着幸福。也许正是这个时候，原来闪亮如舞台的生活才撕下了它精美的包装，揭开了一个个以前从未认真面对过的黑洞。

范伦蒂娜终于开始看到了爱的限度：她爱弟弟，却无法阻止弟弟吸毒；爱母亲，却不得不因此而向母亲撒谎；爱邻人，却害怕让他们受到伤害而不能告诉他们真相；爱男友，却无可奈何地遭到不在身边的男友的猜疑，似乎只有爱狗，才能有单纯的忠诚和依靠。范伦蒂娜是博爱的化身，但她身上已经不再有启蒙思想家所想象的无所不能的力量，反而是面对现实的迷惑和创伤。电影 27 分 57 秒，古尔把三十法郎还给范伦蒂娜，镜头将桌布呈现为一个特写镜头，我们看到一个变旧了、褶皱的人像——法国启蒙主义思想家卢梭。此处电影隐晦地表明：充满乐观和理性精神的启蒙主义信仰已经破碎。

二、窃听：对虚伪世界的一次反掠夺

这部电影有个非常特别的情节设计，那就是窃听。注意窃听人的身份——退休老法官（他窃听镇上所有人的通话）；注意他说的话："我在法庭上从来不知道真相，可是在这里我可以！"；注意电影中老法官的影子——青年法官奥古斯特也是通过另一种窃听——爬墙——而获知女友背叛的真相的。如果说这个混乱的世界已经把真相从我们手里偷走，那么窃听便成为了对虚伪世界的一次反掠夺。裁决真相的法官在法庭和生活中居然那么无能为力，必须借助窃听这种侵犯隐私的方式。捍卫真理和捍卫隐私正是博爱者并举的主张，导演以此昭示博爱内在的伦理困境。"乏力法官"的设计，或许正是来自基耶斯洛夫斯基所最尊敬的作家——卡夫卡。后者的《在法庭》以超现实主义的手法写出了一个在法庭上遭遇"城堡"，彻底不知所措的法官形象。

世界的混乱成为了窃听的合理性基础，所以老法官并不是道德上的堕落者，而是眼神深邃的智者先知。通过日常的途径到达的并非世界的本相，因为在窃听这个特别的角度中，世界被还原为碎落一地的花瓶：丈夫背着妻子、女儿与其他女人情意绵绵；妻子善良热情表面一无所知可谁知道内心隐藏着怎样的秘密（像《蓝》中的女主角）；女儿看起来天真无邪却要用一生去承担父母背叛的阴影（像范伦蒂娜）；男朋友忠诚却无法阻止女友的背叛（奥古斯特）；女朋友忠诚却无法阻止男友的猜疑（范伦蒂娜）。范伦蒂娜表面漂亮、风光，她爱人，也被人爱，被上帝所眷顾，"红"是她生活的一种写照，可是，她内心生活图景慢慢地破碎，或者说"红"的另外一面，却没有被看到。平静的世界里充满着背叛与不忠，而这些事情就发生在我们身边，老法官告诉范伦蒂娜，"你那天不是去打保龄球吗？在你打保龄球的时候，他们（一对偷情的男女）或许就在你身边。"

在爱和忠诚都成为问题的时候，宿命就是我们唯一可以依靠的东西。电影中多次出现一本散落地上的书的情节，掉落地上的书翻开的一页，居然正是掉书者即将参加考试的内容。幸运是上天偶然的眷顾，但破碎却是不可逃避的宿命：在一个破碎的世界上，在忠诚已经成为普遍的伦理问题的时候，一个诚实者必然要承受不忠的怀疑。就这一点而言，范伦蒂娜无法改变弟弟的命运，无法改变自己的命运，她对"红"的信仰并没有动摇，她只是对世界的真相、悖论和复杂性有了更多的体认。所以，电影思考的其实是如何在有罪（宗教的角度）的世界上活出尊严的命题。

三、孤独与拯救

基耶斯洛夫斯基其实依然承继着现代主义大师们的命题：悖论、宿命、孤独和拯救。如果说博爱的"红"是一面从 18 世纪飘扬下来的启蒙主义大旗的话，基耶斯洛夫斯基让观众看到了旗下的孤独人生。电影中"红"虽然无处不在，但却是一个被解构的对象。而对其构成最有力颠覆的莫过于电话了。

电话是《红》特意运用的一个道具，对于整个电影的意义建构有着重要的意义。电影一开始，就是奥古斯特打电话的画面，从手指到电话的按键，镜头开始移动，对准电话线、墙上的电话线、户外的电话线、海底光纤、其他城市的无数线路、另外一个屋子里的电话线和电话。接下来是忙音，电话无人接听，奥古斯特无可奈何地挂掉电话。这是一个意味深长的开头，电话是典型的现代科技产品，并且迅速而有力地为人类的交流作出了重大贡献。但是基耶斯洛夫斯基显然有不同的看法：沟通工具并有效沟通的必然保障，电话能够提供通话，却并不一定提供交心。电话可以把远在天涯海角的人的声音带到你的面前，但是电话却不一定带来信任。《红》中，通过电话发生的有偷情、有欺骗、有猜疑，也有无法沟通的沮丧和无奈。电话建立起人与人之间隐秘的联系，为交流提供方便也为背叛提供方便。

无数越轨的情欲时刻在电话线上偷渡，窃听便成了介入真实世界的有效途径。这是基耶斯洛夫斯基所发现的悖论，也是他对科技现代性的一种反思，他试图通过电话这个道具告诉我们：现代手段加剧而不是减弱现代人交流的危机。请想想米谢勒在电话那端对女友范伦蒂娜令人心碎的质问，显然电话并没有成为他们缓解相思的有效方式，而成为了米谢勒遥控范伦蒂娜的工具。他无端的猜疑折磨着女友，毫无疑问，一定也深深地折磨着自己，而此时，电话无辜地成为了他的嫉妒心和占有欲的投射，或者说电话冷漠地执行了他没有由来的猜疑。这就是说，如果人心问题没有解决的话，电话及跟其科技产品并不能顺利地把我们交给幸福。

正是在基耶斯洛夫斯基深刻的悲观中我们看到了卡夫卡的影子，卡夫卡说"所有的绳子都能够将我绊倒"，"所有的障碍都可以将我打倒"，所以卡夫卡的意义不在于为世人提供一种可供借鉴的生命范式，而是为现代生存贡献了一双洞若观火的眼睛，一双看穿一切却又迷惘茫然的眼睛。不过基耶斯洛夫斯基，这个电影世界的卡夫卡，比他的小说家前辈多出来的东西，就是拯救。

救赎是现代文学和电影的重要主题：想一想陀思妥耶夫斯基的《罪与罚》，索尼娅对拉斯科尔尼科夫的精神救赎；想一想托尔斯泰的《复活》，聂赫留朵夫和玛斯洛娃在西伯利亚流放路途完成的相互救赎；想一想基耶斯洛夫斯基的上一部电影《蓝》，女音乐家在丈夫车祸逝世之后重新面对了生活的坚硬，重新丈量着自由的边界，她正是通过对生命和自由的重新思考找回自我，完成一个女人的自我救赎。在《红》中，破碎世界和孤独命运其实内置了自我救赎的主题，而这个主题主要是通过老法官的故事来完成。在范伦蒂娜进入他的生活之前，他完全生活在生命孤独的荒岛中，对爱情、人际完全失去信心，在窃听他人电话中完成对心灵黑暗的裁决，同时也把自己推进更深的深渊。他甚至连自己的狗也不关心了，范伦蒂娜如一根绳子落入了他已经干枯、杂草丛生的心灵古井，顺着范伦蒂娜搬运来的这一缕阳光，他心灵的硬壳被敲开一条曲折的细缝，他在讲述自己故事的过程中宽恕了敌人，自己也被上帝所宽恕（请注意电影 34 分 47 秒照进房子的阳光）。

基耶斯洛夫斯基虽然借着《红》面对了现代社会的博爱危机，但依然在更高的层面上皈依了上帝之爱。电影最后，沉沦的船既是对人类命运的隐喻，同时也是宗教得救之船——诺亚方舟的隐喻，信仰爱者可以得救，所以，范伦蒂娜就成了幸运的得救者之一。

如果人们对世界、对命运一无所知，那么上帝就只是一个无知者的偶像，此时的信仰是很容易破碎的玻璃杯。基耶斯洛夫斯基呈现了一个深刻的悲观主义者的信仰，在命运破碎的地方重新皈依上帝，这即或不让人信服，也让人感动。可是，依然是木心说的：信服里面很少有感动，但感动里却已经有了信服。所以，即或你认为基耶斯洛夫斯基缺乏对为何信仰的论证（信仰的精神命题从来就不可能通过论证靠近的），但你却会因为感动而信任他。

顺便说一句，基耶斯洛夫斯基常让我想起陀思妥耶夫斯基（后来才知道这个电影大师声称他并不爱电影，对他影响最深的四个人是：卡夫卡、陀思妥耶夫斯基、托马斯·曼和加缪），那个终身被疾病和动荡的命运折磨得奄奄一息的天才，他说"人啊，请低下你高傲的头颅"，这并不让人觉得可悲，反而是阅尽沧桑之后的谦卑；当他被命运咀嚼得像一块失去味道和弹性的口香糖一样粘着生活的鞋底时，他对上帝的皈依是不需要论证的。被侮辱的与被损害的人，依然抱着爱的哲学，就像看透一切破碎的基耶斯洛夫斯基，依然相信一种更高的完整一样，你可以不信，但他结结实实地打动了你。

革命与身份的纠缠：

《色·戒》观影笔记

《色·戒》中最后王佳芝对于革命的背叛成了一个值得讨论的问题，王佳芝为什么会在最后时刻放弃了自己革命的目标，李安为何这样表达。或许我们无法抛开《色·戒》中的身体问题，身体被大众媒体解读为激情的床戏，那么李安通过电影中高难度的床戏希望表达什么样的内涵？从女性的角度，结合精神分析法，或许我们才能真正地靠近这部电影，同时也揭示张爱玲和李安是如何看待女人的身体问题的。

在张爱玲的小说中，一个女人为了满足演戏的虚荣，成了革命派的女卧底，色诱汪伪政府特务头子易先生。这个用生命做赌注的女卧底，却跟想要暗杀的目标发生了感情，最后时刻却亲自放走了这个男人，并使多年来的任务功败垂成，自己及战友死于非命。

张爱玲小说已经提供了"女人对以革命的名义伤害自己身体的报复"这个主题，张爱玲想要说的是：这个苍凉的世间，该死的人啊！

这个来自张爱玲的情节在李安这里有了新的阐释，那就是一个女人对自己的身体经验和感情的忠诚。

李安的《色·戒》触及了历史，却又呈现了疏离于历史之外的女人，如果从一个女人的生命经验角度来解读，同样可以靠近这个故事的内核。

这其实是一个关于革命和身份的故事，王佳芝，一个甘愿为革命献身的文艺女青年，在学生时代，或许革命对她来说就是一场热热闹闹的戏，是一场可以让她和心上人同场演出，让她获得关注让她兴奋得睡不着觉的戏。但是，对于邝裕民这些男人来说，革命远不止这些，革命就是杀人，就是宰掉汉奸。于是，他们决定为了革命演一场没有舞台的戏，在这场戏中王佳芝看起来是主角，然而这一切不过是别人的安排，她不得不接受男人们以革命的名义派给了她另一个身份：麦太太。其实这个时候，电影已经呈现了男人和女人对于革命的不同理解：男人们以革命的名义为王佳芝安排了一个新的身份，而且这个新的身份还必将征用王佳芝的身体。电影中出现了这样一个场面，一群学生去从军，而一群女学生在车上，一个喊：打了胜仗回来就嫁给你！女人的身体居然可以成为取得胜利的男性的战利品，而这一切居然是女性自身的愿望。此时我们真为李安捏一把汗，难道深谙西方文化的李安对于性别问题是这样一种符合革命道德的水准吗？但是，李安的电影显然呈现了比这种流行的革命/性别强权逻辑更加复杂的人性场景。

为了以一个已婚女人麦太太的身体去勾引易先生，必须由一个男性战友把她从王佳芝变成麦太太，这个时候，王佳芝希望这个人是邝裕民，如果这样的话，那么，革命跟她真实的欲望就是重合的。但是，把她从王佳芝推向麦太太的却是她所不喜欢的梁润生。这一切，显然是王佳芝始料未及的，所以，男人们设想的革命一开场的时候，王佳芝的身体就受到了伤害。所以，为了革命所导演的这场戏从一开始就不可能从头再来，王佳芝没有性经验的身体在获得了性经验之后已经不可能再恢复如初，再一次和一个她喜欢的男人在一种没有功利目的的情景中和谐了。假如说身体的伤害还能有革命胜利的果实来装点的话，那么，当革命的前途变得迷茫的时候，身体的创伤就尖锐地凸显出来了，所以我们可以理解王佳芝在易太太打电话告辞时的语无伦次和沮丧落寞。为了这场革命的戏她已经先把身子豁了出去了，但是这场戏却突然不演了，一个准备好的拳却不能打出去。

如果说在香港的几个岭大学生导演的戏因为尚未真正开场就结束而没有导致王佳芝过分的身份分裂的话，那么，在上海革命暗杀戏的重新开场因为有了职业力量的介入而必将使王佳芝身份冲突的问题得到彻底的体现。

这一次，革命对于王佳芝身份的改造是彻底而冷酷的，王佳芝托老吴转给父亲的信被老吴毫不犹豫地烧掉了，因为对于革命者老吴来说，他们需要的只是一个可以把易先生引出来的麦太太，而不是其他。革命冷酷的面目当然不会顾及一个女人真实的经验。表面上王佳芝扮演麦太太的困难在于记住麦太太所必须记住的所有东西，而事实上最大的困难在于一个旧的身份被抹杀之后，也许就再也回不来了。电影中多次运用到了镜子，镜子作为一个映照自身的物体，是个体从中读出自我的媒介，它流露了王佳芝对于自我身份的想象和迷茫。

李安的聪明在于揭示了这样的事实：当王佳芝带着被革命计划所伤害的身体走向革命设计的目标时，她已经渐渐地认同了那个革命派发给她的新身份：麦太太，因为这是一个跟她的身体经验同步的身份。当王佳芝歇斯底里地对着老吴喊"我不但要忍受他往我的身体里钻，还要忍受他像一条蛇一样地往我的心里钻"的时候，电影试图告诉我们，王佳芝已经进入了一种身份的迷茫。而当她和易先生在日本妓院中相会的时候，她告诉易先生"我知道你为什么要带我来这里，因为你想让我当你的妓女"，这时，或许她想感叹的是自己的命运。但是，易先生告诉她："我带你来这里，比你懂得怎么做娼妓"，此时，王佳芝缓缓站起，为易先生唱了一首《天涯歌女》，此时的王佳芝，已经从对革命的认同转向了对似乎有着同样命运的易先生的认同了。那么，这种认同又是怎么样产生的呢？因为易先生的身体经验跟她的身体经验是契合的，张爱玲在小说中引用辜鸿铭一句很刻薄的话说"到女人心里的路通过阴道"，在辜鸿铭这是对女人的污名化，但是李安却重新诠释了这句话的含义。

王佳芝对老吴激愤地说，"他每一次都把我弄到流血不堪为止，因为这样他才能感到自己还活着，我也折磨他"，也许在其他的导演或作家那里，这样的话要表达的意思是一个特务头子对于女人的蹂躏和女人对于特务头子的憎恨。但是，这里却在王佳芝的表达中多了一种不可抑制的相互征服和认同。当王佳芝以麦太太的身份面对易先生的时候，她被折磨，也折磨着易先生，这两个不知道未来的人以身体靠近的时候，他们是真实的。因此，易先生会说"我很久没有相信过任何人了，但是我相信你"，因此易先生会把他的恐惧，他的爱和走神，把他对日本和汪伪政府的末日预感告诉王佳芝。可以说，麦太太的身体面对的是诚实的易先生，这个时候，情感和身体是同步的；而王佳芝的身体面对的却是邝裕民愿意以之跟革命做交换的结果。所以说，从一个女人的经验出发，麦太太受到了易先生的尊重，而王佳芝却被邝裕民以革命的名义放逐。于是，那个被人从王佳芝推向麦太太的女人，她的心终于一点点地倾向于那个设计出来的身份——麦太太。

作为王佳芝，她的任务是把易先生引到珠宝店枪杀；作为麦太太，她的本能却是保护自己的情人。在张爱玲小说中的"快走，快走"在电影中成了"走吧"，意思还在但却更加显示出两种身份争斗的激烈。王佳芝放走了易先生之后，一个人上了三轮车，车夫问：回家，她走神了一会，回答说：诶。正如有论者讲到那样：这个电影中何曾有过家，这里有的只是舞台、战场和租来的公寓，但是，王佳芝在最后不但没有按照老吴事先的命令吃下毒药，而且她已经在潜意识里把易先生为她买在福开森路的公寓当成家了。

王佳芝被人以革命的名义变成麦太太，但是作为一个女人，她对革命无条件征用自己身体显然并不满意。因此，她的心里便潜伏着一种对革命的对抗情绪，这种情绪在最关键的时候如火星喷到油里突然燃烧，她以牺牲自己和战友的代价放走了易先生。也许我们可以把这解读为一个女人对于革命对她身体造成伤害的报复。这种报复在以往的革命道德意识形态中是不能存在的，但是在以女性经验为考量标准的女性主义视野中却可以有存在的理由。

因此，我们不能忍受内地版对性爱场面的删节，因为这种删节伤害了我们对王佳芝认同麦太太身份过渡的理解。正是因为对身体经验和情感同一性的认同，使得王佳芝背叛了革命。

小说揭示的悲剧性在于：作为一个女人，王佳芝无论是忠诚于革命还是背叛革命，她都逃脱不了飞蛾扑火的命运。她要么是接受革命对于她身体经验的伤害，要么是报复了革命的安排后被完全地消灭。这显然是一种张爱玲式的冷峻的苍凉，是一个女人（张爱玲）对男人和女人的失望，对人性的哀悼。但是李安却让易先生以无法抑制的悲伤眼神和一个落在床上的背影来表达他对王佳芝的爱。王易之爱使得在张爱玲那里的人性悲剧在李安这里成了一个女性的悲剧，成了一个男人（李安）对女人命运的体认。

卧虎藏龙总是心：
《卧虎藏龙》观影笔记

江湖里卧虎藏龙，人心何尝不是？李安表现出将武侠心学化的典型趋向。整部《卧虎藏龙》一直追问的就是人心。传统武侠，无非跌宕起伏，恩怨情仇。金庸使武侠跟中国文化的关系变得特别紧密，比如郭靖大智若愚的人格所隐藏的那种儒家人格理想；比如乔峰义薄云天、快意恩仇跟侠文化的关系，比如"降龙十八掌"所携带的易经文化密码。不过李安拍武侠，却把心学带了进来。

所以，龙和虎不仅是玉娇龙和罗小虎，而是心有猛虎的那种龙虎。十几年前看不懂这部电影，拿着恩怨情仇的期待按图索骥，觉得十分失望。写意武侠，不能明其意，不免觉得假文酸醋。可是，重看这部电影才知道，李安在所谓的盗剑—复仇这两个经典武侠元素背后融入的看似正／邪之争，实则是何谓禁锢，何谓自由的生命心法。

十几年前第一次观影，印象最深刻的是玉娇龙对师傅碧眼狐狸的告别："师傅，你给了我一个江湖的梦。可是你不知道，当我发现可以战胜你时我有多害怕，我不知道天地的边，我不知道谁能够引领我。"玉娇龙撞上了虚无鬼，一个梦想江湖的官宦小姐，一个在深闺大院的绣墨之中梦想刀光剑影的少女，这种人的命运轨迹早已经给定，婚姻爱情也必是父母之命。这是第一种禁锢与自由的博弈。玉娇龙心中那条横冲直撞腾云驾雾的猛龙，是一种不愿被任何力量格式化的生命野力。这个野力是一个生命的本我，奉行快乐原则。喜欢青冥剑就盗剑，高兴还就还，不高兴还就不还。这条野龙还不懂得琴瑟和鸣、人剑相配的心法。所以，她年少无知、无畏无惧，她信奉的是强者的胜利，"认剑不认人"。可是，即使是这样的玉娇龙也有她的茫然时刻——这个被碧眼狐狸引入武学之林的天才女孩在习艺中顿悟了何谓生命的界限。所谓界限就是有些地方你永远到不了，比如玉娇龙在习武中瞒住了不识字师傅的剑法心诀，碧眼狐狸将这理解为人心叵测；玉娇龙说"即使告诉你你也理解不了"。这里说的就是界限，武学之林有碧眼狐狸永远抵达不了之处。如果说碧眼狐狸受困于界限，玉娇龙却受制于未知。既然有些地方师傅永难涉足，那么这些地方对于自己便是从未被描述、从未被说出的茫然之境。可是茫然不能卸下她内心那股野力，这是一个带着深刻生命双重性上路的女人。她的生命撞上了另一对生命纠缠中的男女。

电影一开始便是提前出关归来的李慕白的内心纠缠，他是另一个撞上虚无鬼的武学天才。"我进入了一种极度寂静的状态，四周都是光"，这似乎是一种入定得道的状态，"可是我没有得到的喜乐，反而有一种极端的恐惧，它超出了我所能承受的限度"。所谓慕白，追求与道化一的白茫茫一片。李慕白的虚无追问的是何谓生命的超脱？就武功而言，他秉持正宗，刚正不阿，了悟人剑相配之道，不像碧眼狐狸般心术不正走火入魔。李慕白是当世惟一配得上青冥剑之人，从剑法到人格。可是，他的超脱之心终究受着人间现实的牵绊。比如，为师傅报仇；比如放不下的俞秀莲。所以，李安并不是抽象地讲得道，而是讲悟道路上的纠缠。束缚阻隔李俞二人的是一种情义的魔障。俞秀莲与同门孟师兄原有一纸婚约，孟为救李慕白而死。如此，无论日后他们如何相爱，他们始终无法逾越情义加诸内心的规约。俞秀莲对玉娇龙说"我们虽是江湖儿女，但应该遵守的道德、礼法一点都不比你们少"。这是他们的教养，也是他们的禁锢。江湖儿女，那些不上道的粗鲁之士必然因为修养所限而无法前进，比如碧眼狐狸，她不断向玉娇龙描述的便是一副快意恩仇无拘无束的江湖美梦。可是像李慕白这样心性正派、悟性超拔之人也陷入了礼制的束缚和自身的虚无。

值得追问的还有，李慕白之死和玉娇龙之死。不但玉娇龙可以不自杀，按照一般武侠原则，李慕白也是可以起死回生的。那么，他们的死背后隐藏的是什么样的道呢？

李慕白困惑的是，我诚心想退出江湖，交出青冥剑，为何却引来江湖的血雨腥风呢？这就是说，如果李慕白不死，他永远无法退出江湖。因为江湖就在人心。既然他决意退出江湖，向死便是唯一的方式。虽然看起来他是中了碧眼狐狸的毒针。玉娇龙是自己纵身跳下了万丈悬崖。李慕白用命换了她的命，因此她便不再是那个仅靠着生命野力推动去追求自由的初生牛犊了。她的生命有了觉悟和忏悔。此时她已经无法再自然地延续以前的江湖之梦——与罗小虎结合。可是退回去做她的小姐吗？这条路也已经断了。她的赴死，昭示的依然是一种生命的两难。这仿佛是对俞秀莲一段说辞的讽刺。俞秀莲对玉娇龙说，"无论如何，真诚地面对自己的内心"。当她这么说时，定然带着切肤之痛，她用自己惨痛的经验勉励玉娇龙勇敢去爱。可是玉娇龙之死又似乎在说，真诚面对自己又岂是那么容易？

卧虎藏龙总是心！虎去龙消心方稍息。可是人心毕竟总是卧虎藏龙，我想起东荡子的诗句——"大海为何还不平息"。是啊，大海永不平息，心也如是！玉娇龙怀揣着一团生命原初之火，横冲直撞而撞到了虚无的墙上；李慕白在武学教养的正途上勤勉思进压抑原初的情爱之火，同样撞到了虚无的墙上。玉娇龙代表了文化人格的那个本我，李慕白自然就代表了那个超我。可是他们都是困惑着流动着而非凝固的执拗的。他们都受到了来自对方的冲击而不得不归于毁灭。据说《卧虎藏龙》是李安处理自身中年危机的一部作品。所以，它不是不惑之作，它并未向生命作出解答，毋宁说它是面对自我提出问题。李慕白对俞秀莲说："师傅说，把手握紧，里面什么都没有；把手放开，就拥有了全世界。"这句悖论式的箴言阐释着舍与得的哲学，放在李俞的感情上其实是无比悲观的。俞秀莲于是说"不是所有的东西都是无法真实触摸的"。李安并未站在李慕白一边，但俞秀莲的说法也未免单薄。于是他提出的问题便是：在手的握紧和放开之间，如何守住那个度；在原欲的绽放和礼理的受持之间如何站在恰如其分的点上。这是生命的永恒拷问。

顺便说一句，伟大的叙事，必是在故事背后有人心，在人心背后有伦理。动人的叙事，必照见人心内部的伦理纠缠，对生命的困境有着新的发现和同情。传统武侠，通常是侠义情仇背后的正邪之分。《卧虎藏龙》的超拔处在于，武侠其实不过是一个叙事的平台，它看似不脱正邪之争、夺宝之战，可是它探究的却是武侠中的人学和存在学。

17世纪法国古典主义剧作家高乃依的《熙德》讲述了这样的故事：相爱的青年男女罗迪克和施曼娜因为父辈之争而陷于不可调和的冲突之中：施曼娜之父因为罗迪克父亲成了王子老师而愤怒打了其一巴掌，恪守父训为父报仇的罗迪克因此错手杀死了施父。施曼娜同样是具有高度家庭理性的青年，因此便跟罗迪克结下了不可调和之深仇。故事的结果是在代表最高权威和智慧的国王调停下，二人结为连理。有趣的是，在这个故事所构成的伦理秩序中：家庭理性高于自我情爱，王权理性又高于家庭理性。这是典型的法国古典主义伦理逻辑。只要跟莎士比亚的《罗密欧与朱丽叶》一对照就会发现极大不同，这部一个多世纪前文艺复兴时期的作品中：男女的爱情高于家族利益，甚至高于生命本身。因此，神父可以成为这对青年男女的爱情桥梁，两人的亡故也足以感动处于冲突对峙的两大家族。这是多么浪漫的自在的文艺想象！可是不过几年间，莎士比亚本人的思想也变了；不过一个多世纪，古典主义式的理性便打败了文艺复兴的浪漫青春。

可是，我真正想说的是，不管这两部作品如何不同，它们有一点是相同的：其人物都会欢乐痛苦，却不会困惑思索。换言之，他们的生命被一种确定的伦理主宰着，或者是理性，或者是情爱，所以人物也就成了这种伦理之手牵引的木偶。这种写作，在我看来，其哲学观背后都站着一个柏拉图。为什么？因为柏拉图相信参差万物的背后都有一个更高的完美理式。如此，人作为完美理式的投影并无不可，甚至是理固宜然！如此，好的文学便是通过叙事召唤出世界背后那个不变之理式。

柏拉图在中国有一个思想知音，那便是朱熹。程朱理学很有名，甚至被概括为"存天理、灭人欲"而在现代臭名昭著。可是事实不是那样的，朱熹相信"理一分殊"，就是说，道理总是那个道理，可是分到具体事物身上就会产生差异。他用"月印万川"来说明这个道理，月亮总是那个月亮，可是在不同的河流中却映照出无数的月亮来。因此，在朱老先生看来，天理就是我们要皈依的那个大道，我们无数涓涓细流必须汇入的大海。通过为人确立一个值得效仿的榜样或一套必须遵守的秩序的学说，都是理学。在这个背景下，你会发现王阳明在哲学河流中"大河拐大弯"的地理位置。很大程度上，阳明心学一个重要的对话对象就是程朱理学。在王阳明看来，人之得道成圣，不在于得理，而在于得心。理学信奉者认为，完美的生命必须有一套完美的外在秩序可供依法；可是心学信奉者却认为，回到自己的内心就够了。"无善无恶心之体，有善有恶意之动，知善知恶是良知，为善去恶是格物"，这是经典的阳明格物致知心法。在他看来，良知便是心的本体，通过为善去恶的格物，任何人都能找到自己的心性本体。阳明心学的鲜明好处是给了所有人一个"立地成佛"的机会。他使成圣从一个巨大的社会伦理结构中剥离出来，不再是一个社会事件，而是一桩个人心灵修炼。虽然很多人不知道阳明心法，可是"但活一颗心"已经作为一种心灵鸡汤充斥于心灵垃圾遍地的现代文明社会。

可是，这跟《卧虎藏龙》有什么关系？这个关系就是，《卧虎藏龙》站的是心学立场而不是理学立场。相信理学的话，李安便会努力去导出一套降龙伏虎的武学理式；可是相信心学的李安，显然会相信"卧虎藏龙意之动"，心意一动，生命便龙腾虎跃，龙啸虎吟。这是生命的野力，也带来生命的纠缠！跟王阳明不太一样的是，守仁先生是思想家，其终极在于擦亮知善知恶的良知本体；可是李安是文艺家，他探究的是人从茫然向知的困惑状态。一个特别值得指出的东西是：古典的东西基本是稳定和谐的，从茫然到不惑的过程是有解的；而现代文艺最突出的一点便是生命在流动中永恒无解的困惑。这是现代性的重要面相。当然，就像李安借古典的武侠表现现代的心灵迷雾一样，现在太多人借现代的外壳而拥抱了特别古老的遗物！

第二辑　思与文

现代主义终结了吗：

由昆德拉的洞见和限度说起

有几个作家未获诺奖，在中国却享受超诺奖待遇。村上春树是一个，昆德拉是另一个。昆德拉作品于 20 世纪 80 年代中期引进中国，迅速引起文学界追捧。李凤亮用"全""新""删""盗"四字概括昆德拉在中国的翻译情况："全"是指中译本基本囊括了昆德拉已有全部作品；"新"指凡有昆德拉新作问世，中国翻译界均及时跟踪译介；"删"指涉及政治、性爱及伦理道德禁区的部分，出版时做了一定删改；"盗"指市场上出现的大量昆德拉盗版作品。这几方面既说明昆德拉作品具有的话题性、敏感性甚至争议性，更说明他在中国读者中的受欢迎程度。据李凤亮的统计，在中国"整个昆德拉作品加起来有上千万册"，而《不能承受的生命之轻》这部经典代表作，在已经畅销百万册之后，2004 年上海译文出版社推出的译本，至 2010 年又再销百万册。正如吴晓东先生所说，昆德拉是少数几个为 20 世纪小说立法的人。某种意义上，昆德拉在中国作家中几无门徒，你看不到有哪些中国作家偷师了昆德拉（和他最有可比性的王小波并未以昆德拉为师过）；可是另一方面，昆德拉又是内在于中国当代小说。他所谓小说是"道德审判被悬置的疆域""小说必须发现唯有小说能发现的东西"等观念已经成为当代中国小说的观念支柱。不过，回看昆德拉却不是简单为了表彰昆德拉。重提昆德拉是因为，中国的写作已经涨破昆德拉所提供的现代主义紧身衣。然而我们也不能简单认为昆德拉已经过时。昆德拉多次阐述了卡夫卡被背叛的遗嘱，其中包含着他对小说个人主义的深刻洞见，这也成为他提供给我们的一份重要小说财富。事实上，如何面对昆德拉，就是如何面对现代主义，如何面对现代主义内部的洞见和限度，这依然是当代中国文学无法回避的问题。

小说的智慧：发现唯有小说能发现的

众所周知，现代主义小说家多不屑于老老实实讲故事，他们炫目的花招背后都有一套繁复的思想体系。有时你会觉得，昆德拉更像个思想家，而不是传统意义上的小说家。关于这一点有两个有趣的说法。有人曾打趣说昆德拉完全可以凭着《小说的艺术》《被背叛的遗嘱》两部小说理论获得诺贝尔文学奖，当然是戏言！评论家李敬泽则坦言他的小说观中有着浓厚的昆德拉背景，可是，他不喜欢昆德拉的小说！小说家昆德拉在李敬泽的趣味系统中出局了，理论家昆德拉在他那里却扎根发芽。昆德拉的小说理论，自然不是关于小说叙事的，它是关于小说价值论的。前者关心的是小说该怎样，后者关心的是小说是什么。就像很多人活着，只关心怎样活着，怎样活出滋味或姿态；可有些人活着，却必须先关心人究竟是什么这样的元命题。昆德拉关心的就是小说的元命题，像卢卡契定义长篇小说一样，要给小说一个属于自己的定义。他的小说定义中至少包含了这样几点："小说是上帝笑声的回响""小说是个人主义的产物""小说的职责就是发现只有小说能发现的东西"。这些说法充满个性却不无含混，可是如果对昆德拉的小说思想有整体把握，却又不能不折服于昆德拉的洞见。

"发现唯有小说能发现的"看起来像是一句绕口的废话，却道出了现代艺术分化背景下艺术场域自律性的规则。现代性背景下，艺术唯有顽固地占据着从属于自身的不可替代的部分，才可能在艺术场域博弈中找到自己的位置。所以，此处小说事实上跟两个不同的系统产生了比较。首先是跟散文、诗歌、戏剧甚至电影等泛文学作品这个系统进行差异化比较。昆德拉的意思显然是，假如小说可以毫发无伤地被转译为其他文类，这样的小说就没有找到"最小说"的部分。你会发现，《不能承受的生命之轻》这样的作品显然很难被改编为电影。虽然《布拉格之恋》这部改编电影很有名，可是它更应该看作是导演依据昆德拉原著人物框架创作的另一部作品。议论、冥思以及多角度回溯的复调叙事构成了昆德拉小说最具特色的部分，但这些在电影中必然要被删除或改装。一个有趣的例子是，小说中特蕾莎初见托马斯时，作者写的是她肚子里的咕咕声。可是这种咕咕声在电影中会变得极不清晰。电影中将其变为了特蕾莎的喷嚏。这个看似无关紧要的改动事实上呈现了小说和电影不同的思维。电影中特蕾莎的喷嚏并非毫无依据，它联系着后面特蕾莎的发高烧，也联系着托马斯命令特蕾莎"脱"的行动。有了特蕾莎的喷嚏，作为医生的托马斯初次见面就命令特蕾莎脱衣服似乎有了某种健康检查的依托，更符合观众对故事情理的期待，也顺带使后面特蕾莎发烧滞留托马斯家中变得顺理成章。可是你会发现，所谓故事铺垫、情理和逻辑完全不是昆德拉愿意关心的问题。跟外在的喷嚏相比，肚子里的咕咕声显得更内在，更个人化，它属于个人的感知。昆德拉拒绝交代情场浪子托马斯接纳特蕾莎的情理逻辑，他提供的是"六个偶然"的哲思逻辑。《不能承受的生命之轻》确实充满了缺乏铺垫的情节，何以特蕾莎那么义无反顾地爱上托马斯？昆德拉依据的不是现实逻辑，而是精神逻辑。如果你考察到特蕾莎的精神生长，考察到小说对生命偶然性孜孜不倦的表达，你必须承认昆德拉绝不生编乱造，只是他的逻辑不是电影更依赖的情理逻辑，他依赖的是一个哲理逻辑。是关于"灵肉""轻重""偶然性"和"存在无限性"的思悟框架。情节故事性格等传统小说的血肉和骨架在他这里完全被一套新的思想框架所替代。因此，电影其实是以情理逻辑改装了原有的哲理逻辑，也因此，属于昆德拉的最小说的部分也就隐身了。马尔克斯说，一流的小说是不可能拍成电影的；只有三流的小说才适合拍成电影。这是片面的深刻。你很难想象《百年孤独》改编成电影而不成为新的作品。《不能承受的生命之轻》和《百年孤独》这些作品都顽固地找到了仅在小说的匣子里才得以存放的小说性。这是昆德拉要的！

"发现小说才能发现的"，当昆德拉这样说时，小说其实还跟历史、哲学等思维方式和知识体系形成了对照。在耶路撒冷文学奖答谢词中昆德拉说到，"19 世纪蒸汽机车问世时，黑格尔坚信他已经掌握了世界历史的精神。但是福楼拜却在大谈人类的愚昧。我认为那是 19 世纪思想界最伟大的创见"。在黑格尔所代表的整体主义历史哲学和福楼拜所代表的虚无主义个体小说智慧之间，昆德拉坚定地站在了福楼拜一边。他的小说总是不忘对笛卡尔及其理性主义嘲弄一番，他还说"18 世纪不仅仅是属于卢梭、伏尔泰、费尔巴哈的，它也属于（甚至可能是全部）菲尔丁、斯特恩、歌德和勒卢的"。这就必须说到他所谓的"小说是上帝笑声的回响"了。人类太执着于理性，上帝的笑声便站在了生命非理性和存在无限性一边，发笑的上帝是幽默的，作为上帝笑声回响的小说，分享的不是上帝的高高在上和信仰权威，毋宁说，昆德拉使上帝变成了一个恶作剧的顽童和莽汉。在他那里，小说站在个人主义的立场上，释放了世界被整体主义、理性主义和历史决定论等总体性话语所压抑的部分，被释放出来的，可能是玩笑，是冥思，也是虚无。如此，昆德拉才说"小说是个人发挥想象的乐园。那里没有人拥有真理，但人人有被了解的权利。在过去四百年间，西欧个性主义的诞生和发展，就是以小说艺术为先导"。

不难发现，"个人主义"是昆德拉小说理论的核心词汇，那么什么是他所谓的小说"个人主义"？也许可以从那段著名的"被背叛的遗嘱"说起。

为什么说遗嘱被背叛

众所周知，昆德拉《被背叛的遗嘱》典出自卡夫卡和布洛德的故事。生前并未意料到自己将在 20 世纪文学史上占据重要位置的卡夫卡把自己的日记书信及部分未完成小说托付给布洛德，希望后者将其付之一炬。布洛德背叛了卡夫卡的遗嘱，不但将卡夫卡未完成的作品悉数出版，就是卡夫卡置于抽屉中的日记、工作笔记，布洛德保留的书信也被完全公开出版。显然，布洛德一生最显赫的身份也许便是卡夫卡学的奠基者。后世的卡夫卡研究者一定会感激布洛德，正是他使对卡夫卡进行实证研究成为可能。在此意义上，"被背叛的遗嘱"几乎就是一桩美谈。可是昆德拉显然并不这样看，"在我看来，布洛德的冒失是得不到任何原谅的。他背叛了他的朋友。他的行为违反了他的愿望，违反了他的愿望的意义和精神，违反了他所知道的他的羞耻本性。"

昆德拉言重了！可是我们必须知道他的逻辑，以及逻辑背后的哲学观念和价值根基。他认真分析了人们以为卡夫卡遗愿是将全部作品付之一炬的误解（大部分人这样认为，如此布洛德的行为便具有拯救卡夫卡的正当性），卡夫卡的要求只是将他认为缺乏价值的未完成作品及书信、日记、日志等私人资料焚毁（如此卡夫卡经典的作品依然得以存在）。他也否认了一些人质疑的卡夫卡遗嘱意愿的真实性。在他看来，崇拜卡夫卡每一个字的布洛德如此不遗余力地将卡夫卡托出历史的水面简直就是一个由于误解而产生的结果。布洛德热爱卡夫卡，正如他热爱雅纳切克——"他从本质上爱他，爱他的艺术。但这一艺术，他不懂"。下面这段话显然带着昆德拉式的敏锐、刻薄和悲哀：

> 布洛德对立体主体的理解，跟他对卡夫卡和雅纳切克的理解同样的糟。通过把他们从各自的社会隔离中解放出来的一切努力，他反而确认了他们在美学上的孤独。因为他对他们的忠诚意味着：甚至一个十分热爱他们的人，一个全身心地投入进去准备理解他们的人，也会是他们艺术的陌路人。

在昆德拉看来，布洛德不但不懂得卡夫卡的艺术，更不懂得卡夫卡的"羞耻"——"促使他想把它们毁掉的是耻辱，根本的耻辱，不是一个作家的耻辱，而是一个普通人的耻辱，耻于将隐私的东西暴露给别人看，给家里人、陌生人看，耻于被转换成客体的人，耻于在死后仍'幸存下来'。"说布洛德背叛了卡夫卡的遗嘱，其实质是说他冒犯了卡夫卡的隐私，即使是出于使卡夫卡"不朽"这样的理由。在昆德拉看来，所谓不朽不过是后人按照自己的意志对前人的背叛。所以，在他看来，那些要求将三位令人敬重的女士移葬先贤祠的女权主义者不过是将自身的价值观念凌驾于死者的意志之上。

显然，在昆德拉那里，隐私和个人内在性是高于一切的东西，他甚至将现代艺术跟个人主义联系起来。

> 现代社会使人、使个体、使一个思想着的自我成为了世间万物的基础。从这样一个新的世界观出发，产生了一种新的艺术作品观。它成了一个独一无二的个体的独特表达。正是在艺术中，现代社会的个人主义得以实现，得以确立，得以找到它的表达、它的认可、它的荣耀、它的里程碑。

在昆德拉，个人主义和现代艺术是一个互为表里的存在。孤独、隐私而内在的个人构成了昆德拉小说的人性底座。对他来说，没有个人，就没有小说；没有隐私，也没有小说。于是，怎样理解昆德拉小说观中的"个人"便是一个重要问题。应该说，个人既是理解昆德拉小说观的重要钥匙，它甚至是昆德拉小说观的核心底座。事实上，昆德拉将个人跟诸多其他概念对照而使其内涵具体化。

首先是个人与现代。关于小说与现代的关系，昆德拉有一个宏大的概述：

> 一直统治着宇宙、为其划定各种价值的秩序、区分善与恶、为每件事物赋予意义的上帝，渐渐离开了他的位置。此时，堂吉诃德从家中出来，发现世界已变得认不出来了。在最高审判官缺席的情况下，世界突然显得具有某种可怕的暧昧性；唯一的、神圣的真理被分解为由人类分享的成百上千个相对真理。就这样，现代世界诞

生了，作为它的映象和表现模式的小说，也随之诞生。

上帝已死、总体性丧失、一切坚固的都烟消云散了，这是现代的趋向。在昆德拉，小说便是作为一个这种现代的映象被创造出来的。所以，小说中的个人，不可能是依然笼罩于形形色色虚假总体性面具下的前现代人。在此意义上，个人就是现代人，昆德拉把小说、现代和个人这三个概念无比紧密地联结起来。

其次是个人与集体。昆德拉疏离于一切集体性的价值观，这在他的小说中随处可见。昆德拉《在后边的某个地方》中举过一个有趣的例子。一个1951年在布拉格的各式斯大林式审判中入狱的女性，没有在狱中屈服，15年后平反出狱，跟儿子平静地生活在一起。有一天，昆德拉去探望她时，发现她正为儿子起得晚而勃然大怒。昆德拉感到惊讶，认为她为这样一件小事而生气太过分了。她儿子却为她辩解道："我母亲没有过分，我母亲是个优秀勇敢的女人。她在所有人失败的地方顶住了。她希望我成为一个正直的人。是的，我起得太晚了，但我母亲指责我的，是更深刻的东西。那就是我的态度。我自私的态度。我愿意成为我母亲希望我成为的样子。这一点我当着你的面向她承诺。"

这是一个冒犯了昆德拉价值观的场景，他以为强权没有在这位母亲身上做到的，她在自己儿子身上做到了。昆德拉注意到日常生活中这种强权审判和自我审判之无所不在。注意到在大的历史事件中起作用的心理机制和在日常隐私处境中起作用的心理机制是完全一致的。换言之，这个儿子的个人性被强迫地（利用母亲的爱、权威和苦难）认同于母亲所认定的某种价值。即使这种价值是正确的，但违背儿子的意愿，并迫使（更可怕的是形式上是自愿的）他公开认错，这无论如何不能获得昆德拉的认同。道理和布洛德背叛卡夫卡遗嘱是一样的：你没有理由用一种崇高的价值（让卡夫卡不朽）违背卡夫卡个人选择的意志。显然，在崇高的价值和个人选择的自由之间，昆德拉站在后者这边。他反对各种各样的"价值"对个人的侵蚀和压迫，显然在他那里，小说并非站在某种宏大价值那里，而是站在捍卫选择自由的个人这里。

再次，是个人与丰富性。在昆德拉这里，小说便是建立于相对性和暧昧性之上的世界表现模式，小说之所以捍卫个人，捍卫的既是个人的自由选择，也是由于拒绝绝对信念而产生的丰富性。他实在反感现实世界以及历史进程中那种越来越强烈的一体化和简单化倾向——"应当承认，简化的蛀虫一直以来就在啃噬着人类的生活：即使最伟大的爱情最后也会被简化为一个由淡淡的回忆组成的骨架。但现代社会的特点可怕地强化了这一不幸的过程：人的生活被简化为他的社会职责；一个民族的历史被简化为几个事件，而这几个事件又被简化为具有明显倾向性的阐释。"因此昆德拉赋予小说的伟大使命便是对这种历史性简化的抵抗。所以，他才说"小说的精神是复杂性"，每部小说都试图告诉读者："事情要比你想象的复杂。"小说就是在人们简化的认知中勘探一种更丰富的存在，昆德拉甚至将认识世界视为小说的唯一使命。当然他也意识到20世纪以来小说的危机，但这种危机并非来自电影等视觉艺术的挑战，而是追求丰富性和复杂性的小说真理"在那些先于问题并排除问题的简单而快捷的回答的喧闹中，这一真理越来越让人无法听到"。这里我们似乎听到波兰女诗人辛波丝卡的那句诗——"我为简短的回答向庞大的问题致歉"（《在一颗小星星底下》），答案总是被简化，庞大复杂的问题总是被束之高阁，辛波丝卡的"致歉"其实和昆德拉的感慨基于同一出发点。关于小说的未来，昆德拉说"假如小说真的应该消失，那并非是因为它已精疲力竭，而是因为它处于一个不再属于它的世界之中"。并非小说失去了价值，而是这个过分简陋的世界已经拒绝了小说。昆德拉的立论，当然充满现代主义精英主义的孤独意味。

不难发现，昆德拉的小说背倚着西方哲学史从近代理性主义向现代非理性主义的转折，他深味现代主义的世界观并将其建构为一套现代小说的本体论。价值论上的个人主义、认识论上的虚无主义和技术论上的艺术自律构成了昆德拉小说观的三个支点，因此吴晓东才说昆德拉是为现代小说立法的少数几位作家。更特别的是，他不仅用小说为小说立法，他也用小说论立了一部以现代个人主义为基座的小说法。

现代文学终结了吗？

王安忆在分析《百年孤独》时说："现代小说本质上是不独立的。这也是我对现代艺术感到失望的地方，它使我感到，我们已经走入了死胡同，应当勇敢地掉过头，去寻找新的出路。"她指的是现代小说在悲观绝望的世界观背后是一个理性的思想操作系统，相比古典小说缺乏感性的力量。时在 1993 年，中国文学面对西方、现代主义的主体性转化问题还没有被真正深入地思考。不过王安忆立论基点在于现代主义的抽象化和观念先行，她认为《百年孤独》的背后存在着一套可以被抽象出来的观念，人物符号化，缺乏现实主义作品基于写实性所能提供的魅力。在我看来，王安忆的观点并非不可商榷。以现实主义的审美到现代主义中按图索骥，自然很可能入宝山而空手归。以昆德拉为例，很多人不喜欢他的小说，可能也是因为太多的议论，有悖现实主义从人物到情节到冲突的美学设置。他当然是观念先行的，他的小说背后有一套哲学，一种反对绝对性观念的哲学。可是你却不能说他的小说是对哲学的图解，在昆德拉的代表作中，他其实发明了非常多样，堪称摇曳多姿的艺术形式。从艺术角度看，《不能承受的生命之轻》堪称大手笔，滔滔的思辨一点没有伤害小说细腻如丝的艺术感觉。或许，今天透过昆德拉反思现代主义，并非反思现代主义的美学形式，而是反思现代主义对自律性极度强化背后那种原子式个人主义。我们于是要再度回到昆德拉的文学论述中来。某种意义上说，经由个人主义的文学自律性成了他最基本的文学设定。他再次通过卡夫卡来论述这一切："不是不幸的孤独，而是被侵犯的孤独，这才是卡夫卡的强迫症！"个人、隐私、孤独、自由选择和艺术"非介入"的自律性这些都成了昆德拉无比强调的东西。

卡夫卡小说巨大的社会意义、政治意义以及"预言"意义都存在于它们的"非介入"状态，也就是说在它们相对于所有政治规划、意识形态观念、未来主义预见而言所保持的完全自主性中。

这番卡夫卡阐释真是完全昆德拉式的，他不认为卡夫卡通过小说呈现的变形世界预言了现代异化，他看重的不是卡夫卡的预言性或艺术创新，而是卡夫卡"不介入"的艺术自足性。由此，他也引申出了更普遍的关于"诗"（其实完全可以推广为文学）的功能设定：

> 事实上，假如诗人不去寻找隐藏在"那后边的某个地方"的"诗"，而是"介入"，去为一个已知的真理服务（这一真理自己显示出来，在"那前边"），他就放弃了诗人的天职。而且不管这一预想到的真理名叫"革命"还是"分裂"，是基督教信念还是无神论，是正义的还是不那么正义的；诗人为有待发现的真理（炫目的真理）之外的真理服务，就不是真正的诗人。

自律性是现代主义的重要侧面，却绝非全部。自律性的现代主义其实是西方右翼的现代主义；现代主义艺术史上并不乏强调介入、承担的，布莱希特大概就是此类左翼现代主义。中国对昆德拉及其自律现代主义的接受，其实内在于自身的期待视野。昆德拉跟 80 年代中国的契合，非常重要的一点在于，作为一个有社会主义生活经验的东欧籍作家，昆德拉所写的经验内容很容易在彼时中国读者中引起亲切感，虽然中国读者很可能误读了昆德拉的政治态度。更重要一点在于，他对小说现代性、个人性和存在复杂性的阐述，自然令长期受制于机械反映论的中国读者如获至宝。80 年代的中国文学，从写作到研究前沿都以极度饥渴的态度吸纳着外来资源。如果说马尔克斯、博尔赫斯等作家以其形式实验启蒙了 80 年代中国小说的先锋浪潮的话，昆德拉则以个人主义小说立场及勘探存在的姿态使过度匍匐于僵化现实主义的中国读者大开眼界。进入 90 年代，昆德拉小说依然畅销，这也许既源于他对性和政治这两个最具吸引力题材的持续开掘，更源于他作品过人的哲思和诗性品质。昆德拉写性而不止于性，他总是以性为镜像，使性书写获得象征、诗性品质以及对存在的挖掘、勘探和阐释能力。昆德拉跟80年代中国的相遇并非偶然，在80年代已经成为一种被重返和审视对象的时刻，反观昆德拉，并反观80年代形成的现代主义观就成为一种历史必然。

此时，我们不可避免要跟这样的问题迎面相遇：现代主义是什么？现代主义是单一的吗？现代主义在中国不同的历史阶段发挥着什么样的作用？今天的现代主义真的已经终结了吗？如果没有完全终结，今天依然有效的究竟是一种什么样的现代主义？就像我们常常将西方绝对化、单一化一样，我们也常常将某种现代主义绝对化。对80年代的现代主义观念的反思很早就开始了。进入新世纪，李陀就开始反思起"纯文学"。80年代李陀是纯文学运动最积极的倡导者之一。换言之，80年代中国接受的现代主义正是一种纯化的现代主义，它包含着以高度自律性为目标的文本中心主义倾向。这种现代主义立场以审美自主立场将中国文学从庸俗现实主义中拯救出来，却不自觉送往了脱社会化的自我沉溺的深渊。90年代以至新世纪社会环境激变的条件下，这种"现代主义"当然成了被反思的对象。我们因此可以理解新世纪底层文学和非虚构写作等现实性书写的重新崛起，它们都是特定历史阶段的产物。事实上，中国早期"现代主义文学运动"本身也受到一种后殖民视野的审视。史书美在她著名的《现代的诱惑：书写半殖民地中国的现代主义（1917—1937）》中，就将现代主义文学运动作为帝国主义意识形态话语的结果来考察。基于相同的视野，格非也指出过现代文学与殖民主义政治话语的关系："在近代帝国主义征服中国的过程中，西方的文化话语、殖民主义政治话语与殖民过程构成了怎样的关系？这种殖民话语在当今又是如何被继承并改换面目而出现的？"

对现代主义的反思使人们意识到，现代主义是多样的，不同区域存在着多元现代主义的可能性；审美现代主义也不是一个绝对化的历史阶段。反思现代主义常常带来现代主义终结论。我们要问的是，在倡导民族传统成为一种潮流和倾向之际,西方的现代主义资源之于中国已经完全失效了吗? 当然不是。如今声称学习马尔克斯、卡夫卡、博尔赫斯、卡尔维诺等大师已有被讥为东施效颦之虞,可是这些大师提供的文学配方依然不乏追随者。强调精神异化的服膺卡夫卡,强调形式变革的喜欢博尔赫斯,强调魔幻现实的追随马尔克斯,强调自由想象的则爱死了卡尔维诺。仅以马尔克斯为例,当代中国作家从马尔克斯那里获得的写作资源依然没有耗尽。《白鹿原》从《百年孤独》中借用了百年史述和家族叙事,阎连科则提取了荒诞现实主义和民族历史寓言,从早年的《受活》到近年的《炸裂志》,屡试不爽。甚至就是早年热衷于形式实验的余华在《兄弟》以至《第七天》中也不断掏出历史寓言和魔幻现实的马尔克斯药方。可见,对同一作家可以有不同挖掘;从不同作家可以获取多元启示,既然现代主义是多种多样的,又怎么可能被一个"终结"一言以蔽之。即使是昆德拉的自律现代主义恐怕也未必耗尽其全部正当性。必须说,一个作家勘探存在的思想能力及诗化象征的艺术造型能力是任何时候都稀缺的资源,对于当下中国文学而言,昆德拉提供的也许是一面现代主义中魔的镜子,而非一部指明道路的启示录。

现代文学那种精神反抗性和艺术探索性逻辑确实在当代消费主义主导下的网络文学、流行文艺中终结了。可是,依然有坚守着精神艺术领地的严肃写作。对于这些作家而言,已经不再有一张可以照单全抄的现代主义文学配方了。今天的中国作家必须在独特的中国现实和艺术问题意识下,综合中西方多种文学资源,出示自身的诊断性和创造力。这方面格非的《望春风》提供了一个有益的例证。小说在乡土沦陷的背景下提炼出精神还乡的思想命题,直击当代中国人的精神疑难。在文学资源上既整合了古希腊的《奥德赛》和艾略特的《荒原》,又将中国古典的史传和"草蛇灰线"叙事结合在一起。更重要在于,小说包含着某种元小说成分,将格非对当代小说"重返时间河流"的思考呈现出来。某种意义上,空间化和碎片化是典型的后现代特征,是总体性话语持续破碎的结果,昆德拉的现代主义其实是顺着碎片化倾向而在碎片上建构自我的宇宙。而格非所谓"重返时间的河流"则是在总体性破碎的时代重建总体性的一种努力。在此意义上，可以看到当代中国作家在独特现代性方面的自觉探索。必须说，固守原子式孤独自我的审美现代主义确实已经无法回应当代中国的文化迫切性。这是当代中国小说涨破了昆德拉小说观之处。我们在昆德拉最新作品《庆祝无意义》中会发现，昆德拉确实是一个失去空间性的无法拯救的孤独的小小原点，而且他一直不愿从虚无中走出来。相比之下，格非在技术上向传统小说资源转化，在观念上重建时间性、总体性等被现代主义解构的价值也许正应了王安忆十几年前所说的我们"应当勇敢地掉过头，去寻找新的出路"。

　　昆德拉应该是一个被扬弃而非抛弃的作家。他对小说精神的各种设定并未完全失效，坚持个人选择的自由，坚持对存在复杂性的勘探，这些对今天的小说而言不但没有过时，甚至更加迫切。我们要扬弃的是他对总体性理论彻底质疑之后产生的文化虚无感。以《不能承受的生命之轻》为例，他既呈现了情性合一的特蕾莎的困境，又出示了性自由主义者托马斯的难题。他既没有以性自由反对性专一，也没有以性专一反对性自由，他的观念要复杂得多，也虚无得多。在他那里，存在远比我们想象的复杂，生命处处都是陷阱。对他来说，写作就是写出这些生命的陷阱。所以，发现是小说的唯一功能。可是，对于我们来说，身处总体性崩溃的现代性背景下，小说除了去说出，还必须努力去确认。这里也许可以说一说海明威。海明威最重要的贡献在于，年轻时代，他通过太阳照样升起等作品呈现了20世纪战争所产生的文化虚无，晚年的他在《老人与海》中，重拾文艺复兴以来的人的话语，重建了20世纪的人面对破碎如滔天巨浪的存在的勇气。这是海明威在冰山原则之外的文化意义。可是我们再看昆德拉，他的个人主义现代小说观曾助力后革命时代中国小说的关山飞越。可是，当总体性的远景丧失之际，他依然站立于原地"庆祝无意义"，这对于经历过现代主义洗礼，深陷意义焦虑的我们，岂能心有戚戚焉。

特蕾莎之梦和诗化的小说

　　政治和性是人们加诸昆德拉身上的两大标签，也是昆德拉承受的两大误解。昆德拉经常感受到世界就像一个一本正经的玩笑。初到法国，他接受了一个医生好意邀请参加了一次专业医学学术会议。邀请他的医生因为昆德拉《笑忘录》中写到一个男性将精液通过器具送进女性身体中这一情节而惊叹于昆德拉对人类辅助生殖医学的预见性。昆德拉对这种郑重其事的误解无能为力、落荒而逃。另有一次，昆德拉坐在巴黎为他而开的研讨会现场，面对那些将他视为政治斗士的描述，昆德拉分明感到他们正在描述着另一个人。昆德拉作品虽然几乎都以情爱为主要内容，却是通过情爱去勘探存在；他虽然并不同调于20世纪革命政治，但他之反思革命，主要是站在审美批判立场上。换言之，昆德拉是作为小说家而不是性学家或政治家来凝视情性和革命的。一个小说家，写性如性，不过是个色情作家，推到极致也就是劳伦斯或萨德；一个小说家，在政治立场上写政治小说，不过是个传声筒，马克思称之为"席勒化"，区别于"莎士比亚化"（可怜席勒躺枪了）。性在昆德拉更像一个思力发射的平台，一个鉴照存在的镜像。昆德拉的本领在于由性进入，却将性提升到精神勘探、文化隐喻以及诗化象征的层面。这里不妨来看看《不能承受的生命之轻》中的特蕾莎之梦。小说中，特蕾莎难以忍受托马斯的风流成性，情性合一的特蕾莎感情受到了深深的伤害。这种伤害化为了一个梦：

　　　　她赤身裸体与一大群裸身女人绕着游泳池行走，悬挂在圆形屋顶上篮子里的托马斯，冲着她们吼叫，要她们唱歌、下跪。只要一个人跪得不好，他便朝她开枪。

　　本来这种婚外恋、三角恋绝非新鲜题材，裸女群像更是色情味十足的场景。昆德拉如何使之获得精神追问和存在勘探能力呢？显然，他的重点没有停留在场景的赤裸女体上，而是在场景的多维象征空间上。首先，昆德拉将这个梦作为特蕾莎个人精神分析的材料，由之勘察了特蕾莎生命的来路："在家里的时候，母亲就不让她锁浴室门，这种规定的意思是说：你的身体与别人的没什么两样，你没有权利羞怯，没有理由把那雷同千万人的东西藏起来。在她母亲眼中，所有的躯体并无二致，一个跟一个地排队行进在这个世界上而已。因此从孩提时代起，特丽莎就把裸身看成集中营规范化的象征，耻辱的象征。"我们知道，特蕾莎的母亲受到了某种生命偶然性的嘲弄，名门千金貌美如花追求者众的她嫁给了"最有男子气"的一位却不是基于自身理性的选择，而是意外怀孕无可奈何的结果。并不美满的婚姻某种程度上摧毁了她对生命美好的想象，她成了精神虚无者，她以粗俗回答着生活对她的嘲弄，所以她反对将身体视为隐私的权利（我们应该知道，隐私、个人主义甚至被昆德拉视为现代文艺的基础）。某种意义上，特蕾莎正是通过对母亲的反抗而成为自己的。当母亲当众谈论着性生活并放响屁以证明人是会放屁的时候，特蕾莎反而由此确认了将肉身内在性和精神尊严性作为生命追求的目标。由此，我们便得以理解特蕾莎做那个梦的精神机制：托马斯出轨对她并非一般性的心理折磨，而是意味着她投寄在托马斯身上的精神性追求被颠覆了。"她来到这里，是为了逃离母亲的世界，那个所有躯体毫无差别的世界，她来到他这里，是为了使自己有一个独一无二的不可取代的躯体。但是，他还是把她与其他人等量齐观：吻她一个样，抚摸她们一个样，对她特丽莎以及她们的身体绝对无所区分。"我们该记得，特蕾莎爱上托马斯，是在那个各色酒鬼纠缠骚扰她的酒吧里。彼时托马斯的身旁摆着一本打开的书。这对热爱书，将读书视为确认精神内在性的特蕾莎构成了致命的诱惑。这是何以特蕾莎去见托马斯时胳膊下夹着一本《安娜·卡列尼娜》的原因。在她，书的暗号便是一种精神的内在应答。可是，情性灵肉高度同一的特蕾莎却遭遇了高度分裂的托马斯。这是昆德拉的反讽，他并不嘲弄特蕾莎的精神性，但生命的偶然性嘲弄了特蕾莎。以至于在特蕾莎之梦中，我们既看到特蕾莎的心灵史，又看到这种心灵史被置于小说关于生命"偶然性"的背景中，从而和整体主题发生着呼应、合奏及和鸣。

不过，特蕾莎之梦的意蕴远不止于此。它同时指认了某种昆德拉式的生命复杂性——昆德拉从来不是二元对立者，他绝不是非黑即白，不是以黑非白，而是非黑非白。他并未站在灵肉分裂的性自由立场，更没有站在灵肉合一的性专有立场。昆德拉不负责告诉人们什么是对的，他负责告诉人们你所以为对的背后有怎样的陷阱。当你选择某一立场时，昆德拉会说：你想得太简单了！特蕾莎不是对抗母亲追求精神之恋么？可不还是碰见了情性不专的托马斯吗？如果特蕾莎真的那么坚持自己，结果只有一个，就是离开托马斯。事实上，特蕾莎确实不断尝试这样做。不断的意思是，很难成功！因此，在做着屈辱之梦的同时，特蕾莎却又努力尝试着毫不嫉妒地接纳托马斯的情人们。她对托马斯说，唯一的办法就是当托马斯去约会时带上她，让她带着他的情人去洗澡并把她们带到他面前。她希望将这些女人变成她和托马斯之间的玩具。这意味着，在特蕾莎的身上，事实上存在着自证尊严和自我奴役的双重性。作为一个人，特蕾莎追求着那种映照着自我尊严的爱；可是作为一个已经爱着的女人，却有某种力量让她愿意去为爱人改变或放弃自己。昆德拉执着于对爱以及存在暧昧性空间的表达，而拒绝以某个斩钉截铁的立场或标准去涂画现实。当你以为特蕾莎将离开或同化于托马斯时，特蕾莎却在跟萨宾娜的相互摄影中窥见了非情人／非情敌的另类同性火花。又如萨宾娜，这个无比独立，骨子里不屈从于任何媚俗集体价值的女性，既不能忍受企图控制她的男性，却也不欣赏对她放弃武力的弗兰茨。她独立，又渴望被征服；她为自由流浪，却也会在蓦然回首时偶然怀念弗兰茨。这并不代表她后悔，这只是存在真实丰富的多个侧面。存在远比我们想象的要复杂，昆德拉释放了存在的幽微曲折和斑驳纵深。正是在此意义上，昆德拉的写作才构成了对尚未被表达的存在之勘探。可是在我看来，特蕾莎之梦还构成了对 20 世纪的文化隐喻：

> 梦的开头还有另一种恐怖：所有的女人都得唱！她们不仅仅身体一致，一致得卑微下贱；不仅仅身体像没有灵魂的机械装置，彼此呼应共鸣——而且她们在为此狂欢！这是失去灵魂者兴高采烈的大团结。她们欣然于抛弃了灵魂的重压，抛弃了可笑的妄自尊大和绝无仅有的幻想——终于变得一个个彼此相似。特丽莎与她们一起唱，但并不高兴，她唱着，只是因为害怕，不这样女人们就会杀死她。

假如我们不仅把特蕾莎视为一个人，而是一个民族，我们便不难发现其中隐含着的历史隐喻。她怀抱古典之梦（摆脱粗鄙的母亲，确认精神高贵性）经历着现代的诱惑和陷阱（以情性合一的信念走向灵肉分裂的托马斯）。想确认肉体的内在性，却成了一具毫无区别、排队前进，甚至于高声合唱的身体，如其不然，就会被枪杀。特蕾莎的恐惧，事实上同调于萨宾娜的恐惧。萨宾娜在巴黎时，一群人游行反对苏联入侵捷克，她很自然地参加了游行，却发现她的心理节奏始终无法与其他人一致。在她看来，在入侵和占领的背后，存在着另一种更加本质的恶，那就是万众一起挥舞着拳头，众口一声地喊着同样的口号齐步游行。某种意义上，为了某个政治目标集体上街游行的行为正是典型的现代政治行动。它是革命的基础，被弗兰茨这样具有左翼思想的知识分子视为欧洲伟大的进军的一部分。可是却被萨宾娜视为某种更本质的恶。某种意义上，昆德拉对特蕾莎梦之恐怖的阐述可以视为萨宾娜对游行之恶的解释。她们恐惧的是正是被以集体的名义化约为无差别的人。特蕾莎之梦更加直接地表现了这种自我性丧失的暴力规训性——不这样要么被托马斯枪杀、要么被其他女人们枪杀。如果想到 20 世纪的纳粹集中营，想到 20 世纪乌托邦之梦的致幻性和最后的个人悲歌，我们会承认，特蕾莎之梦也许就是 20 世纪某个侧面的历史隐喻。

昆德拉曾经说过，小说只有来到福楼拜，才具有了跟诗相提并论的精粹性。显然，他自己又使小说的诗化、象征化水平大大提升了一截。特蕾莎之梦不过是昆德拉小说的小小切片，它折射了现代主义对线性故事的放弃和走向象征化的艺术品格。昆德拉的艺术多样性值得细细品察，纯从艺术创造力而言，他的那些经典之作，确乎丰富了现代主义杰作的艺术长廊。

"新城市文学"的想象与实践

当我们谈论"新城市文学"时，显然有必要先对既往"城市文学"的想象和实践做一番考辨。因为"城市文学"是一个意旨含混且内容驳杂的概念，不同的思维及话语混杂其中，加之"城市文学"自身的历史性变量，这确是一个需要打上"引号"，对其进行类型学和发生学辨认的研究对象。需要说明的是，"城市文学"同时也是具有生产性、建构性的观念装置。某种意义上，作为批评概念的"城市文学"生产和再生产了作为文学作品的"城市文学"，体现着文学批评的能动性。本文将从写作和研究两个层面对既有"城市文学"做一番反观，并以邓一光为例阐述"新城市文学"的写作伦理。

———

作为一个乡土文学特别发达的国家，评论家们同样可以轻易地在中国文学中爬梳出一个清晰的"城市文学"谱系：王德威指晚清《海上花列传》"将上海特有的大都市气息与地缘特色熔于一炉，形成一种'都市的地方色彩'，当是开启后世所谓'海派'文学先河之作"①。顺流而下，"从一九二〇年代末的刘呐鸥、穆时英，到一九四〇年代的张爱玲、苏青、徐訏，作家们在文本中呈现出一个或光怪陆离、奢靡颓废，或精刮算计、务实重利的都市形象。"②随之，"'城市文学'枯水季，出现在延

---

① 王德威：《被压抑的现代性——晚清小说新论》，北京大学出版社 2005 年版，第 103 页。
② 郭冰茹：《关于城市文学的一种解读》，《当代作家评论》2014 年第 4 期。

安时期到 70 年代后期",然后则是八九十年代"城市文学"的归来,王安忆们"以返城知青的视角叙写他们的迷茫"①,以一个女人的命运故事为一座城市的历史和灵魂显影;卫慧、棉棉赓续"新感觉派""妖魔化的城市文学传统",用"酒吧、股市、网络、手机、吸毒、自慰、虐恋、使馆区、跨国恋、同性恋、双性恋、性无能、性超人、代际冲突、身体写作……"②刷新和扩张了"新感觉派"的文学符号系统。而新世纪以来,来自乡野,心在京城的"京漂一族"则以与传统"京派"截然相反的书写路径出示了崭新的"城市书写"。这番"城市文学"梳理看似起承转合、严丝合缝,却依然不能很好解释"城市文学"的特质。很多"城市文学"只能称之为所谓的"城市文学",只是刚好以城市为背景的文学,这并非典型意义的"城市文学"。下面将分析四种典型的城市书写类型:取形式城市书写、立心式城市书写、批判式城市书写和象征式城市书写,它们既是"城市文学"最重要的写作传统,又是"新城市"写作必须予以辨认和区分的写作谱系。

理查德·利罕说"当文学给予城市以想象性的现实的同时,城市的变化反过来也促进文学文本的转变"③,文学和城市是一种双向给予的关系,文学并非对城市做镜子式的反映,而是基于某种想象秩序为城市赋型;另一方面,随着城市从封建城堡向现代都会的转变,城市也以光影声电的技术幻影、颓废放纵的自由幻觉和杂多拼贴的感知变异反馈文学以独特的现代感。然而,上述特征不过是城市之皮,由于城市常常被转喻出跟"现代性"的同构关系,在进化论话语中,城市于是代表着现代和未来。由光影声电所表征的现代表象常常在取形式城市书写中占据核心位置。这是从"新感觉派"到 90 年代以卫慧等人为代表的身体写作共同的特征。取形式城市书写从潮流的城市生活经验中取象,诸如二三十年代的无轨电车,90 年代的网吧酒吧等等新生事物,无不以其潮

---

①② 施战军:《论中国式的城市文学的生成》,《文艺研究》2006 年第 1 期。

③ 理查德·利罕:《文学中的城市:知识与文化的历史》,吴子枫译,上海人民出版社 2009 年版,第 3 页。

流之形为之赋魅。然而，这些城市物象终究是可消费的。通过这些城市之皮组织起来的文学叙事虽以其对崭新经验的靠近被同时代批评寄予厚望，却往往因其与消费文学的同质性未能深度导向城市人内在的精神困境。施战军将此视为"妖魔化的城市文学传统"诚为信评。

与取形式城市书写不同，立心式城市书写或在城市的底部嵌入人心的驳杂，或于城市日常中触摸一套生生不息的文化根系。张爱玲是前者的集大成者，她写大家族的日常，写饮食男女、婚丧嫁娶中人心蓬勃的欲望和世俗礼仪中的纠结计较。"于是也就有了极其丰盈的小心机、小私密、小动作、小眼神和小说法。这些'小'市民性血肉和'大'都市的筋骨其实是最相匹配的。"[1] 她用一座城市的倾圮和千万人的流落去成就一段兵荒马乱中的偶然之爱，固然显出她灵魂的孤冷，可贵处在她于日常中写出命运感，她在喧闹鼎沸的俗世中写出荒腔走板与沧桑荒凉。她将日常与苍凉两面融为一体显然师法红楼，直取人心。故而她的写作虽并未太多袭取城市生活表象，却也精准命中了城市的人心纠结。另一派为城市立心的写作者并不由城市而取径人心，他们相信每个城市都有自身不可磨灭的文化根性，根性构成其个性，而小说就是用人物、故事和命运去为一座城市的灵魂显影。老舍、王安忆、金宇澄、叶兆言、葛亮、颜歌都是这方面的代表。王安忆写《长恨歌》，"在那里面我写了一个女人的命运，但事实上这个女人只不过是城市的代言人，我要写的其实是一个城市的故事"[2]。在这些作家的写作背后都立着一座城市，老舍的北京，王安忆、金宇澄的上海，叶兆言、葛亮的南京，颜歌的成都，等等。对于这些作家，城市是有根的城市，写作的目的在于进入这文化的根系，在文学叙事和城市文化之间建立若合符契的同构性。

批判式城市书写，源于资本主义深化时期作家所感受到的异化感，跟 1920 年代末中国"新感觉派"在城市中体验到的现代诱惑不同，19 世纪初期的英法作家已经开始把城市体验为一头不知所终的怪兽。你

---

① 施战军：《论中国式的城市文学的生成》，《文艺研究》2006 年第 1 期。
② 齐红、林舟：《王安忆访谈》，《作家》1995 年第 10 期。

看巴尔扎克对巴黎生活场景的描述，生活奢侈的保皇党人巴尔扎克对纸醉金迷的巴黎同样充满忧虑。一般评论以为《高老头》通过父女人伦情感的异化批判资本主义制度，而忽略了它更是大学生拉斯蒂涅的社会化前史。小说涉笔于巴黎的公寓、府邸、剧院、赌场、舞会等从下到上的社会空间，巴黎像一个散发着蛊惑之光的漩涡，对拉斯蒂涅们构成了致命的诱惑。这种对城市的敌意同样不难从福楼拜到狄更斯的作品中感受到。巴黎或伦敦作为现代之城的恶魔性已经得到了批评现实主义式的展现。就中国而言，存在着对城市的追慕和向往，也存在着对城市的现实和阶级批判，比如茅盾的《子夜》就被视为"将都市风俗画、阶级意识分析和革命风潮表达得最为深刻的文本"①。

最后谈象征式城市书写，象征式城市书写以波德莱尔和卡尔维诺为代表。在波德莱尔《巴黎的忧郁》中，一种对于现代之城的复杂审美态度被提炼出来，波德莱尔把现代艺术分为两半，一半是过渡、短暂和偶然，另一半则是永恒和不变。卡林内斯库认为他把现代性"定义为一种悖论式的可能性，即通过处于最具体的当下和现时性中的历史性意识来走出历史之流"②。波德莱尔把驳杂纷繁的现实城市经验提炼为审美现代经验，也使城市凝视从现实批判模式转化为象征体验模式。卡尔维诺《看不见的城市》则以结构的组装性和超现实的想象性使城市书写成为诗化象征。艾晓明说"卡尔维诺的叙述是纯粹的诗性叙述"，他"把城市从地理空间的具体性中分离出来""它所有的故事是有关城市的象征、寓言、隐喻和转喻。"③以《看不见的城市·城市与记忆之二》为例："长时间骑马行走在丛莽地区，自然会渴望抵达城市。他终于来到伊西多拉"④，伊西多拉是卡尔维诺想象的55座"看不见的城市"中的一座，这里有"镶满海螺贝壳的螺旋形楼梯"，这里当地人能造"望远镜和小

① 郭冰茹：《关于城市文学的一种解读》，《当代作家评论》2014年第4期。
② 马泰·卡林内斯库：《现代性的五副面孔》，顾爱彬、李瑞华译，商务印书馆2010年版，第49—50页。
③ 艾晓明：《叙事的奇观》，《外国文学研究》1999年第4期。
④ 卡尔维诺：《看不见的城市》，张宓译，译林出版社2006年版，第6页。

提琴",外来人"在两个女性面前犹豫不决时总会邂逅第三个"。这座纯粹想象之城迷人之处就在于它的非现实性。伊西多拉是每个人的梦中之城,在梦中的时候,他是年轻的;抵达伊西多拉时,他已经老了。他坐在老人墙下,当初的梦已经成为回忆,只看着来来往往做梦的年轻人,在梦着他们的伊西多拉。卡尔维诺并不展开城市叙事,却从象征之城中升腾出永恒的诗性火焰,试图捕捉城市人永恒的心灵图式。卡尔维诺式虽在中国信徒无数,但其城市书写在写作上却罕有知音,这是耐人寻味的。

二

如上所述,在作品层面的"城市文学"之外,还有一个作为批评装置的"城市文学"。"城市文学"很多时候并非一种自明的写作事实,更是一种通过历史梳理、前景展望、边界清理和价值指认形成的批评建构。"城市文学"的作品和批评层面相互激发,甚至互为因果。此处有必要廓清既往"城市文学"以至近年"新城市文学"研究的几种典型思维或话语。

首先是进化反映论话语。不难发现,进化论话语是很多研究者用以支撑"城市文学"合法性的观念基础。从整个社会史进程看,乡土社会城市化是势所必然,依据这种社会进化逻辑和文学反映论,一批人相信"城市文学"不仅是文学类型之一,且"终究是文学的未来"①。2000年,一位研究者曾对新世纪"城市文学"作出乐观的预言:新世纪"城市文学""表现空间与审美格局"将进一步拓展,文学想象将得以强化,审美多样性将得到充分地体现,"文学将因此步入一个崭新的阶段"②。支撑这种乐观的恐怕正是进化论话语,可这种预言并未成真。也不乏学者

---

① 张楚:《我对城市文学的一点思考》,《当代作家评论》2014年第3期。
② 蒋述卓:《城市文学:21世纪城市文学空间的展望》,《中国文学研究》2000年第4期。

对这种进化论话语进行了更为精密的论述，譬如有评论家指"当下中国文学状况正在发生结构性的变化，乡村中国的'空心化'和文明的全面变迁已成为不争的事实。这个变化是乡村文明的崩溃和新文明的崛起导致的必然结果"①，这里不过把社会进化替换为新旧文明而已。对于"城市文学"评论中简陋的进化论和反映论思维，陈思和十几年前就有过反驳："中国经济发展与都市经济的繁荣都不能也不应该简单化地比附文学的发展轨迹""文学固然要密切反映社会生活的变化，但是这种反映形态也应该是充分主观化的、精神化的和审美的"②。郭冰茹"我们所讨论的话题不是文学如何再现城市，而是文学如何想象城市以及如何想象城市与人的关系"③表达的也是类似的立场。对文学想象的强调代表了一种不同于进化反映论的审美现代性话语，这种立场的秉持者坚持文学在反映现实过程中的想象性重构和审美能动性，强调文学路径与社会学路径之间的区隔和独立性。审美现代性话语某种意义上是80年代以降"纯文学"思潮的衍生物，它准确地击中机械反映论的软肋。"城市文学"的倡导不能离开"乡土落幕"这一事实，正是人们对乡土远逝的感知、预判或焦虑，促使人们基于不同立场纷纷涌进了"城市文学"的批评战场。可是，即使"乡土落幕"是社会发展之必然，但这一过程却是漫长的，"城市文学"取代"乡土文学"绝非朝夕之事。此外，乡土/城市在文学上不是时间上的线性更替，而是价值上的一体两面。它们事实上作为彼此的他者而形成审美间性。"中国现代乡土文学，其实是'城市性'的"，乡土"营造了一种质疑现代城市文明的人文空间"④；乡土文学也是"现代性的一个有机组成部分，只有在现代性的思潮中，人们才会把乡土强调到重要的地步，才会试图关怀乡土的价值，并且以乡

① 孟繁华：《新文明的崛起与城市文学》，《学习与探索》2013年第11期。
② 陈思和：《关于"都市文学"的议论兼谈几篇作品》，《当代作家评论》2005年第6期。
③ 郭冰茹：《关于城市文学的一种解读》，《当代作家评论》2014年第4期。
④ 施战军：《论中国式的城市文学的生成》，《文艺研究》2006年第1期。

土来与城市或现代对抗"①。换言之，即使城市全面占据世界，最大的可能不是乡土文学灭绝，而是以乡土为想象空间的科技乡愁书写将大行其道。因此，在"新文明"与"城市文学"之间画等号恐怕是武断的。就此而言，审美现代性话语相比于进化反映论具有更强的现实解释力，但我们不能不注意到审美现代性话语存在的陷阱，对文学审美能动性的强调（具体则常常转喻为所谓的"人的心灵"）有时会被强化到抽象化和脱社会化的程度。比如宣称"我不认为未来的都市和今天或者以前的都市有什么本质的不同"，对于"城市文学""所看重的仍然是文学中的人性力量与审美精神的独特"②，这种静止的城市观和抽象的人性观很难使文学与正在发生着剧烈变化的现实产生强有力的摩擦和碰撞。有学者更描述为"囚禁在现代性下的城市文学"③。

近年来，一种"新城市文学"的思考经常被提出来，孟繁华、邓一光、南翔、杨庆祥、金理、黄平、饶翔、房伟、刘汀、徐勇、陈培浩等人都就"新城市文学"话题发表过论述④。我特别想提出杨庆祥的洞见："有一种'炸裂'般的矛盾和张力存在于我们的城市中，就像一个巨大的黑洞，真正的城市写作要求的是一种动态的而非静态的呈现，理解城市的肌理和理解语言的肌理是同构的过程""城市已经内在于我们，我们需要做的是，我们是否能够发明足够有创造力的文体和语言，来形塑我城、你城、他城   最终的标准也许是，由此建构出来的美学，恰好能够颠覆掉那个景观化的平面的'伪发达资本主义时代'。"⑤ 这是一种我称为审美批判性话语的立论。与进化反映论不同，它强调"理解语言的肌理"与"理解城市的肌理"的同构性，它不相信有一个静态的城市

① 陈晓明：《中国当代文学主潮》，北京大学出版社 2009 年版，第 555—556 页。
② 陈思和：《关于"都市文学"的议论兼谈几篇作品》，《当代作家评论》2005 年第 6 期。
③ 张惠苑：《囚禁在现代性下的城市文学——对 20 世纪 80 年代以来城市文学研究的反思》，《宁夏大学学报》（人文社会科学版）2013 年第 3 期。
④ 参见裴亚红主编：《民治·新城市文学理论集》，花城出版社 2017 年版。
⑤ 杨庆祥：《去掉"一座城"的伪装》，《人民日报》2014 年 8 月 5 日。

现实等着写作的认领，它认可写作的任务在于发明"足够有创造力的文体和语言"，这是它作为审美话语的部分；拒绝使写作搁浅于封闭的审美性圆圈之中，要求写作与城市经验内在"炸裂般"的矛盾和张力发生摩擦和对撞，从而释放其现实批判性潜能，这是它作为批判性话语的部分。显然，"新城市写作"绝非为新而新，不仅是一般性地"新"于既往的"城市写作"，而是"新"于已经失效的精神立场，"新"于在板结化现实中日渐暗哑的批评发声机制。因此，在作为批评的诸种"新城市文学"方案中，审美批判性话语具有鲜明的当代指向性。

三

今天谈论"新城市"书写的必要性来自两方面：其一是大量巨型都市在中国正在成为普遍事实，"新城市"经验召唤一种"新城市"文学；其二则是原有"城市文学"未能有效与当代精神危机形成对话，这里召唤着一种新"城市文学"。很多时候，这两个问题又是合二为一的，随着"新城市"的大量涌现，既往"城市文学"路径也遭遇危机。比如上述以王安忆、金宇澄为代表的立心式城市书写，可以说相当深入地去捕捉城市的心魂，这种"城市文学"思路是"返古"的，它相信每座城市在语言、饮食、服饰、行止等构成的日常中凝固了不可替代的文化内在性。此种城市书写，讲述城中之人，更讲述人背后之城和城底下的根。问题是，作为高科技巨型都会的"新城市"却是去根性、同质化、景观化的。纵横交错的高速交通网络，无处不在的镜面摩天大楼，行色匆匆、衣着妆容千篇一律的都市白领……这是"新城市"大同小异的面孔。即使是北京、上海、广州、杭州、武汉、成都、西安等具有独特文化传统的城市，其身上的"新城市"特质占比重也越来越大。后者小心翼翼地辟出一小片复古区域，用于流连过去，眺望历史。可是，这种被科技和现代化严格规划过的"城市"，文学触摸传统的日常通道已经丧失了。"传统"不在日常，而在"景观"中。显然，面对这样的"新城市",寻根式城市书写必然难以为继。

必须说,邓一光是一位站立于典型"新城市"深圳而创制了"新城市文学"的作家。当人们以为他不过是一个拿名声到深圳折现的著名作家时,他却用深圳三部曲《深圳在北纬22°27′—22°52′》《你可以让百合生长》《深圳蓝》使人们惊呼:深圳还给读者一个新的邓一光。必须说,邓一光在现代城堡中想象人的出路,人们得以从中辨认城市诗学的内在秘密以及城市书写的文学伦理。这种文学伦理最显豁的特征在于对"新城市"人精神困境的揭示,因此,"新城市文学"首先是一种人学。区别于那些被"新城市"现代化表象和潮流文化身份所迷惑的简单表达,人学意义上的"新城市文学"必然是反思性的。由此反观"深圳蓝"的命名是充满意味的。"蓝"作为一种色彩投射了人们对现代海洋文明的想象,在环境危机日益严重的背景下,也凝结了一种全民美好的期盼。从色彩心理学角度看,"深蓝"其实凝结相当乐观的城市现代性想象,"深蓝"以其纯粹、宁静的色彩暗示而获得了某种精神超越性。应该说,深圳这座城市很早就努力将"深蓝"这一色彩镶嵌进其空间文化想象之中,这从其著名的"深蓝大道"的命名可见一斑。可是,邓一光的"深圳蓝"出示的是截然不同于"深蓝"的文化立场。"深蓝"象征着大型科技公司、高效的技术控制、技术文明对日常生活空间的渗透所创造的乐观城市想象,作为小说的"深圳蓝"却有不一样的任务,那便是捕捉深蓝世界背后的灰色物质。科技日新月异,可是"人的问题"并未解决。"任何现代性城市,它们在推广互联网经济、轨道交通、金融市场和现代物流业方面,个个挥金如土,唯恐落后,可谓大手笔,但很少有城市愿意动用税库中的银子去研究居高不下的抑郁症和不孕症、建立星星儿童康复中心和流浪猫狗收容站、拯救日益萎缩的红树林和行将灭绝的黑脸琵鹭,这个现实不是什么秘密,人人都看见了,但没有人投之以关注。"[1]邓一光在深蓝世界孜孜不倦地勘探的灰物质正是这种在高速运

---

[1] 邓一光:《深圳蓝·后记》,《深圳蓝》,花城出版社2016年版,第293页。

转中被忽略的城市心事。他始终对华丽的城市投以犹疑的一瞥,并通过形形色色城市男女的"心病"去追踪城市的精神症候。《我们叫作家乡的地方》《箣杜鹃气味的猫》《深圳河里有没有鱼》等作品写的便是艰难挣扎着融入城市者触目惊心的故事。那些在严丝合缝社会进阶系统和公司科层制度中掘进以获求城市身份的外来者,当他们拼尽全力汇入城市之际,也深刻地失落了跟故乡的精神关联。

不过,反思性的城市书写并不少见,它很容易就落入一般化的底层诉苦模式。邓一光"新城市"书写不仅坚持一种"人学"立场,也坚持一种"诗学"指向。这正是杨庆祥所说的使"城市的肌理"和"语言的肌理"获得同构性的所指。"新城市"既不同于传统城市,"新城市文学"就应发明崭新的表达机制。令人惊喜的是,邓一光的小说在叙事之外还随物赋形地创造了象征性意义装置。《箣杜鹃气味的猫》中,同样是艰难挣扎着汇入城市的外来青年,作为植物园花木师的罗限量拥有对花木独特的情感和过人的理解。小说中有一段充满隐喻意味的话:"植物的气味有时候是邀请,但更多的时候是拒绝。"作为园艺师,罗限量负责照料从世界各地移植到深圳公园里的花木。邓一光敏感地发现了公园移植性和深圳移民性之间的隐喻性关联。显然,深圳就是散发着拒绝气味的花木。人们把花木的气味理解为邀请,正如人们艳羡于深圳现代之花的璀璨。可是,邓一光发现了城市之花发出的拒绝气息。璀璨与拒绝正是现代城市的一体两面。因此,罗限量作为园艺师的身份对作品的意义就不是可有可无,花木也作为一种意义装置存在于作品中。又如《宝贝,我们去北大》中男主王川作为汽车高级维修师的身份对于小说的城市反思也是至关重要的。超级跑车"战斧"极速旋转的发动机,和高科技驱动的"新城市"恰好同构;作为汽车高级维修师的王川同样是驱动"新城市"高速运转的动力之一,悖论在于,他是城市的动力,城市却反馈以"不育症"。因此,小说就在"战斧"和"不孕"的巧妙嫁接中展示了反思性的动能。邓一光并非以简单的人文立场上反科技反现代反城市,"战斧"发动机也是人类智慧文明的结晶,王川甚至"一闻到97

号汽油的味道就兴奋，头发和生殖器发硬"①。我想说的是，由于"新城市"人的困境在邓一光作品中得到了象征性装置的照耀，它的复杂意义纵深有了出场的可能。还值得一提的是，邓一光写的不仅是"新城市"城堡里悲苦的人类，他的作品"既有旧的主体的迷惘、失措和逃避，同时又有新主体的新生、成长和对世界的渴望"②，从而展示了主体再生的可能。

在"新城市"的经验视野下，把城市书写作为一种人学，又提升为一种诗学，从而释放出"新城市"的复杂内涵，寻求人在困境中得救的可能。这既是对邓一光"新城市"书写伦理的描述，也是我们对"新城市文学"的期望。

①　邓一光：《深圳在北纬 22°27'—22°52'》，海天出版社 2012 年版，第 35—36 页。
②　杨庆祥：《世纪的"野兽"——由邓一光兼及一种新城市文学》，《文学评论》2015 年第 3 期。

文学、城市和精神想象力

2000 年，一位专家曾对新世纪城市文学作出乐观的预言：新世纪城市文学"表现空间与审美格局"将进一步拓展，文学想象将得以强化，审美多样性将得到充分地体现，"文学将因此步入一个崭新的阶段"[①]。十几年之后，我们却发现，城市文学在某种意义上被消费化和空洞化了，它的风头也在具体的历史情势中被其他话语和文学类型所盖过。城市文学日益成为一种值得警惕的消费型都会文学，在这些作品中，都会作为一种时尚符码只承担装饰性功能。一种虚假的都会生活当然没有催生新的审美经验，它既不能更新文学的城市观，也不能更新城市的文学观。一种被权力和资本所深刻宰制的消费意识形态在其中大面积复制，这是今天重提新城市文学，重申新城市文学写作伦理的重要背景。

大于"都会"的"城市"：文学"城市"观的更新

20 世纪 30 年代，现代都会和摩天大楼在中国文艺作品中开始出现，彼时也许意味着一种新生活在催生一种新的审美意识。可是今日，高耸入云、蓝玻璃外观的商业大厦所表征的后现代都会形象已经成了大众文艺作品的强制性表达式。都会及大厦不仅是一种现实生活，它更代表了一种无可置疑的强势价值观。写作的市场学相信：作者必须顺从这种价值观才能征服读者，读者和观众渐渐习惯这种都会文艺表达式，一种写作的都会意识形态于是得以确立和传播。你在大部分城市题材电影的第

---

① 蒋述卓：《城市文学：21 世纪城市文学空间的展望》，《中国文学研究》2000 年第 4 期。

一个镜头中会看到摩天大楼意象及其表征的城市景观。这不仅是镜头语言的常规惯例，更提示着城市文艺呼之欲出的都会价值观。

所谓都会价值观把由霓虹灯、舞会、酒吧和摩天大楼所构成的"都会生活"无限放大，视之为城市生活最核心及令人向往的部分。都会价值观无意发掘真实城市生活的多样性，它痴迷地聚焦和创造的璀璨城市，往往义无反顾地舍弃了不被镜头聚焦的生活。

影片《北京遇见西雅图》正是在这种都会背景中展开叙事。黄平在一篇精彩的影评中说，此片的实质是北京的都市病在西雅图的浪漫爱中得到疗愈。可是，我想指出的是，帝国大厦正是作为一种都会价值观的现实形象，为浪漫爱提供了最高的现实形式。当观众和主角一起在帝国大厦的相遇中热泪盈眶的那一刻，真正的主角不是汤唯和吴秀波，而是帝国大厦及其表征的都会价值观。换言之，在"北京"和"西雅图"这样的典型城市意象中，我们没有看到"都会"以外的"北京"和"西雅图"。当"北京"被雾霾和高房价的中国式都会病折磨得奄奄一息的时候，电影并不反思"都会"，而是想象更美好的"都会"。在此种置换想象中，帝国大厦便是第三世界想象美国的绝佳对象，是不完美的都会想象完美都会的中介。最终大获全胜的依然是把城市简化为都会的思维。

如果说《北京遇见西雅图》作为一部商业电影自觉遵循着商业片规约的话，那么严肃文学面对城市的时候，却必须提供一种超越性的艺术伦理。这种城市文学伦理核心的部分便是敞开式的城市观。文学如果不能敞开"城市"的异质性和多样性，必不能抵达新城市文学梦想的终点。城市文学不能只有都会，虽然都会是世俗眼光中城市最闪光的部分。文学视野中的城市必须有教堂，有贫民窟，有流向远方的河流，有昏暗路灯下心碎者的哭泣。

90年代的城市文学还是较为多元的，人们在其时的城市文学中看到理性意识的市民，看到主体性觉醒的女性，当然也看到后现代都市所引发的精神症候。我尤其欣赏朱文《老年人的性欲问题》《人民到底需不需要桑拿》这些作品面对城市的态度：它"去蔽"，拆除所有宏大叙事所遮蔽的日常生活。"性欲"是对"老年人"话题复杂性的敞开;"桑拿"则是对"人民性"巨型话语的拆解。可是与其说它是小市民化的,不如说它是真正的人道主义。在朱文那里,城市不是为领导视察而精心准备的城市主干道,城市是主干道斜拐五百米的矮楼窄巷中的人生。那是一种被遮蔽的城市生活,是城市在"都会"景观之外更切实的部分。如果我们承认都会以外城市经验的合法性,那么,"老年人的性欲问题"便一点都不猥琐和可笑,它是被各种思维定势和文化装置挤在一角的卑微而正当的诉求。它恰恰构成了"城市文学"更"城市"的部分。

可是在某个时候起很多所谓的城市文学开始与商业电影共享着相同的"都市病"。"城市作家"们热衷于放大酒吧、夜总会、一夜情等都会奇情因素,或者热衷于展示各种城市奢侈品牌,把放大和加柔的城市物质生活作为城市文学的主要内容。这些城市经验的泡沫和碎片在各种小说中反复出现,因为其消遣和意淫功能而被市场和猎奇读者一次性消费。此处阻碍城市文学的便是一种消费主义的写作伦理。这种写作不关心什么是真实的"城市",只关心什么是畅销的"城市"。于是城市经验便不可避免地模式化、奇情化,并因此催生了一种文学城市的造假。很多作家热衷描写一夜情,这当然是崭新的生活经验,它吁求着自身特有的审美形式。但它更像是城市之皮,如果文学并未通过一夜情而抵达更深的城市血肉的话,那么,这种文学在创造一座表象城市的同时,也遮蔽了另一座沟壑纵横、充满现实伦理神经的城市。谢有顺曾说过一段有趣的话:"若干年后,读者(或者一些国外的研究者)再来读这一时期的中国文学,无形中会有一个错觉,以为这个时期中国的年轻人都在泡吧,都在喝咖啡,都在穿名牌,都在世界各国游历,那些底层的、被损害者的经验完全缺席了,这就是一种生活对另一种生活的殖民。"① 事实上,今天的消费型城市文学遮蔽了城市以外的底层经验,也在遮蔽着不同质的城市经验。我们只能说,被消费主义深刻宰制着的伪城市文本失

---

① 谢有顺:《追问诗歌的精神来历——从诗歌集〈出生地〉说起》,《文艺争鸣》2007年第4期。

却了对纵深城市生活的好奇心，它所创造的光鲜亮丽的都市符码以廉价的爱马仕之梦掏空了城市生活真实的伦理感觉。这一定是新城市文学要反对的。

城市文学的都会病既可能由于对消费写作观的附庸，也可能肇始于某种简化的现代观。城市自古有之，但都会却被视为城市"现代"的理所当然的代表。如果说都会化确实代表了某种"现代"的话，那么也仅是"现代化"，而非"现代性"。特别是审美现代性，尤其强调对现代悖论的深沉意识，对"现代化"和"启蒙现代性"的深刻反思。波德莱尔把现代艺术分为两半，一半是过渡、短暂和偶然，另一半则是永恒和不变。卡林内斯库认为他的这种现代性规划"呈现为这样一种努力，亦即通过完全意识到这个矛盾来解决这一矛盾"。这意味着，现代性是捕捉悖论的意识和能力，是一种无限的反思机制。可是，都会化的城市观无疑是驯服的，它屈从于霸权性的认识论和价值观，也显示了审美创造的惰性和无能。它视现代化为现代性，即使摆脱了消费主义的宰制，却难以挑战占霸权地位的城市认知装置。

要言之，我们的城市常识被大量的习焉不察的谬见所占据，新城市文学吁求着文学"城市观"的更新。新城市文学必须有能力为城市提供反思性维度和容纳性机制。这方面，许鞍华导演其实堪为表率，她的《天水围的日与夜》和《天水围的夜与雾》虽是受资本影响更深的电影形式，但在其聚焦的香港老人问题、内地移民问题中，她以深刻的洞察力让观众看到香港不但有铜锣湾，也有天水围。香港不但是大都会，也有平民区。香港不但有青年，也有老人；她让我们意识到，香港这个城市，标签化的世界码头里行走的是会疼痛的肉身和心灵。新城市文学不能出示城市的这份复杂性，便是失败的。

赋予城市想象性的现实：城市"文学观"的解放

长时间骑马行走在丛莽地区的人，自然盼望着抵达城市。他终于来到伊西朵拉，这里的建筑都有镶满海螺贝壳的螺旋形楼梯，这里的人能精工细作地制造望远镜和小提琴，这里的外来人每当在两个女性面前犹豫不决时总会邂逅第三个，这里的斗鸡会导致赌徒之间的流血争斗。在他盼望着城市时，心里就会想到所有这一切，因此，伊西朵拉便是他梦中的城市，但只有一点不同。在梦中的城市里，他是年轻的，而到达伊西朵拉城时，他已经是一把年纪的人了。广场上有一堵老人墙，老人们坐在那里看着过往的年轻人；他也坐在他们中间，当初的盼望已经成了回忆。

——卡尔维诺，《看不见的城市·城市与记忆之二》[1]

　　伊西朵拉是卡尔维诺创造的五十五座"看不见的城市"中的一座，它之所以令人印象深刻，不是因为"镶满海螺贝壳的螺旋形楼梯"，不是因为当地人能造"望远镜和小提琴"，也不是因为外来人"在两个女性面前犹豫不决时总会邂逅第三个"。这是一座投射"梦想"的城市，但它迷人之处却在于它的非现实性。"伊西朵拉是他梦中的城市"，在梦中的时候，他是年轻的；抵达伊西朵拉之时，他已经老了。他坐在老人墙下，当初的梦已经成为回忆，只看着来来往往做梦的年轻人，在梦着他们的伊西朵拉。于是，伊西朵拉作为梦想之城而获得了永恒性。人类对于城市华丽外壳的任何精雕细琢都是速朽的，卡尔维诺捕捉的是城市中人被梦照耀的永恒心灵图式。这份城市书写背后的文学观其实大有深意存焉，它深深地打动了无数的读者，其中一个叫做王小波。王小波毫不讳言"我恐怕主要还是以卡尔维诺的小说为摹本吧"[2]，他喜欢卡尔维诺常常在一个虚拟的时空里自由发挥，不受现实的约束，和纪实文学彻底划清了界限。在读完《看不见的城市》之后，王小波

① 卡尔维诺：《看不见的城市》，《卡尔维诺文集：命运交叉的城堡等》，吕同六译，译林出版社 2001 年版，第 141 页。
② 黄集伟：《王小波：最初的与最终的》，《浪漫骑士——记忆王小波》，中国青年出版社 1997 年版，第 223 页。

甚至做了一夜的梦，梦见卡尔维诺所描述的五十五座奇形怪状的城市像孔明灯一样浮升在虚空中。可见，王小波已经是深度"卡尔维诺中毒"了。

《看不见的城市》是一个套层结构，外层是每章的前言部分，从意大利东来的马可·波罗向忽必烈王讲述沿途所见的城市奇观，主要是二人的对话；内层便是一个卡尔维诺附体的马可·波罗讲述的各种奇观城市。显然，《看不见的城市》借用了《马可·波罗游记》的外壳，却将纪游文学甩出了五十条街，它改变了原作品中城市故事的地理确定性，转而进入对一系列城市意象的想象。正如艾晓明所说"卡尔维诺的叙述是纯粹的诗性叙述，它是在想象的空间里展开的城市景象，它所有的故事是有关城市的象征、寓言、隐喻和转喻。《马可·波罗游记》中一直强调的是其叙述的真实性；而卡尔维诺仅仅借用了人物和表层的形式，例如那种时间和空间上的语气模仿。"但是又不仅于此，"卡尔维诺把城市从地理空间的具体性中分离出来，与中古风格的物品、与现代建筑或都市局部搭配，加以变形、夸张和引申，使之成为人的意识和潜意识的画像"[1]。显然，卡尔维诺大大提升了作品哲思和想象的浓度，并赋予它"晶体"[2]的结构。王小波忍不住赞叹说："一般读者会说，好了，城市我看到了，讲这座城市的故事吧——对卡尔维诺那个无所不能的头脑来说，讲个故事又有何难。但他一个故事都没讲，还在列举着新的城市，极尽确切之能事，一直到全书结束也没列举完。"[3]

王小波所看重卡尔维诺的，是一种文学的想象品质；卡尔维诺所传之于王小波的，同样是一种小说的"虚构"立场。可以说，王小波透过卡尔维诺发现，虚构是小说特殊的工作方式。小说当然不可能脱

[1] 艾晓明：《叙事的奇观》，《外国文学研究》1999 年第 4 期。
[2] 卡尔维诺的《看不见的城市》的形式安排非常特别，他把 55 个城市奇观的小故事组成一张复杂而有序的网，其结构非常像一个多面的晶体。关于晶体的叙述，可参见艾晓明《叙事的奇观》，《外国文学研究》1999 年第 4 期。
[3] 王小波：《卡尔维诺与未来一千年》，《王小波文集》第四卷，中国青年出版社 1999 年版，第 341 页。

离现实，但是，小说的乐趣，小说的任务，在他看来却是"虚构"地表征现实。小说"虚构"立场的获得，便是文学"想象"伦理的确立。文学得以名正言顺地摆脱"纪实"的桎梏（在中国它曾是霸权化，却又异化扭曲了的"革命现实主义"），而飞翔于侧光、逆光交织的天空中。

卡尔维诺借用古代作品的人物外壳，讲述的却是"现代人对城市的起源、矛盾和颓衰的观感。"① 他的城市书写提示着，城市不仅是题材领域，也不仅是经验范畴，文学的"城市"是现实经验和形式想象的相遇。《看不见的城市》之所以不朽，不是因为城市的现实独特性，而是因为卡尔维诺为"城市"创造了特殊的文学形式（晶体结构），因为卡尔维诺超现实的想象力经由古代与后现代城市更深刻的狭路相逢，我们在马可·波罗的叙述中，读到的却是当代城市的诸种症候。很少人意识到：文学想象的根依然深深地植根于现实之中。换言之，没有现实意识的想象是无所依托的；反过来，没有经过想象处理的现实同样是缺乏穿透力和飞翔性的。卡尔维诺告诉我们，足够高拔的想象力并不以牺牲现实意识为代价。恰恰是过于强大的常规思维不但束缚想象力，而且伤害了文学现实意识的深广性表达。

从卡尔维诺到王小波，那把被传递的文学火把叫做想象力。想象力的释放一度是中国新时期文学从革命现实主义中逃出生天的途径。但是，消费文学张开另一张网，捕获了90年代以后陷落的都市文学，并迅速地压缩想象力的空间，再度把小说循唤为故事。一个享有现实之形的叙事外壳永远是最具有消费性的，可是文学作为一种发现的事业，作为生命暗物质的显影机制，如果没有把想象力上升为一种主要的工作方式，甚至是作为一种小说写作的职业伦理，它的发散性和透视感，它所能抵达和照亮的精神暗角，一定极为有限。就此而言，重申想象力的写作依然是更新当代城市写作"文学观"的题中之义。

---

① 艾晓明：《叙事的奇观》，《外国文学研究》1999年第4期。

城市文学和想象力的有效形式

　　无人否认想象力之于文学的重要性，问题是文学该在何种程度上接纳想象力？想象力出没于文学的各个层面，然而并非所有的想象力都能产生作用。特别是对于城市文学而言，我们经常发现这样的作品：它并非消费主义的附庸，它有意为城市提供反思性维度，甚至也可以说它具备了各种层次的想象力。然而，它却依然令人不满意。因此，辨认想象力的多种层次，尤其是辨认城市文学所需的有效想象力便显得极其重要了。

　　想象力不是无意义的联想，文学想象力的核心是对常规思维的突破。但文学想象力也有类型之别，就其小处，是一种词语想象力和情节想象力，就其大处，则是一种形式想象力、历史想象力和精神想象力。莫言的"透明的红萝卜"是一种意象想象力；王小波虚构一个小偷，到"我的舅舅"家里偷了东西，却忍不住教训正画抽象画入迷的屋主"你这样是要犯错误的"，这是一种情节想象力。这些是体现于文学的局部想象力。卡尔维诺为《看不见的城市》设计的"晶体"结构，为《寒冬夜行人》创造的两个角色串联十篇不同类型小说的结构则是一种形式想象力。

　　人们很少意识到，形式想象力往往关联着一种更高的历史和精神想象力。现代的艺术形式及其经验之间必须有一种严丝合缝的匹配性。因此，成熟的"形式"必有着自身的哲学和世界观。《看不见的城市》的"晶体"形式并不适宜"盛放"托尔斯泰的忏悔和救赎主题；《马桥词典》的形式也不适合《长恨歌》的内容。正如理查德·利罕所说，文学文本与城市文本构成了一种共同的文本性，"当文学给予城市以想象性的现实的同时，城市的变化反过来也促进文学文本的转变"。[①] 在我看

---

① 理查德·利罕：《文学中的城市：知识与文化的历史》，吴子枫译，上海人民出版社 2009 年版，第 3 页。

来，理查德·利罕这段话说的不仅是文学必须通过想象性的方式把握城市的；更重要的是，文学必须敏感于城市的变化，并为城市的变化找到对应的想象力形式。

20世纪以后的城市文学已经成为"现代性"文学最重要的部分，"现代性"对"城市文学"的挑战在于作者如何为变动不居的经验范畴寻找形式，更重要的是，如何找到面对剧变的文化立场。人们在民间歌谣中读到的不仅是传统社会的风情画卷，更是传统社会稳定的世道人心。我们在汪曾祺"高邮"题材小说中读到的不仅是散文化小说的形式，而是他面对世界的恬淡和慈悲。在我看来，一个真正成功的作家，绝不是孤立的形式革命者。形式激情包裹着的终究是一种观物态度。所以，城市文学最终考验作家的，是形式背后的精神想象力。反思消费文学，反思纪实思维是很多优秀作家已经解决的问题，但当代中国芜杂的城市经验向作家追问的是：我们该如何面对这个世界？这个文学写作的"元问题"如镜像般照出了异常斑驳的现实，也照出了作家们深重的现实焦虑和日渐乏力的精神想象力，这深刻地体现在余华的新作《第七天》中。

《在细雨中呼喊》《许三观卖血记》《活着》等作品曾经为余华积累了大量的读者认同和期待。然而在写出《兄弟》和《第七天》之后，他的作品却引发了巨大争议。很少有人认为余华是缺乏想象力的，即使是在《兄弟》和《第七天》中。从《鲜血梅花》《现实一种》《在细雨中呼喊》到《活着》《许三观卖血记》，人们认为这是余华从先锋向现实的转化。然而，很难说"先锋"和"现实主义"哪种更富于想象力，"想象力"在"先锋"和"现实主义"这两种不同的风格类型中吁请着自身的形式。幸运的是，余华找到了！在《现实一种》中，呈现那个被绑在树上，伤口爬满蚂蚁奇痒难忍者的"零度叙事"恰恰是荒凉的现代人心的想象力形式；而《活着》中，在福贵父亲——那个喜欢蹲在田地上大便的老地主身上，余华同样找到了一种有效的想象力形式。可是到了《兄弟》和《第七天》，余华为小说创造的想象力形式越来越失效。或者说，余华写作的形式创造匮乏背后显示了他精神想象力的阙如。

对于先锋时期的余华而言，叙事革命背后的哲学其实对庸碌社会和霸权现实主义的挑战；对于《活着》。《许三观卖血记》时期的余华而言，形式的现实转向背后其实包含着他以人道人伦对抗历史荒诞的哲学，这才是形式背后最深层的精神想象力。就此而言，余华最深的危机不是形式创造力的危机，而是不知如何面对现实的精神危机。《兄弟》和《第七天》讲的是当代以至于当下的故事，经验范畴也从乡镇转向了城市。余华面对的内在挑战是：文学该以什么方式去面对汹涌的现实经验？或者反过来说，现实经验必须经过什么样的文学处理才可以有效地进入文学？余华并非不知道文学要提供想象性的现实，你甚至可以说《第七天》中充满着各种各样的想象力：

余华以第一人称写小职员杨飞获得公司大众情人李青的爱情，不是戏剧性的表白，而是"我"在电梯中为李青默默流下眼泪；他写被杨飞养父抛弃后，用树叶把自己从头到尾盖起来，这些都充满细节的想象力。余华写杨飞养父在养子和未婚妻之间的取舍，没有直奔结果，而是让养父放弃了杨飞并经历一场强烈的精神震荡，这些处理所表现出来的小说质感及情节的想象力，也说明余华小说的某种想象力。

局部想象力之外，余华并非没有为小说提供了某种形式想象力。他没有直接写人间，而是写了一个特殊空间——区别于人间、天堂、安息之地的"死无葬身之地"。余华假定，人死后必须在阴间经历一次火化，然后才能到达安息之地；如果阳间没有买下墓地，那么死者就不能享受阴间的"火化"——永恒安息的中转站——只能永远徘徊于"死无葬身之地"中。这个想象机制事实上具有强大的串联功能，使余华得以通过死者"我"的有限视角而沟通阴阳、汇聚众生。杨飞作为人只能知道自己及身边人生命经历的有限部分，但他所无法知道的其他人的生前死后的故事却在"死无葬身之地"这个空间得到共享。正是有了这个想象结构，余华把当下中国生存中的媒体故事串联到小说中：杀警的精神病、因为男友送假 iphone 而跳楼的打工妹、地下肾脏交易、随意抛弃死婴的医院、地下水被过度开采引发的塌方、小饭店的大爆炸……

我想余华犯的一个重要错误便是在一个大的想象结构支撑下大面积地搬运各种未经想象处理的现实素材。我并不想苛责余华，李欧梵说过中国作家感时忧世的情怀常常会左右他们的文学想象。但我想，感时忧世是中国的文学传统，它不是当代作家可有可无的盲肠。文学想象必须建基于某种现实意识，但这种现实意识却又不能反过来影响了文学想象的展开。也就是说，只有足够现实，想象才更有力量；但只有足够想象性，才能打开更深的现实。可是现实和想象之间的平衡在当下中国很容易被越来越深的现实焦虑所打破，底层文学的兴起和当代作家的悄然左倾便是这种平衡被打破的结果。

然而，越是如此，我们越要警惕所谓"现实生活"的陷阱。在当下的媒体环境和荒诞现实中，人们常常以为生活比文学更文学。特别是对于城市生活而言，那么多骇人听闻的事件通过媒体投奔我们的眼球，这使得作家们渐渐重回某种文学反映论和自然主义文学观的轨道上。可是，"城市文学"难道仅仅是"城市生活"的留声机？卡尔维诺的忠告或许是有用的，他认为文学应该保留的是一种现实感，而不是现实素材本身。意识到"本来可以成为我写作素材的生活事实，和我期望我的作品能够具有的那种明快轻松感之间，存在着一条我日益难以跨越的鸿沟。大概只有在这个时候我才意识到了世界的沉重、惰性和难解"①；文学不能沿用生活的逻辑就好像砍杀美杜莎不能看她的眼睛一样。柏修斯以盾牌为镜照出美杜莎，而文学家也必须找到自己认识世界的独特方式："只要人性受到沉重造成的奴役，我想我就应该像柏修斯那样飞入另外一种空间里去。我指的不是逃进梦景或者非理性中去。我指的是我必须改变我的方法，从一个不同的角度看待世界，用一种不同的逻辑，用一种面目一新的认知和检验方式。"②

更重要的是，余华忽略了想象力最核心的部分是超越性的精神引

---

① 卡尔维诺：《未来千年文学备忘录》，杨德友译，辽宁教育出版社 1997 年版，第 2 页。
② 同上，第 5 页。

领——一种发现现实却又对抗现实的精神立场。余华批判现实，却不是批判现实主义；他以文学性的想象机制串联现实，却没有使现实得到真正的想象性超越。精神想象力的核心是对现实的拯救，这里也许包括理智的拯救、审美的拯救和宗教的拯救。某种意义上，批判现实主义者以对悲剧的社会透视提供了一种"理智的拯救"；卡尔维诺创造的"晶体"结构为现实提供了"美的拯救"；托尔斯泰的灵魂审判和"复活"为苦难的现实提供"宗教的拯救"。然而，余华的《第七天》却显示了拯救的阙如。我们读到他强烈的现实焦虑和悲愤，读到他对现实深切的哀悼。从形式上，它甚至戏仿《神曲》，或可以称为写给中国当下的一份悼词。可究其实质，它的那种想象机制并没有导致一种深层的想象性发现或救赎，有时甚至像讽刺文学一样让人重温了一遍黑色现实，对于伟大文学作品而言，这只是一种失效的想象力。

再掉一下卡尔维诺的书袋，他问：我们为什么读经典，什么是经典？经典作品是那些你经常听人家说"我正在重读……"而不是"我正在读……"的书。我们知道，想象力才是经典永恒的保鲜剂，请读者认真地自问：《第七天》是你读完一遍还会不断重读的作品吗？这里提给城市文学的问题是：在城市变得越来越速成、可降解、一次性的时候，城市文学如何为我们提供不可降解的"永恒"？在城市现实变得越来越残忍、冷酷而又黑色幽默的时候，城市文学的想象力如何不仅把黑暗再讲一遍，而是创造性地发现人面对荒诞现实的新位置？

让世界读懂中国灵魂

一

1755 年 8 月 20 日，伏尔泰改编自《赵氏孤儿》的《中国孤儿》在巴黎各剧院上演，反响强烈。《赵氏孤儿》是中国文化输出的一个绝佳个案：1731 年，耶稣会士马若瑟把元杂剧《赵氏孤儿》译成法文；1735年，译本被收入杜赫德主编的《中国通志》；1748 年，意大利歌剧作家塔斯塔齐奥改编的版本《中国英雄》出版；而继伏尔泰之后，歌德改编的版本《埃尔泊若》于 1783 年出版。当代中国作家有了越来越强烈的走向世界的意识，能够翻译中国文学的汉学家在中国大受欢迎。从具体效果看，主动输出铺设了中国文学与外国读者之间阅读的桥梁；不过，阅读的可能性并不意味着接受的必然性。可是，《赵氏孤儿》的特殊性在于，它是西方作家对于中国文化的主动吸纳。为什么伏尔泰、歌德这样的西方思想、文学大师会对《赵氏孤儿》大感兴趣？原因恐怕不在故事，而在故事背后的价值观。考察《赵氏孤儿》的版本演变会发现，这个"中国故事"的核心从最初的恩怨复仇转变为死酬知己、忠信仁义的价值立场。伏尔泰对这个中国故事的改编背后是 18 世纪西方对古老东方儒家价值观的想象和追慕。概言之，文化输出的实质是一种价值观输出。能否为世界提供一种令人信服的精神伦理，决定了某种民族文学在世界文学中的位置。

且回到赵氏孤儿这个中国故事来。《左传》中，作为国君姐姐的赵庄姬在赵朔亡故之后跟家公赵盾同父异母兄弟赵婴齐有了私情。赵氏家族为了制止这种乱伦之举，放逐了赵婴齐。为了报复，赵庄姬联合了其他家族势力打击赵家，导致赵家的衰落。这是一个充斥着乱伦、阴谋和报复的故事，也是一种只有故事而缺乏价值召唤的叙事。《史记》对"赵氏孤儿"最大的逆转在于在一个狗血的贵族情爱恩怨纠葛中植入了义士死酬知己的信义价值观。《史记·赵世家》短短一千多字的叙述以三次对话给人如遭电击的价值洗礼：赵家蒙难之后，赵家友人公孙杵臼幽幽问程婴"胡不死"。这个质问匪夷所思，它携带着一种不容置疑的死酬知己的伦理，这种伦理刻板而悲情。程婴当然可以跳出这种伦理，落荒而逃；可是他不慌不忙地接了，"朔之妇有遗腹，若幸而男，吾奉之；即女也，吾徐死耳。"程婴和公孙杵臼分享着相同的伦理，却有着更精密的考量。赵庄姬果然产下一男，如何逃脱仇家屠岸贾的追杀呢？二人又有一番对话，公孙杵臼问程婴，"立孤与死孰难？"程婴说立孤难，公孙杵臼乃说"君为其难，吾为其易。"二人遂谋取他人婴儿，程婴向屠岸贾报称赵孤在公孙杵臼处，公孙之死换来了赵孤的金蝉脱壳。以日常而言，死孰不易，何以公孙居然在赴死之际还谦称"吾为其易"，这只能理解为他大义的担当；换一个角度看，立孤的程婴确实不易，死是瞬间的；立孤则不但要背负告密叛徒的骂名，也要承担漫长岁月中的抚养教诲和复仇训练。大概不会有任何人觉得程婴对公孙杵臼应有所亏欠，除了程婴本人。很多年后，赵武已立，程婴乃辞诸大夫，谓赵武曰："昔下宫之难，皆能死。我非不能死，我思立赵氏之后。今赵武既立，为成人，复故位，我将下报赵宣孟与公孙杵臼。"这是一段让人大汗淋漓的对话，不慌不忙的程婴又一次以他壁立千仞的嶙峋价值观刺中我们的泪腺。原来，这么多年，"吾非不能死"的心结一直纠缠着程婴。公孙杵臼把生让给了赵孤和程婴，漫长岁月中的付出并不能减轻义人程婴内心的亏欠感。如果说公孙杵臼身上有对赵家的忠义担当，有舍生赴死之际言辞上对程婴的体恤自谦；程婴则既有忠义，有隐忍，也有着以死明志的热血。春秋义士，对死多么的蔑视；这种蔑视却又使死成为度量价值的最高尺度。所有的价值，必得以对死的蔑视和对生的放弃来证明。程婴"遂自杀"。他死得毫无现实必要性，他死于一种价值观。这种价值观首先是对朋友的义（赵家）；其次是对朋友的信（公孙杵臼）；最后还有一种成事者的隐忍（生而立孤）和义人天生的果敢和亏欠感（非不能死）。显然，到了《史记·赵世家》这里，复仇绝不是这个故事的核心，它的核心是一种千古之下依然令人动容的大义和大信。老实说，假如沿着《左传》的思路，赵氏孤儿的故事就直接与当世宫斗剧合流了，这个故事也必然会被写废了；所幸司马迁如橼之笔赋予它以灵魂，在其驳杂的故事线索中提出了一条显豁的精神红线。日后，赵氏孤儿的各个版本基本都沿着司马迁奠定的路线走。且不管元杂剧如何把谋求以得的婴儿变成中年得子的程婴自己的骨肉，各地戏剧又如何展示程婴跟妻子之间对儿子的争夺，后世版本如何为司马迁略显粗疏的叙事拉伸增补，也不论后世版本如何将《史记·赵世家》中程婴死酬知己的信义伦理转变成封建性的忠信伦理。但是，司马迁才是赵氏孤儿故事的精神之父。显然，伏尔泰在这个东方伦理故事中提取的，也是一种伦理和价值的召唤。曾几何时，中国故事在世界文学的格局中沦为了东方情调的供应商；回看历史，我们曾在正道，以中国故事提供一种让人仰望的精神价值。

二

90 年代，中国故事在世界文学中陷入了一种后殖民的怪圈：在各种出口转内销的成功个案中，一张镶嵌着异国情调、东方景观和古老文化批判的成功配方在中国文学家那里获得了越来越多的认同。如果我们不愿意提供一个西方视野中的景观中国，我们必须提供一个真实、全面、立体、综合的中国。我们不但要阐释中国传统的浩荡江河，也要阐释这种传统江河的丰富构成。该如何向世界阐释价值中国的阔大和幽微，这是当代中国在世界文学中发声时面临的重要课题。

李敬泽先生在一次讲座中说道："中国的传统生生不息，它如同江河，有它阔大的方向、轮廓，但也正如每一条江河一样，有它无限丰富的幽微之处","我们不过是站在河边江边的一个孩子,我们往江里舀一勺水,然后我们知道了,我们尝到了传统的某些味道,闻到了传统的某些气息,由此去体会传统的阔大与幽微"。中国传统有儒道释,中国历史有春秋汉唐明清,讲述中国故事,阐释中国精神,不应把传统作为一种僵硬的知识,而应讲透传统背后的幽微,触摸知识背后的人心。在这方面,李敬泽的《小春秋》《青鸟故事集》《咏而归》等写作提供了书写中国传统的独特而有效的路径。

和司马迁一样,李敬泽在讲述古老的庙堂故事之时,最终聚焦的却是普通人身上所展示的精神光彩。且以《风吹不起》为例。通过庭院深深的笔致,作者勾勒了重耳跌宕起伏的成王生涯、尚武怀柔的政治策略和与狐偃之间离合对峙的君臣博弈,这是权的世界;他将寺人披作为冷血杀手的角色和纳粹屠夫埃希曼一起置于阿伦特的"平庸之恶"的审视,他又借用以赛亚·伯林对阿伦特的反思绕过了阿伦特。将一个中国故事置于西方理论阐释之下曾是当代学界的不二法门。可是,李敬泽的立场在中国,他的目光穿过重耳、狐偃、寺人披,最终却落在隐者介子推身上。在政治策略的权谋和哲学审视的省思之外,他把介子推还原于天道和牢骚之间的人情伦理空间。他使寒食节这个被文化所凝固的时间节点回到人心原点,焕发了强大的价值感召力。所谓"风吹不起"其实是"火烧不下",是坚隐不出。李敬泽并没有通过民族大义等宏大价值来为隐赋魅,他以为介子推"问题的要害也不在忘不忘、赏不赏,这是一颗清洁的、可能过于清洁的心在这浊世做出的决绝选择"。"介子推,他决不苟且,他蔑视算计和交易,他对这一切感到羞耻,他拒绝参与这个游戏。他对世界和人生的理解偏执而狭窄,但这种偏执和狭窄中有一种森严壁立的力量",他看重的大概是一种以死赴隐背后坚韧的心力和精神支点。

他感慨于"在中国文化中,几乎所有的节日都是红火的、热闹的,充满对现世的迷恋和肯定,而人们把唯一无火的、冷清的、寂寞的节日留给他,这名叫介子推的人"。他的目光落在传统灯光璀璨部分以外的幽微处，这是对中国精神的立体拓展。谢有顺注意到，"它提示我们，注意中国文化的辉煌和灿烂的同时，它有另外一面：在这个辉煌和灿烂的背后，也有失败者、弱者、惶惑者，也有悲观和绝望者的经验。这些失败者的经验和那些辉煌、灿烂的经验一起，共同构成了中国文化的丰富、弹性、阔大。"注意这些幽暗处的文化经验，其实是发掘人之为人的精神尊严："如同苏格拉底和耶稣的临难，孔子在穷厄的考验下，使他的文明实现精神的升华。从此，我们就知道，除了升官发财打胜仗娶小老婆耍心眼之外，人还有失败、穷困和软弱所不能侵蚀的精神尊严。"

三

观察一国之心灵，常常从一国之文学窥之。从国家形象传播角度看，文学不但是写一人的心灵悲欣，它作为整体代表着一个民族国家的心灵质地。正如我们会通过川端康成的《雪国》来理解日本的精神世界和物哀美学一样，外国读者也会通过中国文学来阅读中国的灵魂。如此，描绘有精神重量的中国，是文学家对民族国家的责任；而文学家向世界展示什么样的中国灵魂，也极大影响着中国文学在世界文学中的位置。这要求文学家，要把见证现实、艺术探索和中国精神的构建三者密切结合起来。

事实上，20世纪以来的中国文学，一直不乏将中国人的精神气质镌刻进文字丰碑之中的创作。人们多看到鲁迅在阿Q、祥林嫂形象中投寄的国民性批判立场，却忽略了《野草》中在过去和未来的渺茫中坚持走下去的"过客"和在"无物之阵"中举起了投枪的"战士"也是鲁迅显影而出的现代中国精神气质。人们在沈从文作品中不仅读到了湘西世界，翠翠、萧萧、傩送等人物及其纯粹美好的心灵世界，也是国外读者理解中国心灵的一个通道。我们在《白鹿原》白嘉轩这个传统乡绅身上读到了儒的骨头，这是中国文化中的儒传统到现代中国的微弱投影；我们在《活着》中看到极度生存环境下人心并不泯灭的人道之爱；我们在青年作家王威廉《听盐生长的声音》中看到人绝境逢生的精神力量……波兰诗人扎加耶夫斯基写道"尝试赞美这个残缺的世界"！世界并不完美，现代文学也更乐意去展示精神异化和现代人精神上的流离失所。见证现实的黑洞展示的是一个民族面对真实的勇气和洞察力；不过，超越现实的黑洞展示的却是一个民族面对世界的智慧和伦理。对于自觉担当民族国家文化责任的写作而言，这二者与其说是冲突的，不如说是合一的。在全球化的"世界文学"坐标中书写中国，不能仅当一面镜子，收集中国故事的表象；而应化身现时代的精神 X 光机，显影并让世界读懂中国的灵魂！

作为方法和价值的文学中国

葛兆光先生说，一个概念被热烈讨论和强调，其实背后透露出一种强烈的焦虑。我们热烈地探讨中国话题，背后确实包含了某种"何谓中国，如何中国"的思虑。不过，在我看来，讨论中国，事实上并不必然源于一种焦虑，反而可能源于一种更高的文化抱负和规划。

我并不是从历史的角度来探讨中国这个概念的内涵边界，而是聚焦于现代民族国家观念已经形成的 20 世纪，文学如何进行中国表述这一问题。显然，中国文学并不必然呈现为对文学中国的执着。"中国"在文学中，也许有着三个层次的存在。第一层次是作为一种民族国家认同的中国。这个意义的中国，与国民的民族身份、生存权利以至文化认同强烈交织在一起，一般情况下，往往是在国家民族处于严重危机之中，作为民族国家认同的中国观念就会最强烈地进入文学中。梁启超说"少年强则中国强"，"欲新一国之国民，必新一国之小说"，他还写作《新中国未来记》，他思考问题的重心始终在民族国家，这跟他所处的晚清国家危机有着内在联系。艾青写《雪落在中国的土地上》，戴望舒写《我用残损的手掌》，穆旦写《赞美》，都是中国处在国土沦陷的危机中，此时"土地"疆域和一种现代地图想象，共同参与了民族国家观念的建构。应该说，越是危机处，越是认同时，这是民族国家观念非常特别之处。不过，"文学中国"的另一个层次也许是作为审美风格、文化资源存在的中国。毛泽东提出"中国作风""中国气派"以及"民族形式"，此时的"中国"指的是一套具有自身主体性以至不可转译性的风格创造。某种意义上，汪曾祺、格非、毕飞宇、葛亮等人的很多小说都带有不可复制的中国风格。作为审美风格的中国必须注意的问题是现代性和中国性的协调和平衡。西方并不等同于现代，不过也不必将西方跟现代完全对立起来。传统的中国审美能否保有对现代乃至中国问题的表述能力，这是一个问题。20世纪中国文学史上有一条援引民歌资源入新诗的清晰线索，不过民歌固定体式跟新诗自由精神之间的内在冲突，依然是一个难以克服的问题。所以，中国风格、中国审美的缔造不可能一蹴而就，更不可能是一张配方包治百病。文学中国的第三个层次是作为一种方法和价值观的中国。文学的内在密码在于虚构，虚构就是想象，每一种想象的背后都携带着自身的伦理，想象中国其实就是在中国精神伦理的疆域中发明中国。80年代以来，由于国家处在综合国力的上升期，国族身份并未遭遇危机，因此国族的文学表述并未成为当代文学主流。相比之下，市民、个人、性别、身体以至新世纪的底层或阶级的表达要更为集中。相比之下，影视等泛文学作品中的国族身份表达要更多一些。不过，其中的中国表述依然却存在两种极端。其一是各种类的抗日神剧，民族情感的表达依赖于对历史事实和情理逻辑的悖逆，这种想象中国的方法并没有维护一种有尊严的中国伦理，并没有贡献于作为方法和价值观的文学中国。另一种极端则是一种中国想象他者化、空洞化和感伤化的倾向。比如电影《金陵十三钗》，在人性和野蛮的对峙中，到了最后拯救中国人的似乎只能是一个美国流氓。这样的想象背后的中国精神其实是缺位、失落的。而像《长城》这样的电影，表面上使用了一个非常中国化的文化符号，但是在剧本的制作、故事的讲述模式、电影的资本运作等方面则完全是美国化的，所谓的"长城"背后的"中国"是空心的。我还想举贾樟柯的《山河故人》为例，这部作品第三部分包含了一种未来叙事。一个问题商人跑到澳大利亚，却面临着跟儿子无法交流的困境。贾樟柯的未来叙事体现的是一种文化乡愁立场。他当然是认同中国语言文化的，所以焦虑着在全球化、科技化的背景下"中国性"的丧失导致的交流溃败。不过，这种感伤的方式依然不是理想的想象中国的方式。文学的未来叙事天然地具有某种乌托邦性，具有想象中国理想前景的能力。但在这种感伤想象中，中国的未来和独特性其实在全球化的同质性中丧失了。我最后想推荐一部作品，熊育群的《己卯年雨雪》。这是一部抗战题材作品，它通过抗日战争时期一个日本女人来中国寻找丈夫过程的见闻，将中国视点和日本视点结合为一种双线叙事。其中既有控诉战争、呼吁和平的人性叙事，又有着将中国儒、道、侠等文化资源融合进精神主体的文化主体性叙事。李敬泽先生将其称为"呈现了一个民族的精神成长"。文学如何想象中国，如何贡献于作为方法和价值的文学中国，关键也许在于，它对民族的伦理和情感能否有所发现和维护，抑或是按照市场主义或强势他者的逻辑消费中国。

情义呼唤与当代文学的意义焦虑

2017 年 5 月 20 日，在"民族文化传统与当代文学发展高峰论坛"上，孟繁华先生发出语重心长的感慨：当代文学必须在无情无义的世界上写出文学的情义。这个判断孟先生已经在《短篇小说的"情义"危机》(《文艺争鸣》2016 年第 1 期) 中阐述了，该文通过对刘庆邦、黄咏梅、张楚、弋舟、邓一光等作家作品中普遍表现出的"情义危机"症候的分析，指出"上述小说加剧了我们对今天情感生活的紧张感和不安全感"，但作者也犹疑："小说中表达的无处不在的'情义危机'，是否在我们的叙事中被强化或夸大了？""文学在某些方面真实地表达生活之外，是否也需要用理想和想象的方式为读者建构另外一种希望和值得过的生活呢？"文学如何重构情义？孟先生在最近一次关于《三国演义》的讲座中说，当代很多小说"每个作品单看都是好作品，放到一起，就会发现小说是无情无义的。这时候我们读三国，重新看关二爷才知道，有情有义对文学来说是多么的重要。"

孟先生对当代文学的诊断和处方包含着强烈的问题意识和向传统精神资源呼救的立论取向，发人深思！不过，孟先生一定也同意，当代文学的情义危机并不可能在古典文学中求索到现成的"情义"。换言之，"三国"乃至整个古典文学中的"情义"不可能直接迁移到当代文学中来。然而，这并不意味着当代文学的情义呼唤是不必要的。它只是意味着，这里的情义不能狭义地理解。事实上，如果我们将情义呼唤置于当代文学的意义焦虑中，情义呼唤的背后其实是意义的呼救，是当代文学重构和确认思想资源的内在努力。

"一切坚固的都烟消云散了"

当代文学的意义焦虑事实上内在于现代性危机之中。毋庸置疑，纯文学意义上的当代文学经历了程度甚深的现代主义洗礼，既内化了现代主义普遍的精神危机，也将当代的、当下的精神问题文学化，并触摸到了触目惊心的意义饥渴症。

王富仁先生在《中国现代主义文学论》中对浪漫主义、现实主义、现代主义和后现代主义等概念进行了简洁准确的辨析。在他看来，浪漫主义和现实主义是一种内／外之别，前者向内求索而呈现主观的情热，后者则向外拓展而信任客观的描摹、刻写和反映。不过，浪漫主义和现实主义事实上共享着一种对世界的确定意义感。这正是浪漫主义者和现实主义者区别于现代主义者之处，因为在现代主义者那里，世界并不提供一种确凿可辨的意义模式，世界的内在真相是模糊甚至坍塌的。不过，王先生思想中的现代主义者，是一群站在失去意义的世界上追寻意义的人。这区别于后现代主义者，因为后现代主义者已经不再关心意义了，他们的文化姿态是在失去中心的世界上嬉戏着存在。这里相当简洁地道出了现代主义文学世界的意义危机。

就整个世界文学的发展趋向而言，从古希腊罗马到文艺复兴、古典主义、浪漫主义、现实主义，再到 20 世纪的现代主义、后现代主义，文学的主体确实存在着从神到半人半神英雄到人间精英到卑微凡人再到异化主体的变化。希腊神话中的神固然是按照人的欲望和性情来刻写的，但那种威严感须臾不曾丧失；《伊利亚特》中的第一英雄阿喀琉斯则是女神帕提斯和人间国王的儿子，他洞悉命丧战场的命运而决然奔赴荣誉，这种远古时代的英雄主义和确定意义感，也许是多年以后感动着少年维特的原因（在瓦尔海姆小镇上的维特随身携带的便是袖珍本的荷马史诗）。文艺复兴时代文学普遍成了巨人的舞台，不管是拉伯雷笔下的三代巨人王，还是忧郁延宕的哈姆雷特，都流淌着王的血脉，所谓万物之灵长，很多时候指的就是这些人间的精英。到了19世纪，苔丝这样被压迫的和被侮辱的人物才获得了被书写的机会。而20世纪，卡夫卡则一举将文学主体从人降到异形的甲虫层面。这种世界文学的主体变迁不是偶然的，它内在于历史变迁中文学世界观的剧烈震荡和坍塌重构。

站立在现代性不断延伸和深化的世界上，"上帝死了"的普遍信仰危机、从圆形的古典时间向直线现代时间转化中的迷茫、整体性话语崩溃，"一切坚固的都烟消云散了"，这些现代性的幽灵依然在折磨着我们。某种意义上说，当代文学表现出来的情义危机和精神虚无很大程度上正是基于文学主体对当代精神境况的敏感多思和倾心凝视。现之于外，当代文学不但呈现出情义危机，更遭遇着意义饥渴的普遍压迫。比如黄金明"地下人"系列通过对未来胶囊公寓和地下世界的想象出示一种强烈的环境焦虑；陈崇正通过对"半步村"的文学地理学书写而投寄对激变中国的现实和历史反思；王威廉小说的一系列荒诞书写，也包含着鲜明的当代生存经验和社会文化追问；蔡东去年颇受关注的短篇小说《朋霍费尔从五楼纵身一跃》以细腻入微、纸墨皆情的抒情笔法书将凝重压抑的中年危机呈现，其中也关联着一种深重的时代精神危机……应该说，1970年代以后出生的中国作家都有着良好的现代主义素养，他们对当代中国的感受、体验、构型和书写都有现代主义话语内在的优势和局限。他们作品中表现出来的普遍精神焦虑，源于他们的敏感、真诚、才思和现代主义文学抱负，却也蕴含着在摇摇晃晃的世界上重构精神光源的契机。

见证、立象和立心

在我看来，文学从外到内存在着见证、立象和立心三个层面的功能。所谓见证，就是与现实和时代同在。以文学为热烈而凋零或喧嚣而酷烈的复杂现实作证，现实主义特别强调的便是文学的见证性伦理。从如实的反映记录，到栩栩如生的性格塑造；从杂多的人物中取出某一特征融会为一个典型性格，到以典型性格沟通某个时代性的典型环境。这一切其实突出的都是文学见证人生、记录世相、认识世界和刻写时代的功能。可是，在现代主义的文学体系中，往往以立象取代见证。所谓立象是指作家以敏感的感受力体验着世界发生的某种尚未被说出的内在变化，并以独特的造型能力立象以尽意。在此意义上，立象便是体验、命名和说出，使尚隐匿的存在得以现身，为晦暗不明的精神世界显影。显然，卡夫卡便是用甲虫为现代人异化的变形生命立象；马尔克斯则以马孔多小镇为后发现代性的拉美现实提供了魔幻图样。不过，文学显然还有着更高于此的功能，那就是立心。不管见证还是立象，其实出示的都是作家对世界的诊断能力，可是负责说出变形的卡夫卡却并不负责告诉读者如何面对变形。传统的写实手段已经很难抵达世界无以定形的内核，在光怪陆离又内嵌深渊的现代世界中，立象常常是最内在最深入的文学见证。可是立象与见证之后呢？以什么来面对现代世界内在的意义匮乏？读者不能强迫作家对此做出正确回答，文学却期待着伟大作家做出个人的可能探索。所以，立心其实就是去确认，"尝试去赞美这个残缺的世界"（扎加耶夫斯基诗语），尝试去说出动荡的心可以安居之所。

必须说，见证、立象和立心都是从将文学跟人类精神事业紧密联结的纯文学传统出发的吁求。事实上，消费主义的文学观求之于文学的就不是这些，而是游戏、消遣、猎奇和艳情等等。当代文学危机一个很大的表现即是，越来越少人愿意将文学视为伟大的精神事业；同时，当代作家在见证、立象和立心的综合能力上也显得普遍乏力。一个突出的现象是，当代作家在见证和立象上往往能有所斩获，可是在立心上却显得疑难重重。事实上，情义危机正内在于立心之困；甚至于，心不能立，立象和见证都会产生某种偏差。比如著名作家余华在《兄弟》和《第七天》中出示了一种强烈的现实焦虑，但因为心无所立而导向某种变味的"新闻现实主义"和"简化民族寓言"，这不是孤立现象，而是阎连科等大作家也无法幸免的普遍症候。又如王安忆，她多年的写作追求着世界物质外壳的营构，但心无所立却使《天香》这样的作品在世相书写中窒息了内在的灵魂火焰。在我看来，这恐怕都源于意义确认的危机。

把心立在永远自新的途中

文学如何立心，关联着当代文学如何进行意义确认的问题。在现代性和世界性传统受到质疑之际，向传统呼救的声音重新响亮起来。不过，传统与当代精神资源的沟通终究存在着现代转化的程序。在我看来，倒是百年新文学自身存在着进行意义确认的精神传统。这便是五四文学以鲁迅为代表的现代主体精神自新的传统。

对于 20 世纪中国而言，五四运动绝不仅是一次爱国主义和民族主义的学生运动，它更包含在其前后所发生的一系列文化思想革命和新变。五四的核心指向是如何实现古老帝国向现代民族国家的转化，如何实现文化自新和人的自新。在此意义上，五四把民族国家理想和文化的现代、人的现代这些命题联结起来。"人的文学"是周作人提出的概念，他视新文学为"重新发现'人'的手段"，目的在于促成健全人性的养成。如是，五四"人的文学"既是人道的文学，更是新人的文学，使人得以自新的文学。五四文学作为新文学，其新之所在，不仅在于语言文字和形式结构，更在于投寄在文学上面的功能设计和精神想象。在五四巨子看来，新文学是要紧密参与到民族国家自我建构过程中，是要参与到人的现代精神结构的设计之中，所以，文学才是值得认真郑重的事业。真正在文学实践上躬行了人的重新发现的正是鲁迅。

2016 年是鲁迅逝世 80 周年，各种关于鲁迅纪念的活动层出不穷，但这些活动却不能掩盖鲁迅在当代文化语境中受到冷落甚至奚落的事实。虽有那么多有识之士的呼唤，虽然鲁研界已经成为一个声势浩大的研究领域，但这依然是一个遮蔽鲁迅、远离鲁迅的时代。老诗人彭燕郊说"鲁迅不仅是一个人的灵魂，而且是我们民族的灵魂。最近一百多年以来，中国主要的精神支柱是鲁迅。没有鲁迅的话，我们民族就不知道往哪里走。"这话看起来十分夸张，却是一个从五四文化传统中走过来的诗人的真切体会。所谓"鲁迅是我们民族的灵魂"，其实是说鲁迅代表着我们民族走向现代过程中自审、自新的维度。换句话说，鲁迅代表着我们民族寻找现代灵魂的一种精神路径。然而，寻找是一个动态的过程而不是一个已经终止的结局。所以，鲁迅是一种出发而不是一种抵达。陈平原先生提出过一个著名的判断——"读鲁迅的书，走胡适的路"。他是从鲁迅和胡适所代表的革命／改良二种不同的现代方案中做出如是调和的。不过，从人的自新这个角度看，鲁迅的路远没有走完。更遗憾的是，在没有走完时就已经被忘却了。

回头看，我们会发现鲁迅提出的一系列命题依然那么具有现实性，却已经如在旷野，四顾茫然，你只能发问这个时代的鲁迅传人安在哉？人们常说一时代有一时代的文学，这是说每个时代都有自身的文学命题，也理应表现出自身独特的精神立场和文学审美。可是，文学也是有着内在的传统与传承的。所以，我们虽然与鲁迅并不处在同一时代，却依然与他处在同一文学传统之中。惜乎这种精神自新的文学传统如今很多人不愿提起。

之所以在当代文学的意义危机背景中重提鲁迅，不是因为鲁迅为我们提供了现成的答案，而是因为鲁迅在勘探存在的深广度时比我们更加虚无——深刻的虚无；可是精神虚无和精神自新在鲁迅乃是一体两面。"绝望之为虚妄，正与希望相同"，深陷无物之阵的生命过客为什么对我们有意义？这意义或许就在于，他既不相信"天堂"，也不相信"地狱"；他既然不相信"将来的黄金世界"，自然不会相信"老子从前也阔过"的昔日时代。但他却相信"我只得走"。"于天上看见深渊。于一切眼中看见无所有；于无所希望中得救。"鲁迅对我们的精神意义在于，在启蒙的确定性内部，他有着颓废的不确定性。可是，作为一个深陷虚无的精神主体，他之立心不在于向未来或过去索取确定的文化资源，而是把心立在永远的精神自新的途中。

荒诞话语的当代传承

一

在描述现代性的五副面孔时，卡林内斯库并未将"荒诞"囊括入内。然而，正如余虹所说，"'荒诞'（absurd）一词在二战后的西方由一个不起眼的日常用语上升为一个具有高度思想概括性和丰富内涵的概念乃是众所周知的事实"[①]。20 世纪以降，荒诞席卷了从西方到东方的文学领地。值得一提的是，在 20 世纪八九十年代先锋文学风潮中，荒诞常被作为一种重要的先锋面相得到推崇，但在新世纪底层文学风起云涌、反思"现代主义"开始流行的文学场域中，"荒诞"则常被视为一种缺乏现实感的隔靴搔痒。此时值得追问的是：什么是"荒诞"的实质？为什么荒诞会成为现代文学无法绕过的选择？擅长书写荒诞的作家王威廉在小说《书鱼》开篇敏锐地提问：写人变成动物在《聊斋》之《促织》就已经有了，为何我们却以为卡夫卡的《变形记》才是荒诞的现代文学？这意味着，荒诞不仅是文学形象上的夸张、扭曲、变形，不仅是文学手段上独辟蹊径和标新立异。荒诞是什么？正如阿诺德·P. 欣奇利夫所指出的"荒诞要存在，上帝就必须死去，而且在意识到这一点之后还不能企图设想任何一个超验的'另一个我'来替代。"[②] 由是荒诞关联着"上帝"所笼罩的意义世界的崩裂，在余虹看来，"等待戈多"正是人类存在境遇的典型隐喻，不同时代的人们在此场景中有着不同的姿态："前现代主义者：信赖着等待"；"现代主义者：怀疑着等待"；

---

① 余虹：《"荒诞"辨》，《外国文学评论》1994 年第 1 期。
② 阿诺德·P. 欣奇利夫：《荒诞》，梅森出版公司 1969 年版，前言。

"后现代主义者：游戏着等待"①。

在余虹看来，"'荒诞'指述一种特定的问题状态。大略说来，这是一种现代主义的问题状态。也就是说，在前现代主义时代和后现代主义时代，'荒诞'指述的生存处境以这样或那样的方式隐匿着"。西方荒诞派文学的典型表达式是"你必须……，你不能……"②。你必须寻找城堡，但你不能找到城堡（卡夫卡《城堡》）；你必须等待戈多，但你不能等到戈多（贝克特《等待戈多》）。这个表达式所追问和隐喻的其实是人类总体性生存情景的"荒诞"。如果超越西方的上帝传统，荒诞依然作为一种普遍的现代性境遇而指涉了意义的虚无。

在 20 世纪中国文学史的某些段落，荒诞是一个长期被压抑的主题。或者说，中国文学的现代性之路上长期缺乏与荒诞迎面相逢的契机。五四的启蒙主义、左翼的革命理念乃至于自由主义者的自由观内部，都有一个"上帝"笼罩，意义由此衍生。在此情景下，"荒诞"自然无从释放。虽然在鲁迅的《野草》，冯至 1930 年代的诗歌中我们读到了某些存在主义的荒诞元素，生命的荒诞、虚无和颓废感被触及，而且这种荒诞正是一种对根本生存状态的隐喻，一种类西方式的荒诞。所不同者在于，《野草》不仅提供荒诞、虚无和绝望，《野草》更提供了绝望之反抗。穆旦虽在爱情中发现了存在之荒谬，但他仍然能够在民族的苦难中提炼出生之意义并写出《赞美》。这意味着，"现代文学史"阶段的中国作家，他们的现代体验中虽然包含了存在的根本性虚无和颓废，但国族的苦难和现代民族国家的想象前景拯救了他们的颓废。无论是左翼的革命文艺立场还是右翼的自由文艺立场其实都内蕴着现代民族国家这个巨型话语所构造的意义光源，在此情况下，荒诞的压抑和转移构成了中国现代文学的内在景观，它缺乏一种发展为荒诞美学的时代契机。"荒诞"成为一个中国文学主题，其实是在 1980 年代才正式产生。而且，它一旦出现就成为"一种愈来愈清晰的倾向"，刘志荣认为中国当代文学中

---

①② 余虹：《"荒诞"辨》，《外国文学评论》1994 年第 1 期。

存在着一种"荒诞现实主义"的小传统①，这个观察是敏锐而准确的。因为中国当代文学所释放出来的"荒诞"，从根本上并非追问存在之荒谬的西式荒诞；它始终隐含着关怀时代和现实的现实主义品格。

二

值得追问的是：当代文学的荒诞何以释放？这种荒诞又何以始终被现实严密追踪？这里关联着中国当代文学的"超级历史化"结束之后个人化历史叙事的兴起。正如陈晓明所指出：革命文学"具有完整的历史观，并且以再现客观历史为最高原则。揭示历史发展的本质规律，建构完整的时空叙事结构，为现实存在的合法性和合理性找到充分的形象依据"②。社会主义现实主义文学作为一种国家文学执行了高度合一的政治文化功能，全面叙述革命的历史起源，确认并再生产革命中国赖以存在的世界观、价值观和历史观。在超级历史化阶段结束之后，反思现代性成为新的政治无意识寻求发声的契机。我们由此可以理解种种个人化的历史叙事的兴起，它们包括"非历史"（对民间、民族文化资源的发掘）、"反历史"（对"当下性""肉身性""鄙俗性"生活的无限强调以及道德化）和"新历史"（从疏离于体制的个体角度对历史的重新打量）的种种论述。

当代最著名的文学经典无不内在于此一超级历史化解体之后的多元新历史化模式。莫言的多数作品是通过对以大地为表征的民间文化资源的发掘和重构来确认生命新的归宿。"我母亲"作为地母女神式的存在已经内在地蕴含了对抗无尽苦难的能量（《丰乳肥臀》）。由此，莫言以狂放的想象力在正史叙事之外构造了民间的民族史，并使之成为具有象

---

① 刘志荣：《近二十年中国文学中的荒诞现实主义》，《东吴学术》2012 年第 1 期。
② 陈晓明主编：《现代性与中国当代文学转型》，云南人民出版社 2003 年版，第 226 页。

征品格和拯救能量的民族寓言。不难发现，莫言是作为左翼革命话语的反思性产物而诞生的，但是莫言并不虚无，他发掘了民间汪洋恣肆的生命力。因此，莫言的作品中虽然包含着大量荒诞性的形式元素，比如《酒国》中发生在丁钩儿身上的反酒却醉死的悖论；《十三步》中物理教师方富贵"死而复生"、易容生存的荒诞情节。但总体上莫言的作品既有所批判又有所确认，他的魔幻形式仅仅是作为一种文学修辞存在，既非一种存在荒诞，也不是一种历史荒诞的形式表征。

相比之下，王小波、阎连科和新世纪的余华都比莫言更靠近了"荒诞"。王小波小说的重要主题之一便是呈现反智反性反趣的诡异体制的生存悖论，但王小波并不虚无，他将"生之悖论"严格地历史化、空间化而非普遍化，他对智趣性的坚持，他对艺术无限性的追求，使得他更像一个罗素式科学理性主义者和卡尔维诺式后现代文学本体主义者的结合，这使得"荒诞"其实无法向他释放。也许，阎连科是当代中国作家中最深地体味着虚无情绪者。无论是早期的《日光流年》《受活》还是最近的《炸裂志》，阎连科都将某种现实和历史经验安置于荒诞性结构和民族寓言之中。阎连科书写的苦难接近于一种不可拯救的苦难，《日光流年》并未像《丰乳肥臀》那样通过对"大地"的发掘拯救了无尽的苦难；也未像王小波那样站在启蒙现代性和艺术无限性的立场上反讽嘲弄制造悖论的体制。《日光流年》的绝望在于即使时光倒流也没有用，对于活不过40岁的个体而言，时光倒流或许暂时拒绝了死亡，但却无法拒绝那种从历史的深处蔓延而来的死亡的荒诞凝视。在阎连科那里，"受活"是一种比"受死"更艰难的历程，因为生将陷入一种不可解脱的荒诞陷阱之中。司马蓝们必须摆脱活不出40岁的魔咒，但却穷几代之力而不能。这里颇为接近于荒诞派文学"你必须，你不能"的表达式，区别在于，荒诞派的荒诞是一种人类生存本体性上之荒诞，是超民族性和历史性的存在感受；而阎连科的荒诞却有着丝丝入扣的现实和历史暗示，它几乎是潜意识地从一个村庄结构一个民族的苦难史和精神寓言。

三

　　荒诞话语在新世纪以来的中国文学也延续着深刻的回声，下面将以黄金明、王威廉、陈崇正、马拉等四位广东新锐作家的荒诞书写为例，谈谈当代广东文学对荒诞话语的传承。

　　黄金明新近出版的小说集《地下人》是一部包含着鲜明荒诞元素的作品，包括《剧本》《寻我记》《实验室》《蝉人》《看不见风景的房间》《倒影》《小说盗》《讲故事的人》等八篇，小说通过对未来世界的空间及变形想象（胶囊公寓、人造天空、人造宇宙、逆进化的人等等）而包含了对现实的寓言化指涉。这部小说鲜明的套层叙述特征、博采众收的复调性和形式探索、探讨小说元叙事特征的跨文体性都令人称道。黄金明独特的文学想象力投射于未来世界而创造了浓烈的荒诞色彩。譬如小说想象了未来世界的典型环境——胶囊公寓，顾名思义，就是空间像胶囊一样小。每个胶囊房宽七十厘米，长和高都是两百厘米，总面积不到两平方米。特制的胶囊床可躺，可卧，可坐，可以解决最低限度的睡觉需求。胶囊公寓是某种后工业现代性的缩影。还有未来世界的人造空间——地上世界之外有一个被称为洞城的地下世界，这里不但有摩地大楼，有人造天空，而且还有人造宇宙公司，有通过试管婴儿生出的萤火人。黄金明未来想象的内部，镶嵌着某种"变形记"想象：陆深在这个叫"地球——二〇六六"的实验室中由于误服桑之国的桑叶而化身新一代蚕王，长出了蚕蛾般的翅膀。这个非常超现实的情节据说在未来的地下人世界具有现实性和典型性。由于"地下人深居简出，甚至一辈子都没有踏出洞城一步，逐渐向啮齿类哺乳动物逆进化，譬如鼠类、蝠类及猫科动物"，"变异者中的极少数，有某种鸟类或昆虫的特征"，或肋生双翅，或如蝉蛾之蛹，破茧化蝶、背生羽翼。《蝉人》中洞城男子刘军就变成一个蝉蛹。

　　黄金明荒诞书写的突出特征在于将荒诞跟未来叙事、现实批判紧密地结合。他的荒诞书写区别于西方荒诞派的存在之思，也不同于以荒诞建构历史民族寓言。他将从卡尔维诺处启悟而来的想象的嬉戏嫁接入鲜明的现实批判。假如我们没有在当下生存中发现"胶囊公寓""走鬼房""洞城"等文学想象所根植的现实胚芽，我们恐怕不会对其有着深刻的会心。假如我们没有深受折磨于植被流失、雾霾肆虐所带来的环境焦虑的话，我们便不会觉得《实验室》和《蝉人》中人类向啮齿类哺乳动物逆进化的想象是具有洞察力的。

如果说黄金明的荒诞书写寄寓于未来叙事的话，王威廉的荒诞书写则往往由具体的现实生活引发，进而进入哲思之境或历史凝视。由《非法人住》始，荒诞成了王威廉最经常采用的文学表达式，他书写荒诞，又始终没有脱离当代中国的生活实感。王威廉小说跟底层文学分享着相同的时代经验：《非法人住》与蚁族蜗居，《父亲的报复》中的拆迁，《魂器》中青年学者的学术工蜂生活，《当我看不见你目光的时候》中的视频监控，《老虎！老虎！》中的"自杀"，《内脸》中的网络交际，《秀琴》中的农民工伤残，《没有指纹的人》中的稀奇古怪的网购……所有这些都是鲜活生动、惨痛心酸的中国当代经验。只是他的写作由经验出发而重构了经验的深度，他的现代性透视能力使他在所有这些经验中提炼出的"荒诞"并非仅是一种形式冲动。这约略可以解释王威廉作为精神现代派跟 80 年代先锋小说作为叙事现代派的差异。

王威廉的荒诞书写经常勾连着现实和哲思两端，他擅长从人们习焉不察的当代生活细节引申出某种内在的哲学思索。譬如他的《当我看不见你的目光的时候》反思的便是日益霸权化的视觉现代性。小说中，不论作为杀人犯的小樱、被杀的小樱男友、犯偷窥罪的小樱父亲，还是作为监狱感化者的摄影师，都不可避免地陷入一种不可自拔的"影像病"。这篇小说的现实性在于，当代的社会正日益成为一个遍布监控镜头的福柯式全景敞视监狱，而这个世界也正在变成一个"景观社会"，在德波看来，景观的本质是一种以影像为中介的社会关系，而景观社会则意味着"影像关系"已经物化为一种强势世界观①。如果说福柯和德波都是用思想洞察并描述了影像时代的社会特征的话,王威廉作为小说家则靠着现代主义式的虚构探究了影像物化为世界观之后对人类精神世界的侵蚀。

作为一贯被视为缺乏历史感的"80后"作家,王威廉并未与历史题材、历史事件短兵相接,然而他荒诞的叙述却常常显露出直面历史时沉重的叹息,并发展起有趣的历史叙事。在《水女人》这篇作品中,王威廉试图触及某种"历史记忆"的建构和坍塌,因此跟中国现实有着更加密切的联系。小说一开始,女主角丽丽在家中一次淋浴后失忆了,她艰难地面对这个对她而言突然完全陌生的世界。"失忆"在小说中成了一个核心的隐喻,记忆犹如一种强效黏合剂,把人稳固地镶嵌于日常生活之中,令人在强大的日常惯性中丧失了对世界的反观能力。王威廉通过"失忆"将人物从惯常的世界中重新取出来,迫使他/她严肃面对生命的"被抛"状态,并直面生命的破碎和重建。因此,《水女人》的荒诞书写其实是指向某种历史隐喻。

四

陈崇正小说荒诞书写则跟他经营的那个魔幻"半步村"息息相关。长期以来,陈崇正"将所有人物都栽种在一个叫半步村的虚构之地。在这样相对集中的时空之中,一些人物不断被反复唤醒,他们所面临的问题也反过来唤醒我"。在半步村中,碧河、木宜寺、栖霞山、麻婆婆、傻正、向四叔、破爷、孙保尔、陈柳素、薛神医等地点或人物反复出现,对半步村的反复书写已经使这个文学地理符号投射了深切的当代焦虑,获得立体的精神景深。正如邱华栋所说:"他的精神根据地来自对现实的魔幻转译和对当代精神变异的不懈勘探。他所贡献的文学半步村

---

① 德波:《景观社会》,王昭风译,南京大学出版社2006年版。

无疑是当代中国小说极有辨析度的文学地理符号。"

半步村的魔幻其实是变化中的中国的现实,魔幻背后是各种浓烈的现实和历史焦虑以及随之而来的荒诞感。《秋风斩》中阿敏因为目击一场车祸而发疯,开始时每天都对着丈夫说"生日快乐",接着又有了被迫害妄想症,像一只猫那样走路,为丈夫演示作为一只猫她也可以完成刷牙、上厕所、煮饭等生活所必需的程序。在看似病愈之后,她在车库学习制作骨瓷,又执着地将身边逝去者的照片烧制到光洁的瓷盘上。瓷土成堆的车库里还养着一只巨大的鳄龟,一旦秘密被洞悉她又疯了过去,并最终在车库自焚。小说对阿敏的疯狂原因做了开放性的处理:许辉无法确定阿敏的疯狂是因为目击车祸,还是因为九年前制衣厂的一场大火中烧死了阿敏的好友阿丹。阿敏好友宫晓梅暗示当年的大火并非官方叙述的人为纵火,据说阿丹早就死在厕所里。人为纵火不过是为了掩饰阿丹的真正死因。宫晓梅提供的并非叙事人指认的可靠叙事,因为她很快也失踪了。阿丹为何死?阿敏为何疯?宫晓梅为何失踪?这些都是不解之谜,小说正是通过对确定真实的消解去指涉一个谜影重重的时代。换言之,也许正是因为无法消化那个不可说出的秘密,这些女人才出了事;而他们为何出事,又成了一个新的秘密。围绕着为阿敏治病的线索,小说组织起复杂的个人疯狂和时代疯狂的同构叙述。在阿敏的故事之外,小说以驳杂的现实碎片为疯狂故事提供广阔的生活背景:半步村附近美人城的开发,拆迁队对半步村宗祠的强行拆迁。宗祠及其象征体系作为传统乡土的信仰空间,一直源源不断地为乡民提供精神支持。小说中,许辉的母亲便是"守旧"而精神笃定的一代,在闻悉媳妇的病状之后,她挑着一担祭品把乡里的神庙转了一圈,她用一种古老而繁复的严谨程序祛除了内心的焦虑和不安。可是,许辉一代是无法回归父母辈的信仰程序了,如何消化内心汹涌的不安和不能说出的秘密,成了时代性的精神难题。小说中,代表现代医学的"薛神医"(精神病科主任医生),以及在广播里布道的高僧面对时代的精神病都言辞振振但苍白无力。作者在小说中提供了一种现代反思下的"虚无",正是这种"虚无"

衍生了生之"荒诞"。

陈崇正的荒诞书写同样会延伸为一种历史反思。发表于《收获》杂志的《碧河往事》便是一篇通过当代写历史，又通过历史思索当代的佳作。小说通过一个遭受暴力创伤而发生失忆及身份错认的荒诞情节，忧心着由历史延伸而来的当代，正被历史所雕刻。当年的潮剧演员陈小沫因为演戏挨批斗，如今陈小沫儿子周初来剧团的演员韩芳也因为演戏挨打。世事沧桑，但历史未被有效清理，人们于是习惯性地祭起了暴力伦理。周初来剧团名为"马甲"也不无深意，所谓"马甲"乃是一种网络上的虚假身份。"马甲"对应于剧团的"假唱"。周母看不起他的假唱剧团，因为她相信"现在假的东西太多，唯独戏应当是真的，不能假唱"。更为反讽的是，这些"假唱"的戏，通常是乡村祭祀演给天上的诸神看的。周初来对剧团的人说，"无论有没有观众，动作都要做到位，天上的神看着呢！"头顶有神明是传统中国人规约内在邪恶冲动的朴素伦理，可是，这处精彩之笔却是反讽性的。暴力泛滥的世界，神训早被抛之脑后，人们穿着各种各样的话语和身份马甲穿行于诸神缺位的世界上，只有假唱的戏还煞有介事地敷衍着天上的神。这份暴力普遍化、信仰空洞化的现实忧患其实才是小说的真正看点。

有趣的是，与黄金明、王威廉、陈崇正荒诞书写中挥之不去的现实和历史焦虑不同，马拉的《未完成的肖像》则通过一种性别"变形"而发掘了一种自洁其身的精神光芒。小说中，艺术家王树与后妻方静组成了一个独特的家庭，他带着儿子王约，方静带着女儿艾丽。继女艾丽美丽而非主流，她一眼看穿并不断挑逗王树的欲望，其古灵精怪状如从《洛丽塔》中走来的小妖精。小说在此几乎成了一部精神分析小说。当王树终于曲曲折折地突破了自身的道德栅栏和艾丽发生了关系之后，他们有过一段如火如荼的日子。在艾丽这里，因为情欲的点燃和进展，她无法忍受王树和自己母亲方静睡在同一房间的事实。作为报复，某天方静不在时她要求在王树和方静的床上发生关系。床在这里成了一种象征物，占有父母之床是对继父身体占有的进一步延伸，是肉体和精神的双重占有。有趣的是，当艾丽以为她和继父在父母之床上完成情欲飞翔之际，王树却彻底败退了。他发现自己的身体发生了巨大的变化——他变成了女人（姑且搁置这个情节突转的艺术真实问题），或者说，王树以变成女人的方式完成了对越轨王树的阻拦，只有成为女人可以阻止王树和艾丽势如燎原的情欲。就此，小说在现实的滥性描写之上建构了一层精神的"厌性"主题。变成女人的王树离家出走，当他用女身重回妻女身边时，发现自己依然葆有对他们的爱。有趣的是，作为女身的王树违心地与某花心大叔发生了关系（为了击退花心大叔对艾丽的追求），同样是这次肉体关系，造成了王树身体向男身的转变，他再次成为了男人。这意味着，违心之性、功利之性、潦草之性在马拉这里受到了审视。马拉以超现实的"变性"守护着对纯洁性的执着。

结　语

80 年代以来，中国的荒诞书写区别于西方荒诞派那种存在主义荒诞在于其鲜明的现实焦虑和历史关怀。当代广东文学的荒诞书写某一方面仍在延续着荒诞现实主义，这在黄金明、王威廉和陈崇正的写作中有相当明显的表征。不过，当代广东文学的荒诞书写又因为接入鲜活当代经验和多样文学资源而体现着哲理性超越、文学观超越和伦理性超越。这种荒诞书写，融合了荒诞的现实批判、荒诞的历史批判和荒诞的未来批判。它始终提供着一种追问：荒诞如何现实？荒诞又如何文学？它并不离弃意义，而始终是意义的焦虑和拷问。就此，荒诞为我们提供了另一种精神镜像。从荒诞中，读懂人心，读懂广东，读懂中国。这种荒诞并不绝对虚无，反而是虚无中的摸索，一只黑暗中止不住颤抖而紧握的手掌。

"不忠的女人"：作为一道文化符咒

张爱玲在《倾城之恋》中说过一段刻薄的俏皮话："一个女人上了男人的当，就该死；女人给当给男人上，那更是淫妇；如果一个女人想给当给男人上而失败了，反而上了人家的当，那是双料的淫恶，杀了她也还污了刀。"女人把自己当成了两性战场上的攻防双方，就会在这段话中获得巨大的共鸣。你会发现，它说的分明就是包法利夫人爱玛，先是上男人的当，这是笨；然后是给当给男人上，这是淫；到了最后想给当给男人上而不成，反而上了人家的当，"杀了她也还污了刀"，所以她只能服砒霜自杀，爱玛注定要在后世的大众接受中被捆绑在历史的耻辱柱上。

爱玛："立刻就红了脸"

可是，福楼拜似乎不是这么看的。小说家格非注意到福楼拜在《包法利夫人》中的一处细节：爱玛在被逼债几至穷途末路之际拒绝了公证人的性交易要求，福楼拜先是写爱玛"立刻就红了脸"。然后写她的吃惊怪叫，最后爱玛感到了骄傲："她从来没有这样高看自己，也从来没有这样小看过别人。"（格非《塞壬的歌声》，第125页）格非意在提醒读者注意爱玛性格中"纯洁"的一面，爱玛的内在依然有着本能良知的"羞感"。正因为爱玛是一个依然葆有脸红能力的女人，所以她虽有多次的婚外情，仍不失其赤子之心和本性的纯洁。也因此，她之毁灭才更具有悲剧感。假如福楼拜不写爱玛的"脸红"，我们便无从知晓爱玛的精神质地，便可能以为她不过是作为一团虚荣多欲的肉死去的。可是，一旦目睹了她的脸红，我们便知道她依旧保留了人的尊严灵性，我们便更痛惜尊严的毁灭。

纳博科夫有一个有趣的看法，他认为包括爱玛、安娜·卡列尼娜等都是属于堂吉诃德式的人物。把爱玛放在堂吉诃德、安娜这个序列中，爱玛那股虚荣似乎瞬间获得了升华。只是你不得不承认，他们都是飞蛾扑火式的人物。飞蛾扑火究竟是愚蠢还是勇敢呢？就像愚公移山究竟是愚蠢还是坚韧呢？我们既可以说飞蛾是自己找死，也不妨说它是心里有热爱眼底有火焰的存在者。人如果失去了内心的那团火焰，不就只剩下一团不痛不痒的肉了吗？多少人死于平庸，又有多少人死于内心的火焰？想到此，我们真的忍心苛责爱玛吗？

更何况，爱玛还是作为一个会脸红的女人而毁灭的。脸红这个事情特别就特别在它很难装。你可以装疯卖傻强笑硬抹泪破涕为笑，可是几乎没人能够假装脸红。某种意义上，脸红是上天在生理安排上为人类的羞感加装的一个防伪标志。因此，一个会脸红的人往往被视为一个可靠的人。不妨说，人的社会化过程其实就是诸多天真表情的丧失过程。小说家王威廉在《内脸》中描写了一个患了表情匮乏病的女性虞芩，这个单纯善良的女青年的内在情绪和脸部表情之间的联系被割断了，喜怒哀乐已经无法形诸于色。与小说中可以在多张社会面具间来回切换的女上司相比，虞芩的表情病隐喻着善良者在复杂而分裂的世界面前的周转不灵。表情病由是转喻出现代世界的心灵病。

意大利哲学家阿甘本对脸的社会和精神属性有精妙的观察："脸既是人类无可避免被暴露的存在，又是人类在其中隐藏并保持隐藏状态的那种开放。"换言之，脸是一种隐藏的开放，或者说开放的隐藏。所有隐匿的狡猾都被冷静的面具出卖了，所有敞开的堕落都被脸红的细节出卖了。脸作为一种表象甚至是一个社会、政治和精神属性的交汇场域。在这个意义上，人确实是可以读脸的。因此，当我们读爱玛那张红着的脸时，便既读出了她爱的火焰，也读出了她羞感的存在。你看福楼拜对她难道不是深深同情着的么？当然，福楼拜的同情隐匿在细节背后，隐藏在福楼拜的社会批判意识之中。甚至于表面看来，福楼拜真的像很多后世解读那样以为"小资产阶级的虚荣心"是爱玛悲剧的根源。悲剧其实在于，爱玛虽然是爱玛，但爱玛不得不是包法利夫人，即使查理·包法利是一个窝囊普通的乡村兽医。爱玛反感单调无聊的婚姻并没有错，爱玛追求浪漫爱情也没有错，只是爱玛向往自由而无力获得自由，焚毁在途中，成了这个势利世界的一个笑话。

安娜：脸上那股压抑不住的生气

上面说到纳博科夫将爱玛和安娜都视为堂吉诃德式的人物。值得注意的是，人们对两个婚外情的女人的反应并不一致。读者普遍觉得，爱玛低俗虚荣，而安娜高贵刚烈；爱玛容易被视为可悲可怜的欲望囚徒，而安娜则是向往纯粹爱情的折翅蝴蝶。这也许跟她们的地位遭遇有关：爱玛像是爱欲河流中的辗转浮萍，人们觉得她爱的对象并不专属，她之赴死也属于被迫（还不起三千法郎的欠债）。一个被不同男人骗色的女人，不但笨蠢，更不符合人们对纯粹爱的想象，死虽令人感慨，毕竟并不光彩，何况喝下砒霜，一副可怕的惨状。不像安娜，爱的是英俊潇洒的青年军官，毅然决然抛弃位高权重的丈夫卡列宁，她并非死于现实债务，毋宁说是死于目睹高纯度爱之消逝的心碎。更兼她选择了一种很不庸俗的死法——卧轨——更血肉模糊更惨烈，令人不忍直视也更激发悲剧化想象。

不过，我们也许不应忘记，安娜并非托尔斯泰认同的人物。写作之初，安娜来自一个出轨后被抛弃而自杀的贵妇原型，托尔斯泰带着道德立场写起了安娜。可是，托翁之笔却带出了安娜生活遭际更多的复杂性。当弗伦斯基和安娜在火车站初次相逢之时，托翁透过了这个花心青年军官的眼睛，发现了安娜脸上那股压抑不住的生气。显然，托尔斯泰对于这股人之为人的原初生命力并非没有同情。这个前来帮哥哥奥布朗斯基扑灭后院之火的女人，却在这趟行旅中开始了自己的婚姻危机。虽然列文、吉蒂才是托翁称许的配对，可是，安娜和弗伦斯基并没有被托翁符号化地钉在道德的耻辱柱上。显然，托翁的写实之笔修正或拯救了他先验的道德立场。因此，他没有把小说轻省地写成道德批判小说。虽然列文更承载了他的道德理想，可是安娜显然引发了更多的共鸣：因为那种因为生命原初活力的压抑和反抗而陷入漩涡的故事才更具永恒性！某种意义上，爱玛的悲剧在于，她不能是爱玛，却必须是包法利夫人；而托翁更进一步，他想写的不仅是安娜作为卡列宁夫人的悲剧，而是卡列宁夫人想成为安娜·卡列尼娜而不得的悲剧。这里，包含着对生命永恒反抗性的深深同情。也许正是这种从道德化、符号化而走向对人普遍的同情立场，使托翁作品永葆生机！

可是，并非所有作家都认可女人那股压抑不住的生气。不妨说说和爱玛一样被钉在道德耻辱柱上的潘金莲。在肉的火焰之上，爱玛还有一张会羞红的脸，而潘金莲则似乎光有欲望器官和狠毒心肠。这种不同，说到底是福楼拜和施耐庵的不同。福楼拜相信有欲望的"不忠女人"依然是一个人；而施耐庵似乎觉得身体出轨的女人必然伴生着蛇蝎心肠。或者说，福楼拜是用伦理在写作，而施耐庵却是用道德在写作。伦理当然要比道德复杂得多，伦理不是斩钉截铁的行为要求，而是一系列复杂的社会情感反应。伦理在某些时候其实包含了良知。正如王阳明所认为的，良知根植于每个个体的内在。所以，王阳明以为，即使是自认为毫无羞耻道德约束的江洋大盗，他不愿脱下裤衩袒露于陌生人之前，这也是内在的良知良能。这一点福楼拜应该会有共鸣：既然人皆有良知，一般人以为不洁堕落的爱玛自然是依然拥有复杂伦理反应的人，写她脸红就不是可笑的杜撰，而是同情之理解。可是站在夫权道德一边的施耐庵的理解显然就简单得多：既有欲望，必是淫妇；既是淫妇，必狼心狗肺，毒杀亲夫不过自然而然。说到底，福楼拜其实对女人之欲求，尚有同情；而中国古典作家，基本上不能接受女人在道德框架以外的欲望诉求。所谓"不忠的女人"，其实意味着女人被先在地要求"忠"于自己的男人；但人们很少有"不忠的男人"这个说法，即使到了现代，婚姻的忠诚被作为一种对等义务提出来，人们施予男人欲望的宽容度也要远大于女人！所以中国作家写女性，大抵不脱道德框架，写刚烈，如杜十娘；写淫恶，如潘金莲；也写痴情，如崔莺莺。这到底是符号化的女人。小说如果对人之为人那股被礼义纲常、道德律法所压抑的生气没有同情，不能看到"不忠"背后的"不忍"和"不堪"，不免正经无趣、刻板粗暴。

王佳芝：身体对革命的报复

不论文学还是现实，面对现实、背对欲望是更多人的选择。《呼啸山庄》中凯瑟琳、希斯克厉夫和林顿的情感纠葛中，希斯克厉夫的坎坷经历和野性性格代表着滚烫热烈、深爱和报复相混杂的本我型人格，林顿代表着温文尔雅、文明教化的超我型人格，而凯瑟琳的情感选择使她成为一个想协调本我和超我冲突的自我人格。在感情上她站在希斯克厉夫一边，可是现实选择却站在林顿一边。《呼啸山庄》让人们看到，爱不仅是花前月下卿卿我我，更深入的爱是不可抑制的相互伤害。这是它的过人之处，但凯瑟琳的选择显然具有普通人生的典型性。相比之下，《查泰莱夫人的情人》中的康丝坦丝则是一位正对欲望，背对现实的女性，劳伦斯之所以惊世骇俗正在于此。艾米丽·勃朗特通过普通人的典型人生去揭示爱的惨烈，因此她是具有浪漫主义倾向的现实主义者；而劳伦斯则让人物踢开了现实的枷锁，去追求爱欲的融合。这是劳伦斯跟中国的"三言二拍"之不同处。三言二拍故事的内里总是市井风流，可是叙事人一定要站在戒淫的道德立场宣讲一番。这种叙事上的分裂其实是人生观、道德观上的分裂。像劳伦斯这样直接赤裸地让人物在元欲汹涌的大海上扬帆超越现实堤岸的作家，作为英国作家，难得！

女人的欲望不能被现实正视，因此便不能被文学正视。如果女人的欲望不能被爱情、革命、献身等大词升华，往往会被视为一种堕落不洁的需求。所以，即使在《红楼梦》中，林黛玉、薛宝钗们看上去都是缺乏肉欲的女人。有肉欲的女人，则会被想象成潘金莲式的淫恶。既淫则恶，这是中国文学的道德化想象机制。有趣的是，李安在《色·戒》中事实上逆写了这种道德化想象。他不觉得革命在征用女性身体时具有那么不言而喻的正当性，王佳芝为革命而献出自己的少女之身在她的革命战友那里似乎是无需多言的，可以被升华的也是这种献身的意义。可是，李安体察了一个女人被委屈的情感所存在的报复性。当王佳芝在关键时刻放走易先生时，情感战胜了理性，或者说是身体认同战胜了革命认同。李安的《色·戒》不是情色纠葛，也不是革命颂诗，他直面了女人身体受压抑所产生的破坏性，事实上是在肯定女性身体诉求被正视的正当性。换言之，他书写的是一个因为忠于自己的身体感受而对革命不忠的女人。

事实上，早在五四时代，"申女权"便成了新潮思想。"不忠的女人"不再被自明地用于对女人的规训，作家们会省思这个命名背后的权力运作。某种意义上，祥林嫂也是被"不忠的女人"这一幽灵所折磨的女性。所以，她一生之努力，乃在于摆脱再嫁这鬼魅般压迫着她的原罪，可是终究不可得。鲁迅的突破在于还原了"不忠的女人"作为一道文化符咒的封建本质。要到非常晚近，中国文学界才开始能够接受女人可以是带欲望的个体这一事实。20世纪90年代中国文坛刮起一批欲望化写作的"宝贝"旋风。批评界从法国女性主义者伊丽格瑞、西苏那里借来了护身符，用于阐释出"蝴蝶的尖叫"的女性欲望合理性；吊诡的是，正如程文超所说，欲望化写作在大众接受中遭遇了欲望化阅读。换言之，大众读者读出的并非女性的主体性确立，而是以窥淫的目光提取了满足色欲的肉体细节，对他们而言，这不过是另一种色情文本而已。可见女性的欲望自主性作为一个任务，依然任重道远！

余华和辛格掰手腕

小说史上有很多以傻子为主角的作品，比如辛格的《傻瓜吉姆佩尔》、福克纳《一颗简单的心》、托尔斯泰《伊凡·伊里奇之死》、福克纳《喧哗与骚动》等。余华的短篇小说《我没有自己的名字》可以置身于这个"傻子"名篇中而毫无愧色。值得注意的是，余华本人十分喜欢辛格的《傻瓜吉姆佩尔》。某种意义上，《我没有自己的名字》既是余华对辛格的致敬之作，也是余华作为后辈跟辛格隔代掰手腕的尝试。

短篇小说在中国常常被视为横截面艺术，这个由胡适提出来的说法事实上仅是短篇小说的一个可能性而已。然而，短篇绝不是起承转合的艺术，而是攻其一点不及其余的艺术。由于短篇不可能像中长篇那样去铺陈一个完整的故事或命运、一个或多个具有魅力的形象，短篇小说只要把某一点发挥到极致，就能收到出奇制胜的效果。不过正因为短篇剑走偏锋、独辟蹊径，不像长篇那样推土机般笨拙有力地推进，用巧劲的短篇小说事实上最检验作家的巧手慧心。

回到余华和辛格这场掰手腕比赛。两篇小说在叙事视角、背景设置方面有着极大的相似，都是傻子的第一人称视角、都是傻子被小镇的闲人群体捉弄、调笑乃至于欺侮的悲惨一生。这种相似不是无意的，正是通过这种相似，艺高人胆大的余华才把自己放在跟辛格比试武功的同一赛场上。应该说，余华的巧劲全用在叙事经营上，相比于《傻子吉姆佩尔》，《我没有自己的名字》在叙事上有着鲜明的余华特点。

首先是在对话中融入了推进情节的功能，这是一个非常具有余华特色的技巧，在《许三观卖血记》中也有相当精彩的运用。对于一般小说而言，对话仅用于呈现人物交谈的言语，更好一点的对话会包含各种心理性的潜台词，或者诸多隐而未发的情节。而情节推进通常要么由叙事人概述承担，要么由更具体的场景描写、情节链条的启合开闭来落实。将大量的情节内容汇入人物对话这种小说手段，确实有着深刻的余华烙印。小说写到傻子来发的回忆：

> 我想起来我爹还活着的时候常常坐在门槛上叫我："来发，把茶壶给我端过来……来发，你今年五岁啦……来发，这是我给你的书包……
>
> "来发，你都十岁了，还他妈的念一年级……来发，你别念书啦，就跟着爹去挑煤吧……
>
> "来发，再过几年，你的力气就赶上我啦……来发，你爹快要死了，我快要死了，医生说我肺里长出了瘤子……来发，你别哭，来发，我死了以后你就没爹没妈了……来发，来，发，来，来，发……"
>
> "来发，你爹死啦……来发，你来摸摸，你爹的身体硬邦邦的……来发，你来看看，你爹的眼睛瞪着你呢……"

这里看起来是小说人物语言，却把来发的傻、来发父亲的职业、来发辍学务工的经历、来发父亲的病故等等信息熔于一炉。十几年的故事时间被折叠于轻巧的对话中，还不损伤小说应有的情景现实感和多重心理张力：诸如"来发，你来摸摸，你爹的身体硬邦邦……来发，你来看看，你爹的眼睛瞪着你呢"将来发父亲逐渐咽气的过程写得宛在眼前，充满了小说的场景实感。而"来发，你别哭，来发，我死了以后你就没爹没妈了"则把来发的伤心，来发爹既想劝慰来发，又忍不住自己也伤心起来的复杂心理张力写得准确到位。

其次是巧妙模拟了傻子的思维方式。《我没有自己的名字》不但是傻子来发的第一人称视角，而且叙事过程那种时序颠倒、反复以至重复，内化了典型的傻子思维。读者稍微留心就会发现小说在来发忆父这段情节上有着近千字的重复。这对于一个短篇小说是罕见的，即使是中长篇也极少有人这样做。因为读者必然会向作者索求这样做的合法性。余华这种做法既显示了对将叙事融进对话描写这一做法的充分自信，同时也显示了对以傻子思维布局小说时序的自信。小说开篇叙事时间落在"有一天"（许阿三死去后的一天，来发晚年被捉弄的一天），中间叙事时间几次落在"陈先生还活着的时候"，结尾时间落在了"狗被许阿三骗走烹掉，来发沮丧无比的时刻"。显然，这里遵循的完全不是自然的时间顺序，也不是以某一事件为核心的倒叙或插序，毋宁说，它遵循的无序乃是傻子非逻辑性的心理时序。正是在这一方面，余华显出了比辛格后来居上之处。《傻子吉姆佩尔》虽是傻子第一人称视角，可是叙事人与小说人物之间却不可避免有着某种分裂。所谓第一人称便是叙事人和小说人物的重合，可是你却会从某些缝隙发现，作为小说主角的吉姆佩尔是憨傻的，可是作为叙事人的吉姆佩尔却过于正常。余华显然是发现了辛格小说（其实是绝大部分以傻子为主角的第一人称叙事）的细微破绽，才有自信向前辈名篇发起挑战。余华真正做到了，只要读一下小说的任一情节、对话，你都能感受到高浓度的傻味。这种傻甚至不需要作者下一字之断语。

再次是荒唐人狗恋的悲剧书写。当一群自恃聪明的闲人逗骗来发和一条狗同居、成为"夫妻"并且乐此不疲之时，来发却和狗建立起外人无法理解的亲情。这种情节设计既荒唐又合理，既充满同情弱者的人道主义悲剧意味，又回荡着对无聊闲人的文化批判。人狗恋是余华小说的一次令人惊异的突转和延伸，堪称豹尾！

不过，《我没有自己的名字》的内核和《傻子吉姆佩尔》有着完全不同的立足点。后者说的是"即使全世界都欺骗了我，我依然继续良善的信仰"；而前者则通过书写帮闲群体对良善弱者的欺侮、欺骗和剥夺而提供了深刻的文化批判。批判基于认识论，而信仰则属于价值论。作家诚可以有自己的选择，也很难断定孰优孰劣。不过就个人对精神叙事的偏好而言，我站辛格一边。就这次挑战而言，或许应该说，平手！

第三辑　人与文

小说如何"重返时间的河流"：

心灵史和小说史视野下的《望春风》

　　程光炜先生在《文学批评的再批评》[①]中指出：文学批评应更有史家意识，在阅读一个作家时应通过阅读其全部作品来阅读一部作品。他以余华的《兄弟》为例指出，评论界对余华这部作品的苛评不免丧失了历史感。在他看来，余华这样已经被文学史挑选出来的作家，从单一作品进行评价恐怕是失效的。显然，在如何评价《兄弟》上，也许依然可以有争论，但程先生指出的历史化的批评方法却不无启发：我们在评价《兄弟》写得怎么样之余，如果在余华全部作品的谱系中继续追问：《兄弟》在余华的写作脉络中究竟意味着什么？它是如何及为何产生的？这或许是更富有历史感的批评路径。

　　显然，面对格非的新著《望春风》，"在全部作品中阅读一部作品"的历史批评路径虽然绝非唯一，却是卓有成效的。只有通过对"重现"的辨析，我们才能更清晰明了格非在坚持什么；只有通过对"变化"的辨析，我们才能更清楚意识到格非想彰显什么。通过《望春风》，格非重临乡土，并针对题材做出语言风格上的调整。随之而来造成了很多读者的不适感。笔者身边几位小说家朋友都对《望春风》这种圆熟、雅致的语言表示失望甚至难以接受。什么是有效的小说语言并非本文重点探讨的问题，但上述阅读的"不适"其实意味着《望春风》挑战了原有关于格非的稳定阐释框架。比如说先锋，比如说叙事迷宫，甚至比如革命和乌托邦主题。这意味着格非这一次想提供

---

① 程光炜：《文学批评的再批评》，《文艺争鸣》2016年第3期。

一种写作的新质。作为一个具有丰富小说实践经验、渊博小说叙事学知识和相当自觉的小说史意识的作家，格非的思考和努力显然是值得重视的。

本文从"心灵史"和"小说史"二个维度进入《望春风》。必须说明的是所谓的心灵史并未扩展至整个20世纪的作家群体，而是限定于格非个人写作心灵史内部。换言之，此处的心灵史视野指的便是在格非的全部作品中阅读一部作品的方法。我想追问的是：融汇于《望春风》中那些在以前作品中不断重复的"格非经验"究竟是什么？而格非通过理论探讨和小说实践共同命名的"重返时间的河流"究竟是什么？它意味着格非小说观上什么样的调整？而这种调整置于20世纪以来中国小说史的坐标中又有何意味？

一、一脉相承的格非经验："还乡"和"乌托邦"

对于任何小说而言，对书名的追问总不会白费心机，特别是对格非这种对书名殚精竭虑的作家。陈龙指出"'望春风'这个书名让我想起陶渊明'微雨从东来，好风与之俱''有风自南，翼彼新苗'所蕴含的生机气象"，格非则通过对艾略特《荒原》的评论肯定了这种理解："我们在读T.S.艾略特《荒原》的时候，往往注意到那些被遗弃土地的荒芜和绝望，而忽略掉作品真正的主题。在我看来，这一主题恰恰是'寻找圣杯'，并期望大地复苏。"[①]格非无疑把对《荒原》主题的理解迁移到《望春风》中来，这便是"春风"所隐含的意义。小说最后，叙事人赵伯瑜对妻子春琴说："到了那个时候，大地复苏，万物各得其所。到了那个时候，所有活着和死去的人，都将重返时间的怀抱，各安其分。到了那个时候，我的母亲将会突然出现在明丽的春光里，沿着风渠岸边

---

① 格非、陈龙：《茅奖作家格非出版最新长篇小说〈望春风〉：像〈奥德赛〉那样重返故乡》，《南方日报》2016年7月6日，有删节；2016年7月9号全文刊于"收获"微信公众号。

的千年古道,远远地向我走来。"①这个想象性场景中,"春风"和"重返时间的怀抱"合二为一——它们无疑是这部"还乡"小说的两个最重要的喻体。格非说"写一部乡土小说并不是我的初衷,我也无意为中国乡村立传。在我的意念中,《望春风》是一部关于'故乡'的小说,或者说是一部重返故乡的小说。"②乡土小说与还乡小说互有重叠,区别在于:前者主要是写实的,通过对乡土风物的书写和还原来见证或立传;而后者则包含了更多的精神想象,它最终要回答的是人如何获得精神原乡的问题。因此,还乡小说虽然借助于乡土书写,但其精神指向不在于为乡土立传,而是为失乡的现代人立心。故而,"望春风"事实上便是"望故乡"。颇有意味的是这里的"望"的姿态和"故乡/春风"的同构关系。我猜测"望春风"这个精神造型某种程度上包含了对于右任《望大陆》的借用③,然而于右任诗中高山望乡的"乡"是一个确定的空间所指,这是一首政治文化意义上乡愁诗。为什么在格非小说中,他借用了"望"的姿态而把具体的"故乡"替换为飘忽无定的"春风"呢?因为,相较于右任与故乡"大陆"之间的政治阻隔而言,格非与"故乡"之间的阻隔是时代性的拆迁。换言之,于右任是不能回去;格非是回去了,故乡却不在了;回去了,故乡却只是一片令人触目惊心的废墟。或许,还有吹拂在废墟之上永恒的春风。虽然格非已无具体确凿的故乡可"望",却不愿意去"望"满目疮痍的废墟,所以,借助于《荒原》的文化幻视能力,他将逝去的故土重构为具有生命潜能的"春风"。在此意义上,"望春风"已经深刻地包含了小说主题上的基因密码:此在已不再有任何具体的故乡可供回望;可现代人却又如此迫切地渴求一个这样

---

① 格非:《望春风》,译林出版社2016年版,第393页。

② 格非、陈龙:《茅奖作家格非出版最新长篇小说〈望春风〉:像〈奥德赛〉那样重返故乡》,《南方日报》2016年7月6日,有删节;2016年7月9号全文刊于"收获"微信公众号。

③ 于右任在《望大陆》中写道:"葬我于高山之上兮,/望我故乡;/故乡不可见兮,/永不能忘。//葬我于高山之上兮,/望我大陆;/大陆不可见兮,/只有痛哭。/天苍苍,野茫茫;/山之上,国有殇!"

的故乡。所以，还乡的题中之义其实是"发明故乡"：在残败破落的废墟上发现春风，在故乡坍塌的背景下重构故乡。这不是再现论意义上的写实见证，而是一桩典型的现代精神事件。值得注意的是：无论是先锋时期还是"江南三部曲"或是后来的《隐身衣》和现在的《望春风》，超越写作的写实见证伦理一直是格非小说的重要品格。虽然在不同阶段超越的因由也不相同。这一点后面将有详述。

　　事实上早在"江南三部曲"中，还乡便是一个若隐若现的主题。《人面桃花》中，经历花家舍之变及东洋行旅之后的秀米回到了家乡成了新学校校长、革命乌托邦的践行者。《春尽江南》中，身罹绝症的庞家玉离家出走，"本来是想去西藏的"①，可是却因为发烧而滞留成都。生命的最后时刻，庞家玉一直通过 QQ 跟谭端午交心。意味深长的是，网络聊天时她的网名乃是年轻时代的名字"秀蓉"。对于庞家玉这样的现代都市女性而言，事实上是无所谓"故乡"的。因此，西藏便成了很多当代小资们的精神圣地。生命最后，家玉希望来一次精神朝圣是很合现实潮流的。然而，叙述者对这个行动的取消或许意味着他对西藏所代表的时尚宗教符号的原乡价值的怀疑。生命最后，"家玉"返回了"秀蓉"的真身，可是她的灵魂并没有一个确定的空间性故乡可以皈依。她能仰仗的，只是"网络聊天"所构筑的与丈夫对话的心灵通道。这里彰显的正是现代背景下失乡与重构精神故乡之间的张力。事实上，《山河入梦》中的姚佩佩最后的生命轨迹跟"还乡"有着更深刻的对应性。这个失手杀害施暴高官的女轻女孩，怀揣着对精神恋人、乌托邦主义者谭功达的深刻爱恋走上了逃亡的道路。然而她的出逃轨迹却沿着一个神秘的圆形行进，并最后回到了逃亡的出发地普济镇。普济不是姚佩佩的故乡，可是这个冥冥之力推动她回去的地方却是她和谭功达精神投射的共同体（再想想"普济"之名的深长意味）。因此，姚佩佩的逃亡事实上同样构造了一道"发明故乡"的精神主题。这个精神命题被有意无意

---

① 　格非:《春尽江南》，上海文艺出版社 2011 年版，第 339 页。

地迁移到了《望春风》中的赵伯瑜身上。这个被命运带离家乡多年的失败者，在其生命的后半段，他阴差阳错地在沧桑巨变的家乡废墟上重建了一个"新家"。上面已经详细分析了这个家所包含的精神重构的意涵。

把"还乡"的精神命题从《望春风》上溯到"江南三部曲"，有助于发现格非写作的内在连续性。换言之，在"江南三部曲"显豁的乌托邦命题之外，事实上有一道处于隐性状态的还乡命题。因此，《望春风》不是一场突然的意外，而是格非个人心灵史的自然衍生物。此外，如果将"乌托邦"命题和"还乡"命题联系起来看，会有有趣的发现：如果说"乌托邦"是一种"向前走"寻找可能性的思想方案的话；"还乡"则是一种以"回望"建构精神阵地的思想方案。这两套方案事实上形成了很大的精神张力，有趣的是格非的写作容纳并拓展了这种张力。如果说，"江南三部曲"是乌托邦其显，还乡其隐的话；《望春风》则是乌托邦其隐，还乡其显。换言之，乌托邦叙事这一在"江南三部曲"中大张旗鼓地书写的命题在《望春风》中依然得到延续。这主要体现于赵德正这个人物身上，我们甚至可以说，赵德正是某种程度上的谭功达。小说对于1950—1970年代在劳动生产上的激进实践并没有持简化的批判立场。事实上作者并非没有意识到官场斗争的险恶、激进政治可能造成的荒唐以及政治权力派系及其偶然性对小人物命运的巨大改变。这些因素无论在《山河入梦》还是在《望春风》中都有方方面面的铺垫。可是，无论是谭功达还是赵德正，他们与生俱来的纯粹乌托邦情结显然得到格非不动声色的肯定。小说中，赵德正除了跟王曼卿有私情外，其行为品行确乎堪当"德正"之名。这个奇迹般地完成了从孤儿到支书命运转变的男人，人格并没有被政治生活所扭曲，他一生心心念念要做成的三件大事，都包含着某种宏大的气魄和对生命过人的领悟：其一是建学校；其二是推平磨笄山，开出一片新田；其三居然是"死亡"。作为村支书，德正和《山河入梦》中的县委书记谭功达一样对于人事倾轧相当迟钝。他们的身上都有一种现实感欠奉所带来的梦游气质——对实务的怠慢甚至无视，对超越性世界图景的倾心向往和纯粹激情——这正是格非想描述的一种乌托邦气质。我以为如果说格非小说提供了某种特殊智慧的话，对于乌托邦复杂性的体认无疑是其中之一。透过秀米、谭功达、谭端午、（《隐身衣》中的）胆机师傅和赵德正，他事实上既批判了乌托邦，又肯定了乌托邦。一方面他既看到在20世纪的大历史演进中乌托邦方案以及激进政治实践所带来的灾难性后果；但另一方面他又始终肯定发自个人内心对于"更好世界"的想象本能。这个既左又右的立场并非不左不右的居中骑墙，它包含了对历史后果的直视，又葆有对乌托邦意志的善意体认。这种不断容留复杂性的思想立场，从《欲望的旗帜》到"江南三部曲"再到《望春风》，一直是带着鲜明个人印记的格非经验。也正是得益于此种思想方法，格非的小说方能弥合"还乡"和"乌托邦"内在的思想裂痕，转而实现了一种精神张力的稳定结构。窃以为，这是进入格非心灵史的重要通道。

二、中西叙事影响的交叉：所谓"草蛇灰线"

第九届茅盾文学奖授奖词这样写道："格非以高度的文化自觉，探索明清小说传统的修复和转化，细腻的叙事、典雅的语言、循环如春秋的内在结构，为现代中国经验的表现开拓了更加开阔的文化空间与新的语言和艺术维度。"对于"江南三部曲"而言，这个评价准确到位。可是，如果联系格非早期的先锋小说及其西方资源，人们不免奇怪格非的"断裂"：何以作为一个服膺博尔赫斯的先锋小说家，一转身就能从明清小说叙事资源中搬运武器，并以明清叙事传统的再造再次引领潮流呢？然而，如果我们透过转折断裂的表象，不难发现，格非早期小说的"缺位叙事"和后来"江南三部曲"以及《望春风》中的典型明清小说笔法"草蛇灰线"事实上源出同宗。

在早期的短篇小说中，格非擅长通过叙事的缺位而创造一个追寻真相的迷宫。那种多种不同叙述拼图的结果没有指向唯一的答案，反而是真相的逃遁。这突出表现在《青黄》为代表的短篇小说中。《青黄》以学术研究者"我"对于谭维年教授《中国娼妓史》中提到的"青黄"一词真正意涵的田野追踪为线索，既幻影重重地引出种种饱含血泪的命运故事，又将真相的确定性消解于种种不稳定叙述中。最终，青黄既可能指向一种植物、一只黄狗、一个女性的名字，也可能指向妓女船队上按照年龄对女性的不同划分。必须说，《青黄》的叙事风格及其世界观既是格非先锋小说的典型代表，也代表了整个先锋小说的典型形态。虽然在"江南三部曲"中格非这种"反真"的不确定叙述弱化了很多，然而我们却不难通过某种"侦探性"的存在而把格非不同时期的小说联系起来。格非在不同场合表示了对侦探小说阅读乃至写作的兴趣和自信。事实上，《青黄》所内置的正是关于"何谓青黄"的侦探结构。小说围绕某个外乡郎中故事的种种不同叙述，既相互补充，又相互拉扯；这跟后来格非在长篇小说中经常使用的带有侦探色彩的断点叙事（草蛇灰线）实际上是一脉相承的。《欲望的旗帜》开篇便是"曾山在睡梦中被突然响起的电话铃声惊醒。他抓起电话，对方却已经挂断了"[1]。谁打了这个电话并没有成为"什么是青黄"这样没有答案的难题。然而，关于这个深夜电话的叙述却散落在小说的不同地方，成了相互呼应的线索。这种草蛇灰线、断点续传的叙述在"江南三部曲"中运用得更加频繁充分。《人面桃花》中的金蝉、瓦釜既是具体的物象，但不同场合对于它们的叙述却使得它们成为串联故事、建构叙事深度的重要载体。以金蝉为例，它在小说中第一次出现非常漫不经心，是跟"金蟾"的比较而出场的：与陆侃反目的乡村先生丁树则说，陆侃"写给他的一首诗中，借用李商隐《无题》诗典故，错把'金蟾啮锁烧香人'一句中的'金蟾'写成了'金蝉。'"丁树则予以纠正，"谁知他一下就恼了，当场嚷着要与我查书核对"[2]。后面"金蝉"作为重要信物在小说中

---

[1] 格非:《欲望的旗帜》，上海文艺出版社 2013 年版，第 5 页。

[2] 格非:《人面桃花》，上海文艺出版社 2012 年版，第 10 页。

反复出现：它是张季元临走交予秀米保管的物品、也是韩六送与秀米的礼物。通过张季元的日记可知它原来是革命头目之间的联系信物。随着小说的深入，"金蝉"具有了不同的内涵。而到了小说最后一章，通过翻看旧诗集的喜鹊，读者才突然意识到当年陆侃老爷的笔误及其出走的内在秘密："不知为何，陆家老爷在'金蟾'下圈了两个圆点。蟾，大概就是癞蛤蟆吧，他干吗要把这两个字圈起来呢？再一看，书页的边上有如下批注：'金蝉。凡女人虽节妇烈女未有不能人者。张季元何人？'"① 这里暗示陆侃对张季元与自己妻子私情的洞悉。如此，笔误便不仅是笔误，而是刻意为之。而妻子情感背叛对于陆侃的出走及其乌托邦理想的瓦解究竟产生了何种影响，便引人深思。这种伏笔千里的写法在"江南三部曲"中比比皆是。甚至有相当多的伏笔和呼应，不仅存在于单部作品内部，而是存在三部曲的不同作品：比如"花家舍"这个典型的乌托邦空间便构成了串联三部曲的最重要符码。甚至"江南三部曲"与其他作品之间也存在着种种呼应，比如《春尽江南》中最后出走的庞家玉说"我曾经想把自己变成另一个人。陌生人。把隐身衣，换成刀枪不入的盔甲。"② 这个"隐身衣"的概念便被格非发展为另一部中篇小说。

很多时候，当人们阅读《青黄》扑朔迷离的缺位叙事时，可能会追溯至博尔赫斯；而阅读"江南三部曲"的草蛇灰线，则容易将其寻根于明清叙事传统。然而或许在格非那里，它们其实是统一的，统一于他一贯对小说侦探品格的爱好。如果在这个视野下阅读《望春风》，会发现格非将"草蛇灰线"发挥得淋漓尽致。小说将算命先生赵飞仙的命运叙述剪碎分布于不同章节不同角落，命运拼图对读起来方成为丰富立体的存在。

下面图表将展示小说对赵飞仙命运"草蛇灰线"式的处理：

---

① 格非：《人面桃花》，上海文艺出版社 2012 年版，第 299—300 页。
② 格非：《春尽江南》，上海文艺出版社 2011 年版，第 343 页。

所在章节及页码	内容节录或梗概	叙事功能
第 一 章《父亲·半塘》，第12页	"坐在院子的老槐树下喝茶，就可以看到江边大堤上露出的尖尖的帆影。""他这么说，无非是想告诉我这个村庄离长江有多么的近，但却在不经意间泄露了一个秘密，让我既惊讶又疑惑。怎么说呢？就好像他曾经在这个村子里住过很久似的。"	首节便写父亲走差半塘，此处又伏笔父亲跟春琴母亲的特殊关系，父亲的故事始终存在一种云遮雾绕的内在张力。
第 一 章《父亲·履霜坚冰至》，第29—30页	赵锡光对赵飞仙为支书赵德正和春琴说媒事件的议论，"都说瓦注者巧，金注者昏，呆子这个本钱下得可真大呀！"	通过赵锡光的猜测渲染赵飞仙说媒动机，引发阅读期待，同时暗示赵飞仙未来的悲剧。
第 一 章《父亲·履霜坚冰至》，第35—36页	家里来了一个陌生中年妇女，替"我"洗头洗脸，让"我"悄悄传话给父亲赵飞仙："第一句，泰州那边来人送信""第二句，南通的徐新民被抓，事情不太好""第三句，要做最坏的打算"。	此妇女容易让读者误认是赵伯瑜的母亲，将读者引入彀中；但它还有更复杂的含义，后面再分析。
第 一 章《父亲·天命靡常》，第61页	"当我们经过便通庵的时候，我注意到父亲一连两次回过头去张望。尤其是第二次，他站在池塘边，呆呆地望着这处古庙，渐渐地就出了神，眼睛里有一种难以捉摸的悲戚。我去拉他的袖子，他猛地打了个寒战，似乎被我吓了一跳。"	为父亲赵飞仙日后在便通庵自杀埋下伏笔。
第 一 章《父亲·妈妈》，第80页	姊子转述，"你爸爸这个人，心术不正"，"他头上戴着一顶富农的帽子，又是个算命的，谁能跟他一心一意地过日子？他出去算命是假，跟那些不三不四的女人轧姘头是真。换成我是你妈，也不会跟他在一块过日子。"	从姊子的角度讲述父母亲的故事，提供对父母离异的一种解释。
第 一 章《父亲·妈妈》，第82页	村里关于父亲的传闻，在上海当伙计，迷上算命，拜在戴天逵门下。在祖父召唤下回乡结了婚，土改时祖父的田产使他被划为富农。"父亲放着好好的城里人不当，偏偏在历史的转折关头回到了村里，仿佛就是为了给自己安上一顶富农的帽子。"	交代父亲的种种历史经历，特别点出拜师戴天逵这一事实，为后面的悲剧埋下伏笔。

所在章节及页码	内容节录或梗概	叙事功能
第 二 章《德正·告别》第204—207页	赵伯瑜即将去南京，赵德正生命垂危，告别之时赵德正解密了赵飞仙自杀之谜。赵飞仙在上海的师傅叫戴天逵，早年跟日本人、青班头目以及南京汪伪都有往来。1948年受命组建一个秘密特务组织。除戴之外，还有九个弟子。1949年戴被一辆有轨电车撞死了，没有获得任何情报。师门六人留在上海，大师兄徐新民到南通，老九陈知辛在泰州，赵飞仙排第八。1964年，徐新民被捕，"我父亲实际上已经开始做最坏的打算。我还记得在那段日子里，父亲脸上隐藏不住的惶恐、悲哀和茫然失措。"赵德正的疑问是："徐新民是在一九六四年冬天被捕的，你父亲出事是在一九六六年。当中相隔了整整两年，你不觉得奇怪吗？"	较详细交代了赵飞仙的上海历史问题，对上面的"泰州来人"做出回应；此外，德正的揭秘并未使父亲的命运秘密尘埃落定。德正的疑问使得父亲畏罪自杀这个结论依然等待继续解密。
第 三 章《余闻·章珠》，第218—221页	通过母亲章珠遗留下来的日记，我得以了解父亲自杀的另一个侧面。章珠后夫一个老部下在上海公安部门任职。一年夏天，他来南京出差，在酒桌上提到不久前刚刚破获的一个潜伏多年的国民党特务组织。种种蛛丝马迹使章珠确信前夫赵飞仙便是这个组织成员。这成为她的心病，她向部队党委写了检举信，如释重负不到两小时，她便被另外的痛苦俘获：担心儿子赵伯瑜彻底沦为孤儿。在帮佣张嫂的建议下，由张嫂到三十公里外的邮局寄了一封隐晦的信件，提醒赵飞仙逃离。事情的结果出乎章珠所料，来自章珠的信件使赵飞仙魂飞魄散，并相信在劫难逃。决然自杀。而章珠被隔离审查，前后达三月之久；丈夫不明不白被停职，并被调往合肥，后来又举家前往武汉。	为赵飞仙之死拼上最后一块拼图，然而读者需要把散落在整部作品的父亲命运拼图重新拼到一起才能读出父亲之死的底牌。只有在最后，读者才得以读出特殊时代下一个父亲之死对于整个家庭的沉重和人人自危的政治恐惧偶然做出的决定之轻之间的无尽怅然。

通过回读才能知道，章珠没有回来过。第一章中为赵伯瑜洗头的是泰州陈知辛的妻子。如果把这段明白无误的"做最坏打算"跟章珠"花须连夜发，莫待晓风吹"这样模棱两可的暗示对比，会发现赵飞仙的反应是错位的。在泰州通知之后两年他忐忑但坚持活下去；但收到章珠的暗示性短信之后，他却迅速自杀。这种错位的原因在于：章珠来信在他眼里代表着来自超级权力节点上的声音。在此意义上，章珠内心的恐惧毁了她自己及后夫作为高级官员的政治前程，也毁了赵飞仙、赵伯瑜如履薄冰艰难维持的底层生活。可是，章珠的恐惧由何而来？这是小说引而不发但又相当有力的一个指向。联系到赵德正在宽大处理了唐文宽之后承受的压力和恐惧，不难推想作者对于特殊年代人们精神压力的书写，正是在勘探和反思这个时代。换言之，通揽全篇之后读者会发现赵飞仙其实是被"吓死的"，这种缺乏价值的死很"轻"，正是这种"轻"反衬了时代的沉重荒唐。

事实上，不但在赵飞仙命运上格非显露了惊人的宏观布局、断点续传的叙事耐心，在赵之前妻章珠、异乡人唐文宽等人的命运叙述上，草蛇灰线式的叙述无所不在。事实上，一般性地称赞格非写作上的控制力意义并不清晰。通过"江南三部曲"，人们早知道格非在历史视野和叙事布局上的宏大手笔。我以为值得提出的倒是：虽然在不同阶段有显性/隐性的区别，但西方资源和古典资源在格非的写作中其实并非彼此割裂而是合二为一的。虽然在先锋写作时期，人们更容易将其写作跟西方现代主义大师相关联。这种判断也得到了格非本人的学术随笔（如《塞壬的歌声》《博尔赫斯的面孔》中对福楼拜、卡夫卡、乔伊斯、博尔赫斯、马尔克斯等现代主义小说家的分析）所佐证。格非写作之于古典文学的关系，在"江南三部曲"之后越来越得到重视，这又可以从他的随笔式学术著作《雪隐鹭鸶：〈金瓶梅〉的声色与虚无》中得到印证。

一方面，读者既容易得出格非写作上从西方叙事资源向传统叙事资源的转向；另一方面，也有资深研究者依然认为："格非很长一个时期内深受福楼拜、卡夫卡、乔伊斯、马尔克斯和博尔赫斯等西方现代主义作家和中国古典文学的交叉影响，然而我认为影响他创作最深的还是博尔赫斯和他自己的性格取向。"① 这种判断事实上在承认"交叉"的同时否认"交叉"，将影响定位于外国大师特别是博尔赫斯身上。事实上，在文学资源上，格非既不是单一的，也不是转折的，而是始终内在地"交叉"着。在《雪隐鹭鸶：〈金瓶梅〉的声色与虚无》的序中，格非提到 1987 年齐鲁书社以"内部发行"名义出版的《金瓶梅》删节版在他的师友圈引发的争论："我如此急切地阅读此书的目的之一，是为了证明这样一个固有的信念：所谓比《红楼梦》还要好的小说，在人世间是不可能存在的。但读完《金瓶梅》之后，不知为什么，我对朱伟先生那句明显偏颇的断语，产生了秘密的亲切感。"② 这既说明早在 80 年代格非便对以《红楼梦》为代表的中国古典小说有着深入的阅读，又说明《红楼梦》之类古典小说在他内心的位置。也许是 80 年代的文化氛围和文学场域提供了更有利于"先锋"脱颖而出的机遇，也许是意识到"怎样写"的叙事变革是当年中国文学亟待面对的问题，兼具中西叙事影响的格非此时呈现出与西方大师更具亲缘性的面目。然而，不能否认的是：先锋时期的格非有着传统叙事的血脉，而看似跟传统叙事更靠近的"江南三部曲"、《望春风》等同样存在着浓厚的西方叙事传统。"《望春风》既吸收《金瓶梅》《红楼梦》等明清小说乃至《史记》的复杂技巧，塑造古典诗词与现代汉语交融的语言品质，又展开与荷马、乔伊斯、T.S. 艾略特、博尔赫斯、福克纳、普鲁斯特、卡夫卡、鲁迅等世界文学大师和经典的对话。"③ 甚至有读者从中也读出了巴赫金和本雅明。这意味着，不论任何阶段，格非的作品事实上都难以从单一影响中获得有效解释。某种意义上，以"草蛇灰线"作为单一切口读格非，和从"乌托

---

① 程光炜：《论格非的文学世界——以长篇小说〈春尽江南〉为切口》，《文学评论》2015 年第 2 期。

② 格非：《雪隐鹭鸶：〈金瓶梅〉的声色与虚无》，译林出版社 2014 年版。

③ 格非、陈龙：《茅奖作家格非出版最新长篇小说〈望春风〉：像〈奥德赛〉那样重返故乡》，《南方日报》2016 年 7 月 6 日，有删节；2016 年 7 月 9 号全文刊于"收获"微信公众号。

邦"的单一视角读"江南三部曲"一样有着管中窥豹的危险。这再次说明从作家全部作品读一部作品的启发性。

显然，使格非成为格非的不是博尔赫斯，也不是《红楼梦》或《金瓶梅》；而是格非的叙事才华和自觉的小说史意识的综合。换言之，格非并非一个静态的容器被动接受着外国和古典叙事资源的熏陶；而是基于时代经验、历史视野和敏感的小说史意识做出写作方向的取舍。某种意义上，80年代的先锋、90年代转型期"江南三部曲"，以至新世纪写作《隐身衣》和《望春风》，都是格非基于对何谓有效的小说"当代性"的反思。回到《望春风》，这部以"重返时间的河流"为核心的还乡小说，事实上同样深刻地包含了他对自身以及整个当代中国小说写作的思考，其价值必须在小说史视野中予以阐释。

三、元叙事与"重返时间的河流"

读者一定会注意到《望春风》中的元叙事——小说最后，叙述者像一块被时间之水冲刷而显露出来的礁石凸显在读者面前。叙述者告诉读者，前面的故事是赵伯瑜所写小说的内容。稍有经验的读者对元叙事自不陌生，我们也很容易在中西小说"元叙事"谱系中辨析《望春风》的独特性。然而我们首先要问的是：这是格非先锋叙事冲动临时发作的炫技之举？抑或它已经镶嵌于小说的内部精神结构中而散发出新的文化意图？假如元叙事对于这部小说是可以剥离或拆装的，在已经完成了叙事启蒙的后先锋时代，格非此番旧技重演反而不无轻佻。已经写出了"江南三部曲"的格非的小说意图可能如此简单吗？如其不然，那么《望春风》之元叙事又包含了怎样的微言大义？

在我看来，理解《望春风》的元叙事，必须跟小说中赵伯瑜、春琴"重返时间的河流"的行动及小说外格非以"重返时间的河流"为喻所建立的小说省思对照起来阅读。小说第四章，赵伯瑜和春琴回到了已经被拆成废墟的儒里赵村。"你甚至都不能称它为废墟——犹如一头巨大的动物死后所留下的骸骨，被虫蚁蛀食一空，化为齑粉，让风吹散，仅剩下一片可疑的印记。最后，连这片印记也为荒草和荆棘所掩盖，什么都看不见。这片废墟，远离市声，惟有死一般的寂静。"①这里的乡村废墟感，显然来自格非自身的生活经验："现在回想起来，当初之所以决定写这部小说，也许是因为我第一次见到儿时生活的乡村变成一片瓦砾之后所受到的刺激和震撼。当然也有恐惧。虽说早就知道老家要拆迁，而且我也做好了老家被拆迁的心理准备。但是，第一次见到废墟后的那种陌生感和撕裂感，还是让我接受不了。又过了一些年，我回家探亲时，母亲让我带她去村子里转转。奇怪的是，村子虽然被推平了好些年，但当地政府并没有开发这片土地。几年不见，这片废墟中草木茂盛，动物出没，枝条上果实累累。它连废墟都不是，完全变成了一个异质的存在。"②这番现实感怀既是小说写作的深层心理动机，又作为具体场景搬进了小说，成了"重返时间的河流"的现实空间和诗性象征的基础，内置了与奥德修斯返乡相对照的"精神还乡"命题。由"重返时间的河流"所承载的"还乡"命题在小说中落实在一个特别抒情的段落上：

> 如果说，我的一生可以比作一条滞重的、沉黑而漫长的河流的话，春琴就是其中唯一的秘密。如果说，我那不值一提的人生，与别人的人生有什么细微的不同的话，区别就在于，我始终握有这个秘密，并终于借由命运那慷慨的折返之光，重新回到那条黝亮、深沉的河流之中。③

这个段落之所以重要，是因为"重返时间的河流"是探测小说内在精神奥秘的重要通道。而且，其内涵是一个必须细致剥开的套层结构：

① 格非：《望春风》，译林出版社 2016 年版，第 327 页。
② 格非、陈龙：《茅奖作家格非出版最新长篇小说〈望春风〉：像〈奥德赛〉那样重返故乡》，《南方日报》2016 年 7 月 6 日，有删节；2016 年 7 月 9 号全文刊于"收获"微信公众号。
③ 格非：《望春风》，译林出版社 2016 年版，第 379—380 页。

首先，它在实指的层面上指向赵伯瑜、春琴重归故乡，并且获得了一份早年掩埋心间的珍贵情感，同时也指向春琴对赵飞仙命运的"重返"。由于长期对赵飞仙跟自己母亲的越轨关系心存芥蒂，春琴内心奇异地将赵伯瑜视为亲弟弟，即使其母临终之前已用毒誓取消了这种可能性。春琴这种观念自然会成为她和赵伯瑜爱情的障碍。可是最终，他们走到了一起。我想这里隐喻的是："重返即重构。"春琴必须重构自己与赵伯瑜的关系，才能生成一份新的情感；同样，已经沦陷的故乡，并不是一个可以或轻而易举、或曲折辗转回去的物理空间。故乡，作为精神原乡，能否回去，关键乃在于精神的重构。在此意义上，赵伯瑜和春琴在一片暂时静止的废墟上开辟的栖居之地，并非写实，而是理想。叙事人深刻地意识到："我和春琴那苟延残喘的幸福，是建立在一个弱不禁风的偶然性上——大规模轰轰烈烈的拆迁，仅仅是因为政府的财政出现了巨额负债，仅仅是因为我堂哥赵礼平的资金链出现了断裂，才暂时停了下来。巨大的惯性运动，出现了一个微不足道的停顿。就像一个人突然盹着了。我们所有的幸福和安宁，都拜这个停顿所赐。也许用不了多久，便通庵将会在一夜之间化为齑粉，我和春琴将会再度面临无家可归的境地。"[1]"偶然性"昭示着，乡土的解体和故乡的远逝才是现实从未停歇的逻辑。如此，故乡废墟上的安居方舟便更像一种需要精神努力才能靠近和获得的"精神故乡"。在此意义上，我们得以理解了"重返时间的河流"的第二层内涵：通过对故乡的记忆、书写和缅怀将消逝的事物纳入一种话语体系，此处可以概括为"书写即还乡"。在此意义上，赵伯瑜的写作正是一种典型的"重返"。

至此，我们终于明白，赵伯瑜之作为作家及其故乡书写[2]，《望春

---

[1] 格非：《望春风》，译林出版社 2016 年版，第 387 页。

[2] 虽然有读者指出小说中为赵伯瑜作为作家的铺垫不足，难以想象一个仅在图书馆读过几百本书的人便能写出那样纯熟的小说。但是从他少年时期跟父亲赵飞仙的对话中不难看出其早慧的禀赋。加上赵飞仙作为算命先生的某种语言虚构的启蒙或遗传，不能说小说没有为赵伯瑜成为作家做了铺垫。虽然从现实逻辑而言，这里的铺垫确实并未产生赵伯瑜非成为作家不可的惯性。

风》之"元叙事",其实都内在于"重返时间的河流"这个关于还乡的超级命题。正是通过书写故乡,赵伯瑜抵抗了那种以静止的废墟为家,并且随时可能无家可归的现实;正是因为故乡书写,赵伯瑜将自己从一个无言的人,一种失语的被动性状态中拯救出来,成为一个能够主动去感受、纪录、见证以至于自我完成的人①。必须说,如果没有"重返"的命题,"元叙事"便是无以附着的可有可无的装饰和炫耀;可是有了"重返时间的河流",让赵伯瑜站出来写作,又成了一种非此不可的妙笔生花。在此,赵伯瑜跟格非本人形成了某种精神同构关系,他们分享着相同的故乡书写伦理:一种有别于经典现实主义"再现观"的"因为丧失而书写"的写作伦理。

放在中国小说史的视野中,这种"因为丧失而书写"的写作立场值得再说几句。《望春风》隐含着这样一种写作立场:小说书写是一种类似于"雕刻时光"的见证和重构,这里的见证不是现实再现意义上的,而是生命存在意义上的。作为一个失败者和被动者,"我"——赵伯瑜正是通过"叙述"这一行为重建了破碎人生的意义;而显然,叙述也是格非,作为《望春风》的真正叙述人对抗现实中故乡彻底解体的文化手段。换言之,面对这种剧变的现实,作家总该做点什么。"在写《望春风》时,我想到了日本学者柄谷行人说过的一句话:当某一个事物真正终结之时,我们才有资格去追溯它的起源。也许是我真正认识到了故乡的死亡(不管是在实指意义上,还是在象征意义上),才有一种描述它的迫切感和使命感。"②之所以去书写和叙述,不是因为它真的能改变现实;而是为了在消逝的存在面前做一点记忆的挽留。乡土在格非小说中

---

① 在跟格非的访谈中,陈龙注意到赵伯瑜是一个缺乏行动力的被动性的人,格非肯定了这个观察并说一个帮他录入小说的学生最早注意到赵伯瑜的这种性格特征。不过这仅是一个方面,如果联系到后面,小说确实包含了赵伯瑜因为书写而自我拯救的意味。

② 格非、陈龙:《茅奖作家格非出版最新长篇小说〈望春风〉:像〈奥德赛〉那样重返故乡》,《南方日报》2016年7月6日,有删节;2016年7月9号全文刊于"收获"微信公众号。

的涌现恰恰是因为乡土和故乡开始解体和消逝了。陈晓明曾指出，乡土"也是现代性的一个有机组成部分，只有在现代性的思潮中，人们才会把乡土强调到重要的地步，才会试图关怀乡土的价值，并且以乡土来与城市或现代对抗"①。但这个判断并不完全适用于格非，格非并未像沈从文那样将乡土审美化的方式来对抗都市现代性危机。只有当乡土的彻底解体与现代性危机同构之际，书写乡土才成为他非此不可的写作路径。因此，我们在格非的写作中，读到的是其实是一种存在主义式的写作观②。存在主义重临中国当然跟80年代的文化氛围密切相关。"80年代"作为写作资源馈赠格非等先锋作家以探索叙事迷宫的激情，如今却以存在主义的写作立场第二次重临了格非的写作。在此意义上，格非依然是"80年代"滋养下的作家。

值得注意的是，"重返时间的河流"不但作为《望春风》中的核心概念出现，同时也作为格非用以描述当代小说某种倾向的理论表述出现。后者构成了"重返时间的河流"这一套层命题的第三重内涵。这里，无疑包含了格非作为成熟小说家和卓有成果的小说叙事、小说史研究者的理论洞察。在《重返时间的河流》③演讲中，格非通过对中外小说史乃至艺术史的梳理，提出这样的观察："在过去，时空关系水乳交融，有时间有空间，空间的意义依附于时间的意义。因为文学作品最根本的意义，是要提供价值，提供道德的劝诫，这是文学最古老的意义。可是到了十八世纪、十九世纪以后，空间性的东西开始急剧上升，加速繁殖，然后这个空间性就开始慢慢慢慢取代时间性，压倒时间性。"格非以时/空的二元框架来建立对小说史变迁的观察，虽然有所简

① 陈晓明：《中国当代文学主潮》，北京大学出版社2009年版，第555—556页。
② 关于存在主义跟格非这种重返加重构的写作观的关系，事实上值得更仔细的辨析，如果极其简略地看的话，通过书写、纪录正在消逝或已经消逝的故乡来赎回故乡的精神意义的写作，跟存在主义面对荒诞反抗荒诞的思路是一脉相承的。
③ 2016年1月，格非以《重返时间的河流》为题在清华大学人文论坛做了一次演讲，讲稿整理发表于"清华大学"微信公众号，并发表于《山花》2016年第3期。

化，却不乏"片面的深刻"。从现代主义以至后现代主义小说中，空间性的扩张无疑是其中最为显豁的特征。不论是格非已经提到的福楼拜、米兰·昆德拉、罗伯·格里耶，还是格非没有提到的罗兰·巴特、卡尔维诺、博尔赫斯、品钦等人，从理论到实践都在呈现出"时间的空间化"倾向。这里的"时间"显然不仅仅是叙事学意义上的，而是一种历史化、意义化的隐喻。格非在现代主义以至后现代主义的小说形式实践中嗅出的其实是非历史化、非意义化的形式中心主义气息，他将这种倾向命名为"空间化"。如果你看一下卡尔维诺中后期作品就清楚：《看不见的城市》将55个充满想象品格的虚构城市编排于一种充满几何感的晶体结构，《寒冬夜行人》将十个不同类型的小说编排于一对读者的借书故事中，事实上正是内在于"时间空间化"这一后现代叙事潮流。卡尔维诺令人惊叹地为几乎每部小说发明一个独特的形式。他也正是凭借着这种空间化的形式想象力获得了中国当代文坛的欢呼和膜拜。我们没有理由贬低卡尔维诺，然而，将卡尔维诺们所代表的"空间化"路径绝对化似乎并非不可置疑。虽然整个演讲未涉卡尔维诺，但格非拎出"空间化"的概念对形式中心主义进行理论反思的问题意识却相当明了。于是，他借助了本雅明的告诫："本雅明当年告诫我们的，文学作品最后你要告诫我们，你要提供意义，你要提供道德训诫，你要提供劝诫——要对人对己有所指教。"

因此，所谓小说的"重返时间的河流"事实上意味着格非对小说的任务提出了"以退为进"的崭新设定。如果考虑到整个中国当代小说的演进脉络以及格非本人曾经的先锋作家身份，这种对时间性所代表的传统性、历史性的重新肯定绝对是意味深长的。它既是对格非本人自"江南三部曲"以来创作倾向的某种理论提炼，也是格非对日渐体制化为当代小说主流想象的形式中心主义提出的质疑和磋商。

借着先锋文学三十周年之际，评论界对这个概念的反观成了热潮。"先锋文学"绝对是使格非等人迅速经典化的文学史叙述装置，并深刻影响了后来的作家。李敬泽说"从'70后'到'80后'，他们的身上都有一个隐秘的余华"①，这里的"余华"也许可以同时是"格非、苏童"。在此意义上格非是"先锋文学"确立的文学领地的获益者。可是从进入90年代以后，格非就一直走在背离凝固的"先锋文学"而"再先锋"的道路上。早在《人面桃花》写出之后，就有评论家敏锐地指出格非"重新面对整体性的历史和现实发言的一次有益探索"②。如果置于当代小说史的视野中，我们会发现"先锋文学"以20世纪中国文学未曾有过的"空间化"特征挑战并逆转了革命文学体制所创造的"超级历史化"——"文学的'历史化'就是文学叙事最终会建构起可理解的历史性，现实主义文学通过再现的手法，使得那些讲述的内容'成为'客观的历史存在，并且使之具有合法性。"③正是这种过度的"意义化"和"时间化"几十年间将中国及其人民的思想捆绑在一套总体性的巨型话语中。80年代以后，文学深刻参与了这项思想松绑工程，"先锋文学"是其中极其重要的一环。因此，不管是从对中国文学的形式启蒙，还是从更宏观的社会历史语境观察，"先锋文学"依然具有特殊的历史位置。可是，格非现在通过小说及演讲所提出的反思事实上基于这样的前提："先锋文学"作为一项松绑工程的重要环节，很可能同时将文学绑上了另一套不无危险的话语战车。我们还不能轻快地将之归结为"纯文学话语"，然而它们之间一定有着内在的关联。

　　一个有趣的现象是，90年代以后，当年热衷于叙事迷宫、形式试验的先锋小说家集体开始了"现实化"转向，从其关注的题材到写作的风格，都有着明显的"去历史化"之后的"再历史化"倾向。比如格非、余华、马原。可是，并非所有的作家都取得了相应的成功。而格非大概是其中转型比较受肯定的一个。表面上，格非似乎在不断在"空间化""时间化"之间翻烙饼，事实上是基于他对中国小说特殊处境的敏锐

---

① 李敬泽：《致理想读者》，中国人民大学出版社2013年版，第10页。
② 谢有顺：《革命、乌托邦与个人生活史——格非〈人面桃花〉的一种读解方式》，《当代作家评论》2005年第4期。
③ 陈晓明：《中国当代文学主潮》，北京大学出版社2009年版，第20页。

意识。

不过我们要指出的是，无论是"先锋文学"时期的"空间化"实践，还是"江南三部曲"、《隐身衣》、《望春风》的"重返时间的河流"谱系，格非的写作始终内在于"新文学"的小说理想。某种意义上说，"新文学"的小说理想是"小说的大化"，将消遣性、故事性的"小"替换为跟民族国家、时代历史话语相勾连的"大"。这种小说理想，在梁启超的文言"新小说"中就开始了。这个脉络中，小说是要承担"意义"的，虽然有某种特殊阶段，这种"意义"可能呈现为对过量意义的拒绝及对提纯文学的捍卫。"新文学"并未统治20世纪中国文学的全部疆域，不过，却在绝大部分时间中获得了关于"文学"的解释权或曰文化领导权。然而，在新世纪的中国文学场域中，"新文学"的权力被新的文学传播和消费结构颠覆了。事实上，今天中国小说呈现出文学接受的消费化、文本的非意义化和文学写作的通俗类型化倾向。今天，整个社会已经较少借助"文学讲述"来塑造"历史认知"。通过文学追求"时间化""意义化"重任的"新文学"类型占据的份额已经越来越少。

在此意义上，我以为"重返时间的河流"代表了一种极为严肃的文学道德：它没有在消费化的文学图景中陷入虚无化；又对已经误入歧途的"空间化"倾向提出新的见解。但这种对不断自我革新的新文学理想的承担将使格非陷入某种孤独的沉重之中。大众已经遁去，即使是作为获得茅奖的经典化作家，格非读者的数量也不可能跟某些青春偶像作家相提并论。所以，作家通过写作进行意义承担终究只能是一人或少数人之事。而且，通过写作进行意义承担就意味着永远的不合时宜：在野兽般的城市中省思城市，在乡土解体的时刻挽留乡土。"重返时间的河流"在某种意义上将堂吉诃德的位置留给了作家。

结　语

格非不仅是作家，也是具有极其自觉小说史意识的学者。在此意义上，《望春风》及其核心命题"重返时间的河流"为当代中国小说提供的不仅是一部精神还乡的新作；更是对当代中国小说走向的一份回望和总结。虽然《望春风》从语言、结构到对80年代以来当代生活的书写都不乏争议之声，格非"重新站在时间一边"的小说立场也并非具有普适性，但其艺术及小说观上的探索和贡献却是不言而喻的。一方面，我们看到格非艺术和思想上兼容异质性的能力：既兼容了乌托邦的正反评价，也兼容了乌托邦和还乡这两种不同倾向的思想方案；既兼容了中国传统叙事不同阶段的资源（史传与明清），也兼容了中西不同类型的叙事传统。另一方面，格非那种基于开阔小说史视野和当代文化现实对小说趋向做出选择的能力使他的写作始终处在反思当代性的情景之中。20世纪以来的中国小说，"现实主义"在不同阶段发挥了见证性和建构性的功能。"现实主义"的文化前提在于一种卢卡契式的整体主义世界观。显然，"江南三部曲"以来格非某种程度对历史和现实的回归并非对"典型环境下的典型人物"的现实主义的回归；而是对某种卢卡契式整体主义的回归。但格非特殊之处在于，他既在某种意义上肯定了卢卡契的整体性，却又对强调偶在性的本雅明倾心不已。事实上，《望春风》的意义不仅在于它在乡土崩溃的背景下对乡土进行精神性的缅怀；更在于它在格非全部写作的连续性中再次重申了一种倡导弹性和复杂性的小说智慧：文学的立场不是凝固的，小说的艺术也不是单一的。一切有效的写作都是基于思想敏感、艺术道德和时代转折作出的综合性反应。

叙事革新与文化反讽：
谁是王小波

一

　　黄平在《革命时代的虚无——王小波论》一文中提出了令人印象深刻的观点，王小波既不是自由主义者理解的王小波，也不是左派学者理解的王小波，王小波是脱历史之外的反讽者和虚无者。黄平一贯有着非常精致的文本感觉和宏大的理论视野，可是他的王小波论却不无理论先行、为颠覆而颠覆之嫌。事实上，他确实误读了王小波。

　　不难发现，黄平的王小波论是精心打造的。光注释就有一百多处，写作时间跨越了一年多。文章独具的匠心几乎是一目了然的：首先是将精巧的形式解读跟宏大文化叙事结合起来，通过对"局外人"视角的解释，勾连一个重新理解王小波的文化因由；其次，强烈的对话意识，将王小波论置于跟所谓的自由主义立场和左派文化研究立场对话的框架中，使文章的问题意识和学术史视野凸显无疑；第三是在比较文学的视野下，将小森阳一对村上春树的脱历史的疗愈批判借用于王小波现象解释中，从而将讨论王小波跟解释90年代文化潮流结合起来，在论断王小波虚无的同时也诊断了它以脱历史的方式疗愈了90年代背景下的历史焦虑症。这无疑是一篇用心用力之作，不过，黄平在诊断王小波的虚无这一前提性判断上就不无牵强，直接导致了后面整个立论成了空中楼阁，这是十分遗憾的。

　　黄平之所以认为王小波虚无，跟反讽有着密切关系。他的推论借助于克尔凯郭尔对施莱格尔名作《卢琴德》中莉色特的分析。黄平认为克尔凯郭尔的分析"深刻打开了王小波叙述形式的历史奥秘，'局外人视角'的小说叙述，正是面对历史'重压'的无限周旋，将沉重的历史从自我的人生中抛出。这是反讽者的人生哲学，'生活是场戏，他所感兴趣的是这场戏的错综复杂的情节。他自己以观众的眼光看着这场戏，即使他自己是剧中人物'。对于反讽者来说，'这是有限的主体，造了个反讽的杠杆，以求把整个生存撬出其固定的结构'。"[①] 黄平进而认为，王小波小说诗意背后，是无法捕捉的虚无，一种克尔凯郭尔认为的"无影无踪的空虚"。他于是对王小波的自由做出了全新的解释："王小波的自由不是自由主义式的自由，不是指向民主、共和、宪政的作为历史一部分的自由，而是脱历史的自由。"[②]

问题在于如何理解王小波的反讽，如何理解王小波的文学观和历史观。只有在文学观、历史观的综合框架下理解王小波的反讽、幽默和诗意，才能把握王小波之为王小波之处。

首先我们要问，王小波是一个脱历史的虚无者吗？黄平以为王小波通过一个诗意世界的构造，希望建构一个脱历史的飞地。这种判断是有相当道理的。王小波的文学世界本来就是他对抗荒诞现实和历史的重要手段，只有通过对诗意世界的想象和建构，现实的乏味和历史的荒诞才不那么难以忍受。在这个意义上，王小波绝非那种将文学作为现实和历史投影的反映论者；而是某种文学性或文学本体论者。就此而言，王小波虽被称为文坛外高手，但显然同步于八九十年代以来的文学观念变革的。问题在于，将文学视为具有完全独立于现实的虚构价值难道就等同于脱历史的虚无吗？答案当然是否定的。王小波虽然视文学为绝对独立的存在，但他的写作无时不在某种历史创伤作用下呈现出反讽的文化叙事，这是他始终无法自外于历史之处；其次，王小波本人具有非常坚定的历史观、文学观和文化立场。他是信奉科学的理性主义者，也是推崇智力、想象和趣味的自由主义者。他本人的思想见解和文化立场与小说

---

①② 黄平：《革命时代的虚无——王小波论》，《文艺争鸣》2014 年第 9 期。

中的叙述形成某种不透明性。不能以小说中的某种"不确定性"作为他本人虚无的证据。这种不透明性的形成，跟他推崇智趣和可能性的文学观有很大关系。

为了证明王小波的虚无，黄平甚至认为王小波并不相信科学，科学在他作品中是一种消极的存在。这个判断是大可商榷的。我们知道，作为罗素的信仰者，王小波思想中有非常浓厚的科学主义、理性主义的成分。可是，科学为何在他作品中总是以一种诙谐的形态出现呢？因为王小波接受的是一种以虚构、想象和趣味为核心的文学观。如实再现生活的反映论在王小波这里根本没有地位。他接受的是卡尔维诺那种摆脱纪实逻辑的自由想象。他说"我喜欢奥威尔和卡尔维诺，这可能因为，我在写作时，也讨厌受真实逻辑的控制，更讨厌现实生活中索然无味的一面"①。如果科学以科学的面目进入作品，那就不是文学了。信奉文学独立性的王小波，信奉的正是文学独有的想象世界的方式。所以，科学在进入他的作品中总是被"漫画化""滑稽化"或者说"文学化"。受卡尔维诺影响，王小波在作品中自觉追求一种可以称之为"诙谐科学想象"的叙述方式。所谓"诙谐科学想象"是指，他们的小说大量借助于科学的知识和推理，但科学知识和推理又不是以本来的面目出现，而是服务于小说而进行各种变形和夸张。因而"诙谐科学想象"行走在科学的严谨和文学的虚构之间，处处显出趣味的力量。譬如"你很难相信这是薛嵩的肛门括约肌创造了这种奇迹。"②"吐吐沫想吐要吐准需要一定的练习和肺活量"③。这里把科学术语拼贴于日常语境而创造出幽默效果。但更常见也更复杂的则是在科学想象中进行夸张，在诙谐想象中寄寓文化讽刺。譬如关于墨子发明微积分的推断：

---

① 王小波:《〈未来世界〉自序》,《王小波文集》第四卷,中国青年出版社1999年版, 第325页。
② 王小波:《万寿寺》,《王小波文集》第二卷,中国青年出版社1999年版, 第195页。
③ 王小波:《革命时期的爱情》,《王小波文集》第一卷,中国青年出版社1999年版, 第185页。

墨子说，他兼爱无等差，爱着举世每一个人。这就是说，就总体而言，他的爱是一个无穷大。有人问他，举世有无数人，无法列举，你如何爱之？这就是问他，怎么来定义无穷大。他说，凡你能列举之人，我皆爱之；而你不能列举之人，我亦爱之。这就是说，无穷大大于一切已知常数。他既能定义无穷大，也就能定义无穷小。两者都能定义，也就发明了微积分。①

这里科学术语被用于进行一套匪夷所思的归谬推论，进而讽刺那种在中国古代发现各种伟大发明胚芽的尊古主义倾向。科学在这里当然受到了"扭曲"而无法出示自身，不过因此而将"科学"视为王小波作品中一种消极力量，显然忽视了科学在文学变形之后所获得的文化批判及文学幽默的能量。

我们该如何理解反讽跟虚无之间的复杂关系。显然，克尔凯郭尔之于施莱格尔笔下莉色特的分析也许是成立的，但将其迁移到王小波这里却并不合体，正如将小森阳一对村上春树的"疗愈"批评移用于王小波身上同样"张冠李戴"。对于犬儒者的反讽而言，反讽是面对历史重担的逃遁术；可是对于王小波而言，反讽所产生的文学幽默既创造了独立于现实的文学空间，又对现实产生了须臾不离的批判能量。在文学与现实／历史之间，我们甚至会觉得，不是王小波脱历史，而是他被历史无意识裹挟着，以至于他的自由文学想象受到了某种程度的伤害。

必须说，反讽并非虚无的充分条件。虚无者是无所谓确定的批判对象和坚定的价值立场的，而王小波都有。显然，王小波文学观和历史观都不虚无。不过，值得进一步辨析的是，如果说虚无不是王小波的本质，那么什么才是？就文学而言，王小波最独特的探索是什么？这种探索跟90年代乃至于20世纪中国文学的内在关联何在？我们如今该如何

---

① 王小波:《红拂夜奔》,《王小波文集》第二卷，中国青年出版社 1999 年版，第 324 页。

理解"王小波的遗产"这个话题。

二

关注王小波的写作，会发现"青铜三部曲"是他的文学想象的一个高峰。青铜三部曲由《万寿寺》《红拂夜奔》《寻找无双》三部长篇构成。我们知道长篇不但是最能够体现小说家结构能力的文类，也是艺术创造力和思想储备要求最高的。《黄金时代》《革命时期的爱情》这些名篇都是中篇，它们虽然脍炙人口，但并不能全面代表王小波的艺术想象和思想能力。相比之下，以"青铜三部曲"来分析王小波的艺术高峰恐怕会更加恰当些。如果聚焦于"青铜三部曲"，我想有三个特质不能忽视。首先是对反线性叙事的空间化结构的迷恋；其次是镶嵌式反讽所带来的历史文化反思；再次则是一种摇曳多姿、千变万化的王氏幽默风格。事实上，王小波的幽默和文化反讽在他的小说乃至杂文中俯拾皆是，上节所举例子都足以为他的幽默和反讽充当注脚。所以，下面主要谈他的反线性空间叙事。

王小波偏爱多层面的叙事结构，特别到了"青铜时代"，三部作品都是古代与现代的交融：薛嵩是由现代历史研究者王二叙述出来的（《万寿寺》）；王仙客的遭遇则是现代人王二听表哥讲述的（《寻找无双》）；李靖和红拂的故事中不时穿插着现代数学家王二与小孙的故事（《红拂夜奔》），这些不同的叙事层面如何融为一个整体，王小波发挥了"王二"这个叙事人的转轴功能。以《寻找无双》为例，小说共十章，每章四至六节，涉及了如下四个时间层面：

王仙客到宣阳坊寻找无双的唐建元年间（时间零）；

时间零之前，无双与王仙客的幼年故事及无双家遭祸，无双被卖的时间层面（时间负一）；

时间负一之前，女诗人鱼玄机因错杀使女而被杀的时间层面

（时间负二）；

在时间零后的现代叙事人王二及其表哥的时间层面（时间一）。

传统小说以线性时间为依托打造的时间链条在《寻找无双》中解体了，替之以四个不同时间层面上的故事交错。在现代小说的发展过程中，意识流小说最先打破了故事的线性流向，现代小说家不断探索小说的时空交错方式，所以产生了像倒叙、插叙、预叙等等的时间交错方式，但那些交错的时间基本上是同一故事不同时间段的交错，而把在故事上没有关系的时间层面交错在一起，则是王小波小说的独创。值得注意的是，小说中叙事人王二具有相当明显的沟通多个时间层的功能。因为王二在时间链条上属于最后一环，这使得他具备了不时跳入其他叙事层面的合法性，王二沟通不同的叙事层面而不会显得突兀：

> 王仙客到长安城里来时，骑了一匹马。那时节出门的人需要一匹白马，就像现在的北京人需要一辆自行车，洛杉矶的人需要一辆汽车一样。①

现代场景在古代故事中的出现，现代词汇在古代故事中的拼贴是王小波小说趣味的一大来源，这也是依赖于王小波小说中的这个叙事人王二。

必须指出的是，分层时间框架在王小波这里不仅是为了叙事艺术的探索，同时也内化于小说的幽默创造、文化批判、历史反思功能。我想通过小说的镶嵌式讽刺来说明。现代小说，有了叙事意识，不再安排一个全知全能的叙事视角，而采用限制视角，于是叙事人通常就由一个不能全知的小说人物或道具扮演。叙事人通常采用转述语气，起一个穿针引线的作用。到了一定时候，就采用直述语气，让故事自动呈现。而在

① 王小波：《寻找无双》，《王小波文集》第二卷，中国青年出版社1997年版，第538页。

王小波的小说中，叙事人王二是一个非常多管闲事并且好发议论的人，故事在他这里很少能够按照线性逻辑自我呈现，他总是在故事缝隙以类比性、相似性想象插入一些议论，从而表达他讽刺的声音，这种跟线性故事无关，而跟小说主题内在相关的讽刺，我称之为"镶嵌式讽刺"，它出乎意料的穿针引线既创造了幽默效果，也使小说在叙事变革中内蕴了文化批判功能。

不妨看看《红拂夜奔》中的一个例子：

> 其实她当时根本就没见过杨素。当时她的头发比现在长得多，足有三丈来长。洗头发时把头发泡在大桶里，好像一桶海带发起来的样子。那是因为在太尉府里闲着没事干，只好留头发。这也是领导上的安排，领导上说，既然你闲着没事干，那就养头发吧。别的歌妓也闲着没事干，有人也养头发，还有人养指甲，养到了一尺多长，两手合在一起就像只豪猪。还有一些人用些布条缠在身上，把腰缠细，把脚缠小等等。这和现在的人闲着没事干时养花是一样的。①

这里的"领导上"一词具有罗兰·巴特所说的"文化符码"（cultural code）的功能，它的作用是在一个虚构的古代故事中指涉某个具有浓烈政治色彩的时代。巴特在《S/Z》中区分了五种符码，分别是行动符码、义素符码、阐释性符码、象征符码和文化符码，文化符码是指"关于某种科学和知识系统的指涉"。"领导上"这个词虽然简单，但跟红拂、杨素所在的故事语境构成了巨大反差，从而指涉了一种政治组织机制和集体话语方式。这段养指甲、养头发的描写虽然荒唐，但一旦小说引入了"领导上"这个词，就为小说引入了一个现实的政治语境，三丈的长发、夸张的形象在现实指涉中获得了解释。这里长发描写背后那种文化批判

---

① 王小波：《红拂夜奔》，《王小波文集》第二卷，中国青年出版社 1999 年版，第 284 页。

是极其清晰的。不难发现，王小波无意经营传统小说线性叙事所有的节奏起伏和戏剧冲突，而代之以松散的类比相关性，这样一来他最终总是能或议论或拼贴地引向他的文化讽刺。镶嵌式讽刺是王小波放弃以情节为中心的传统叙事方式之后找到的推动小说发展的方式。通过镶嵌式讽刺，产生了王小波小说独特的趣味，也正是通过镶嵌式讽刺，王小波小说的精神叙事得以呈现。值得反思的反而是，这样的描写遍布他的作品，甚至可以说，他的写作想象被一种超级的历史所指捆绑起来，以至于他写三句就要回到对"领导上"及其所代表的荒唐历史的反讽之上。这种书写既奠定了王小波以幽默想象和文化批判为支点的小说风格，却也阻止了它更大思境的开拓。

三

对于王小波而言，叙事上的形式探索和精神叙事上的文化批判完全是合二为一、互为表里，断不可分而述之。上面所谓分层时间框架是他颠覆线性叙事的利器，可是其中的文化批判已经昭然若揭。不过，在分层时间之外，王小波还擅长用多角度叙述。多角度叙述由于《喧哗与骚动》《罗生门》这些经典现代主义作品而为人津津乐道，它并非王小波首创。不过多角度叙述不仅作为一种独立技巧存在，更内化了消解统一叙事和本质主义认知的文化功能。不妨以王小波《青铜三部曲》中的死亡想象来分析。在这三个小说中，无论是鱼玄机、红拂还是女刺客，她们的死都从一个时间点被演化成一个时间线，因而从一个个体的时间变成了一个有群体意义的事件。《寻找无双》中，鱼玄机是唐代一个著名的女诗人，因为错杀婢女而被处死。处死本来可以是一个轻而易举的事情，但王小波却将它无限的延迟，鱼玄机的死是通过多重叙述而呈现的。

第一层：罗老板的叙述。罗老板为了转移王仙客对无双下落的追问，不断跟王仙客讲鱼玄机的故事：鱼玄机生性风流，结交很多风流公子，因为跟婢女争风吃醋等原因错杀婢女，最后被处死了。罗老板说，要是一般的人被杀，也就杀杀算了，但是鱼玄机是名人，将要在长安街头筑起座台子来处死，让观看的人也受受教育。但罗老板没有说的是，他在看鱼玄机行刑的时候，兴奋勃起了。罗老板的叙述是为了转移注意力，而群众观赏行刑以及罗老板观刑过程中的勃起则赋予了叙事这样的含义：对于很多人来说，他人的死亡只是一个有趣的仪式或者是一个窥淫发泄力比多的途径。那些满口正确话语的人的内心世界竟是如此，作者的笔端直指压抑的看客文化。

第二层：刽子手的叙述。王仙客买通当年杀鱼玄机的刽子手，在刽子手那里，杀人是一件非常专业非常客观的买卖：鱼玄机临死穿了缎子，皮肤又滑腻，所以肩膀不好抓。虽然预先在掌心涂了松香，还是抓不住，事情办完后，双手抽了筋，请了好多天假，少杀了不少人，这是笔不小的损失；刽子手的工资很低，杀一个人挣不了多少钱，所以很多人都兼了多份工作。比如那位按住鱼玄机肩膀的刽子手，他除了杀人，还在屠坊里给瘟马剥皮，在殡仪馆里兼了一分差。所以上午他杀了鱼玄机之后，就匆匆赶去其他地方干活，等到他下午赶回来时，鱼玄机已经被人剥光了，连头发也叫人剪走了。这个刽子手认为，这桩买卖里面他吃了不少亏，因为本来鱼玄机身上的缎子衣服和头发应该归他的。刽子手还讲到收殓鱼玄机：

> 刽子手讲到收殓鱼玄机的经过时，就不再像个刽子手，而像一般的收尸人……中午下了一点雨，打湿了鱼玄机的短发。那些头发就变成了一绺绺的了。被宰的鸡在开水里煺毛，烫掉的羽毛也是这样。短发底下露出白色的皮毛，就像在护城河里淹死的山羊，毛被水泡掉了的模样。刽子手扯着腿把死人翻过来，把她身上最后的内裤也剥了，这时候鱼玄机翻白了的眼睛又翻了过来，死气沉沉地瞪着。脖子上致命的勒痕也已经变黑了，翻过来倒过去时，硬邦邦像个桌子，只不过比桌子略有弹性罢了。这种事情王仙客听了毛骨悚

然：一个女孩子，早上你和她同桌喝酒，并且她还管你叫大叔。下午她死了，你就去剥她的三角裤。这怎么可能？有没有搞错呀？刽子手说，没搞错。那条三角裤是鲛丝做的，很值钱。剥过她的人都不识货。何况我不剥别人也要剥。只要她身上还有值一文钱的东西，就永不得安生，因为中国人有盗墓的习惯，还因为偷死人的东西最安全。就说扒短裤吧，扒活人的短裤，准会被定成强奸罪，不管实际上强奸了没有，反正不是杀就是剐。扒死人的就什么事也没了。①

在刽子手这里，死成了一件完全的技术事件，作者有意把一个如花似玉的女子之死跟刽子手们鸡毛蒜皮的利益计较并置起来，显示出人性的残酷。这种描写不无夸张，中国人敬畏死者，一般人断不敢争夺死者身上物，但盗墓却又是在中国具有广泛存在的现象。所以这种文学夸张又在文化的层面上暴露了中国人对他人死亡冷漠的态度。如果说罗老板和刽子手都是鱼玄机被杀事件中的特殊个体的话，那么在经过着两个特殊个体的叙述之后，作者又设置了一个展示群体心态的叙述，这个叙述据说是由王仙客多方了解得到的，这构成：

第三层：群众的叙述。鱼玄机在狱中由于态度良好，被评为模范犯人，临刑前本该说一些比如"臣罪当诛，皇上圣明"这样的认罪伏法的话，谁知她全部忘个精光。小说中史书记载她临刑前说"易求千价宝，难得有情郎"，这其实是假的，她临刑前说"我操你妈！"

鱼玄机临刑前，有着这些那些的怨言，曾说出与无期徒刑相比，我宁可千刀万剐，让刽子手觉得她有点自由主义的思想，国家分配你什么刑，就受什么刑，容你挑挑拣拣的吗？临刑前，刑场上人头攒动，都来看鱼玄机怎么死。鱼玄机受的是三绞死命，受了第一绞难受无比，却有一个文书跑出来问她有什么话说，她实话实说，还要死两回，真他妈的

① 王小波，《寻找无双》，《王小波文集》第二卷，中国青年出版社1997年版，第527页。

烦死了！鱼玄机的回答引起了围观群众的普遍不满，因为大家对她的期望都很高，像她这样的名女人，大诗人被处死，不常见到，没想到她说出如此粗俗的话。观众就嘘她没出息。因为按照非自由主义的观点，上级让你被勒几道死，你就得做那种打算，自己有别的打算都不对头。最后，文书对她说，鱼犯，我们留着你的舌头是干吗的，临死前要说认罪伏法的话，可怜鱼玄机什么都忘了，临死前满嘴是血，吐不出来，已经很恶心，所以就说了一句发自内心的话：操你妈！

在第三层叙述中，作者把对集权文化思想操纵的指控贯穿其中：在一个习惯于集权文化的群体中，首先所有符合人性的真实想法都被视为是自由主义的，小说场景展示的刚好是有自由主义倾向的鱼玄机被反对自由主义的人行刑，非常具有象征意味。其次，个人的所有思考被取消，代之以某种被称之为"领导上"的统一思考。再次，真实被禁止，临死前的所谓认罪伏法的话是对人真实意志的强奸，而作者让鱼玄机在最后喊出那句"操你妈"作为她最后真实声音的流露，是求真意志对于集权文化的反抗。作者同时还通过鱼玄机的死展示了在集权文化统治之下，个人的生命价值被取消，群众成为了助长和观看暴力的重要因素。

以上的分析可以看到，王小波的小说把死亡叙述得如此复杂，原因在于死在他的小说中成为了一个隐喻，通过对死的叙述他有效组织起对于中国政治文化的隐喻。所以，死亡被作为一个过程来展现，死亡被作为群体事件来展现（鱼玄机的死牵涉到罗老板、刽子手、群众等等），而作者对于死亡的叙述过程中就显露出浓烈的文化讽刺色彩。这里再次证明，王小波，不虚无！他的叙事探索跟文化批判须臾不可分离。

四

王小波是否是虚无者？一个虚无者是否会写那么多的杂文？一个虚无者是否会有这样孜孜不倦的文化反讽？答案恐怕都是否定的。不过对于一个丰富的文学家而言问题恐怕都要更复杂一些，鲁迅充满战斗性的杂文并不代表他的全部思想，在杂文鲁迅之外还有包含颓废和虚无的《野草》鲁迅。以《野草》论定全部的鲁迅并不恰当，那么以作品中的反讽和诗意虚无来论定王小波本人的虚无当然也是不恰当的。王小波所呈现的 90 年代文化症候，与其说是"脱历史的虚无"，不如说是在文本实践上渴望拥抱非秩序化的后现代，在精神无意识上却牢牢地被锁定于现代启蒙者的创伤和批判。王小波在叙事上孜孜以求的空间化叙事、分层时间构架和多角色叙述既包含着后现代那种非中心化的嬉戏文本立场，又有着鲜明的反思历史暴力、精神创伤的现代主义立场。概言之，在叙事艺术上王小波是后现代主义者；而在精神叙事上，王小波则是拥抱自由主义的启蒙现代主义者。在这个意义上，王小波是典型的后现代的现代主义者，或现代的后现代主义者。90 年代中国，后现代主义话语的风起潮涌有其深刻的历史动因，新世纪后现代主义话语逐渐落潮，驳杂而粗粝的中国显露了不能完全被后现代解构的现实底座。王小波正是这种中国后现代主义的悖论的典型切片。他身上携带了自由主义者的洞见和局限，也呈现了 90 年代现代的后现代主义者的纠结和悖论。

如果我们将王小波放在当代文学的叙事变革谱系中来看，会有有趣的发现：他的分层时间叙事框架和某种程度的元叙事特征，跟 90 年代马原等人的探索不无相似之处。考虑到王小波的文坛外高手身份，影响他的恐怕不是 80 年代的中国先锋文学。有趣的是，90 年代，当先锋文学的形式变革已经偃旗息鼓之际，王小波的叙事形式实验却乐此不疲。不过，这两种相似的形式尝试却有着不同的文化动机。如果说先锋文学的形式实践确乎是以脱历史的方式在建构某种形式激情之上的历史飞地；王小波的形式实践却始终无法割断内在的历史关怀和文化批判。这是他的分裂之处，也是他作为一个历史中间物必然承受的命运。从历史观而言，他是一个接受启蒙现代性观念的理性主义者、自由主义者；从文学观而言，他则是一个主张文本嬉戏的后现代主义者。这种现代主义/后现代主义的断裂，使王小波终生都不可能成为黄平所谓的虚无者。

民间性与人民性的辩证：

评杨克诗歌，兼谈一种介入式现代主义

2016 年 8 月 25 日，在"南方文学周·杨克诗歌研讨会"上张清华教授提出一个很有启发性的观点，由于杨克直接参与了最近 30 年中国诗歌的精神、思想、文化方面的运动，是一个极具实力和代表性的诗人，"我们来回顾他的诗歌写作，我个人觉得应该在一个更长的历史向度上、时间跨度上，在更大的格局上来看待他的写作。不只是把他当作一个个体，因为重要的诗人从来都不只是一个个体，他一定是和整个时代的写作格局、写作流脉以及写作动向发生关系。"显然，我们既可以把杨克作为一个自足的诗歌主体进行分析，其文本性、思想性和开创性都有挖掘的空间；也可以将他的写作置于更深广的历史谱系，发现其意义和独特性。某种意义上，优秀的诗人都可以作为自足主体进行微观分析；但只有涉足并参与了写作历史建构的诗人才值得作为现象分析。杨克的写作跟第三代诗歌运动以来的诗歌转型有着密切关联，他既是 80年代第三代诗人的代表，又在 90 年代诗歌裂变中代表了一种重要的路向，这是他在文学史视野中值得重视之处。

杨克作品经常被置于以下两种话语维度进行论述：日常性话语和人民性话语。稍微留意一下就不难发现这两种话语之间所具有的张力，人们不免惊讶于杨克诗歌在这方面的弹性和整合力：如果囿于民间 / 官方这样的二元划分，日常性话语被归于民间，而人民性话语在进入 80 年代以后则常常被归入意识形态化的官方话语。80 年代第三代诗歌的发轫既是对朦胧诗的反动，更是对主流革命写作一系列集体化、刻板化的宏大抒情方式的解构。那么，杨克的写作如何在反讽、解构的日常性写作

中援引入建构性的人民性话语？或者反过来说，杨克如何在日趋僵化的人民性话语中引入日常性、民间性的活性因子，恰恰构成了杨克诗歌的独特性。进一步，我们还会在杨克诗歌路径选择中发现一种向经验敞开的立场，这种立场使他很容易超越了柏拉图主义者的"理式"重负，从而为 90 年代南方涌动的都市性、人民性、民间性经验腾出足够的空间。因此，借助杨克的诗歌道路，理解中国当代诗歌路径歧异及其各自价值，显然具有相当理论意义。

一、日常性话语：从《尚义街六号》到《天河城广场》

将杨克很多诗歌归入日常性话语不无道理，却有待拓展。因为，在于坚《尚义街六号》的日常性和杨克《天河城广场》的日常性之间其实存在着巨大的差异和变迁。大概只有将《天河城广场》置于它所编织起来的互文网络中才能窥见其对日常性话语的延伸和拓展。于坚的《尚义街六号》已经被作为一个经典的标本，用以分析当代诗歌在 1985 年前后发生的日常性转型。无疑，"喊一声　胯下就钻出戴眼镜的脑袋 / 隔壁的大厕所 / 天天清早排着长队"，"他在翻一本黄书 / 后来他恋爱了 / 常常双双来临 / 在这里吵架，在这里调情"[①]这种日常生活场景在此之前是被排斥在诗歌书写之外的。日后，《尚义街六号》和韩东《有关大雁塔》那种日常本位上的诗歌话语便不断以变体的方式出现，比如李亚伟的《中文系》，伊沙的《风光无限》等。

杨克的《天河城广场》《小蛮腰》《在商品中漫步》《杨克的当下状态》《广州》等作品也常常被归入第三代诗歌以来的日常性话语中。不过这种日常性跟 80 年代于坚的《尚义街六号》并不一致。呈现在诗歌空间上则是作为市民性话语的街道和民宅与作为都市性话语的商业广场之间的差异。80 年代，于坚们的诗歌以市民日常生活消解着过度政治化的虚假生

① 于坚：《尚义街六号》，《中国新诗总系 1979—1989》，王光明主编，人民文学出版社 2009 年版，第 230 页。

活。而写于 1998 年的《天河城广场》则敏感把握住"广场"一词的内涵变迁，既切入了当代的历史转折，又提供了面对都市的独特立场。显然，杨克诗歌的日常性包含了更鲜明的都市性以及面对都市的生活哲学。即使放在现代汉诗谱系中看，他面对都市的态度也是独特而耐人寻味的。

戴锦华在她广为流传的著作《隐形书写——90 年代中国文化研究》一书中曾对"广场"一词在中国的语义变迁予以揭示。"作为中国知识分子记忆清单的必然组成部分，'广场'不仅指涉着一个现代空间，而且联系着'现代'与'革命'的记忆"[1]，可是 90 年代以后"广场"则已经被商业化和普泛化。不但"天河城广场"，全国有无数形形色色的作为都市商业空间的"广场"。"广场"的语义变迁由此勾连着八九十年代中国深刻的历史转折。这个历史洞察同样被吸收于杨克的日常性书写中：

> 在我的记忆里，"广场"
>
> 从来是政治集会的地方
>
> 露天的开阔地，万众狂欢
>
> 臃肿的集体，满眼标语和旗帜，口号着火
>
> 上演喜剧或悲剧，有时变成闹剧
>
> 夹在其中的一个人，是盲目的
>
> 就像一片叶子，在大风里
>
> 跟着整座森林喧哗，激动乃至颤抖
>
> 而溽热多雨的广州，经济植被疯长
>
> 这个曾经貌似庄严的词
>
> 所命名的只不过是一间挺大的商厦
>
> ——《天河城广场》[2]

---

[1] 戴锦华：《隐形书写：90 年代中国文化研究》，江苏人民出版社 1999 年版，第 260 页。

[2] 杨克：《天河城广场》，《杨克的诗》，人民文学出版社 2015 年版，第 42—43 页。

诗歌那种日常的说话语调自然区别于高亢抒情的政治咏叹调，这种慵懒平和嘲讽的语调得之第三代诗歌，可是此诗显然包含了更深的历史考察和崭新的都市立场。诗人对于"哪怕挑选一枚发夹，也注意细节"，"赶来参加时装演示的少女／衣着露脐／两条健美的长腿，更像鹭鸟／三三两两到这里散步／不知谁家的丈夫不小心撞上了玻璃"①这样带着具体性的商业日常场景投寄着轻喜剧式肯定。如果再看一下欧阳江河的《傍晚穿过广场》会有更有趣的发现："有的人用一小时穿过广场／有的人用一生——／早晨是孩子，傍晚已是垂暮之人／我不知道还要在夕光中走出多远／才能停住脚步？"②显然，欧阳江河书写的是缅怀广场、重回广场，所谓要用一生穿过广场其实是一种对80年代精神话语难以割舍的诗性表达。对于任何经历八九十年代转折的中国文化人而言，如何面对被强行中止的精神话语和历史向度，如何在突然开启的新生活维度中重建自身的认知和认同都是一个不容回避的难题。欧阳江河日后写出的《1989年后国内诗歌写作：本土气质、中年特征与知识分子身份》显然是对这一转折作出的回应。可是，时间来到1998年，空间切换到南中国的广州，杨克显然已经从一个广场走进了另一个广场：政治广场和商业广场各自代表着一个时代在他的诗中穿过，如今他那么平和地站在商业时代所衍生的日常话语中，只偶尔从一件立领外套和围巾上回眸了"今天的广场／与过去和遥远北方的惟一联系"③。

人们常以为日常性写作是反历史的，可《天河城广场》显然包含着历史考察；人们以为日常性写作是反讽解构的，可是《天河城广场》及杨克的一系列都市写作却包含着内在的肯定。值得追问的是：一个诗人如何面对"都市"这种正在涌现的崭新生活？什么样的"都会性"之于

---

① ③　杨克：《天河城广场》，《杨克的诗》，人民文学出版社 2015 年版，第 42—43 页。

②　欧阳江河：《傍晚穿过广场》，《谁去谁留》，湖南文艺出版社 1997 年版，第 172 页。

诗歌是有效的？不同时代的都会在科技含量和具体景观上差别巨大，但是都会对人的精神冲击及进而产生的都会书写却不曾中断。在中国，30年代和90年代构成了两次较大的都会文学高潮。"30年代的现代诗中出现了大量的都市场景和意象，如街道、华灯、摩天大楼、咖啡馆、舞女和爵士乐，虽然也还有20年代初郭沫若式的对工业文明的激情拥抱，如徐迟笔下的《二十岁人》（诗集），穿着雪白的衬衫，挟着网球拍子，边抽着烟边哼着英文歌曲，年青而又快乐，偶尔抬起头来望望高楼上的大钟，会有'都市之满月'的奇妙想象"，"但像徐迟这样单向认同的诗并不太多，更多的还是那种生活在城市心却在别处的疏离心态。戴望舒'走出'他笼罩着不无古典气息的'雨巷'之后，仍然是怀旧的，追忆的，表现着对于'如此青的天'的怀乡式的追寻。不过，从《我的记忆》笼罩在烟气中杂乱置放的笔、粉盒、酒瓶，人们会更明显看到一个患着城市病的知识分子的幽闭与感伤"[1]。现代中国作家面对都市及其带来的现代性提供了两种基本的态度：其一是基于浪漫化进化论话语对科技以及现代都会电光声色的惊叹和崇拜；其二则是基于传统乡土或批判现代性立场对都会"恶魔"症候的批判。中国大陆在40年代以后，左翼文学开始占据强势地位并在1949年以后成为主导性文学类型。这种强调"面向工农兵"的写作虽然随着城市建设的开始而对城市生活有所触及，但依然是"无产阶级文学"想象所规范和定义的"城市"。此时的文学空间不管是农村或城市，都没有释放出阶级规范以外的内涵。只有在90年代，当全新的社会生活和思想话语重新激活了"都会"这一领域时，都市书写再次浮出了历史地表。

杨克诗歌书写了都市的形形色色。《博客好友》写"隐匿电脑屏幕的那边／如鱼的深潜""虚拟世界的遭遇，燃在水底的火焰"[2]，作为一个对最新技术充满兴趣的人，杨克敏锐把握了网络海洋之于现代人的意义；《在物质的洪水中努力接近诗歌》写"广告在街上漂／我们在广告上

① 王光明：《现代汉诗的百年演变》，河北人民出版社2003年版，第282—283页。
② 杨克：《博客好友》，《杨克的诗》，人民文学出版社2015年版，第67页。

漂／女人是纯粹的肉体／弧状的曲线胸脯微妙的韵律／性感冷艳的嘴唇敞开巨大的黑洞／吸引我们进入商品／疯狂地崇拜商品占有商品／坍塌陷落于商品"①。这道都市商业景观的勾勒不仅是对商品拜物教的直击，也包含着后现代消费社会内在秘密的洞察。然而，杨克对都市的书写，更有赖于他将都市性跟城市文化、民众经验、历史经验错综起来的能力。《经过》一诗以广州公交车的视角，串起了诸多现代都市生活场景，其中既有扑鼻而来的都市生活气息"偶尔，坐在旁边的／是穿时髦背心或牛仔裙的女孩／像浆果就要涨破的身体，令人呼吸艰难／柔润修长的手指，指甲上涂着蔻丹／无意识地在坤包上轻微弹动"，"刚上车的服装小贩，满脸潮红／上足发条的闹钟在城里不停跑动"；又有鲜明的广州地理文化特色："从新港路走到文德路，从青年进入中年"（新港路的车马喧嚣和文德路的老广州生活区特色），"像中山大学与毗邻的康乐布料市场／其乐融融，从未构成过敌意"。更包含了对都市空间所承载之历史变迁的感慨："后视镜里遍地摩托，从待业到下岗／从海珠桥到海印桥，从申报奥运到香港回归／骑楼一天天老去，玻璃幕墙节节上升"，"活着，我像颗保龄球来回滚动／走过的只是一小段落／却经历了两个时代和二重语境"②。可见，杨克对都市的书写和体验是和都市表象、民众经验、区域文化和历史变迁复杂勾连在一起的。

回看杨克的都会写作，不仅因为他书写了都会，更因为他提供了一种别样的面对都会的态度：他既没有对都会作为现代化结晶发出简单礼赞，也没有沿袭某种批判性的审美现代性思路。他没有 30 年代徐迟面对都市电光声色时那种技术崇拜，却更不是戴望舒式面对都市而生的现代忧郁。他的都会书写包含着一种独特的生存哲学：即对实存性和当下性的热爱，诗歌对崭新经验的无限敞开。诗歌主体身处历史的动荡变迁之中，来到了这片崭新的城市风景面前，他不是简单为现代技术景观惊

---

① 杨克:《在物质的洪水中努力接近诗歌》,《杨克的诗》,人民文学出版社 2015 年版, 第 93 页。

② 杨克:《经过》,《杨克的诗》, 人民文学出版社 2015 年版, 第 60 页。

叹欢呼，也没有站在某种先验的立场批判都市的异化。所以，他既不是乌托邦的，也不是反乌托邦的。他站在此在，为当下的生命的日常、平和或雄浑、妖娆叫好。这种经验优先立场对杨克诗歌的影响，本文第三部分将继续分析。

二、"新人民性"的建构

长期以来，"人民性"是很多人评价杨克诗歌的另一维度。可是对于"人民性"的具体内涵及其历史变迁却常常习焉不察，以致不能真正看清杨克诗歌之于人民性话语之间的复杂关系。当然，也不乏简略但精准的评价。著名诗人杨炼如是评论杨克的诗："《人民》一诗，逆转了这个词被重复、被磨损，却'一再如此辗转甚至无家可归'的厄运。"[1]"逆转"一词有力地表述了杨克与20世纪主流"人民性"话语之间的关系。

> 那些讨薪的民工。/那些从大平煤窑里伸出的/一百四十八双残损的手掌。/卖血染上艾滋的李爱叶。/黄土高坡放羊的光棍。/沾着口水数钱的长舌妇。/发廊妹，不合法的性工作者。/跟城管打游击战的小贩。/需要桑拿的/小老板。//那些骑自行车的上班族。/无所事事的溜达者。/那些酒吧里的浪荡子。边喝茶/边逗鸟的老翁。/让人一头雾水的学者。/那臭烘烘的酒鬼、赌徒、挑夫/推销员、庄稼汉、教师、士兵/公子哥儿、乞丐、医生、秘书（以及小蜜）/单位里头的丑角或/配角。/从长安街到广州大道/这个冬天我从未遇到过"人民"/只看见无数卑微地说话的身体/每天坐在公共汽车上/互相取暖。/就像肮脏的零钱/使用的人，皱着眉头，/把他们递给了，社会。（杨克《人民》）[2]

---

[1] 转自《杨克的诗》扉页推荐语，人民文学出版社2015年版。

[2] 杨克：《人民》，《杨克的诗》，人民文学出版社2015年版，第102页。

这首写于 2004 年的诗歌是杨克诸多 "人民" 命名诗中最著名的一首（2006 年 6 月 17/18 日，杨克写了《人民（之二）——伊拉克》《人民（之三）——卢旺达或苏丹》《人民（之四）——德国》）。他以飞机掠过高空的俯瞰视角以克制的悲悯 "扫描" 出一幅当代社会众生图。尤其值得指出的是，他在政治的人民观之外提供了一种诗歌的人民观。众所周知，"人民" 既是一个被频繁使用的日常词汇，但更是作为一个特殊的政治词汇被使用的。在当代政治中，人民内部矛盾／敌我矛盾的区分是甄别敌人同时也是确认人民的严肃政治活动。此时，人民不是一个可以随便使用的词语，它是一种关乎政治前途乃至命运遭际的身份政治。可是，杨克的人民观显然不是政治的，而是文学的。政治的人民观考虑的是不同政治环境下的力量博弈；而文学的人民观考虑的则往往是被侮辱的被损害的芸芸众生的活着和尊严。所以，这首大部分时间在 "罗列" 的诗歌，其诗法的背后其实隐藏着某种秩序的打破：民工、矿工、艾滋病感染者、性工作者……这些职业上和道德上的边缘人与上班族、小老板、教师、医生等主流群体并置混搭在一起。这种并置和混搭内在的人民观其实是：没有任何卑微者应该因为卑微而被排斥于人民外部，甚至于，卑微者及其卑微正是人民内部最应该被正视的部分。

　　必须说，杨克诗歌的这种 "人民性" 跟 20 世纪左翼革命文学阵营中的 "人民性" 有着鲜明的差别。无论是从延安文艺讲话强调的工农兵文艺还是 1949 年以后文代会上的人民文艺，人民性都是左翼革命文学最重视的文学指标。然而，人民性在左翼视域中表征的首先是一种政治正确性，然后才是人民亲缘性。因为，人民依然是一个有待确认的范畴，因而人民性也是一种有待确认的滑动的能指。所以，某种意义上，左翼人民性改写了中国古典诗歌所固有的人民性传统。在杜甫所代表的这一传统中，人民性指向的是一种悲悯，是对 "路有冻死骨" 油然而生的同情和对 "大庇天下寒士俱欢颜" 的抱负。在这种悲悯中，作者本人的政治身份并不重要；写作题材是否具有特定政治背景下的正确性也不会被追究。可是，这几项标准成了左翼文学人民性的重要前提。某种意义上，左翼人民性某种程度上过滤了写作主体的个人性，而打上了政治性、集体性的深刻烙印。

值得一提的是，无论是朦胧诗还是第三代诗歌，事实上都基于对左翼革命诗歌的背叛。在反政治、反集体写作中，个人的生活及写作个性固然被某种程度赎回了，可是人民性也被阴差阳错地扫进了历史的垃圾堆。如此回头看杨克的《人民》，表面上它是一种跟民间性相冲突的主流文学价值；可是细察才发现，它事实上是基于民间性而对左翼人民性的过滤和重构，是对杜甫以来古典人民性诗歌传统的招魂和赓续。事实上，杨克的很多诗歌表达了对底层生存的关怀和悲悯，他在公车上外来务工者的对话中听到"拖泥带水的四川话，意味着命运 / 在粤语的门槛外徘徊"① (《经过》)。他在火车站的混杂中看到普通人的尊严："火车站是大都市吐故纳新的胃 / 广场就是它巨大的溃疡 / 出口处如同下水道，鱼龙混杂向外排泄 / 而那么多的好人，米粒一样朴实健康"② (《火车站》)。

人民性在杨克这里还表现为一种对祖国的礼赞。对祖国的礼赞曾经是1949年以后诗歌的最强音。不过，那种用集体语调发出的祖国颂歌，在80年代现代诗歌运动开启之后便显得格格不入。但是通过个人音色和体验表达国家情怀的现代诗歌并非没有，舒婷的《祖国啊，我亲爱的祖国》便是深入人心的一首。这种国家情怀的书写在第三代诗人中几乎绝迹，唯在杨克的诗歌中经常有突出表现。最出名的是那首《我在一颗石榴里看见了我的祖国》，跟那些以山河作为祖国表征的写法不同，这首诗将祖国山河之大凝结于石榴这一缩微意象之中。石榴被视为"硕大而饱满的天地之果"，掰开的石榴内部的晶莹和紧凑被提炼出"亿万儿女手牵着手"。所以，"祖国"在这首诗中的核心内涵还是落脚在"人民"，特别是无数籍籍无名的普通人："我还看见石榴的一道裂口 / 那些

① 杨克：《经过》，《杨克的诗》，人民文学出版社2015年版，第60页。
② 杨克：《火车站》，《杨克的诗》，人民文学出版社2015年版，第65页。

餐风露宿的兄弟／我至亲至爱的好兄弟啊／他们土黄色的坚硬背脊／忍受着龟裂土地的艰辛／每一根青筋都代表他们的苦／我发现他们的手掌非常耐看／我发现手掌的沟壑是无声的叫喊。"[1] 所以，杨克以个人意象创造为基础、以人民性为内核的祖国歌唱显然是有别于左翼革命阵营的那些以政治意识形态为先导的祖国歌唱。在《高天厚土》中他写道"江山是皇家的／河山才是我的祖国"[2]。江山和河山的微妙区分，其实是政治意识形态认同和以疆域为基础的现代民族国家认同的差异。显然，杨克认同的是人民性和现代民族国家。他的国家情怀书写依然是以民间化的人民性认同为基础的。

三、敞开经验和介入的现代主义

在第三代诗人中，杨克走了一条并不一样的路。他曾经表露了对语言本位现代主义的警惕，也坦陈对自己"是否走错路"的曾有的担心。第三代诗人承 80 年代初诗歌现代主义风暴而来，语言自觉是时代性的诗歌觉悟。所以，没有任何诗人会否认语言对于诗歌的重要性。但是，将语言实验的重要性强调到何种程度，却不无分歧。与那种拒绝诗歌的任何外倾性，将诗歌工作领域严格限定在语言实验的诗人不同，杨克虽然同样强调诗语言的极端重要性，但却同时希望这种语言保持面对时代、现实经验的敏锐性和开放性。

写于 1989 年的《夏时制》是杨克的代表作，这首诗技巧纯熟、想象独特，具有形式和意识的双重现代感，非常容易在"现代诗"的认知装置中被辨认和肯定。不过，我更愿意强调这首诗在杨克写作历程中的分隔性意义。在我看来，从 90 年代的写作路径来看，杨克在继承了《夏时制》语言想象现代性的同时，放弃了某种曾有的玄思；而转向更

---

[1] 杨克：《我在一颗石榴里看见了我的祖国》，《杨克的诗》，人民文学出版社 2015 年版，第 100 页。

[2] 杨克：《高天厚土》，《杨克的诗》，人民文学出版社 2015 年版，第 99 页。

具体、真切、当下的现实和时代经验的捕捞。事实上，经验对象的变化也规定了语言类型的改变，所以，90年代以后，杨克诗歌的语言现代性并没有以极致、锐利的实验形态出现。它独特却不玄奥，有所思却不以晦涩为代价。这种写作路径的选择带来了杨克诗歌鲜明的辨识度，事实上也关涉着90年代诗歌最重要的争论：民间/知识分子之争。

抛开这场论战曾有的意气、误解和阵营等因素的干扰，它的意义事实上在于将20世纪末中国诗歌路径选择冲突暴露出来，将诗歌面对迅速涌现的新生经验类型、消化80年代以来现代主义精神遗产、转化各种各样的外来诗歌资源的不同立场以强对冲形式提出来。老实说，所谓"民间派"中其实绝大部分都是"知识分子"，而所谓"知识分子派"几乎没有人会反对与体制权力相对的民间立场。但抛开命名的策略性和权宜性，彼时的中国诗歌在面对现实经验、历史遗产和外来资源方面确乎表现出了截然不同的两种选择：所谓"知识分子"派确实更强调语言装置的变革、对时代的精神性承担和对存在的冥思性拓展，因此也是更强调对外国诗歌资源的深度接纳，并在语言精英主义立场捍卫80年代以来的现代诗歌。而民间派却表现了更鲜明的对当下的、市民的、个体性经验的亲近，口语与书面语的选择并非真/伪现代主义的分野，但确实呈现了两种不同的写作倾向。事实上，早在80年代诗歌第三代诗歌运作中，这种写作路径分野已经存在了：第三代诗歌中既存在着于坚、李亚伟等的市民性、莽汉性诗歌，也存在着西川、陈东东、张枣等为代表的强调精神性和语言自足性的新古典主义诗歌。进入90年代以后，市场经济催生了都市经验的纵深，动摇了原有的文化秩序，伊沙、沈浩波、朵渔、李红旗等为代表的"70后"诗人携带着全新的生活经验和表述方式要求出场。所以，民间/知识分子的争论既有代际之争，也有80年代诗歌路径差异在90年代末的摩擦。回看杨克，作为第三代诗人，《夏时制》其实是一首不无"知识分子"气质的作品，它对自然时间和人造时间之间的张力和裂缝及其产生的悖论不无洞察，《夏时制》发出"时间是公正的么"的追问充满冥思。如果就作品跟特定时代的关联，

《夏时制》还可以有更加直接却又幽深的解释。不过作为一个始终热情洋溢面对崭新生活经验的诗人，《夏时制》那种冥思的姿态并没有将他锁定。他的诗歌立场是时代、现实、人本、及物和现代语言的混合，这里面会引申出历史的和哲学的，但生机勃勃的当下经验一直是他诗歌前进的助推器。此时杨克不仅是杨克，杨克代表着一种重要的诗歌选择。

如何理解这种诗歌选择的实质及其启示呢？民间／知识分子的争论中，其实并没有绝对的胜者。事实上，绝大部分诗人，本身都是知识分子。伊沙、沈浩波、尹丽川这些诗人，他们写的诗歌再向下，其背后都有思考、关怀和价值，这其实是相当知识分子的。更别说写出《夏时制》《人民》这样诗歌的杨克。另外，绝大部分受现代诗歌熏陶的诗人，不管他是何种派别，基本认同体制权力以外的民间立场。那么，既然明显概念有误差，民间／知识分子之争为何有意义。原因在于，借这一次论战，诗歌的方向问题得到碰撞。在我看来，新世纪以来，论争双方事实上都在某种程度上修正了彼此的立场，吸纳了对方的有益部分。这事实上便是论战的真正意义。

比较《天河城广场》《杨克的当下状态》《在东莞遇见一小块稻田》《经过》这些作品与《夏时制》的区别，你会发现杨克始终坚持着诗歌向经验的打开状态。他并不相信一个先验的灵魂，一种先验的审美，然后在对某种审美资源的信仰、亦步亦趋中纳入那个先验的传统。他代表着另一种立场，这种立场是将自己投身于正在发生和敞开的当下经验，看这种经验可以化合出什么样合体的形式。在我看来，90年代末的那场争论如果说有分野的话，其实是作为知识分子的诗人内部诗学趋向的分野：民间派坚持了经验的当下性和价值的同步性；而知识分子派是某种意义上的柏拉图主义者，他们在对最高理式的模仿中，搁置了经验的优先性。

杨克事实上在坚持一种介入式的现代主义。80年代中国特殊的语境下产生了一种最典型的不介入的现代主义，整个文学领域表现为"纯文学"话语，而诗歌领域则以"诗到语言为止"这一口号为代表。"诗到语言为止"，意味着诗在语言之外没有承担，诗的工作范围只在语言内部。这种明显偏颇的观点在 80 年代中国却是解放性、先锋性的。它以极端的方式将之前三十年一直被压抑的语言重要性释放出来。必须注意到，在 1940 年至 80 年代中期，语言问题经常是政治问题，所以，惊世骇俗地提出语言优先性甚至绝对性不仅是在讨论一个艺术问题，它更是一个政治性的问题。因此，80 年代中国纯文学观以不介入的现代主义呈现了鲜明的现实、艺术、政治态度：一种先锋的抵抗性立场。可是问题在于，当语言实验不再提供一种自明的抵抗立场时，中国诗歌该如何消化 80 年代这种不介入的现代主义呢？人们普遍觉得北岛早期诗歌技艺粗疏，但却充满今天依然无法忽略的力量；90 年代以后北岛诗歌在技艺上变得更加精致绵密，却悖论性地丧失力量了。这不仅是北岛的问题，这是进入 90 年代以后一大批诗人面临的共同问题。秉持 80 年代不介入现代主义的文学遗产，他们坚守海德格尔"语言是存在的家园"，维特根斯坦"语言的边界就是世界的边界"的信条，在语言的迷宫中勤勉掘进、精雕细刻，可是他们可能忽略了当时代的文化迫切性改变之后，不介入的现代主义已经丧失了先锋性的文学位置。它不应该被取消，却也已经不应被绝对化。在我看来，90 年代以后杨克的诗歌道路，代表了介入的现代主义这另一个路向。作为一个愿意将诗歌向新生经验敞开的诗人，杨克拒绝任何形式、精神上的先验设定，所以虽然从 80 年代走来，但不介入的现代主义并没有对他的写作形成束缚。因为偏于经验而非先验，杨克乐于接受各种诗歌新质。在人们热烈争论鲍勃·迪伦的歌词能否被视为诗歌时，他旗帜鲜明地站在开放性、涵纳性的一边。因为他的观念中，诗向经验开放，必然不断被经验打破和重构。及物、介入和承担的诗歌，也是现代诗歌非常重要的侧面，必须说，正是这种写作立场，成了 90 年代中国诗歌非常有活力的一面。

对于现代文学而言，现代之为现代就在于，新生经验及其形式诉求与旧有经验及其形式诉求之间的对峙和博弈越来越频繁。不断涌现的新经验及其催生的新感性一次次要求在原来的文学框架中获得位置，如此频繁、剧烈的代际审美冲突在古典文学中是不可想象的。所以，"现代"先在包含着先验和经验的较量，正是这种较量一次次刷新人们对文学的理解并形成新的平衡。在这个文学之车上，经验扮演了油门，而先验扮演了刹车。回头看杨克对民间和人民性两种话语的调和。人民性话语产生于1920年代发生的左翼文学谱系中，它曾有的先锋性和抵抗性是不言而喻的。问题在于，"人民性"在左翼文学体制化获得压倒性位置的同时也一定程度僵化了。换言之，"人民性"从一种崭新的经验变成一种先验的要求，再进而变成一种规训，任何话语离鲜活的经验越来越远，话语的有效性就越来越成问题。所以，杨克在当代诗歌创作中的新人民性，其实是摒弃人民性的先验性质，恢复其曾有的与崭新经验的血肉关联。很多人觉得杨克坚持人民话语，又坚持民间话语，不无矛盾。却不知道，无论是坚持人民性话语，还是坚持民间立场，他坚持的都是一种向崭新经验敞开的诗歌立场。如此，我们才可以理解杨克在近三十年当代诗歌历程中的典型性。可以想象，未来诗歌场域那种经验和先验之争依然不会停息，"先验"天然地在文学场域中取得了惯性力量，而"经验"则需要持续抗争才得以纳入传统。我们对先验立场的守持怀有同情，或许更应该对经验立场的创制致以敬意。

谁的心灵似星辰邈远：

读艾云散文

青年时代，艾云的理想是成为一个思想者。作为 80 年代的思想信徒，她赶上了好季节。回望那个文学和思想被作为绝对信仰的时代，那种绿意葱茏的爱智气息，在如今的反智时代映照下，记忆几乎不可避免地要被浪漫化。可是，在经济、社会、娱乐等诸多通道没有被打通之前，思想和文学难道不正是这些在近二十年思想寒冬中喘过气来的人们充分展示生命的通道吗？无数人回忆起 80 年代，会说那是一个坐而论道、彻夜不休的时代。那是一个兴之所至，步行或自行车行几小时，仅为一次思想邂逅的时代。北岛说，"那时我们有梦，关于文学、爱情和穿越世界的旅行。如今我们深夜饮酒，杯子碰到一起，都是梦碎的声音。"欧阳江河说，"那时我们彻夜长谈，苦于没有说话的地方；现在我们四处聚会，却已经无话可说。"那时是多么令人神往的时代呀！

大时代之外，艾云又有着自己的小语境——朋友圈里怡人的小气候。大学毕业后在河南文化圈中的朋友同道，不乏如今名满知识界的思想者——杨小凯、张志扬、朱学勤、王鸿生、耿占春、萌萌、余虹……一开始，她便是奔着"大"去的，在那样的宏大时代，读大书，思考大问题，并完成了她的精神训练，她的思想习惯。

作为晚辈，我对于亲历 80 年代的思想者，总有好奇。对于艾云，我的这种好奇便成了两层：其一是，从务虚、宜思想的 80 年代而转入功利、重商业的 90 年代，她如何去迎接这种转折？其二是，从洛阳思想圈的语境中退出，单独来到南方商业中心广州，她又如何去面对语境稀释后思想的艰难？如何在思考中为自己制造语境？对于我的疑惑，艾云只是淡淡说，那时她已经形成了思想的习惯，她可以独行了。

我以为这是有启发的，她事实上帮我们回答了一个问题，在时代的思想大气候和群体的思想小语境如海退潮、如皮褪去之后，我们该如何继续思想？这里关涉着思想的坚固认同，思想作为思想者的内在性如何建立的问题。时代剧变，90 年代的商业化世界中，留下了多少启蒙时代遗留的亡灵。亡灵们又该如何在"魂不附体"的时代自我赋型呢？这是我读艾云散文常想到的问题，我想她的写作正是对这个问题的回答。

90 年代南下之后，艾云一度必须在职业之外写作，但她的成果并不算少，2003 年之前，她相继出版了《从此岸到彼岸的泅渡》《南方与北方》《欲望之年》《理智之年》《赴历史之约》《用身体思想》等著作。

2008 年开始，艾云在《钟山》发表了多个长篇散文，包括：

2008 年	第 5 期《玫瑰与石头》
2009 年	第 1 期《那流向大海的》 第 3 期《挣扎于阳光与苦难之中》 第 4 期《皮肤上的海盐味儿》 第 5 期《那曾见的鲜活眼眉和骨肉》 第 6 期《人可能死于羞愧吗?》
2010 年	第 1 期《1919 年的兰德维尔运河》 第 2 期《缠拌不清的男权》 第 3 期《晏阳初在定县》 第 5 期《民间在哪里》 第 6 期《乱世中的离歌》
2011 年	第 1 期《黄金版图》 第 2 期《回眸辛亥年》 第 4 期《美学生活》

这十一篇大散文是艾云 2008—2011 年这几年间写作上的主要成果。如今前面六篇以外国人物为题材的作品，外加一篇《自由与美德》已经结集为《玫瑰与石头》(《1919 年的兰德维尔运河》收入此书时更名《星辰和灵魂》，此篇缩略版还曾发表于《南方都市报》，发表时名为《红色罗莎：星辰和灵魂的名字》。对照报纸、刊物和书籍几个版本是很有意

思的，它有可能让我们看到不同媒介空间跟文学生产之间的关系，此不赘），2013年初由北京大学出版社印行；后面以中国人物为题材的作品也将结集为《乱世中的离歌》出版发行。《黄金版图》还获得第二届"在场主义"散文奖，这意味着艾云转向艺术散文写作的成果，已经获得了当代散文界的认可。在我看来，《黄金版图》诚然带着艾云近年散文写作的诸多重要特征，却并非她近年来最出色的散文。而且，虽然获得奖项表彰，但艾云这批散文重要的价值尚没有得到应有的重视。我将主要以已结集的《玫瑰与石头》为主要对象，集中讨论艾云散文的思想和艺术意义。

不可分辨的呢喃

世宾曾在私下聊天时说，"气不长，不足以言思想"。意思是那些只擅短章的散文作家，都是"气短"的缘故。他是在谈论艾云散文时说这番话的，他以为艾云是典型"气长"的散文家。文章长短不是衡量艺术质量的绝对标准，但能够使文章成为多声部的鸿篇巨制，却非思想和艺术的强大驾驭力不可。艾云的长篇散文既是90年代以来大散文的某种延续，但又带着鲜明的探索性，它罕见地融合了思想性、审美性和可读性。我亲见网络论坛上有不少人在询问艾云发表在《钟山》上的这批散文，状甚热切，侧面印证艾云散文的某种吸引力。事实上，她的这些散文动辄二三万字，往往层层铺陈，却令人心弦紧扣、心驰神往。若非如此，恐怕《钟山》主编贾梦玮先生断不会为艾云提供这样长期的免检合作平台。艾云称非常感谢贾梦玮对她文章的篇幅、主题、倾向完全不设限，我想这种"特权"绝非因为艾云的江湖地位或是跟编辑的私人交情，如果阅读过这批散文，你必须说，《钟山》这种免检定购是有眼光的。

当代法国思想家阿兰·巴迪欧在谈到当代艺术面临的问题时说，当代艺术一方面沉迷于身体的有限性、暴力、苦难，另一方面又迷恋形式的新奇。在他看来，当代艺术的任务必须是"为共有的人的状况提供某种新的普遍性"，"全球化赋予我们一项创造新的普遍性的任务，它往往是一种新的感性，一种和世界的新的感性联系"。他认为艺术必须"通过精确并且有限的概括，去生产一种观察世界的新的光亮"。艺术家必须"创造一种艺术的新形式，世界的一个新视野，我们的一个新世界。而且，这个新的视野并不是纯粹观念性的，不是意识形态的，也不完全是政治的，这个新的视野有它特有的形态，由此创造了一个新的艺术的可能性，为新形态的世界带来了一种新的知识"。（阿兰·巴迪欧《当代艺术的十五个论题》）

必须看到，巴迪欧是在欧洲的当代语境中提出这个问题，但是为世界创造一种可以认同的新普遍性同样也是其他地域艺术家的任务。某种意义上，艾云的散文正是"通过精确并且有限的概括，去生产一种观察世界的新的光亮"。一种对世界隐秘性的认知，它构成了某种巴迪欧所说的"不可分辨的呢喃"。

艾云的这些散文，思想性和问题意识是其内核，不管写得多么天马行空、璀璨斑斓，它的核心都是一种思想表达。

《皮肤上的海盐味儿》说的是深度女性主义的话题。艾云曾经用学术论文的方式靠近过女性主义，但是她一定意识到：任何思想话语都是一盏灯，既照亮了某个角落，也有为灯光所不能及之处，甚至还有灯下黑。在某种思想中活命者，透过思想话语打开的窗户，看到的远或近，深刻或偏狭都是话语立场本身所决定。但话语活动本身是有局限性的，八九十年代中国人文学界透过海德格尔如获至宝地宣称：存在在语言中显身。可是，艾云却要告诉人们，语言之外还有世界。任何话语，对人都既是打开，也可能形成遮蔽，艾云希望努力去触及的是"事物本身"。这个转身看似自然而然，却又多么不容易。与思想打交道的人，都把灵魂自愿典当给某个知识神，甚至是魔鬼。能从知识中获得高度，又能回到生活获得温度，艾云这一代的女性主义者中，庶几没有几人，其下一代一开始就是因为学院训练而走进女性主义，而能超越女性主义者恐怕就更是少之又少（区别于艾云这一代从生命体验而走近女性主义）。这篇特殊的"书评"由《心航》出发，探讨何为女性真正的生命权力话题。它把女性主义的知识和教条轻轻推开，化为对女性问题最深切踏实的思量。穿过知识遮蔽而从生命体验出发，本来应是自然之义。可是当代女性主义研究，却多沦为掉书袋、晒立场的行为，艾云的艺术散文，深层却是对这种倾向的温和提醒。

《玫瑰与石头》处理的是所谓"语言发生学"的问题。这听上去有些玄，其实说的是写作认同的维持问题——它不仅是文中人罗丹和里尔克的问题，更是作者艾云本人的问题和困惑。她沿着自身的困惑，以里尔克和罗丹为个案，希望这番追问能给自己答案。艾云有着超强的命名能力，她要探讨的是发生于艺术家精神世界的隐秘现象，要捕捉这些从未显身的暗物质，她必须命名它们。她用"致幻性"命名里尔克的艺术工作方式：里尔克"身体的有效性只能为伺养语言。他为语言的大责任而放弃掉日常伦理的小责任"。她用"劳动美学"来说罗丹，"这个每天都在干力气活儿的男人，仿佛猛狮，仿佛黑熊"，但这种热火质、亲近劳动的男人跟美学世界的区隔何在，又如何化解呢？艾云发现，"劳动本身必然要引入责任伦理"。罗丹的葱茏火旺的身体提供了劳动的支撑，也提供了摧毁美学的魔鬼。罗丹这样的艺术家，情欲和艺术是其必须走过的平衡木，"情欲，将是神谕的不确定性；情欲过后，罗丹将用加倍的劳动寻找神谕的确定性"。成艺术者，必然要千方百计保存身体中天赋的种子，要驯服跳跃的野兽。艾云从语言发生学的问题意识出发，发现了不同身体属性艺术家各自的优势和局限，以及他们在抵达艺术过程中以"责任伦理"对自身局限性的克服。罗丹在情欲的不确定性之后，加倍寻找劳动的确定性，是一种自我超越；里尔克明了自身孱弱的体质，自觉疏远情欲的燃烧，为致幻性保存一定的身体附着，也是一种克服。艾云关心这种基于艺术责任伦理对自身局限的克服，所以，她所写的里尔克、伍尔芙、加缪、陈西滢，甚至是罗莎·卢森堡，某种意义上都是这种人。如何触摸自己、看透自己，以艺术责任伦理辅助语言的发生，无疑是艾云在这些篇章中念兹在兹的话题，甚至是几乎每篇都存在的子话题。

《那流向大海去的》探讨的是命运偶然、性别错位期待中的艺术自我成长问题。弱质慧心的伍尔芙，和里尔克一样年纪轻轻便明白自身的艺术责任伦理，并据此设计自身的婚姻模式。伍尔芙成功地走在自己设计的轨迹上，发现了历史生活中被隐匿的女性生命史，却撞在了精神致幻性的墙上，以自杀告终；一开始以辅助、扶持为己任的姐姐范尼莎在漫长的生命历程中，经历着家庭变故和婚姻背叛，主体性开始生根发芽，不但成了画家，在个人情爱模式上也并未禁锢，反缔结了外人不解、冷暖自知的开放式婚姻，她不干涉丈夫贝尔的轨道外情感生活，又跟双性恋者格兰特缔结和平三角：

> 贝尔似乎也默认了这种关系。他们三人达成了一种心照不宣的默契。格兰特很快就中止了与范尼莎的肉体关系。他成为一个同性恋者。范尼莎为格兰特提供着舒适便利的生活，他则把他的同性恋伙伴一个个带过来在她的眼皮子底下晃悠。她又一次忍住了这种毁灭性打击。她只要求他就这样不离开她就行了。这种关系持续了四十多年，在她晚年，两个男人像两条流浪多年的老狗重新归家。范尼莎那隐忍和镇定，那包容、接纳和消化不幸的能力，仿佛冬天的太阳照在人身上，柔柔暖暖的。否则，又能怎么办？聪明的女人知道她在导引着生活的航舵。没有幸福，只有平静。

面对艾云捕捉的这段生命纠缠，谁能理直气壮当一个道德主义者呢？你知道，写到此处，她大概也会叹一口气，望着窗外出神。木叶归于尘土，要经历过空中多么复杂的轨迹，谁能用道德的标签将她发掘的生命暗物质简单打发？这里，不但有范尼莎、伍尔芙这对艺术家姐妹的命运，有文学批评家贝尔在不同阶段的情爱和生命选择；有范尼莎儿子朱利安（跟中国女作家凌叔华有过一段邂逅，艾云另写于《乱世中的离歌》）的自由渴望和葬身异国。

这无疑是艾云这诸多篇章中我最为喜欢的一篇。你很难用一个问题甚至是问题域将其概括，无论精神命题还是人物命运，都是发散性、多线头的。与"那流向大海的""命运"相比，其他命题都是孱弱的。艾云隐匿其后对于命运的态度，令我想起了西蒙娜的那句话"应该爱命运，应该爱命运所带来的一切，甚至爱命运带来的不幸"。既然命运带给我们不幸，我们为何还要爱命运？罗伯特·瓦尔泽的这段话也许有所解释："所有被我们理解和钟爱的，也同样在理解和钟爱着我们。我不再是我自己，而是成了他者，却又恰恰如此，我才得以成为自我。在一种甜蜜的爱的光轮中，我认识了或者说我觉得我应该认识到，有内心世界的人才算是真正存在着的人。"（《散步》，范捷平译）

是的，拥有内心世界的人能够涵纳命运转而反向凝视命运，这就是艾云在《那流向大海去的》站立的艺术和生命立场。它使散文具有了结构和精神的生发性，就其经验和思想世界而言，可媲美于一部以伍尔芙为主角的经典电影《时时刻刻》，这是散文的奇迹。

《挣扎于阳光和苦难之间》同样是处理艾云自身精神困惑的结果。它书写的虽是萨特、波伏娃、加缪的精神三角，但又内蕴着作者生命跟西哲的对照。艾云透过萨特和加缪"做知识分子还是艺术家"的辨析，其实是在进行思想者文化位置的自我追问。作为一个从80年代文化镀金年代走过来的思想者，八九十年代的文化转折创痛及之后的喧嚣市场环境，令很多人顿生文化废墟之叹。在这个过程中，艾云经历着从新启蒙的80年代向市场化的90年代的转向，也经历着从充盈着思想因子的河南思想圈退出南移的过程。如此，她该如何继续思想的呼吸呢？从大语境退出之后如何维系自身的小语境呢？这篇散文中她写到，临别之际，王鸿生对她说："艾云，你可能以后只是写些散文，理论或是评论类的文字不一定再去动笔了。"说这话时，王鸿生是带着些微的失望和无奈吧？而艾云，却似乎在南下之后用她持久的思考和写作回答着这句话。她当然继续思考着，只是她想进一步弄清的是，该以什么样的立场去思考？萨特式的还是加缪式的？这就是《挣扎于阳光与苦难之间》此篇中西哲和艾云生命困惑的相关性。

此篇标题本是加缪一部随笔集的名字，你不难由此看出艾云的立场。在她看来，"萨特是聪明的。他的姿态大过文字，他的象征大过思想。他不会长时间枯坐斗室，他将咖啡馆、歌舞厅变成哲学交流的场所。""作为知识分子的萨特，他用主义、潮流和运动，带给二战后迷惘低抑的法国以骚动和沸腾，人们在旗帜和口号中，在抽搐和狂吼中，积郁日久的情绪终于找到了突破口。"萨特是介入式知识分子，他的真正兴趣不是在思想中辨析世界，而是以思想重构理想的世界。相比之下，加缪则始终恪守了思想者的位置。加缪"往来于他的小镇和巴黎之间。相互间的距离，让他对小镇有记忆和反刍，仿佛春天的老牛，在反刍它的食物，细嚼慢咽个中滋味。而巴黎，让他认知世界，即使他常常感到这里的气氛在喧闹以后有失真的成分，那么多从事知识运作的人有贩卖的嫌疑，但他依旧感谢巴黎让他的生活有了反差和对比"。

如果说萨特是活在理想中，加缪则是活在真实中。加缪对小镇气息的充分涵纳和体味，加缪对"太阳的悲剧"和"浓雾的悲剧"的辨识，都决定了他对日常性荒谬有着更深的伦理感觉。相比激进改造社会的左派立场，这种发现人生荒谬性并且持续推石上山者显得太保守了吧？显得太不激情、太不浪漫、太不诗意了吧？可是艾云却在对这些文学大师的凝视中发出"有时心灵需要无诗的地方"这样深刻独特的断语。这是对于左派知识分子以理想主义遮蔽真实的警惕，当年她在《花城》的专栏上不就写着"谁能以穷人的名义""谁能住进最后的宫殿"，我视之为对于新世纪甚嚣尘上的底层话语的理性提醒。

艾云也许会说，她敬佩萨特而亲近加缪。这是思想上的亲近，思考到如今，她已经很难抛开个体生存和日常生命那些真实的伦理感觉而去奢谈民族、国家、正义。如果一切宏大理论话语可以大步流星地踏过个体的日常和卑微经验的话，那么它最终必成为被乌托邦魔鬼所扬起的利器。有人说，中国知识分子80年代爱萨特，90年代爱巴特。当萨特明快的政治介入伦理在 90 年代中国不再可行之际，罗兰·巴特的"文之悦"框架某种程度上充当了调度 80 年代思想亡灵的作用。巴特的体系把很多知识分子的主体性建构导向了语言符号内部，并由此获得意义感。但是巴特是不够的，新世纪以来的学界，公正的焦虑、介入的愿望依然在折磨着人们。于是，文化界很多人便开始了一个新的左转浪潮。

以中国学界论，当年曾经深入辨识"自由伦理"和"人民性伦理"的纠缠，坚持个体生命混沌的伦理感觉而影响了一代文学读者的大学者，却在对斯特劳斯、施密特等人的研究中成了民粹主义和族群主义的鼓吹者。这就是上面说的，激进的理想主义话语常常以遮蔽真实为代价，并被个人欲望所操纵，以公义的名义为集权张目。在这个背景下，我们可以看到，艾云不管是写思想随笔还是艺术散文，始终不忘跟学界对话，她的问题意识是深切务实却又谦卑诚恳的，而且充满当代意义。

透过萨特和加缪，艾云探讨的是激进与日常之间的思想位置问题；可是，回到日常并不意味着对生命担当的放弃。假如我们不以理想主义的立场去担当的话，我们该如何去承担？《人可能死于羞愧吗？》探讨的便是正常社会和极权社会之中的担当问题。这篇由俄狄浦斯引入的散文一步步去追问法律、道德之外的生命承担。"人可能死于羞愧吗"这一提问的潜台词是，假如我们可以免于法律之责，是否还有什么价值足以挑战我们生的执着？

在索菲的选择中，艾云思考的是人面临极端状态的两难选择。事实上，索菲不可能在儿子或女儿之间做选择，她是在一对儿女中选一个或是两个都放弃之间选择。这意味着，索菲其实是可以免于法律之责的，甚至拥有某种程度上道德上的免责权。可是，索菲却依然不能不面临内心的自责：谁给她权力选择了儿子而不是女儿？同样，如果她选择女儿的话，她面临的问题是，谁给她权力选择女儿而不是儿子？纳粹之恶把索菲推进了绝对的选择绝境之中。艾云在索菲的选择中捕捉个体面临可免责绝境时的罪感伦理——所谓的可以致死的"羞愧"。艾云又在索菲困境的制造者——赫斯那里反思了"平庸之恶"。"平庸之恶"是阿伦特提出的概念，二战后大量文学作品就此角度进行了反思。单就这一点而言，艾云其实既非首创，也并未有创新。但是，这是一篇艾云精心营构的散文，而不仅仅是一篇思想随笔。因此，当艾云使用"平庸之恶"这个概念时，她不仅是在进行理论演绎，她还进入了"平庸之恶"提出者阿伦特的个体情感与理智的纠缠之中。阿伦特对极权主义起源的深入思考，对法国、俄国、美国多国革命的考察，为个体承担的政治哲学伦理作出了巨大贡献。阿伦特的老师雅斯贝尔斯在担当问题上比阿伦特走得更远，他提出罪的担当：他认为我们活着便是有罪的，这罪仅仅因为我们在二战后还活着。雅斯贝尔斯把个体引入了对他人的责任伦理之中，因此才有基于罪责担当基础上的罪感伦理。他和阿伦特一样为才华横溢却因为纳粹迫害而自杀的本雅明痛惜不已。阿伦特还为本雅明编选过一本叫《启迪》的小书——其中包含了《讲故事的人》《机械复制时代的艺术作品》这些后来绽放夺目光彩的篇章。可是，如此执着反思"平庸之恶"的阿伦特却不能免于情感的弱点，作为女哲学家，她光芒万丈、彻底深刻地反思了纳粹；可是作为一个女人，她却无法超越跟海德格尔的情感纠葛，艾云写道：

　　她不会不清楚海德格尔在纳粹时期的表现。他所去做的，都是她一生都在反对的。但在他八十诞辰的贺辞中，她仍然把他的错误与柏拉图的错误相提并论，在理论上为他开脱和宽宥。要知道，这可不是阿伦特的一贯作风呢！她原本是冷静、清晰、准确、绝不人云亦云。但是这一次，她失了常态。直到晚年，她仍然是跨越山山水水，从美国转道德国去看他。海德格尔的妻子知道他们的隐情，她对她总是在盯视着。阿伦特希望与海德格尔有独处的时间，但是门缝里的那双眼睛总是无处不在。

　　正是引入了雅斯贝尔斯、本雅明、海德格尔这些发散性线头，使艾云的散文区别于随笔，使艾云在进行思想追问的同时捕捉了生命的暧昧性和混沌质。以明快的线索建构的思想大厦，往往挂一漏万，过滤了基本的日常经验来成就某种理想主义的乌托邦。艾云透过此篇既进入极端情境下的人的经验混沌性，同时还提示了一种有别于激进理想主义的承担方式，那就是以自我反省为起点的罪的承担。

从思想上，艾云是偏于自由主义的，但是她其实反对"左/右""自由主义/新左派"这样的简单划分。她的文化认同更加复杂，她的日常生活伦理感觉让她反对"以穷人名义"而忽略日常经验的左翼乌托邦，但这并不意味着她根本上排斥某些左翼人物的理想情怀。否则她不会写《1919年的兰德维尔运河》，她不会写罗莎·卢森堡。对于马克思主义，她希望有客观公允的判断，她说：

> 我想我们必须得承认，这一学说闪耀着理想主义和终极关怀的夺目光芒，它穿越千沟万壑，把现实福音播布开来，它有力地弥补了资本主义制度设计中的缺陷。它发挥警世通言和盛世危言的奇异功效，让另外的制度在许多方面得益匪浅。人们应该感谢这一学说、观念的提醒。如果这种学说与观念化为一种制度，它也需要别的学说与观念在制度上的补充，供给有益的养料，让自己的肌体营养丰富以使身躯和灵魂都健壮。

我想她一定被罗莎·卢森堡以下这段话触动过：

> 一切不外是痛苦，别离和热望。我们必须接受这一切，而且要把这一切看成是美的，善的。至少我对待生活是这样的。这并不是我冥想得来的智慧，而是出自我的本性。我本能地感觉到，这是对待生活的唯一正确的方法，而且这样在任何情况下我确实是感到幸福的。

这个并非精壮，甚至有些微身体缺陷的女人，她之于革命，不同于燕妮追随丈夫马克思而跟革命和历史有了无意的交叉；不同于法国大革命中的罗兰夫人，"即使她留给历史以不朽，仍戴着虚荣的蕾丝花边"；不同于俄国女革命家妃格念尔，一个赞成暗杀行刺的女革命家。艾云说"罗莎·卢森堡则是思想型、智慧型的女革命家"。

罗莎·卢森堡不是依附性，也不是虚荣型，更不是勇力型的革命家，她之赴革命之约，不为功利，不为权力，不是虚荣，不是阴差阳错，而是深深内在于她真切而自觉的理想主义伦理感觉。所以，卢森堡认同革命乌托邦，却深刻地警惕着革命内部专制的可能性：

> 她首先提出民主与监督一旦放弃，其结果将形成"派系统治"。这种统治下，"没有普选，没有不受限制的出版和言论自由，没有自由的意见交锋，任何公共机构的生命就要逐渐灭绝，就成为没有灵魂的生活。只有官僚仍是其中唯一的活动因素。"

左派智者罗莎·卢森堡高贵如星辰地追寻着人类理想生活的可能性，却又目光如炬地意识到乌托邦所潜在的内部沦陷。作为一个实际女性革命家，罗莎·卢森堡睿智如思想家阿伦特，又充满着真正信仰者自我牺牲的光辉。艾云写出这一切，可是更重要的是，她还让我们在罗莎·卢森堡这里看到精神高贵性跟现实战斗力的悖论。罗莎·卢森堡是女革命家的独特个案，却又是左翼思想型革命家的标本。这些为信仰而战者，往往就在左翼的内部战斗中被消化和吞噬了。他们想为左翼理想主义的怪兽安一套可资驯服的程序，可是他们却成了首先被革命吞噬的儿女。罗莎·卢森堡昭示着革命理想主义者高贵的心灵质地，却又令人隐约瞥见左翼资源的内生性悖论。这许是艾云要说的吧。

大散文的开放结构和精神质地

艾云散文强大的思想体量必然吁求着自身的结构，这便是一个多重联结的开放性结构，这些散文每一篇如果拆散零售，都足以生发出多篇中短篇散文。这是因为它们往往融合着多个人物、单个人物人生的不同阶段、作家对多个精神命题的探讨。如此，一个开合有致的张力结构便是艾云这批散文的核心。我能想象艾云如一个导演般，苦苦思索着一个足以涵纳她的思考的戏剧结构，当某个结构电光火石般在她头脑闪过时，其他一切便是水到渠成了。中国现代散文本来最是行云流水、不拘形态、摇曳多姿，散文结构是小品文所最不关心的事情。因此，不妨说，艾云的散文，某种意义上是将散文的戏剧性大大提升。

双线或多线对照结构往往是艾云乐于采用的。譬如《玫瑰与石头》，本篇以里尔克和罗丹为主角，探讨精神致幻性、劳动美学等问题。里尔克是那种身体羸弱、终日陷于形而上精神事务的诗人；罗丹却是那种将强壮的身体化为美学创造力的艺术家。据此进行平行对比并非不可，可是写作对象的唯一性却大成问题。换言之，探讨致幻性和劳动美学为何一定是里尔克和罗丹呢？他们终于携手来到艾云笔下，还因为他们生命的一段交叉——里尔克作为罗丹传记作者的事实。艾云于是以两个伟大艺术家这段交叉的生命为切片，透视了两种极为不同的精神纹路。如此，艾云的散文结构才算有了严实而自然的支撑。

同样的双线对照结构，《挣扎于阳光和苦难之中》以加缪和萨特为对象探讨"做艺术家还是知识分子"的话题，这次充当双线拱桥的是波伏娃。但这不过是小的双线结构，此外另有一个复杂的双线结构，里面既有着萨特 vs 波伏娃、加缪 vs 波伏娃、波伏娃 vs 阿尔格雷等小双线。可是且慢，这回艾云居然把自己的现实生活也引进了散文中，在前二节铺陈了萨特、波伏娃的生活之后，三、四节却突然回到自己的生活，从"我为什么会和他们相遇"讲起。这意味着，在西方知识分子的生活对照之外，艾云展开了自身生活和西方思想家生活的对照。这么说来，艾云的散文结构在精心筹划之外，其实也是有着"行云流水"之貌，行所当行而行，止于之所不得不止，仅服务于文章探讨的精神命题。这构成了艾云散文的另一种魅力——问题意识，前面已经论述。

《那流向大海去的》同样是多线对照结构，这里有英国女作家伍尔芙及其姐姐范尼莎不同生命状态、人生选择和命运转折的对照，有范尼莎自身生活从依附型到独立型的对照，也有范尼莎丈夫及儿子两代男性的生命对照。这种种对照带来了艾云散文中的混沌性、涵纳性，或所谓在场性，她拒绝用单线甚至点—面的方式来结构散文，所以读者很容易陷入一种意义的八卦阵——如果你企图一言以蔽之的话。它是多线头、相互缠绕的，它是相互渗透和敞开的。所以，在此篇中，你既读到青年女作家伍尔芙在择偶时对情欲和写作进行清醒分配的抉择；也读到伍尔芙姐姐范尼莎从一个葱茏火旺的辅助性角色向追求"足够金钱和秘密"的独立女人的转变；既读到伍尔芙年轻时的追求者，后来的姐夫，批评家贝尔对女性趣味的转变，或者所谓男性生命中的情欲抛物线，又读到战争男人和古堡中的女人所构成的隐藏在日常性中的历史秘密。当伍尔芙外甥朱利安来到中国，邂逅凌叔华，又葬身西班牙时，在他和之后伍尔芙的自杀中，你又在散文中和命运狭路相逢。当范尼莎从健康红润的家庭守护神转变成重视精神自我的女画家，并且恬然自乐地在前夫贝尔和新丈夫构成的稳固三角中安度晚年时，我们不禁想起张爱玲的感叹：不用担心，很快就老了！而艾云正站在这一切的背后，轻轻叹一声：那流向大海的！阅读的我们，也轻轻叹一声：艾云散文竟涵纳了这样的生命混沌，生命的复杂性本身在这里找到了自我呈现的机会。

可见，多线对照显然正是艾云对生命混沌性、在场性和暗物质的有效显影剂，在此恕不一一对各篇展开分析。可是在这些多线对照结构之外，必须看到另外的递进推衍结构——前者主要是对照性逻辑，后者则主要是递进性逻辑——这体现在《皮肤上的海盐味》《星辰和灵魂》《人可能死于羞愧吗？》诸篇中。写作的结构显然内蕴于对象的特殊性中，所以，精巧的对照结构并非全能，递进推衍结构也有独特的作用。《皮肤上的海盐味》可视为一种最特殊的书评——它最初源于对《心航》这部小说的阅读和评论，却一步步跳跃开去，敞开了文章自身的问题域和书写方式。且不避繁琐，看看艾云是如何逐步推衍的。

引言：阅读《心航》的情境——第一节：书中女历史学家与强壮渔夫的超阶层情爱——第二节：官场男人、商场男人、知识男人和渔夫的比较——第三节：粗野交谈之于这种超越性情爱——第四节：轨道外情爱与家庭婚姻——第五节：什么是女人应该有的生命权力——第六节：深度女权主义。

不难发现艾云以一对书中男女的故事为承载平台而不断地节外生枝、却又断而不散、一路逶迤地走在她感兴趣的问题路径上。她论述的这六个方面完全可以进行独立探讨，可是把它们拆开，就不再具有这篇论文的整体性和厚重感。它们最终依然服务于作者对什么才是真正值得追求的女性生命权力的"深度女权"问题的探讨，此处说的是她散文的结构强大的化合能力。《星辰和灵魂》《人可能死于羞愧吗？》也是同样步步为营的推进结构。90年代大散文出现之前，中国散文的结构强调的基本是"点的发散性"——对某个具有意义升华可能的点进行强化并铺延成篇，这些"点"可能是某个人、某件事、某种精神、某份心绪和气度。这种散文结构模式跟传统小品有很强的传承性，它异常成熟并拥有大量作品作支撑。事实上，决定散文精神强度和审美品质的不仅是这种结构，借助这种结构可以写成《乌篷船》，也可以写出《荔枝蜜》。散文最终召唤的还是作家的生命经验的分量和精神透视感。然而，这并不意味着散文结构跟散文精神品质没有关系。某种意义上，我把当代散文结构从小到大的拓展和突破，视为当代经验和精神在寻找自身形式结构的结果。汹涌的当代经验和历史省思要求冲破"点的发散性"结构的形式堤坝，这大概是当代大散文出现的背景。稍微关注新时期散文便可发现，散文写得越来越长，动辄上万，超十万甚至二十万字的超长篇散文也并不鲜见。

但散文的分量难道仅仅是由形式体量决定吗？很多长散文并非严格意义上的大散文，它并未发展出一个具有冲击力的精神命题，它也并不吁求一个独特的大结构。它虽然长，但基本上借助于同质经验的绵延而成，用相同的小结构处理之并无不可。从这个角度看，艾云的这批散文，并非字数上的巨型散文，但却拥有巨大的精神体量。这就要感谢她多年的理论训练了，她始终在深广的文化视野中透视她笔下的人物个案。90年代，余秋雨的文化大散文曾经风行一时，后来在学术界的评价又迅速走低。我们既要看到余秋雨散文对大散文结构的开拓之功，他在历史话题文学化过程中作出的贡献。但也不能不指出，余秋雨文化大散文缺乏有真正精神强度的内在结构和问题意识，缺乏强大的精神气脉，只能以修辞和抒情补足之，结果当然是精神气脉的虚浮。艾云则不然。她的散文之大，既在于发展了一个具有内在精神必要性的大结构，更在于这种大结构具备了跟探讨对象之间的内在对应性。

跨文体性和隐身者的艺术道德

孙绍振曾从表现手法角度把散文分为抒情、叙事和审智三种类型。那么艾云散文则是容纳性的，从精神品质上说，它更像审智散文，但在具体的手法上，则跨越叙事与抒情，甚至是虚构与非虚构。它像文化随笔，有文化随笔的问题意识和言说理性；可是它比随笔多了些文学性的色彩和混沌。曾有人认为艾云散文是美文，这里的美文跟贾平凹所提倡的美文断不是一回事。可是如果说艾云的散文具有对语言美的执着追求，则又是一目了然的。

人们常常用诗的语言和散文的语言进行二元划分，大意是散文是语言的散步，诗歌则是语言的舞蹈。潜台词其实是诗的语言比散文语言更精练和讲究。事实也许并非那么简单，散步的姿态可以优雅从容；跳舞的身影也不乏丑陋不堪的。散文语言和诗歌语言自有着不同的文体规约，但绝非意味着诗歌语言高于散文语言，对于文学而言，只存在好的语言和不好的语言。某些诗歌语言确实很诗歌，却其隔无比，用叶维廉的话说是为语造境，生僻怪异，语法和句法变异缺乏经验实存的支撑，实在皮相得很。但是也有一种散文语言，它看似没有诗歌语言语法变异的强度，却追求着一种精准和斑斓的搭配。蔡少尤认为艾云散文语言追求一种立体的效果，并例释过，诚然！我想重点谈谈艾云散文的精准和斑斓。

精准或所谓准确（exactitude）是卡尔维诺在《未来千年文学备忘录》中重点推介的文学价值之一。精准是以复杂性为前提的，不以复杂性为对象则无所谓精准或失焦。艾云语言的精准便体现在她对日常经验进行哲理言说的方式，以及言说过程中强大的命名能力。艾云既然认为"心灵有时需要无诗的地方"，她将日常经验的重要性已经推举到某种哲思位置。可是，她并非从世俗话语谈日常，她有自己观照日常的哲学框架。所以，白开水的日常生活便在她笔下分解出纷繁复杂的哲学质。这是第一步，艾云的语言如精密的分解仪，在日常生活的混凝土中理出了千头万绪；接着便有第二步，艾云的语言又是准确的归类器，为黑暗中的事物给出恰当的位置。第一步她使事物变得复杂，第二步她又将复杂的事物归置在她精致的语言装置中。这才是"精准"语言的内在过程。你看她铺陈不同的场景分述几种不同身份的男人（《皮肤上的海盐味儿》），如果仅是从阶级地位、社会身份去看，说得太细致还是未能免俗。她却拈出生命"直接性"这样的命名，没有宏大的历史视野和美学情怀，就很难从定型的社会认知机制中脱身，发现渔夫这类人工作方式上"直接性"的美学效果。这样说，精准的命名依然跟思想透视息息相关。然而，未必所有拥有思想透视能力者必同时拥有精准的命名能力。艾云却能！她从人与人乏味的相处中嗅到某种社会制度之外的身体气息，并命名为"色情质"；从五金店的平凡中年男人身上抽象出一种生命阶段并命名为"后续性生活"。艾云说：

> 后续性生活以生活为中心，男人不需要再去打打杀杀了，有人就说，男人的性格变得没有光彩了。以往男人扣动扳机的手，现在却掂动秤砣；以往男人去宣讲社稷、救亡的道理，现在他却推销金饰，不厌其烦地向主顾讲解其成色和比重。

　　　　如果做个比喻，非后续性生活，人生如唱本；而后续性生活，人生如账本。

接下去，她继续发挥其掰开揉碎、天女散花的功夫：

　　　　唱本里面有各种角色，唱做念打，各显功夫。人一说江湖，马上两眼放光，真以为有那么一个地方，到处崇山峻岭、苍翠叠嶂，好汉占一幽深古寺，四匝茂林修竹，桃花掩映，荷芷涟涟。这其实是前现代社会中的在野之人、屈辱之人制造的一个生存乌托邦。实际情形是，好汉们聚到梁山，日子也从不消停，梁山内部也有尊卑贵贱之分，火并起来，也是血溅水泊。而且时时官府追剿，哪有快意人生的半点滋味！

这种语言的精彩不仅来自语言的斑斓色彩，也来自艾云看问题的哲思框架，有了高度的掰开揉碎，便成了文学精彩的血肉和斑斓；所以，艾云的散文有骨架，有血肉，更关键还是，有魂。

说到这里，还是没有把艾云散文文体上的特性说透。艾云要表达的精神话题多，必然吁求着一个更有涵纳能力的结构，散文于是走向"大"。精神之深支撑了其骨架之大，交相辉映。可是，在向"大"的途中，艾云散文便借助了很多戏剧的对比性和小说的场景性，这便产生了她散文某种程度上的"叙述性"乃至于"虚构性"。

这里的"叙述性"并不是指这些散文中包含着很多生命历程，而是指艾云在呈现这些生命历程时对场景等叙述性效果的借重。你看《皮肤上的海盐味儿》，上一节她还在《心航》的文本世界中，下一节她已经信马由缰，甚至接着《心航》的人物道具唱自己的深度女权主义戏文了。你会问，这不已经是小说的虚构了么？散文作家在思想表达的过程中直接骑上了虚构的骏马，并非仅有威风而没有危险，不谙骑术的必被甩于马下。但艾云散文在"虚构"的马上从容睥睨。

我们会发现《那流向大海去的》《玫瑰与石头》《自由和美德》《星辰和灵魂》《那挣扎于阳光与苦难之间的》都是众多人物交叉命运的城堡，艾云重视叙述语言的文学色彩和场景效果。可是在这些篇章中她并没有真正放开散文的"虚构性"——对真实人物的生活细节进行虚构。除了上面提到的《皮肤上的海盐味儿》有某种程度的细节虚构外，艾云基本上是节制的。但是在以中国人物为题材的几篇作品中，细节虚构被更多地运用了。无论是《回眸辛亥年》《黄金版图》还是《乱世中的离歌》，艾云进入历史人物精神世界的方式便是为他们的日常生活勾线、着色、定型，赋予他们足够多的细节。可是，在我看来，这些尝试显然并非没有遗憾。

这便是散文虚构的双刃剑了！我们且说《乱世中的离歌》，这篇叙写陈西滢、凌叔华、朱利安（伍尔芙外甥）情感纠葛的散文，有人评价说简直就可以改编为电影。这篇散文中艾云放开了细节虚构，你甚至可以在这篇散文中读到凌叔华和陈西滢夫妻房帏之内情欲错位的隐秘涟漪。某些时刻你几乎恍惚了，这究竟是散文还是小说呢？但是艾云显然做足了实证的案头功夫，那些确定无疑的历史时间和标记又在为这些虚构提供合法性。我始终认为《乱世中的离歌》是散文"虚构性"的精彩篇章，它甚至走到了散文虚构的极致，再走一步便找不到立身之地了。再走的这一步，便是《黄金版图》和《辛亥年的枪声》了，我真切的阅读体验是，这二个文本并不如艾云的外国人物系列精彩，也不如《乱世中的离歌》精彩（但是也许别人不是这样看的，否则《黄金版图》便不会获"在场主义散文奖"了）。原因何在呢？

虚构使散文拥有了更大的表达权力和进入历史的能力。散文作家可以不再受制于作家的个人经验和实地考察体悟的教条，想象的翅膀让作家得以借助历史人物重新进入历史、打量历史。但是，纯以虚构言，散文相比于小说依然捉襟见肘。虚构只能成为散文的辅助性手段，散文的真正气场依然来自作者自身的思想修为和表达经验的厚重独特。我隐约觉得，当艾云书写哲学家、思想家时，有着一种主体跟对象的共鸣和体贴，总是写得那么到位，发人所未见；可是如果写非知识人物时（如挖金的男人、民女），由于难以置入某个思想框架中，作者跟对象的精神气质并没有交叉，在《那流向大海去的》等篇章中大放异彩的精准把握人物气质的能力，以及作品内在的精神视野便有所削弱。

当然，《黄金版图》《回眸辛亥年》等篇并非没有问题意识，只是由于对象发生变化，或者说艾云为书写这些对象所进行的精神储备并不匹配，所以总隐隐觉得不过瘾。这也许说明，大散文的真正魅力，依然在于内在深邃的哲学品质和精神视野，细节虚构是锦上添花。但这也可能是源于我自己过强的个人趣味，绝对有另外一部分人更喜欢《黄金版图》等篇。

我想再从当代散文"非虚构"热潮的背景下来看艾云散文的"虚构"。所谓"非虚构"并不是散文的传统位置，它的纪实区别于以往艺术散文的个人书写和抒情；也区别于报告文学日渐空洞化的平庸赞歌。"非虚构"的提出意在挑战散文在介入性上的无能状态。像梁鸿的《中国在梁庄》《出梁庄记》等都显示出散文突破自身边界的努力。所以，"非虚构"和"虚构"恰恰不是两种分裂的立场，而是从为散文扩容的共同立场出发的殊途同归。"非虚构"以田野调查的实证拓展散文既定的题材疆域，使散文进入不可见的现实；"虚构"则以细节想象使散文得以降临已逝的历史现场。

在当下，虚构和非虚构同样面临自身的机遇和挑战，但这并非我此处的论述重点。我感兴趣的是，艾云"虚构"所透露的艺术位置选择问题。同样是为散文及物性及思想扩容，散文"虚构"的当代关注度当然远不如"非虚构"。"非虚构"更能跟某些时代话语形成共振并派生相应的聚焦。在此情况下，很多人对当代散文新动态的理解和价值认定迅速定位于非虚构之上。我并不否认那些杰出的非虚构散文家的贡献，但是，艾云却显然无意去凑热闹。我想这里包含着一种在她那里一以贯之的隐身者的文学道德。

我常常自问？我们为何写作？我们的写作认同该建立在什么样的基

础上。我们在写作时站立的文化位置是什么？在《人可能死于羞愧吗？》中艾云借用了布莱希特的荒诞剧，阐述一种面对极权时荒诞而特别的耐心，或许能进一步说明这种隐身者的道德：

> 有一天，艾格先生的家被一个官员侵占了。他成为奴仆，全力为这个官员服务。艾格先生每天为这个官员准备饭食，夜晚为他盖上被子，为他驱赶苍蝇。在他睡着时为他站岗。总之，一切听从这个官员摆布。艾格先生从不讲话，既不抱怨也不牢骚，也不反抗，七年时间过去了。官员由于吃得多，睡得多，命令多，方便多而肥胖无比。然后得病就死掉了。于是，艾格先生把他用破被裹住拖出了房子，然后把床铺洗干净，把墙壁粉刷好，长长地出了一口气，才说出一个字：不。

艾云写道："布莱希特想说的是，在一般年月，面对向你使坏的不公正的人与事，在公开的抗争无从可能时，你只有选择隐蔽的反抗，那就是让你的生命长过这为非作歹者。"

在启蒙、革命等现代元叙事千帆过尽之后，唯有自由、思想和美值得我们期待，生命的神秘和丰富，值得我们去阐释。我相信这也是艾云的文学立场，她对一切洞若观火，却又保持着刻意的距离审慎观察；她无意去与潮流性的话语共舞，更无意借助话语走向权力；她警惕着理想主义话语脱离日常经验的乌托邦陷阱，同时也没有忘记追问存在者的伦理责任；她不激进，却也并不虚无，她只是思想着，辨认着，力图用艺术创造一种辨认世界的新的光亮。对于极权和不完美的现实，她已经获得饱含智慧的耐心，她的立场便是在喧嚣的时代成为一盏隐秘的灯：警惕着黑暗的虚无，也警惕着光明的乌托邦。

最后我不能免俗地说，艾云的这组散文是"偶然"的，但又是必然的。它偶然于《钟山》无所标准的绝对信任，却必然于艾云多年精神和艺术追问的过程。一般散文家缺乏她这样深厚的哲学积累和问题意识；

普通哲学作品又缺乏她这样瑰丽的美学自觉。在漫长的岁月中，她的求知意志没有被哲学坚硬的荆棘所绊倒；她的美感诉求没有屈服于孤冷的冥思；她的冥思又逃脱于学院体制和僵硬教条之外。所以，她不是为功利生产知识，她是为困惑寻找一个合审美目的性的回答。存在的秘密，生命的暗物质，于是在她的哲学思辨和文学虚构中被捕捉，被显影。她让哲思带上审美的肌理，她又使浮躁无明的日常经验获得柔韧、高密度的哲学品质。她的散文的重要性显然远未被这个时代所感知！

当我们谈论战争时，我们在谈论什么：

读熊育群《己卯年雨雪》

毋庸讳言，过往的中国战争文学叙事，常常跟英雄性、民族性紧密地联系在一起。20世纪以降的世界文学谱系中，从英雄性向人道主义的转折是战争文学鲜明的标识。这种潮流也促使了近年中国战争文学（包含电影等泛文学叙事）对狭隘民族主义话语的反思和对世界主义话语的实践。然而，这种文学实践依然不可避免地陷入民族主义/世界主义的话语纠结中。民族主义的战争叙事站在民族性立场上指斥对手、塑造敌人、建构英雄，从而完成政治动员、整合民族认同、叙述国家前传、建构政权合法性的功能。时至今日，《叶问》及各种抗日神剧的流行印证着民族主义话语法则并未耗尽其历史势能，反而在各种力量的推波助澜下长盛不衰。可是，80年代以降的中国文化场域也在孕育着新的思想话语。新启蒙与世界主义的登场瓦解了阶级民族主义战争叙事的僵硬脸孔。在近些年关于抗战历史记忆的文学及影视叙事中，以世界主义为支撑的人性主义逐渐成为一种流行话语。这些电影因为打破组织/个人的绝对同构性关系，展现了战争和人性的多种丰富性而广受肯定（如《集结号》）。也有导演试图打破从本民族立场出发进行的战争控诉、反思，转而从日本士兵的反向视点观照战争（如《南京！南京！》），引发了大量争议。必须指出的是，狭隘民族主义的战争叙事虽在本国范围内政治正确，并讨好一般具有民族主义情绪的阅读者，然而显然失去对战争进行深入反思的动机和可能。而世界主义话语支撑下的战争叙事，事实上也无法落实战争灾难记忆的反思性和具体性。它回避了战争的正义/不义的问题，抹平了侵略者与被侵略者不同性质的战争受难具体性。某种意义上也是以"还原"的旗号重构了"人性"的脸谱。比如《南京！南京！》确实不免招致这样的非议。

借用卡佛那个著名的句式，我们向战争以及战争叙事发出这样的追问：当我们叙述战争时，我们在叙述什么？叙述逝者的哀恸、叙述英雄的气概、叙述民族的血泪和仇恨，同时也叙述民族光荣与梦想。从中我们不难辨认出很多中国战争文学所秉持的英雄性和民族性的叙事伦理。可是，惨烈复杂的历史记忆在召唤着新的民族灾难记忆书写，一种既区别于狭隘民族主义，超越敌人面具和道德控诉，将人性和同情施与战争双方的无辜者的书写；一种区别于简化世界主义，能呈现战争受难者的具体民族身份和内在精神立场的书写。这种书写不是教导人们以民族为标准去爱或恨，也不是要求人们在超民族的人性立场抹平爱恨。而是希望在还原历史具体细节的基础上进一步问一句"历史何以如此？"在控诉战争屠杀的同时进一步问一句"禽兽是怎样炼成的？"在吸纳被视为现代性普遍原则的"人性关怀"的基础上，进一步吸纳不同民族的具体性和特殊性。在我看来，作家熊育群积十几年之功完成的新著《己卯年雨雪》正是带着这样的雄心和问题意识重构的一份具有反思性、生产性的民族灾难记忆。同时，也是在追问我们需要什么样的战争叙事和文学伦理的问题。

建构生产性的战争反思叙事

《己卯年雨雪》引人瞩目地以日本人武田修宏、武田千鹤子为重要主角。然而，与其说小说采用的是"反向视点"，不如说小说采用了"双向视点"，小说既从日本人武田修宏夫妇角度，也从中国人祝奕典、左太乙等人的角度叙述战争。正如作者所言："要真实地呈现这场战争，离不开日本人"，"超越双方的立场，从仇恨中抬起头来，不仅仅是从自己国家与民族的立场出发，从受害者的立场出发，而是要看到战争的本质，看到战争对人类的伤害，寻找根本的缘由与真正的罪恶，写出和平的宝贵，这对一个作家不仅是良知，也是责任"①。某种意义上，熊育群正希望以超越民族性的立场去表现战争的伤害。值得指出的是，人类性、世界主义立场依然并非写好作品的必然条件。人性主义是世界主义的重要表达式，对超民族性的人性表达常被视为世界无界的重要表征，并几乎成了一种新的陈词滥调。换言之，对战争人性复杂性的表达恰恰可能成为一种新的脸谱化。至少，我们在陆川的电影《南京！南京！》中就看到这样的表现。

陆川在超越狭隘的民族主义表述的过程中走向一种抽象的人性主义。人性主义与人道主义的不同在于，人道主义或通过人的受难来谴责奴役、压榨人的力量或机制，或通过人在困境中的坚守来展示人的光辉。而人性主义则将展示人性的多种复杂性和可能性作为艺术的最高伦理，因此人性主义立场拒绝仅站在民族主义立场对制造灾难者予以控诉，它既展示屠夫的凶残，也展示其恐惧、乡愁，乃至忏悔和救赎；它拒绝将受难者放置于道德优势位置，既展示其抵抗的悲壮、自我牺牲的勇气，也展示其内部的懦弱、麻木、无知。复杂性成了人性主义最悉心玩味的区域，只有并置了妓女的"无知"(不剪头发和对同胞女性的讥讽)和"献身"(为了同胞脱困主动赴身敌营)的复杂性；只有并置了汉奸唐先生的"自私"(为了家人的通行证而出卖同胞)和"无私"(在可以和拉贝先生一起脱身之际主动把机会让给他人)的复杂性；只有并置了日军作为凶残的屠夫、兽性的暴徒和作为忧郁的乡愁者、爱情的信仰者的复杂性，"人性主义"立场才觉得完成了对世界的最高见证。

在这个意义上，我以为《己卯年雨雪》恰恰提供了这样一份生产性的民族灾难记忆。所谓"生产性"，意味着作者并非为了"世界主义"而"世界主义"，其叙事不仅落实在超越民族的观念上，意味着小说对战争的反思具备了抵抗"世界主义"新脸谱的深度。《己卯年雨雪》虽然始终拒绝将日军作为刻板化的野兽形象进行叙述，但更拒绝为了"去

---

① 熊育群：《己卯年雨雪》，花城出版社 2016 年版，第 387 页。

脸谱化"而刻意复杂化。《南京！南京！》中的角川作为具有人性的日军代表某种意义上是为了去脸谱化而形成的新脸谱。他的战前身份、志趣全无交代，他是战争的游离者，可以发现战争加诸于他心灵的压力、创伤以及他对受难中国百姓的同情，所以电影最终他才掩护放走了老赵和小顺子。电影刻意保留了角川如战场飞地般的纯真无邪——他面对慰安妇百合子那种极度纯真的、无关性的爱情态度。当他来到百合子曾经的房间，在淫声大作的慰安营中他惆怅地独坐一隅，看着另一士兵急色鬼般地发泄性欲。恰恰是为了表现日军的复杂性，陆川对角川进行了极度的单纯化处理。战争军事体制和酷烈的战斗氛围，漩涡一般将所有人裹挟进去，从众意识和严格的军纪使独自完美和道德的自我完善完全流于隔岸观火的文学想象。相比之下，《己卯年雨雪》就更为客观地展示了战争对即使是最善良的士兵的人性异化。小说中，武田修宏的身份被安排为一个热爱哲学，理想是成为作家的多思青年，并设计了他参战前的避战心理。即使是这样一个身份，作者也并未简单地让他成为日军的人性代表。而是将他的乡愁、恐惧和扭曲、异化作为一体两面进行表达。同样写到武田修宏的性，熊育群突出的不是他的"出淤泥而不染"，而是他那种日逐渗透的心灵变异。当千鹤子来到前线找到丈夫，那种不可抑制的鱼水欢愉中，武田修宏却分明有着无法推开的分心：

　　扯下兜裆布，武田修宏荒野里勃发的情欲赤裸又炽热，看着躺在地上的千鹤子，身上交错着一道道黑色线条，这是芦苇投下的影子。阳光刺得千鹤子眯起了眼睛……支那女人的躯体突然浮现，她们遭人奸污的一幕幕过电影一样晃动，千鹤子身子一瞬间像一具遗弃的躯体。武田修宏涌起一股厌恶的情绪。

　　千鹤子伸出一只手，喊着"修宏，修宏。"他颤栗着俯下身来，抱着千鹤子，脸颊擦着她的脸和肩，深深地呼吸，千鹤子的体香和芦苇的气息进入他的鼻息，浓烈得让他飘浮。进入她身体的时候，慰安妇的影子也出现了。他脸上满是泪水。①

　　这段叙述精彩之处在于，武田修宏并非角川正雄那样的纯洁飞地，他的心灵在承受着战争压力的同时也不可避免地由于磨损而落下阴影。厌性和滥性都消解了他对千鹤子原有那种汹涌炽热、相互忠诚、非此不可的原初情感，只是他再也回不去了。这样的复杂性是可信的复杂性。

　　同样是拒绝将"敌人"脸谱化，熊育群细致地刻画了日本军人在大肆杀戮底下那种乡愁、恐惧、迷茫而强找寄托的复杂心理，也努力追问残酷的战争如何把人变成野兽的问题。

　　　　向山坡地发起冲锋，冲在前面就意味着死亡。武田修宏几次都想着要冲到最前面去，以证明自己的勇敢，武士道把人求生的愿望看做卑怯，偷生是羞耻的，他被羞耻感裹挟着，只有不断证明自己不怕死才能摆脱这种羞耻的纠缠。但巨大的恐惧让他迈开脚步时又退缩了。②

　　这里还原了军人武田修宏的第一层心理冲突：武士道教育的献身荣誉感与人性与生俱来的恐惧之间的冲突。武田修宏并非嗜血的动物，他在扫荡中踢开堂屋的大门，看到屋内供奉的祖宗牌位，便不敢太放肆。他对死者不敢造次，战场上有人去死人身上找烟抽，他从不用死人身上的东西。他身上还留着人的畏和怕，正因此他并不同于冷血的杀人狂魔和不通人伦的禽兽。作者敏感地意识到畏和怕所导致的战士的"迷信"，他们逃避某些不吉利的数字，身上戴着护身符。当战争把人抛进一个未知的黑暗管道中时，"信"便是他们唯一能够抓住的稻草。这是非常自然的，"战场上，生命就像一场赌博，输赢不到最后无从知晓。人们只有靠祈求神灵，求神灵保佑武运长久。士兵喜爱赌博，这是同一种心

────────────────

① 　熊育群：《己卯年雨雪》，花城出版社 2016 年版，第 104 页。
② 　同上，第 69 页。

理。"① 迷信和赌博反证着战场士兵内心的茫然和恐惧，一旦战争迎面扑来之际，个体渺小得如同惊涛骇浪中的一叶飘萍。心藏反战情绪的武田，也必须在战争中拼命搏杀，在你死我活的肉搏中，"人们从血中闻到了一种腥甜，勾起嗜血的原始欲望。杀人是战争的手段，现在杀人是目的了。"② 这里对战争加诸于个体的异化效应有着深刻的洞察。它并非在宽宥战场上的杀戮者，抹平战争中正义与非正义的区别，而是以更丰富的洞悉力，撕下长期贴在所有"敌人"脸上的面具。因为，为"敌人"贴上一副邪恶丑陋、千篇一律的面具远比洞察可怖敌人脸谱下面的丰富表情容易得多。前者抵达的永远是一个已经做出的正确判断，而后者则期望用更具体的生命和历史情境去提供进一步反思的可能。比如武田修宏就逼迫我们去思考：一个有血肉、有怜悯，有哲学思考和文学情怀的独特的人是怎样在战争中成为无差别的禽兽呢？这样的战争又如何获得战士和日本社会的广泛认同的？

最初，武田修宏并不愿意参军，可是在家族、社会所交织出的集体压力、荣誉补偿的价值召唤中不得不无奈上阵。值得注意的是，在家人那里武田的上前线是荣誉高于担忧的。在武田修宏报名参军之后，千鹤子在母亲的劝说下跟他结了婚。这说明参战共荣的价值理念已经作为当时日本的广泛社会意识。在明治维新之后，日本完成了现代民族国家的政治和文化建构，人们已经把战争与民族国家完全同一化。侵华战争为何在日本社会被全面正当化？首先在于忠于天皇和忠于国家的传统武士道精神；其次在于在新的民族国家想象中，建立"大东亚共荣圈"的意识形态叙述为战争提供了合法性。作品中，千鹤子正是充分习得此种意识的日本人，他们认为"蒋介石是个混蛋，不顾人民的死活，不要和平，死硬要跟日本人打仗。他是战争的罪犯。那时，千鹤子正在读高村光太郎的新体诗，读到了他写蒋介石的诗歌《沉思吧，蒋先生》。国内

---

① 熊育群：《己卯年雨雪》，花城出版社 2016 年版，第 71 页。
② 同上，第 72 页。

许多人写起了战争的和歌与俳句，她把这首诗抄寄给了武田修宏。"① 千鹤子作为一个代表个体被意识形态国家机器整合起来的对象，很难逸出其定义的思想空间。只有当她真正来到战场之后，她才深刻地意识到这种意识形态实践的虚构性。

《己卯年雨雪》区别于一般人性主义战争叙事之处在于，它不但提供了"敌人"脸谱下复杂的表情，更对战争何以发生，战争如何被认同提供了深入的解释和反思。换言之，当陆川破除了长期的民族主义革命历史叙事的"看啊，这禽兽"的抗战叙述语法，而替换为"看啊，这禽兽也是人"之后，熊育群更进一步提供了"人如何成为人兽"的故事，他内在的关切其实正是"人如何免于成为人兽"。我想，这既是对狭隘民族主义叙事的超越，也区别于抽象人性主义，它指向的是对一种生产性民族灾难记忆的建构。

重建抵抗者的文化主体性

如前所述，《己卯年雨雪》彰显战争中超民族的人性创伤和人性辉煌，但并非对"世界主义"抽象的概念化展示，而是使世界主义获得了一份厚实的历史反思底座，同时也获得一份精致的文学感觉坐标。这在小说中体现为一种别致的气味叙事。

某种意义上说，人的理性以至情感常常不能免于某种意识形态机器的循唤，可是"气味"作为一种直接的生理感受却是人之为人共享共通的感受。《己卯年雨雪》在呈现人物心理时非常侧重其气味感受，作者写左太乙迷恋上搭茅棚，迷恋那种植物的气息，由此感觉到大地的温存，"只有一个人的时候，他才感受到土地对他绵厚的包裹。那芦草的清香沁人肺腑，会飘荡到他的梦境里，像精灵般闪动萤光。"② 写祝奕典长年跑水路，汨罗江地段的气味他都闻得出来，"他从气味里闻得出湖

---

① 熊育群：《己卯年雨雪》，花城出版社 2016 年版，第 65 页。
② 同上，第 40 页。

泊的远近、大小，闻得出芦苇荡里水的深浅、芦苇的分布形状、面积，闻得出水中生长着哪些植物，水莲、荷、荸荠、菱角、芡实，谁跟谁长在一起，他甚至能闻出水中的鱼群。"[1] 写左坤苇对于汨罗江的爱，"她常常从浩荡的湖风中闻到一股令人着迷的清香，那是植物的芳香，她觉得在这片茫茫无涯的水中，有一个神秘的东西纠缠着她，让她无法过一种平静的生活。"[2] 值得注意的是，作者写武田修宏和千鹤子时同样诉诸气味叙事，他写武田修宏在营田的旷野中嗅到一股和家乡日出町相似的气味："青草的气息夹带着谷物的香气漫山遍野弥漫、飘浮，当它夜色一样浓烈地盖过来时，硝烟味、铁器味、黄泥味就像一声叹息远去了。这是武田修宏熟悉的气味，与营田一样，日出町水稻灌浆后就是这样的气息。"[3] 这里，作者显然并非在一般性地展示自己对感性经验的捕捉能力，也不仅是在铺陈人物对于土地河流的眷念和远离故土的乡愁。我想作者想以一种更内在的、超民族性的体味体验昭示人作为生命共同体的近似性和可交流性。只是覆盖在相通的生命气息之上的仇恨、战争扭曲了这种感受。

此处需要再表的是，《己卯年雨雪》在超越民族主义的同时，并未以"人性主义"进行"去民族化"叙事。在后殖民的文化背景下，民族叙事常常不可避免地落入各种身份危机之中。可贵的是，《己卯年雨雪》的人道主义叙事依然内在于对民族文化主体性的坚持中。前面已经与陆川的《南京！南京！》做了比较，这里不妨再从魏德圣的《赛德克·巴莱》说起。《赛德克·巴莱》以1930年代台湾赛德莱族制造的"雾社事件"为题材，呈现了后殖民语境下文化身份的纠结。电影中，十几岁的孩子巴万在雾社起义中用削尖的竹竿杀死了自己的老师和所有日本同学。当对所有生命不加区分地进行屠杀的行为以民族抵抗之名获得合法性之时，它显然不可能获得现代"文明人"的认同。《赛德克·巴莱》

---

① 熊育群:《己卯年雨雪》，花城出版社 2016 年版，第 109 页。
② 同上，第 115 页。
③ 同上，第 49 页。

作为抗日题材作品，将殖民/反殖民，文明/野蛮错综地纠结到一起。如果说《南京！南京！》的去民族化是简单世界主义的症候的话，《赛德克·巴莱》的叙事则凸显了后殖民文化的认同困境。

与《南京！南京！》《赛德克·巴莱》相似，《己卯年雨雪》也希望超越狭隘的民族主义叙事。这从上面分析的"反向视角"已经可以看出。然而，值得注意的是，它在超越民族主义的同时，依然致力于构建中华文化的主体性。这在作品中主要体现为左太乙这个人物的设置。从情节的角度看，我们可以认为主角是千鹤子，或者是祝奕典，可是从小说的精神内核看，我们甚至可以认为主角其实是左太乙。因为小说中左太乙并非一个功能性人物，他携带着一套独特的世界观，为这部关于民族创伤记忆的小说提供了一个超越性的精神维度。如果不理解这个维度，就没有真正把握到小说的精髓。左太乙的兄弟名叫左太平，太平和太乙既是同胞兄弟，又关联着两种中国传统思想。太平关涉的是经世致用、治国齐家平天下的儒家思想；太乙关联的则是遗世独立、羽化登仙的道家思想。小说题名"己卯年雨雪"，而不是"1939年雨雪"。事实上，1939是公元纪年系统上一个唯一的年份，而己卯则是每六十年一循环的天干地支纪年中的年份节点，这种中国传统的纪年方式来自道家思想。它隐隐暗示着，作者将现代性的灾难事件纳入中国道家思想资源中寻求拯救与逍遥的可能。不明乎这一层，恐怕无法真正把握作者的思想内质。与左太乙/左太平的命名相类，王旻鲲/王旻鹏这组命名也有着道家背景（鲲鹏来自庄子《逍遥游》）。

小说中，左太平、左太乙和祝奕典构成了中华文化人格的三种类型：湘阴县长左太平秉承的是儒者的风骨，左宗棠那种"身无半亩心忧天下"的人格情怀深深影响了他，所以他带领着乡民"大股敌来则避，小股敌来则斗，敌进则断其归路，敌退则截其辎重，与祖宗庐墓共存亡，不离乡土，不辍耕作，捍卫乡土。"[①] 显然，家国患难之际，左太

---

① 熊育群：《己卯年雨雪》，花城出版社2016年版，第35页。

平这样的儒官乃是民族之栋梁。相比之下，祝奕典身上更多的是侠者气概。"他一会儿是篾匠，一会儿是跑江湖的船帮，一会儿杀日本梁子，一会儿又与土匪纠缠不清，隐身江湖，任性而为，从无约束，这在左太平看来，没家教、没规矩、没教养，这么一个游荡江湖的人，来无踪去无影，侄女跟这样的人过一辈子，那是毁了自己一生。"[1] 他身佩五行刀，手刃日本兵，英雄传说一直在江湖。他被拥戴为首，啸聚抗日。左坤苇和王旻如都爱着他的野性和英雄气概。这种侠人格一直是中国通俗小说的主角，也占据着中华人格版图的重要空间。可是，熊育群最倾心的却应该是左太乙所代表的道家人格。长期居住在杨仙湖荒洲上的左太乙亲近节候所代表的自然，亲近群鸟所代表的生灵。他的生存方式和价值观念都无所不在地践行着"道法自然"。作为一个常人眼中的怪老头，从秋到春，他都住在三洲，与群鸟为伍；总是在第一声春雷炸响，准备着从三洲撤退。左太乙的怪体现在他已经将生活行动跟自然时间建立固定的关系；左太乙与自然中的生灵也建立起深厚的感情，他想念那些朝夕相处的鸟，三天没听到它们的叫声便觉得身上不自在。他为水上的白鹭取名，或噢噢、麻羽、雪羽、大鸣、小鸣、长脚仙，他为受伤的白鹭疗伤，他与白鹭对话并建立一种相互可解的语言。在我看来，左太乙的"道"既是自然，更是深情，切近自然之后对生灵的慈悲和怜悯。

特别值得注意的是，小说中武田千鹤子作为战俘在中国活下来，正来自左太平、左太乙和祝奕典三人的"搭救"。祝奕典是千鹤子的捕获者和施救者，他之不忍之心，来自千鹤子和王旻如外表相似所激发的怀念、同情等复杂情愫，也来自作为人的基本理性（"杀王旻如的是日本兵，与这个女人没有关系"）；左太平是放过千鹤子的重要助力，在获悉祝奕典俘获日本女人之初，他便发出留下活口的命令。他的动机显然是出于战局的现实性考虑。而左太乙却代表了一种高贵慈悲怜悯的自然爱动机，接纳了千鹤子这个异族女子，在他那里，连白鹭的生命都需要郑

---

[1]　熊育群：《己卯年雨雪》，花城出版社 2016 年版，第 41 页。

重对待，何况是一个活生生的人呢？如果不是左太乙的支持乃至坚持，千鹤子是不可能在左家获得存在的空间的。换言之，三种中国文化人格参与了对千鹤子生命的拯救接力。一面是承受着非人一般的暴力灾难，一面依然拥有面对世界的理智心和慈悲心。这种超越以暴制暴仇恨伦理的书写，事实上重建了被侵略的抵抗者的文化主体性。

在陆川的电影中，承受灾难的中国人并没有获得完整自我表述的机会，他们命如蝼蚁，魂也如蝼蚁。如果说陆川对日本士兵抱持同情的话（这并不需要否定），他对中国人却有着太多的苛刻，他以人性的名义放逐了中华的文化主体性。相比之下，熊育群则将超越性的道家文化确立为小说的内核，并确认中华民族文化的主体性，这使《己卯年雨雪》在接纳人道主义话语、超越狭隘民族主义的同时没有陷入民族身份认同的困境。

事实上，道家思想在《连尔居》中已经出现，"这片万物有灵的土地，既有可以使人迷神的大樟树，也有四处为人作出预言的异乡人，有如鬼魂般的异鸟；也有令人捉摸不透的神鱼。有阴阳眼的青华，有能够打开灵性世界的吴玉清和湛木清。在熊育群笔下，这些不是需要批判的唯心和邪异，而是生命安居的一种寄托。"[1]道家易学是熊育群文学思想的内在景观，这份中国思想史上的重要精神资源在熊育群这里找到了存寄的所在。

虚构／非虚构：事关一种写作伦理

读者很容易从《己卯年雨雪》中读出一种非虚构性。正如作者一再申明的，此书所依据的发生于1939年的营田惨案，不但有史可据，而且也经过作者千辛万苦、历时多年的口述史田野实证。"60年后，我动员屈原管理区的朋友易送君对'营田惨案'做田野调查，二十多个人历

---

[1] 陈培浩:《为逐神的世界寻找象征——读熊育群〈连尔居〉》,《南方文坛》2015年第2期。

时一年，寻找到了一百多个幸存者，记录了那一天他们的经历。"① 小说最重要的情节武田千鹤子来中国慰军并寻找丈夫武田修宏这一线索同样生发于现实原型 ②。作者这样表白："长篇小说《己卯年雨雪》中几乎所有日军杀人的细节和战场的残酷体验都来自这些真实的记录，我并非不能虚构，而是不敢也不想虚构。我要在这里重现他们所经历所看到所制造的灾难现场。"③

近年来，散文领域中非虚构作为一股潮流强势崛起。相比之下，小说中的"非虚构"就显得更加意味深长。它意味着虚构和非虚构在寻找着一种伦理上的共处契机。小说就其文体特质而言当然不能背离虚构，那么究竟是什么样的缘由使得《己卯年雨雪》有援引"非虚构"的必要性和合理性呢？

这里也许必须区分一下小说的物质外壳和小说"非虚构"的区别。正如王安忆所一再强调的是，小说必须有一个绵密实证的物质外壳。只有在坚实具体的现实细节的支撑下，羽化登仙的虚构灵魂才足以飞升。毕飞宇曾表示他对卡夫卡的小说并无衷心认同感，重要原因正在于在他看来卡夫卡的小说缺乏一种生活的实感 ④。小说物质外壳的构造确实在考验着作家实证的工夫，特别是涉及非当下题材时，作家如果不对故事发生的时代历史器物有一番艰苦卓绝的摸底的话，不免陷入一落笔便是错的困境。可是，小说坚实的物质外壳跟小说"非虚构"显然是两回事。人们只觉得《红楼梦》所描摹的世界逼真如在眼前，但是却不能说大观园的故事是历史上有据可查的真实事件。小说"非虚构"意味着小

---

① 熊育群：《己卯年雨雪》，花城出版社 2016 年版，第 365 页。
② 如作者言，"几年前的一个春天，我在大理街头闲逛，在一家旧书店无意间发现了马正建写的《湘水潇潇——湖南会战纪实》，书中引用了一个日本女人近藤富士子 20 世纪 60 年代写的《不堪之回首》一书中的内容，这是一个有关中秋节的故事，她在 1939 年中秋节踏上了我老家的土地，作为慰问团一员前来慰问皇军，这是她费尽了心力才争取到的机会。"《己卯年雨雪》，第 377 页。
③ 熊育群：《己卯年雨雪》，花城出版社 2016 年版，第 386 页。
④ 毕飞宇、张莉：《"一个好吃的人最终成了厨子"——关于现代主义文学的对谈》，《南方文坛》2015 年第 2 期。

说支撑性的背景、情节、人物皆具有现实依据和佐证。就此而言，我们既可以说《己卯年雨雪》下了深厚的实证工夫，也可以说它是具有浓烈"非虚构"色彩的小说。

问题于是变成了：作为小说，它为什么需要"非虚构"？虚构是人们赋予小说的文体特权，在何种意义上，作者对于这种小说特权的谨慎会成为一种美德呢？虚构从来不同于胡编乱造，正如李敬泽所说"虚构之肺要吸纳全世界的空气"[1]，这些空气既有着实证性的部分，更有着伦理性的元素。因此，《芈月传》让秦代的人物用纸笔通信意味着其虚构吸纳的实证空气包含了过量的毒霾；《金陵十三钗》让妓女们代替女学生前去日营（此一情节《南京！南京！》也有）则意味着其虚构的伦理空气将让女性主义者严重不适。在伊格尔顿看来，即使是"这座大教堂建于 1612 年"这样看似"纯然客观的描述"都"部分地证明潜在于我的描述性的陈述之下的不自觉的价值判断系统"，因为"你干吗不断告诉我所有这些建筑物的建造日期？"也许在另外的社会中，"为建筑物分类时反而是看它们朝西北还是朝东南"[2]。

换言之，严肃的虚构的背后都包含着严肃的实证表达和严肃的伦理表达。严肃的实证表达在《己卯年雨雪》中体现为作者对历史现场的还原和对日本历史文化的深入探究。从史料上意外获悉 1939 年在故乡营田所发生的日军屠杀到将已经湮没于时间中的事件进行记忆拼图，他下足了一番历史学者式的田野功夫[3]。为了对侵略者有足够客观理性的认识，他又下了一番历史文化学者的功夫。"我开始注意日本这个大和民

---

[1]　李敬泽：《精致的肺》，《十月》2016 年第 1 期。

[2]　特雷·伊格尔顿：《二十世纪西方文学理论》，伍晓明译，北京大学出版社 2007 年版，第 12 页。

[3]　十几年前一次偶然的机会，熊育群从史料中获悉 1939 年在故乡营田所发生的日军屠杀惨案。那些他所熟悉的村庄的名字跟残酷的战史相连，强烈地震撼着他的心灵。可是，他要面对的是历史细节的湮灭和今人战争记忆的抽象化。"发生在我出生和成长之地的战争我竟然不知道，它离我出生的时间还不到 20 年！"重回儿时记忆，"外公常说走兵，中央军、日本梁子一拨拨来了去、去了来，他常搞不清是谁的部队。"《己卯年雨雪》，第 361—362 页。

族，从美国人鲁思·本尼迪克特的《菊与刀》开始，我读一切研究日本的书籍，从小泉八云的《日本与日本人》、内田树的《日本边境论》、网野善彦的《日本社会的历史》、尾藤正英的《日本文化的历史》、奈良本辰也的《京都流年》……我进入日本的历史文化，寻找着缘由，我渴望理解它的国民性。"[1] 为了重建一份有价值的民族灾难记忆，熊育群既成了中国抗战史专家，也成了日本历史文化专家。在后记中我们发现熊育群对日本的历史、文化、政体、民族性格乃至于军队建制都有独到的分析，这些都内化到小说叙事中。只是他的立场不是口述史、报告文学，也不是历史文化研究。所有的知识背景仅是写作出发的基础，又对作者吁请着个人的精神位置和话语立场——一种严肃的伦理表达。

如此，我们似乎可以回答《己卯年雨雪》为何需要"非虚构"了。如上所言，严肃的"虚构"并非没有条件，当它所服膺的伦理面对特殊的现实吁求严苛的真实时，"非虚构"便会成为与小说"虚构"合二为一的河流。这里"特殊的现实"指的便是大屠杀的灾难记忆。也许没有任何事情像大屠杀这样，事实便是其戏剧性的最大值，任何减少或夸大都将减损其文学感染力。当你企图面对历史、反思历史时，诚实是最大的美德。我想熊育群一定意识到这一点，历史记忆叙事在召唤着"非虚构"。在真实的历史灾难面前，任何聪明的故事编撰都是乏力而捉襟见肘的[2]。这是何以严歌苓充满戏剧性的《金陵十三钗》虽然精致好看，但我反而对哈金将戏剧性风格高度警惕的《南京安魂曲》充满敬意的地方。这是相比充满戏剧性张力的《小姨多鹤》，我更致敬具有非虚构底座的《己卯年雨雪》的原因。

---

① 熊育群：《己卯年雨雪》，花城出版社 2016 年版，第 373 页。

② 面对历史记忆的任何虚构都容易为人诟病，譬如《南京！南京！》中对拉贝先生在众多中国人依然深处水火之际的撤退就被观众斥为"忘恩负义"："明明是日本人制造了南京大屠杀，《南京！南京！》却讴歌了一个因为枪杀了一个中国人而自杀的日本士兵的人性，却否定了一个拯救过成千上万中国人生命的德国人，情可以堪？"参见司马平邦：《"南京"是 Q，"拉贝"是 A》，http://movie.douban.com/review/2005749/。

可是，且慢。莫非我主张的是历史记忆叙事的"非虚构"化？莫非我以为《己卯年雨雪》是一部纯然"非虚构"的作品吗？当然不是。"非虚构"是面对历史记忆的伦理，可是"虚构"才可能提供更高的文学伦理。这里的"虚构"指的是在历史真实的基础上想象一种面对世界的精神法则。具体到《己卯年雨雪》则是将战争记忆上升为一种战争文学叙事，在常常陷于集体主义、英雄主义和民族主义的战争叙事伦理中彰显出一种具有超越性、人道性的文学伦理。

战争作为一种有组织、规模化的极致暴力现象是长期伴随人类的重要社会现象。时至今日，此刻，依然有相当多的人正遭受着战争的蹂躏，在战火中流离失所。伴随战争而来的战争文学可谓最古老的文学类型。以欧洲而言，战争文学经历了从英雄主义到人道主义的转变。人们在《荷马史诗》中既读不出明显的部落、族群意识，更读不出对战争杀戮的恐怖意识，只看出对阿喀琉斯、赫克托耳、奥德修斯这些或勇敢或智慧的英雄的礼赞。战斗中的勇敢被视为对生命意义的最高诠释，这种英雄主义的价值观使荷马时代的人在逐神的阴影下获得了人的尊严，并在欧洲中世纪的英雄史诗中得到延续。中世纪的的英雄史诗在英雄主义之外还融入了封建忠君意识和宗教意识。《罗兰之歌》中罗兰将军为了保卫查理大帝而浴血奋战，英勇阵亡。英雄的意义基础来自忠君和正统的宗教观念，当作者将战争进行正义／邪恶的划分时，民族意识／忠君意识／宗教意识都参与其中，而人道尚未等到获得地位的契机。只有在资本主义社会中孕育而生的人道主义话语空间，对英雄史观和战争杀戮的反思才成为重要的文学主题。众所周知，托尔斯泰的《战争与和平》描写的是俄罗斯反抗法国入侵的卫国战争。某种意义上，托尔斯泰是站在本民族立场上表现战争。可是，他的立场远远超越了民族战争意义上的胜利／失败，他思考得更多的是生／死、灵／肉、有限／永恒、自我／他者等形而上的生命话题，或者说广义的战争／和平议题。小说主角安德烈在奥斯特里兹战场上中弹倒地后，他从空旷的天空的崇高中，领悟了人的渺小，荣誉的渺小。在临死前，他还在《福音书》中找到了"幸福的源泉"，即爱一切人，他体会到了"灵魂追求的幸福"。正是在安德烈的"道德自我完善"中战争的杀戮成了被审视的对象，胜利/失败这种民族论意义上的结果已经被超越了。在《悲惨世界》中，雨果既以滑铁卢之战的悲壮来缅怀英雄，又对拿破仑进行了直接的批判："那个人的过分的重量搅乱了人类命运的平衡。他独自一个人比较全人类还更为重大"，"拿破仑已经在天庭受到了控告，他的倾覆是注定了的。"①

20 世纪两次世界大战使作者们在惊悚的战争体验中提炼出存在的意义危机和生命的荒诞意识，在此基础上，反英雄、反战争、反崇高的颓废性战争叙事伦理才得以确立。海明威的《太阳照样升起》中，青年巴恩斯在一战中脊椎受伤，丧失性能力。战后在巴黎与英国的阿施利夫人相爱，他们和一般青年朋友去西班牙参加斗牛节，并产生了种种情感纠葛和精神潮汐。值得注意的是，小说战后和国际化背景。巴恩斯是一个国际化的美国青年，娶一个英国太太，去西班牙参加斗牛节。他的太太陷入与犹太青年科恩、西班牙斗牛士罗梅罗的三角恋之中。这种国际化的背景折射的是小说家超民族的世界想象。小说中，巴恩斯之丧失性能力是他不得不承受的战争后遗症。问题是，这个后遗症作为一种文化隐喻却不能在民族论的意义上建立起来。众所周知，美国无疑是第一次世界大战的最大收益者。如果站在个人—民族同构的身份认同基础上，美国青年巴恩斯身上的文化隐喻绝对不是"丧失性能力"。反过来说，海明威显然是站在人类的意义上感受着战争的肉身毁灭性和精神破坏性。《永别了，武器》中，主人公亨利的战争体验就充满颓废感："我可没见过什么神圣的，所谓光荣的东西也没有什么光荣，所谓的牺牲那就像芝加哥的屠宰场，只不过这里屠宰好的肉不是装进罐头，而是掩埋掉罢了。"②海明威以降，对战争荒诞性的反思体现在凯伦·海勒的《第二十二条军规》、冯尼格特的《第五号屠场》以及电影巨作《现代启示

---

① 雨果:《悲惨世界》，李丹译，人民文学出版社 1987 年版，第 401 页。
② 海明威:《永别了，武器》，林疑今译，上海译文出版社 1980 年版，第 185 页。

录》等等作品之中。

中国自有史可考以来同样战乱不断，这些战争或是远古时代的部族混战，或是封建时代的朝代统治者/反抗者之战，或是统治者内部的权力争夺之战，或是不同民族之间的利益角逐之战，或是近现代不同民族国家之间的侵略/反侵略之战。某种意义上说，中华民族是拥有最丰富的战争史、战争记忆的民族，可是我们似乎还不能够说我们是一个拥有伟大战争文学的民族。诚然，中国文学中尽多描绘战争的篇章，从艺术技巧看，它们并非不高超精彩。它们的根本缺陷在于，缺乏一种跟现代相配衬的战争文学伦理观。《三国演义》堪称中国战争叙事经典，它所精心铺排的一次次战役既步步为营、环环相扣，又出人意表、令人惊叹。问题在于，当战争在叙事中被美学化的时候，它推出了一幅幅精美的英雄镜像，同时也推出尚武崇智、重义尊血统的价值伦理。"人"，普遍化的人，或者说普通人显然尚不能在这种伦理秩序中获得位置。是的，我们不能向封建秩序宰制下的叙事要求"人道"，可是我们更不能站在现代的时空中简单地承接古典的战争文学伦理。所谓英雄主义、忠君意识、族群观念、战争乡愁事实上早于古代的战争文学中便不断体现。战争乡愁也许是最有文学品质的战争题材了，"不知何处吹芦管，一夜征人尽望乡"（李益《夜上受降城闻笛》）中的笛声，有点接近于王富仁先生所说的"战火中鸟群的惊叫"，可是，乡愁紧密相随的诉求却是"黄沙百战穿金甲，不破楼兰终不还"（王昌龄《从军行》）。当战争以其迫切的现实裹挟性汹汹而来时，它也强势地规定了人们关于战争的审美想象力。长期以来，族群的、集体的、英雄性的、胜利者的趣味填充了战争审美的各个角落。这造成了一些审美的内在规约：比如族群本位立场，人们通常会叙述本方战士的乡愁来声讨战争，却甚少将这种乡愁的怜悯施诸于对方；比如集体的立场高于个人的立场。个人的恐惧、卑微等内在复杂性是缺乏价值的，个人的牺牲也只有汇入族群、君王、英雄、胜利者的价值狂欢中才分享意义。如此，他者的、个人的、懦弱的、卑微的、失败者的经验在一般战争文学秩序中被视为是负面价值。

值得追问的是，今天什么样的作品才堪称现代的战争文学？或者说，现代的叙事文学吁求着什么样的文学伦理？王富仁先生认为有必要区分"战争"、"战争记忆"和"战争文学"这三个概念，在他看来，前二者是事实上的层面，从属于现实和历史；"文学则是另一种东西。我经常想，战争文学与战争，战争文学与战争记忆究竟是怎样一种关系？有一个画面在我脑海里留下了难以磨灭的印象。在美国入侵伊拉克的战争中，我从电视里观看到美军导弹轰炸伊拉克的场面。空袭开始之后，巴格达上空乌云翻滚、硝烟弥漫，炮火惊起了一群飞鸟，它们在战云翻滚的天空中惊惧地鸣叫着。这是什么？我想，这就是战争文学。战争文学是什么？战争文学就是这群飞鸟，就是这群飞鸟的叫声。它既不是入侵伊拉克的美国军队，也不是伊拉克的萨达姆政权，也不是拉登的人体炸弹，而是这群鸣叫的飞鸟，是这群飞鸟所叫出的人性的声音。这种人性的声音既不属于美国，也不属于萨达姆政权，而应当属于人类。"①

王先生站在人类性的立场上作出的描述既形象又充满启发，战火中的飞鸟鸣叫当然是一个比喻性的说法，它具有现实利益的超越性和战争灾难的反思性。这群飞鸟是一种确凿无疑的战争现实，选择描述这群飞鸟则已经涉及一种叙事伦理。因此，回到上面的卡佛式提问。当我们叙述战争时，我们不仅是在还原历史、重建记忆，更是在探寻一种面对战争、面对人类灾难的叙事伦理态度。在对中西方战争叙事史的回溯中，我们会发现：民族主义、英雄主义、集体主义的话语幽灵依然盘踞在大部分中国战争叙事的上空；而荒诞、颓废的西方现代主义式战争叙事在超越民族主义之途中也常常把我们带入生之虚无境地。在此意义上回看《己卯年雨雪》会发现，它描述的不但是战火中飞鸟的鸣叫，更是战火中人性的涅槃。小说对战争加诸于人的现实和心灵伤害的表现自然可圈可点，可是更重要的是，作者同样对受伤人性的包容性、交往性依然葆有信心。可以说，当战争以摧毁一切的盲目性使人受苦、使民族蒙难之

---

① 王富仁：《战争记忆与战争文学》，《河北学刊》2005年第5期。

际，是人性的光辉重新拯救了深陷危机的武田千鹤子；是人性的可交往性使千鹤子从战争宣传中摆脱出来，理解了战争的苦难和中国人心中的善。这种对人性的信心也许是《己卯年雨雪》区别于大量西方荒诞性战争叙事的地方。

也许可以概括熊育群的战争叙事和文学伦理了：这种伦理首先是面对历史的诚实，它不但在逝去的时间之河上打捞史实，以历史文化框架探析日本发动战争的民族心理，从而沉淀关于历史的真知灼见。由此他甚至舍弃了某种虚构的特权而与非虚构迎面相逢。这种伦理也是超越性的。它超越狭隘民族主义，拒绝仅从某个民族国家的立场来描述战争的胜利与失败，由此它具有对战争中普遍人类经验的深切同情。同时，它也超越脸谱化的人性主义和简单的"去民族化"叙事。简化的人性主义把人性复杂性变成了一张新脸谱，将人性之平庸视为人性之绝对本然；又将人性普遍性绝对等同于"去民族化"。《己卯年雨雪》恰恰赋予了普遍人性以具体的历史文化内涵，其中的人性既是普世的，也是民族的。更重要的是，这种文学伦理隐含着对人性这样的理解：人性的脆弱中包含着恐惧、自私、贪婪等因素，但人性同样包含着光辉的、值得信赖的拯救性力量。这种"向光"的文学伦理不仅为战争文学所需要，在备受虚无折磨的现代主义文学中也具有显而易见的价值。

结　语

《己卯年雨雪》结尾处，祝奕典因为包庇日本女人而被公审，武穆乡乡长单迪康与几个乡绅找到司法处，他们在审判庭上为祝奕典辩护。祝奕典自辩时却承认是他救了千鹤子，因为千鹤子没有做伤害中国人的事情，随后坦然接受了十年监禁的判决。这个结尾仿佛19世纪雨果小说的遥远回声。我们当然记得，《九三年》中，叛军首领朗德纳克返回大火熊熊燃烧的城堡，救出了"敌人"的三个孩子。共和军司令郭文为其精神所感，情愿用自己的头颅换取朗德纳克的生命。《悲惨世界》中，我们记得在警察面前宽恕了冉阿让盗窃行为的米里哀神父。《海上劳工》中我们记住了为成全心上人苔莉雪特的爱情而自我放逐，让汹涌的海浪把自己淹没的吉里雅。20 世纪以降的文学叙事，似乎逐渐淡忘，或者说无力继承 19 世纪这笔人道主义的文学遗产。个中缘由，恐怕正是人的危机。在驳杂现代性的纠结下，人变得无力去确信。在现代的荒诞背景下，人道甚至极难施与身边人；如果再加上种族、民族等变量，人道常常成为一个被遗弃在 19 世纪的遥远旧梦。正是在此背景下，我觉得《己卯年雨雪》是一部有确信、有雄心的作品。它在 20 世纪叙事被民族主义和世界主义挤压得狭小逼仄的甬道中另辟蹊径，既超越了狭隘民族主义，又坚持了民族文化主体性；既坚持了人道主义，又区别于去民族化的简化世界主义。这使这部作品在中国抗战叙事谱系中获得了鲜明的辨析度和思想价值。事实上，在艺术方面，这部小说也有诸多值得关注的地方：比如它的气味叙事，它的双线叙事和不断倒叙的叙事时间处理，它对人物心理所进行的内聚焦处理以及对全局把握上的"全知全能视角"的切换与融合，都有可圈可点之处。这显然不是一部可以用一篇文章说完的小说，它的思想和艺术抱负，值得这个时代认真辨析，郑重以待。

文学之同情：
魏微小说的命运、尊严和同情

一

　　同情不是简单的怜悯，同情的背后是对世界非凡的洞察、对人心充分的体谅和对命运辗转的叹息。同情并不像我们日常想象那样轻而易举，同情总是被限制于种种世俗的偏见和道德的壁垒之中。凡人绝少能将同情普遍地施与他人，凡人总是站在自身的经历、体验、地位等变量铸就的价值观底座上理直气壮地臧否他人。甚至也不乏坚定的偏见，这就产生了深情的无情。对自己小世界的无限自信总不免于对另外世界的隔膜和指责。因此，同情就隐匿了。当耶稣指着妓女对众人说，你们谁比她更无罪时；一种宗教式的同情油然而生。然而人们常常忘了，耶稣的同情其实是基于"原罪论"的前提。在神高高在上的俯瞰下，凡人都是戴罪之身。耶和华固然反驳约伯的质疑，就是替他辩护的以利亚们也是要受到谴责的。所以，神对于人类的普遍同情是以取消人的具体性和差异性为前提的。就此而言，神义论范畴中的同情很难成为现代文学有效的思想资源。或者说，宗教的同情绝然有别于文学的同情。同样，伦理上的同情，也判然有别于文学的同情。比如孔子说"仁者，爱人"，仁当然包括爱和同情。所谓"夫仁者，己欲立而立人；己欲达而达人"（《论语·雍也第六》），"其恕乎！己所不欲，勿施于人"（《论语·卫灵公第十五》），仁者之爱，重在推己及人。仁者自身固然"知止而后有定"，可是他的同情不是去理解和抱慰其他人破碎的命运，而是通过立己而后立人。他不是把身体蹲下去靠近低处的哭泣，而是身往高处走而不忘拉一把低处的人们。显然,孔子的仁学及其同情是入世而合于儒家伦理的。仁者的同情当然不是卑下的,可是这种合于大道的伦理式同情依然不是文学的同情。这是因为,伦理的同情往往是从自己定下的唯一性出发,把人往这唯一的道上引便被视为仁、爱和同情。这终究不能免于遗漏和偏见,因为世界的复杂性和人的无力性往往超出了"唯一"的伦理的理解范畴。而文学的同情首先必须有能力去理解生命的种种复杂性和芸芸众生的无可奈何。文学的同情或许并不把人往先定的道上指引,它只是去理解雅者俗者、强者弱者的种种情非得已;理解命运辗转、岁月变迁,俗世日常的拐弯抹角。它站在高处叹息,因为命运从来如此;它回过头来体谅,因为不过都是身如飘萍的人们;它又怀着情热深爱,因为深情不可以被辜负。当然,文学的同情,不仅施与他人,也施与自己。凡人对自己的同情无非导向自怜自哀,可是文学的同情施诸于己,便既有对自己之无奈不堪的叹息和谅解,更有对"人何以为人"的觉悟和守持。此时,同情便变成了一种尊严感。想想看,黛玉自然是悲哀自怜的,但她对自己的同情里面岂不是有着对自身内在性和唯一性的深深执着——一种不能被舍弃的尊严感始终跟她的身世之哀交织在一起。

中国文学一直是缺少一种真正的文学之同情的。在中国诗歌中,陶渊明的隐逸、谢灵运的山水、王维的虚静、李商隐的幻梦、李白的飘逸、苏轼的旷达,如此等等都令人难忘,可是里面都没有文学的同情。甚至是杜甫所谓"朱门酒肉臭,路有冻死骨","安得广厦千万间,大庇天下寒士俱欢颜",事实上依然是儒家仁者之爱和同情。这大概是因为,真正的文学之同情作为一种复杂而现代的思想质素,很难在古典诗歌中得到表达。就是在《三国演义》《水浒传》《西游记》这些作品中我们都没有看到文学的同情。这三部作品虽然风格各异,但书写的都是终究合于大道的英雄。那里有权谋、社稷、豪迈、忠诚甚至是叛逆性的破坏力,可是绝对没有同情。罗贯中不同情曹操,唐三藏不同情女儿国王,武二郎更不同情命运悬梯上情热深炙的潘金莲。无论作者还是文学人物，他们的同情都是被道德化的，不是被儒家礼法所绑定，就是被江湖道义所俘获。所以，他们的判断是斩钉截铁、非此不可的。刘家江山不可替代、西天真经非取不可，而奸夫淫妇非死不可。对世界复杂性、人性之不堪和无能缺乏理解力和体谅心，就不会有文学之同情。在此意义上说，《金瓶梅》确实是同情的文学。它跟《水浒传》的区别在于，后者是儒家的江湖文学，而前者却是有同情的世情文学。

　　1987年齐鲁书社以"内部发行"的名义，出版了由王汝梅等点校的《金瓶梅》删节本。当时还是华东师大助教的格非及其朋友获得了阅读此书的机会。"几年后的一个晚上，在北京的白家庄，批评家朱伟和几位作家为《金瓶梅》与《红楼梦》的优劣，发生了激烈的争论"，朱伟认为"不管怎么说，《金瓶梅》都要比《红楼梦》好得多"的断语让格非很受刺激。可是，读完之后，"我对朱伟先生那句明显偏颇的断语，产生了秘密的亲切感"①。田晓菲自言从五岁起阅读红楼，此后每年重读一遍；十二岁尝试阅读《金瓶梅》，一直到二十多岁时才读进去。可是从此却对红楼金瓶的地位有了不同的判断。在她看来，《红楼梦》的爱还是在大观园中的公子小姐们那里，到了薛蟠一流的人物就笔墨潦草了。可是《金瓶梅》的爱却施与了广大的下层人，即使到一些极次要人物处，依然笔墨生辉②。这个说法当然可以商榷，但我们必须承认：无论是金瓶梅还是红楼梦，它们有别于之前小说处于一种观照世道人心的复杂眼光。潘金莲和西门庆没有被简单视为奸夫淫妇，而是作为世情人性的样本和镜像，烛照出斑驳的精神面影来。《金瓶梅》的同情在于，它终于不是站在儒者确定的仁学立场上去推己及人了；它恶狠狠地跳进了浊世的滔滔洪流中，讲述并且叹息。那么《红楼梦》的同情呢？《红楼梦》当然也一头扎进了滚滚红尘中，分解了分裂又分裂的泪水中复杂的社会、人性成分。毕飞宇通过对红楼精彩的细读指出：在写出来的红楼背后，还有另一部藏起来的红楼。那些扒灰、刻薄、炎凉都藏于里

① 格非：《雪隐鹭鸶：〈金瓶梅〉的声色与虚无》，译林出版社2014年版，第1页。
② 田晓菲：《秋水堂论〈金瓶梅〉》，天津人民出版社2005年版。

面。信哉斯言！红楼是有对红尘俗世复杂性的理解力的。可是正如余英时先生所言，《红楼梦》有两个世界：即大观园里的世界和大观园外的世界；或者说形而上的世界和形而下的世界。因此，它跟《金瓶梅》的区别在于，它的同情终究不是平等地施与所有善恶者，那太近于佛法之空。虽然红楼中也有空，但那是一种命运变幻贫富无定的空。它看空命运，却并不看空精神。因此，田晓菲固然可以觉得《金瓶梅》更慈悲，但我们却不能否认《红楼梦》更有强烈的灵魂自净意识。如果说，《金瓶梅》的同情在于提供了一种对复杂性的理解力；而《红楼梦》的同情则在理解复杂性的基础上提供了因为爱他人而爱自己的尊严感。

必须申明的是，文学的同情不仅是一套原罪、慈悲或人道主义理论。并非怀着慈悲或人道的理念便能写出有力的同情。很多作家并无理解复杂性的能力，更无对他者的体谅心；如果他们仅仅把"同情"作为一种观念从宗教或伦理领域搬运到文学中，那必然是单调乏味的。文学的同情终究要落实在写作的具体发现上。《安娜·卡列尼娜》的同情并不体现在卡列宁痛哭流涕地表示对安娜的原谅上，这只是一种贵族教养训练出来的眼泪；它的同情体现在托尔斯泰对安娜从厌恶到体谅的写作设定中。这不仅是"现实主义"对作家倾向的纠正，它正是一种真实坚韧的文学之同情。我想福楼拜对爱玛也是同情的，虽则这种同情很容易被细致密实的现实细节所掩盖。自然，他的同情是施与查理·包法利的。这个在小说第一句就出现，在中间几乎消失了的忠厚迟钝的兽医，最后必须来承受爱玛出轨、自杀的沉重伤害。甚至承受"谅解"（查理在知道爱玛和鲁道尔夫有过关系后主动向后者表示谅解，遗憾的是鲁道尔夫并不需要他的谅解）不被接受的尴尬。查理的悲剧自然是被深深地同情的；可是这种同情也是施与轻浮失身的爱玛的。格非曾分析过《包法利夫人》的一个细节：当爱玛深陷官司、走投无路之际，一位陪审团成员要求跟她发生关系，以此作为救助的条件。此时，爱玛脸红了，仿佛从未听到如此无耻的话一样。最后爱玛感到了骄傲："她从来没有这样高看自己，也从来没有这样小看过别人。"格非认为"作者在这里仿佛极其郑重地提醒我们：应该重新认识爱玛与鲁道尔弗、莱昂的关系"①，在铺陈了如此多爱玛的虚荣、浪漫、疯狂的婚外情事之后，福楼拜以一个伟大的"脸红"细节提醒读者：他并未将爱玛理解为一个简单的荡妇；爱玛一直是他同情的对象。换言之，他从未把文学的同情排除在小说之外，他从未把"批判"作为理解人物和世界的简单视角。

我们很难在后现代符号化的作品中读到文学的同情，这种隐秘的文学小传统在当代文学中仅作为一种潜流存在。只有对人性和文学有杰出领悟力的作家才会汇入这束文学之光中。我想，魏微就属于写出了令人动容的文学之同情的作家。

二

魏微在 2010 年度华语文学传媒大奖小说家奖答谢辞中说道：七年前她获得华语文学传媒奖提名，那是她最好的写作阶段，"那时候，我对万物都充满了感情，下午的阳光落在客厅里也会让我满心欢喜。不拘什么场合，只要我愿意，我就能走进物体里，分不清哪个是外物，哪个是自己。""直到今天我仍认为，只有感情、激情、爱这样一些词汇才是文学创作的原创力，而不是通常所认为的生活。"②可是那时或许她被认为相对于年度小说家而言太年轻了，更重要的是人们始终无法真正肯定一种以情感为内核的写作的重要价值。这一次，魏微被重视的作品是中篇《沿河村纪事》和短篇《姐姐》。后者延续了她前期书写日常情感关系、强调情感内核的写作风格，但被视为值得重视的一定是《沿河村纪事》。这是一篇跟魏微以往风格迥然有别的作品，它以一个 90 年代广西边陲小村的政治斗争故事内蕴了鲜明的历史寓言品格。在一个有历史癖的民族中，其价值几乎是不言而喻的。然而，我虽然理解魏微这种写作的价值，从情感以至理性却更喜欢和偏爱她以抒情话语为核心的前期

① 格非：《塞壬的歌声》，上海文艺出版社 2001 年版，第 125 页。
② 魏微：2010 年度华语文学传媒大奖小说家奖答谢辞。

作品。原因无他，正在于她写出了一种具有复杂性和精神价值的文学之同情。

　　魏微善于写关系型的人物，譬如"情敌"(《姐妹》)、"母女"(《家道》)、"男女"(《情感一种》《化妆》《石头》《储小宝》等)、"姐弟"(《姐姐》)。可是归根到底，还是因为她善于在时间和命运的长度和变幻中理解生命的热切、虚荣、仇恨、脆弱、尊严、和解和叹息。《姐妹》写的却不是一对真正的"姐妹"，甚至就是一对死磕终生的情敌——许三爷的两个女人——黄姓三娘和温姓三娘。自然，这种"三角关系"在通俗文学作品中不是太少，而是太多了。如果把笔墨落在步步惊心的现实拉扯上也可能很好看，但其背后对人的想象却是庸常而无甚亮色的；就是把笔墨落实并解释了两个女人仇恨的深渊上，那种对人的想象也是黯淡无光的。魏微笔墨的动人处，不仅在于准确、生动、点染生韵、勾勒留魂，她当然也是有这种讲故事的叙述能力的；更动人处实在于那种把故事放在命运框架下叙述的角度和语气。无论是《姐妹》《家道》《化妆》《大老郑的女人》《石头的暑假》《储小宝》还是《胡文青传》，里面都包含了一种较长的时间跨度和鲜明的命运转折。正是这种命运框架使"同情"变得呼之欲出：难道不是因为"渡尽劫波兄弟在"，才更容易"相逢一笑泯恩仇"；难道不是因为有充分的生命沧桑，诗人才更能说出"这个世界没有什么值得我羡慕／我知道没有什么我想占有"(米沃什《礼物》)。命运使人变得宽容，松弛地接纳了世界的一切。写出这些作品时魏微年纪轻轻，与命运惯有的苍老面孔并不相配；唯一的解释时，她天赋异禀地理解了文学之同情，并将其投射到命运的框架中。

　　所以，《姐妹》虽然也写温三娘和黄三娘争情斗恨时的泼辣和恨意；可是，魏微毕竟更理解人背后那种心碎和辛酸："在她仇人生产的那天，她一个人躺在家里，孩子们都睡了，许昌盛肯定死去医院了，她开着灯，静静地睁着眼睛，脑子不太能动；窗外是冬天的凄风苦雨，一片残叶贴着窗玻璃晃了几下，掉下去了。三娘觉得她的一生从来没有这样安静过，心里充满了对一切生命的同情，也希望躺在医院里的那一对母子能静静地死去。"①这种"希望"当然是心碎、恨意和同情的复杂纠结。只有恨意而无心碎的人当然是呆板的；但因心碎而仇恨到底的人也失了人的光亮。魏微之笔在时间的加持下，不停留于斗狠，也不停留于仇恨。万物和世人在持久的伤害和恨意渐渐疲倦之后，也有着一份苍老而真实的同情。有趣的是，在持久对峙的三角关系中，许三爷出局了，只剩下两个女人通过这种特殊扭曲的关系感知着彼此的存在——她们成了另一对特殊的"姐妹"。三爷死后，黄三娘面对几个坏小子欺负温三娘的小女儿而拔刀相助；温三娘也对女儿说"她老了，没事你常去看看她"。与其说魏微在写一种人性的普遍性和必然性，不如说是一种人性的可能性。她无意去关心人们普遍在仇恨的牢笼中自我囚禁，也无心去批判两个女人同伺一夫的观念藩篱。她想说出的正是同情，仇恨者心中那份可能的同情，在时间的旷日持久和命运的冷凝变迁中变得自然而然。正是通过这份可能的文学之同情，魏微递给我们的不是一柄批判的利剑，也不是一把观察分析的透视镜，而是一束光，照在漆黑的仇恨上，教我们体谅、宽宥、叹息和同情。

在魏微那里，同情不仅是对弱者哭泣的抱慰，对仇者过往的体谅，同情更是一种卓越的理解力：在人情之常和世情的宽度中理解权贵者的心酸、落魄者的尊严。《家道》的命运转折体现于"我父亲"从前呼后拥的财政局长位置上落马带来的家道骤衰和母女克勤克俭、卑微坚韧地重新获得体面生活的过程。写出这世界到处都在上演的荣辱升降轨迹其实并不足道，重要的是叙述背后那种体谅心和对世界复杂性的理解力。否则，不过是一则"贪官落马、大快人心"的社会新闻。叙述人以一种处命运之高的语调理解了"我母亲"作为官太太时的虚荣和满足："最让我母亲喜欢的，恐怕还不是这些物件本身，而是它背后所散发的人世的光辉，这光辉里有整个的人情世故，使人忍不住就想回味叹息"；"她

---

① 魏微：《姐妹》，《化妆》，江苏凤凰文艺出版社2016年版，第19页。

意识到自己高高在上，而她又不惜屈尊，愿意平等待人"；"权势人家的尊贵她想要，市井小民的粗鄙热闹她也喜欢，而这两者，在父亲当权的那些日子里，竟然有机地结合在一起，相得益彰"①。这真是对官太太心理最有洞察力的深刻体谅。它不是嘲讽，更不是批判，这种叙事语调其实把同情也施与她，人情之伦常，世相之恒常，无非如此；自然，命运的变迁也自来如是。官太太自也需承受。可是，魏微其实不仅是写贫贵幻梦，叙述者之所以对"我母亲"报以深深的同情，大概跟这个人物身上那种尊严感有关。从前，追慕权力是确证尊严；可是当权力远逝，尊严却表现为对别人的施与的激烈拒绝——她甚至不能接受亲弟弟的帮助。无疑，"我母亲"的内心始终争着一口气。为此，即使她在生活中认领了穷人的命运，却始终告诫女儿"我们和他们没法比"（穷邻居们）。这大概不是倨傲，而是没有被命运击溃的自尊。设若没有这份处贫贱的自尊，那份居富贵的虚荣心便要浅薄得多。小说的结局真让人叹息：母亲和我含辛茹苦地经营一间餐饮小店，收获了一天"毛利八百六十五"的收入。"从前家底何等丰厚，她也没有这么紧张过，可是现在，一天区区几百块钱的进账就让她丧失了从容！钞票的失而复得一定打击了她，使她变得胆小害怕了，这就是为什么在最贫困之时，她还能挺住，在挣到钱之后她却信了耶稣。"这个意味深长的细节再次提醒我们理解一把硬骨头背后的脆弱和沧桑。魏微仿佛告诉我们：骨头终究要在与时间的对峙中疏松老化，而文学却要在僵硬的偏见中发现复杂性，然后理解、体谅和深深同情。

三

魏微的《化妆》曾摘得 2003 年中国小说学会中篇小说第一名，小说在语言才华以至叙事结构上都堪称精彩备至，主角嘉丽也是具有丰富

① 魏微：《姐妹》，《化妆》，江苏凤凰文艺出版社 2016 年版，第 34—35 页。

心理深度的人物形象。这篇作品写出了人心的纠葛和破碎，表面上人物没有和解，却在欲望和怨恨的推动下继续相互伤害，似乎稍欠了魏微所惯有的体谅与同情。然而，虽然小说人物之间没有同情，却不等于叙述人没有同情，只是这种同情更加隐在而已。

穷大学生嘉丽姑娘在法院实习时跟有妇之夫的张科长发生了关系，还没有恋爱经验的嘉丽笨拙忧伤，抵抗不住一个成年男子的深深吸引。可是，嘉丽越穷，内心就越把尊严看得珍重："她不能忘记她的穷，这穷在她心里，比什么都重要。她要时刻提醒自己，吃最简单的食物，穿最朴素的衣服，过有尊严的生活。"[①] 因为，她无法接受他们的关系中钱的出现，这对她的尊严是巨大的灼伤；可是，她却又不能免几乎所有人都有的俗：为张科长给她买的廉价衣服的价格而伤心。终究，为礼物计较是基于尊严，而不愿接受礼物也是基于尊严。魏微对嘉丽以及这类徘徊于交换、爱情和尊严的纠结地带的女性有着非凡洞察力。这种洞察力延伸至十年后嘉丽的一次"化妆"行动中。自然，十年前他们的轨外之恋没有结果，戛然而止。十年后，嘉丽事业有成，作为一家律师事务所合伙人，她如今刻意过着一种奢华、表面化的生活。这大概是对当年贫穷的报复，可是她同样不能摆脱当年贫穷生活和爱情的阴影。这一天她接到了路过本市的张科长打来请求见面的电话，嘉丽答应了。意味深长的是，她刻意把自己化妆成十年前的贫穷模样。她终究无法忘怀当年的穷，她之"扮穷"，既是因为她已经有钱得足以悠闲地体验当年的贫穷；也是因为她要报复张科长：为什么要合乎他的期待以一个光彩照人的形象重温当年呢？这番重逢，实是天平两端一对旧情人的复杂心理较量。嘉丽刻意扮旧（穷），却是为了消解张的怀旧。因为怀旧的前提恰恰是对过去的浪漫化，嘉丽将最真实的旧端出来，因为她已经有足够的资本心安理得地凝视甚至重温过去的窘迫和伤痕，也提醒张过去并非可以用岁月如歌轻巧打发。

---

① 魏微：《姐妹》，《化妆》，江苏凤凰文艺出版社2016年版，第115页。

可是，事实出乎他们两人意料，嘉丽的扮相使张科长误以为多年来她一直过着低等妓女的生活。他以为嘉丽不过赶过来向他卖春，所以他踌躇的是：嘉丽是否有脏病？这样的嘉丽值得他付多少钱？当嘉丽识破了这些龌龊的念头时，她居然继续在旧情人想象的身份中扮演下去。"她刻意毁了他十年的梦"，可是他身上的"老人味"和龌龊的想象何尝没有对嘉丽施加二次伤害。魏微撕下了生活那张温情脉脉的怀旧面纱，替以尖锐的现实而剑拔弩张的互撕：

> 他冷冷地看了嘉丽一眼，说道，我不喜欢嫖。
>
> 嘉丽说，是啊，嫖要花钱的，而你舍不得花钱。①

如果说《家道》中"我母亲"也是带着坚韧而世俗的尊严感生活的话，此处嘉丽的尊严却带出了生活的不堪和毕竟意难平的忿恨。我想，魏微出示了深刻，却也并非没有了同情。魏微以慧眼书写了乱麻的生活和欲望、仇恨对人的囚禁。《化妆》中，同情是隐在的，它没有落实为人物之间的相互谅解；也没有落实在某个主观叙事人的俯瞰式叙述。可是，当小说最后嘉丽独自在街上走着，"她上了一座天桥，早起的乞丐披着一件破风衣，蹲在天桥的栏杆旁等候客人，他冷漠地看了嘉丽一眼，耸耸鼻子，像是对她不感兴趣的样子，又低头想自己的心事去了。""嘉丽扶着栏杆站着，天桥底下已是车来人往，她出神地看着它们，把身子垂下去，只是看着他们。"芸芸众生、熙熙攘攘、滚滚红尘、冷眼相逢。我想这个结尾中隐含着这样的喟叹：被囚禁于忿恨中的人，终生无药可救。不知居高俯瞰的嘉丽是否有这样的领悟，而魏微对于受伤而怀恨的人们，当然也是深深地同情。

和《化妆》相近，《情感一种》笔也落在"男女"，写的也是女性的内在尊严——对一份不可以交易的情感的守护。可是，女硕士生橘子的

---

① 魏微：《姐妹》，《化妆》，江苏凤凰文艺出版社 2016 年版，第 134 页。

这份尊严觉悟并不生硬教条，她跟中年成功人士潘先生的交往，也是在人点拨介绍下，抱着为留上海有所付出的心思进行的。一切顺理成章，他们上了床。可是，橘子的内心却产生了微妙的变化。本来跟潘先生睡觉，不过是为了得到一份在上海的工作。可是"她现在突然有了自尊心，因为她跟他睡过觉——就因为这个，她要做出一种姿态来；她不能让自己相信：她之所以跟他睡觉，原来是为了得到这份工作"[1]。这份尊严的觉悟被魏微铺垫得曲曲折折、自自然然，这是小说家的功力；却更显见了她对女性的理解。橘子绝不是道德化的铁板一块，在她身上当然有着功利交换原则的投射，不然就不会跟潘先生走近了；可是她终究无法机器人一样把情感像利益一样归置得井井有条，利益最大化而毫发无损。她固然也享受身体的快乐，可是她却讨厌男人仅仅看到她的身体；她自觉可以对潘先生不动爱情，清晰交易了无痕；可是当她意识到潘先生不再可能在她身上犯情感错误时，却失落得难以接受。她是纠结的。她电话里跟潘先生轻浮调情，内心里却"觉得自己受到伤害——不是来自潘先生，而是来自她自己。她在电话里和他说笑，她的态度如此轻慢；虽然潘先生的态度也轻慢，然而他是男人，怠慢女人是他分内的权利；他怠慢她不要紧，可是首先，她不能怠慢她自己。""她不能原谅她自己。"在某个瞬间橘子突然决定从这场交易中中途退场，不要上海的工作了，回杭州。正是这份真实而复杂的纠结及其背后的尊严感将橘子从一个功利女人的集合中拯救出来，成了一个兼容体验、尊严和伦理复杂性的真实女人。

《情感一种》使我想起张爱玲的《倾城之恋》，虽然就艺术而言，后者确是一个不可多得的完美中篇。可是，张爱玲天才的庸俗和绝对个人主义即使在战争、命运的种种道具之下依然显露无遗。如果说《情感一种》写的是橘子在身体和利益交易中的尊严觉悟的话；《倾城之恋》写的是白流苏如何在险境重重的环境下借助了战争的帮助而找到一张婚

---

[1] 魏微:《姐妹》,《化妆》,江苏凤凰文艺出版社2016年版,第104页。

姻的长期饭票的绝地反击。二者的相同点在于，女主角都希望借助自己的身体从男人处获得利益，虽然白流苏和范柳原的关系是恋爱和婚姻，但彼此背后的计较权衡却一点不逊色于任何"交易"。二者的区别在于，张爱玲认为白流苏的命运就是千百年来女人的命运，她感慨着白流苏绝地逆袭的步步惊心和命运偶然，却只有感慨而没有同情；她站在无常之高处俯视这些人物，却不能想象她们身上内在的情感复杂性和生命尊严感。就此而言，《情感一种》是超越于《倾城之恋》的。不是因为小说天才，而是因为小说背后的伦理感情。年轻的魏微同样常常借助于命运，可是她并不俯视她的人物。她虽然写了嘉丽的自囚，却同样相信还有着尊严觉悟的橘子。张爱玲笔下的人物大抵务实、精明而刻薄，光彩照人的是她的笔墨，而不是她笔下的情感。可是，如果小说家对人心的理解没有超越性的光亮的话，他 / 她笔墨的光彩终究是要打折扣的。

　　我还想把《情感一种》跟李安执导的电影《色·戒》做一比较。经过李安的改变，《色·戒》也是一部有觉悟的作品，这种觉悟便是女性身体的觉悟。电影通过卧底王佳芝的临阵反戈书写了女性情感的复杂性和身体觉悟。某种意义上，她是一具被革命征用的身体。当革命以国族的宏大意义不言而喻地要求她献出身体（成为有性经验的女性；成为特务情妇；甚至牺牲生命）时，似乎甚少考虑过这具身体上的情感可能提出的反对。因此，革命行动使王佳芝在道义和身体上处于撕裂的状态。可是，当革命附逆了她的身体和情感时，大汉奸易先生却以真实的身体和情感抚慰了她的灵魂。王佳芝放走易先生于民族于自身自然是不义不智的，可是身体和情感的反应却是真实自然的。如此，《色·戒》在复杂的历史主题之外，讲述的重要命题正是女性身体的觉悟。这种觉悟在八九十年代的中国文学中也可以说蔚为大观。可是，在我看来，很多书写身体觉悟的文学作品，恢复的只是身体活跃的感官体验，却甚少能从感官体验中激活一种情感和生命的伦理体验。《情感一种》令人刮目相看之处在于，橘子既有着真实的身体体验，也有着真实的道德体验：兼具了世俗功利化和精神自我净化双重体验而后产生的尊严感使她成为一个被光照亮的人物。归根到底，对一个人物精神光亮的想象跟作家对人的理解和同情是有关的：既谅解人的脆弱和复杂性，又始终对人光辉的可能性抱有不愿放弃的信心。这便是所谓文学之同情。

从荒诞书写到灵魂叙事：
读王威廉小说

一转眼，曾被视为青春作家的"80后"很多已经奔四，文学史上这个岁数上出了大成就的作家比比皆是。从这个意义上说，如今严肃文学秩序稳固，并没有给青年们多少揭竿而起缔造经典的机会。但我们也注意到，一方面几年前借着"80后"等概念而集体出场的炒作少了，也失效了；另一方面一批还坚持写作的作家集体呈现出某种历史意识。张悦然的《茧》、双雪涛的《平原上的摩西》、陈崇正的《碧河往事》、王威廉的《绊脚石》等作品，都表现出将个体置于共和国当代史乃至更深广的历史记忆谱系中审察的意识。从这个意义上说，"80后"正在经历青春告别仪式。这种告别的实质是告别以新鲜代际经验为写作依托的路径依赖，在更宽广的历史意识中锤炼思想、美学风格，是在寻找汇入文学传统的分岔小径。在告别写作的青春状态方面，王威廉一直相当自觉。

与韩寒的叛逆青春和张悦然的玉女忧伤这样的青春写作出发路径不同，王威廉一出场就显示了将荒诞和现实融为一体的思辨能力，如广受好评的《非法入住》《无法无天》《合法生活》（"法三部曲"）。日后，沿着荒诞这一路径，王威廉写出了《第二人》《内脸》《魂器》《当我看不见你目光的时候》等广受关注的小说。对于王威廉而言，告别青春并非告别青春题材，毋宁说是告别写作在题材、风格和思想方面的单一性。出道十年，王威廉的写作发展出荒诞书写、历史书写和灵魂书写三副叙事面孔。新近颁出的花城文学奖这样评价："王威廉的写作既有西方现代派的荒诞与思辨，又深植于具体驳杂的中国经验。他的荒诞书写，叙事上步步为营，精神上噬心拷问。他以荒诞的镜像作为遁入无物之阵的现实见证，又在不屈不挠的精神跋涉中寻找获救的可能。他的小说，在结实的生命细节中经营着深邃的精神象征，将创造性的诗化思维渗透于流畅细腻的叙事质地。王威廉的写作，超拔而非曲高和寡；时有荒凉而不沉溺黑暗，出示了独具辨析度的现代性气质。"这确乎是对他写作深入而全面的评价。对王威廉的研究已经不少，但这些研究多聚焦于一点，所论当然不乏洞见，不过本文更愿意探究王威廉从荒诞书写到灵魂叙事的精神流变，及其产生的启发。某种意义上，荒诞乃是一种绝境的文学书写，它考验的是作家对异化世界的精神扫描和文学造型能力。荒诞书写最大的意义在于为世界内部触目惊心的异变显形，却结结实实地撞在了虚无的墙上；因此，灵魂叙事乃是一种绝处求生的文学，它不但关心灵魂所受的苦及其异形，更关心受困灵魂的超越和出路。或许，寻找荒诞生命的精神出路正是当代中国现代主义的重要使命，也由此构成了王威廉的意义和启示。

　　荒诞正是王威廉最重要的关切之一。早期的"法三部曲"正是由中国日常生活所引申出来的荒诞书写。《非法入住》描述的是极具当代中国特色的蜗居生活，王威廉将九平方米的出租屋作为小说人物活动的全部空间，匪夷所思又丝丝入扣地演绎出荒诞叙事。"你"租住的九平方米空间本已够逼仄，可是邻居的"鹅男人"一家居然三代六人挤在相等的空间中。有一天，"鹅儿子""鹅父母""鹅妻子"相继要求住到"你"屋里去。由此，"非法入住"便次第拉开。生存空间改变着存在者的伦理感觉，"你"对入侵者的反抗渐渐转变为以恶报恶的相互祸害。再接着，"你"和鹅男一家获得了一种奇怪的相互无视的共处之道。小说的最后，"你"发现隔壁搬来一个美丽女子，半夜里"你"卷起铺盖，破门而入非法入住了她的蜗居。《合法生活》则通过大学毕业生小孙的分裂和挣扎追问何为合法，谁来立法的问题。《无法无天》作为《合法生活》续篇，书写了"单位"这种最主流的"合法"生活内在的压抑、变异和"无法无天"。说到底，"合法生活"在对个体进行规训的同时，也在生产着存在者"无法无天"的内在冲动。显然，王威廉的荒诞书写，始终没有脱离当代中国的生活实感，相比于 80 年代先锋小说那种"荒诞"而言，王威廉的荒诞并非仅仅是一种"怎么写"的形式先锋，而是非如此写不足以呈现生活内质的"深度现实主义"。荒诞作为一种深度现实主义，构成了王威廉写作的一大特征，这一点作者及论者已经反复阐释。不过我更想说一说，荒诞作为一种生命思辨，同样是王威廉荒诞书写极具辨析度的品质。一个作者如果不具备精神思辨的能力，不能把生命抽丝剥茧地洞开，在每一瓣生活的泥花中直击了精神的困境，而只是僵硬地袭用了现代主义的荒诞模型，那么，荒诞若流于造作，则比拟写现实还要更加浅薄。下面将以王威廉的《内脸》和《第二人》为例，论析其中由人脸的荒诞遭际而生发，将"表象"与思辨若合符契地结合的小说诗学。

一、构造"内脸"的精神悲喜剧

《内脸》非常特别，它以小说的想象力来展开，却把工作范围定位在智力思辨和现代反思上。因此，小说通过诸如疾病的隐喻、"丧失"叙事把一个普通的三角恋故事改造成一个思索存在的悲喜剧。作者别出心裁地将主角命名为"你"，以第二人称展开叙事。这一并不常见的人称叙事方式在卡尔维诺的《寒冬夜行人》（又译《如果在冬夜，十个旅人》）中有过精彩的表现。在《内脸》中，"你"的称谓既获得了一种对话性——叙事人与作为主角的"你"之间拥有一种既疏离又亲近的对话关系——同时，"你"这个非确定性的称谓使这个人物获得了更强的普遍性，类似于卡夫卡的 K。

小说开始，"你"陷入一种存在的虚无感之中，无法感到生活的实存。当"脸"被普遍面具化，人际交往被工具化、程序化之后，这种虚无感是生命存在感尚未完全被格式化者必然产生的感觉。为了反抗这种感觉，"你"在一次唱 K（如果想到卡夫卡，"唱 K"在这篇小说中便显得意味深长）中，对于拒绝话筒外套的女孩虞芩产生了隐秘的知音感并催生了之后的情感纠葛；同样是为了反抗存在的虚无感，"你"在工作场合的握手中无意识地捏紧了女上司的手心（小说中，女上司同样是没有名字的，这显然也是通过命名缺位使之获得普遍性的设置），这一捏引出了"你"命运的另一条线索——"你"的存在困惑被女上司解读为性引诱的信号，"你"于是不可避免地跟女上司有了肉体纠葛。同一个虚无的源头，引申出两条必将纠缠不休的命运曲线，王威廉在小说开始之初便将"荒诞"设置为小说主题和工作平台。

《内脸》丝丝入扣又跌宕曲折地推衍存在的荒诞感：一方面，"你"和女孩的感情与日俱增。他们的靠近源于同病相怜，在此，《内脸》引入了一个重要的小说修辞——疾病的隐喻。虞芩的"表情丧失症"和"你"的过敏症。作为一个美丽的女孩，虞芩除了微笑之外，不会作出其他任何表情。小说中，虞芩跟女上司构成一组对立的二元项：前者单纯而至于表情单一乃至凋零，后者复杂而至于面具众多可以自由切换。表情在此获得了面具的内涵，虞芩的"脸病"可视为一种社交障碍，她的表情库存量完全无法应对复杂多变的社会现实，所以表情丧失其实是社交恐惧症的转喻。相比之下，女上司的"脸"却自在弹性得多，她拥有多张不同的面具以应对不同的场合，在同僚、女上司、女下属、女儿、情人等诸种角色中切换自如。如果说虞芩的"脸病"显示了社交恐惧症的话，那么"女上司"过分多变的脸则显示了某种人格分裂症候。

脸无疑是《内脸》的第一关键词。在对"脸"的凝思和拆解中，脸的生命性、社会性和哲学性的重叠和纠结被很好呈现。人类自有自我意识以来一直陷于一种"脸"的幻觉中，在有了照相术之后，这种幻觉变得更加普遍。在每一次照镜子和照相中，人类总在内心重复着脸的神话修辞实践。每个人都拼命地希望在镜子或照相中看到一个更完美的自己。为此，人们不惜换一面镜子、换一个相机、换一个摄影师或甚至换一张脸。人类为将自己更完美地塞进照片中所付出的琐碎而坚韧努力也许不亚于为任何伟大发明所付出的。其间的心理机制说到底居然是一种"自我欺骗"：照相者先认可了相片对自我表象的代表权，然后通过拼命地装饰自我表象或修补符号表象（照片）使照片完美，然后相信这完美的照片真实无误地指向了原初的自我。正如阿甘本所说："一切有生存的都活在开放之中：他们自我显露并在所显露的表象中闪耀。但只有人类想要占据这种开放，想要抓住他们自己所显露的表象以及被显露的存在。语言就是这种接近，它把自然变成脸。这就是为什么表象对人来说逐渐成为一个问题：它变成了为真理而进行斗争的场所。"人类对于作为表象的脸的占有，使脸在社会化过程中成为一个向各种力量充分开放的符号领域。脸由此不再是原初的脸，我们日常看到的"面孔"更多意味着一种面具，一种社会角色。在各种社会身份掩盖下是否存在着一张最本真的"内脸"？这是脸作为表象领域被社会及政治占领之后必然衍生的问题。某种意义上，王威廉的《内脸》便肇始于对这个问题的追问。

王威廉试图指出，"脸"及其"表情"的生物性始终承载着社会文化投射。社会文化在定义一种正常的"脸"的同时便建构了"病"：正是因为在当下的文化中，女上司的这种"变脸症"被定义为正常，虞芩这种单纯的表情才被定义为"表情匮乏症"，并由此引发她内心无比的恐慌。王威廉在"荒诞"的叙事平台上，重新把女上司的"正常脸"透视为一种真正值得警惕的文化病症。

《内脸》中，虞芩和女上司是对立项，和"你"却构成了同类项。他们通过相近的"病"得到联结——"你"在与女上司的性事中发现了自己身体的过敏症，他的身体会在亲热过后留下女上司的吻痕，几天后自然消失。这个发现让"你"焦虑沮丧却令女上司兴奋而乐此不疲地在"你"身体上"签名"。"身体签名"是将性权力化的隐喻，而"身体过敏"则构成了另一种隐喻：过敏是身体防御机制对于某个外在刺激的拒绝和警钟。因此，"你"的过敏是"你"的内脸对于"你"人格分裂发出的抗议。荒诞之处在于："过敏"既意味着"你"在多重脸谱之间的斗争和挣扎；但"过敏"激发了女上司更强的占有欲并将他们向更深的漩涡中推去。王威廉试图用"你"的过敏和脱敏暗示某种个体社会化或文化规训内在化过程：文化将每个"过敏"的个体循唤成"脱敏"的合格品，经此过程，"内脸"之上便被覆盖上一层坚硬的外壳。因此，"内脸"并不是像剥洋葱那样可以层层剥离而呈现本真。

小说中，"你"是一个人格分裂的角色，既受着视变脸症为模板的人格分裂文化的折磨，内心深处又深深痛恨这种文化的压迫。正是在这样的双重人眼中，女上司的分裂细节才有可能被觉察。因而，"你"便产生了强大的动机，去揭穿女上司的真面目。在他的"内脸"理论中，女上司面具下的"内脸"应该是个蛇蝎美女。因此，他强迫女上司戴上蛇蝎美女面具上街买东西，而他在一路尾随观察。在他看来，这不啻是让蛇蝎现形的有效手段，也是对女上司在他身上"签名"的一种惩罚。令人啼笑皆非的是，女上司在一开始果然将戴面具视为一种羞辱，拼命拒绝。可是"你"将面具视为一种现形，女上司却马上意识到面具本身意味着一种掩护和掩藏。她甚至迅速爱上了戴面具上街这种游戏。诚如阿甘本所说："我们可以把这样一个事实称作表象的悲喜剧：脸只因其隐藏才揭示，只因其揭示才隐藏。如此，理应展示人类（存在）的表象变成了背叛表象的、表象自己的类似物，在这种类似物中，表象再也认不出自己。"即使不戴面具的女上司每天都在上演着相近的面具游戏，她又何惧戴上一副真正的面具呢？这里的"面具"有着两种不同的内涵：前者是隐喻意义上的，它指向基于自然脸而进行的社会角色扮演；后者是现实意义上的，它通过对自然脸的覆盖试图将精神性的内脸直接化。可事实是，"自然脸"本身同时也是一个社交视觉识别系统，自然脸的差异性跟社会身份联结起来。因此，即使是一张面具化的自然脸，始终存在着某种社会身份的约束。一旦这种自然脸被揭示为跟其内脸最接近的类似物，这种"揭示"却构成了一种更大的"隐藏"，使其获得了庇护。正是基于对"脸"这番复杂性的演绎，我们才说《内脸》演绎了表象的悲喜剧。面具化及变脸症是人类之脸所承受的现代性命运，王威廉却并不轻易地认为这层文化面具可以轻易被摘下或抹去。人类寻求"内脸"的努力几乎就是一个西西弗斯推石上山的神话。

二、面具之脸的权力分析

值得注意的是，王威廉还将脸作为现代面具的建构置于权力网络之中来考察。女上司的权力来自一个大的权力系统，她只有先成为这个权力系统中被认可的上位节点，才可能获得对下位节点的支配权——一种对性和身体的支配权。换言之，既然她可以支配下属的性和身体，那么她的性和身体当然可以被更高的权力节点支配。女上司对"你"的身体占有改写了局部的性别权力结构。女上司特别享受"你"身体的过敏及在"你"身上签名的权力。这个隐喻意味着，即使在"性"中，她同样搬运来了单位中的权力结构。或者反过来说，借助于单位的权力结构，她才获得更强烈的性快感。因而，这种快感是超生理的，它已被社会文化渗透和建构。在男权机制中，一个男人对女人的占有快感很难通过身体签名而获得显著增强；因为女性对男性的身体从属性在这种文化定义中是天经地义的。因此在这种文化机制中，一个女人对于男人的身体签名才显出了强大的"逆袭"效应，这是女上司巨大快感的社会文化来源。然而，女上司的个人逆袭只构成了一种性别的个案翻转，从根本上反而加强了这种强迫性的性别秩序。小说中，"你"同样尝试对女上司进行逆袭（强迫她戴上蛇蝎面具上街以现其本形），这种表象的揭露却又被表象的隐藏所消解。王威廉看到了每一个权力节点上的博弈、对抗和消解，他对于权力结构的打破和取消并不抱廉价的期待。

在《内脸》中，王威廉试图探讨"冷漠作为一种现代性的表情"背后的深层内涵。表情匮乏症和变脸症昭示着现代背景下个体人格分裂普遍化所带来的心灵危机。更重要的是，王威廉并不基于简单的内／外脸的二元对立而对面具化进行批判。他在更深层的文化权力关系中探讨"脸、现代性和权力"的复杂纠缠。小说的最后，无法在分裂的生存面前分出相应表情的虞芩出走消失了，她当然无法见容于这个时刻变脸的世界；女上司依旧以丰富的面具库存长袖善舞，然而当她和换了身份的

"你"重复握手时，依然感受到某种旧日记忆的存在。这或许意味着，即使是这样一个人，她的心灵同样不能被彻底格式化。正因为人不能成为机器，人才长久地受苦；正因为人会长久地受苦，因此我们才必须长久地反思使人成为机器的文化。小说中"你"的人称设置，恍然间指向正在阅读的读者，"你"的危机成了正阅读着的无数个"你"的危机。

因此，《内脸》这种当代背景下的现代性反思才依然存在意义。在《第二人》中，同样借助于"脸"这个小说展开平台，王威廉思考的则是恐怖与权力的关系。这篇使用了元小说和悬念技巧的作品，重心却并不在元小说和悬念上。小说中，《内脸》的作者被绑架回故乡青马镇，绑架他的主谋是小学同学刘大山。绑架的动机匪夷所思——从小顽劣的刘大山玩汽油烧坏了脸，他的那张鬼脸足以令普通人畏惧战栗。按照一般逻辑，正常脸的丧失意味着社会资本的损失和生活成本的上升；在刘大山这里，一张鬼脸却让他获得了生活轨道上一路绿灯的资本——他的鬼脸已经达到恐怖的程度，一种可以转化为生产力的恐怖。公司老板利用他的恐怖来治理其他人，最后又震慑于他的恐怖而把女儿嫁给了他。王威廉以奇巧的构思提出了恐怖与权力的问题，恐怖本身也意味着一种权力。小说在此甚至获得了某种历史寓言的动力——假如作者愿意的话，这个并不长的中篇完全具备指涉历史的结构。借助恐怖而完成的统治权力即使在20世纪的现代社会中依然层出不穷——虽然作者选择了点到为止，不过分引申。但是，"脸"的虚构平台所具有的内在张力却足以引发有历史癖读者的浮想联翩。值得再书一笔的是，《第二人》中，获得一切的刘大山因恐怖而获得权力，却因权力而重新感受匮乏。恐怖的脸既使他的生命获得增益，同时也对他的生命产生压抑。正是因此，他才迫切地渴望把恐怖的脸转移到另一个人身上，并不惜为此实施绑架，并让渡大量财产。这里，作者发现，恐怖虽然可能创造权力，但恐怖对于恐怖主体本身同样具有杀伤力。因此，不管作者反思的是现实恐怖还是历史恐怖，这份反思都获得了现代性反思的深度。因此，王威廉对于"脸"的思考才具有了诗学的意味。我们知道，阿甘本在哲学论

250

文《脸》中发现的是脸的政治和哲学，罗兰·巴特在《嘉宝的脸》中发现的则是脸的语言学。那么，王威廉通过《内脸》《第二人》试图建立的则是脸的小说诗学的雏形。如果他愿意继续使用"脸"这个有限制的辐射性象征平台，我相信他完全可以将脸建构为一种令人信服的"表象的诗学"。

三、灵魂叙事与文学复魅

如果说虞芩（《内脸》）、大山（《第二人》）、丽丽（《水女人》）等人物构成了王威廉小说中的病人谱系的话，孔用（《绿皮小屋》）、老虎（《老虎！老虎！》）、秀琴（《秀琴》）等人物则构成他笔下的"属灵人"谱系。精神生活或某种确定不移的精神寄托构成了"属灵人"支撑生命的灵魂维度。我们知道，中国古典叙事作品中，人物虽然也可能有复杂的个性、丰富的心理活动，但他们往往可以被某种文化概念所定义，譬如《水浒传》的英雄们就可以轻易被"义"所定义。正如刘再复、林岗两位先生所指出的：中国文学多在感时伤世，国族、社会的文化传统下发展过来，缺乏灵魂论辩的维度。只有在《红楼梦》中，这个强大的世俗叙事传统才被打破。在他们看来，西方文学中那种灵魂解剖和良知罪责的文学传统正为中国文学所欠缺（刘再复、林岗：《中国文学的根本性欠缺和文学的灵魂纬度》，《学术月刊》2004 年第 8 期）。二位先生的论述无疑充满洞见，然而"中国现代主义"文学并非完全没有拷问生命、追问存在意义的作品，在鲁迅、冯至、穆旦、昌耀、刘震云等人的作品中，灵魂叙事体现得较为自觉清晰。某种意义上说，荒诞叙事和灵魂叙事正对应了现代主义作家对存在荒诞性的揭示和超越。病人谱系是王威廉小说的荒诞叙事，"属灵人"谱系则是王威廉小说的灵魂叙事。前者是他对荒诞的揭示，对世界的祛魅；后者则是他对荒诞的超越，对世界的复魅。

由于中国文学缺乏宗教传统作为稳定的认同资源，所以独立的精神世界便往往成了作家们建构灵魂叙事的起点。王小波在《万寿寺》中说"人只有此生此世是不够的，他还必须拥有诗意的世界"，在王威廉的小说中，那些生活于边缘，但依然坚守着自己精神生活的小人物；那些用荒诞不经的手段延续着某种灵魂信仰的奇异人，昭示着他把世界牢牢确定在灵魂坐标上。

《信男》中，被发配出版社仓库的怪人王木木弃绝现代的通讯方式，坚守写信习惯。值得注意的是，作者并未用世俗的视角来使其扭曲，反而为他配置了一个精神知音——领导的女儿小琪。这里既显示出真诚的精神生活在现实中的边缘位置，更显示出一种精神坚守的姿态。小说中，代表着权力位置的领导虽然同样从世俗角度解释王木木的岗位选择，但却无法垄断对王木木的人生解释权。相反，在女儿问题上，他不得求助于怪人王木木。这意味着在作者的精神视域中，真正遇到问题的是这些漠视精神交流和独立性的人们。《倒立生活》中，叙事人"我"和"神女"渴望过一种"反重力"的倒立生活。"重力"因此成了一种隐喻，时刻提醒着肉身的沉重性。过一种反重力的生活便意味着过一种超越肉身的轻盈精神生活。作者通过"我"表达了对梵高的敬仰："那些怒放的向日葵，那些在天上舞蹈的黄金。我深爱梵高的画，在我心情最阴霾的时候，是梵高的画给了我力量。"因此，王威廉对于"神女"和"我"看似荒诞不经的倒立生活并无反讽，甚至可以说是心仪和向往。

当然，王威廉必然意识到当代背景下灵魂世界的萎缩，因此，那些坚守精神世界的属灵者往往无法自由舒展他们的灵魂呼吸，他们正被挤压于时代的地下室，他的小说主人公总是过着仓库式穴居生活，这也是某种时代隐喻。很多时候王威廉通过书写属灵者的报复来表达对灵魂世界的确认。《看着我》中，诗人"我"在时代恶俗的取景框中成为战战兢兢、卑微谨慎的边缘人。领导以招之即来、挥之即去的态度粗暴地对待他及他的诗歌。"我"在日常生活中不断自我收缩以图取媚现实，甚至不无违心地为领导的诗稿认真写了赞美性评论文章，只是连这样的谄媚也无法获得领导的些微重视。在领导办公室里，对方始终不曾正眼看他。在不断向领导重复"看着我"的呼告无果之后，"我"愤怒地用刀捅死了领导。这个不无意外的结局并非写实，"我"手刃的毋宁说是一种拒绝心灵对话和精神交流的现实秩序。

在一个失魂落魄时代，属灵者的抗议往往不得不以荒诞的形式表现，因此在王威廉这里荒诞叙事和灵魂叙事便紧密相连，这典型体现在他的《魂器》中。青年物理研究者李先生妻子刚刚去世，他的研究也陷入了困境，既定思路总是得不到满意的数据。在一次意外中他闯进了梅香的生活，后者的妹妹梅清在地铁口意外身亡。阴差阳错，梅香坚定地相信李先生是妹妹梅清生前男友。为此，梅香设计绑架了他，他百般努力企图让梅香相信他不过是个路人。接下来，他逐步知道了梅清生前插足了姐姐梅香的婚姻。而梅香早就知道李先生并不认识梅清，只是她希望李先生成为她妹妹的"魂器"——一个储藏灵魂的肉身。为此她将李先生绑在梅清生前居住的房子里，并在其面前循环播放梅清的婚礼视频，摆放梅清的各种生前物品。在恐惧和挣扎中，李先生和梅香展开了一番关于"人是否存在灵魂"的对话，其结果是，物理学者李先生被哲学教师梅香所说服，这种近乎洗脑式的借身还魂却意外地获得了李先生的认同。梅香最后说"你在假扮我妹妹情人的时候，诉说的那些苦难还不够吗？对人来说，这些苦难就像是风暴眼，你的一切都只得绕着它转动，像是行星围绕着恒星一般。的确，苦难是永恒的。所以，我能理解你，你是个深情的人，这点格外打动我，也正因为如此，我才想让你做我妹妹的魂器。我其实在以暴力的方式来表达我的欣赏，请你谅解。其实，从某种意义上来，你已经是你妻子和孩子的魂器了，不是吗？"

在《魂器》这个具有多重生长性的作品中，王威廉演绎的不是姐妹三角恋的伦理故事，不是设计绑架的悬念故事，而是关于灵魂之爱的哲理故事。我的理解是，正因为灵魂在这个时代被逼到了退无可退的墙角，王威廉才让灵魂的反抗戴上了这样疯狂荒诞的面具。他的作品中，同样有"魂器"思维的还包括《黑暗中发光的身体》：小说中，"我"的嫂子显然正是企图把"我"当成已逝丈夫的"魂器",让丈夫在"我"的身上重新活过。而《秀琴》中,同样出于对丈夫极度的爱,秀琴选择了用自己的身体替代死去的丈夫继续活着。这些看似荒诞不经的情节,代表了王威廉对于某种永恒性的信仰和追寻。在拥有较为突出的现实叙事外壳的《北京一夜》中,爱情同样可以抵抗时间的腐蚀。两个大学时代的恋人在二十几年后北京冬夜的一次相逢,爱情如琥珀般完美地被保存。因此,《北京一夜》恰恰是对如时代传染病般的速食爱情观的反抗,若非如此,这个有点烂俗的题名便没有意义。

还必须提到《听盐生长的声音》,这篇小说站在灵魂的高度书写了囚禁与救赎的主题。小说中,"我"和妻子夏玲居住工作于海拔三千多米的盐矿区,朋友小汀带着漂亮女友金静顺路过来见面。透过这个并不曲折的故事,作者提示着:我们都被囚禁于别人眼中的风景中。这是个由隐喻和象征结构起来的小说,隐喻中包含着对事物复杂性的理解。成为画家的小汀曾经是一名矿工,等他逃离黑暗之后,他却像鼹鼠一样怀念黑暗。有趣的是,"我"居住在高海拔盐区,长期"享用"着过量的阳光,对"光明"的含义也有一番复杂的理解。当小汀和金静向往着盐湖的壮观风景时,"我"和夏玲却对盐湖有着生理性的反感和抵触;当"我"和夏玲艳羡"居住在美丽中"的金静时,殊不知作为杀人犯的她也被囚禁于另一种生命的盐湖。盐湖的象征性就在于,它是每个人居处并渴望逃离的存在,却又常常是别人眼中美丽的景致。因此被囚禁于盐湖,几乎是每个人存在论意义上的命定。然而,小说并不止于存在的荒凉,更包含着生命的救赎。当"我"更深入地观照了他者生命的复杂性时,也突然了悟了死寂盐湖的生命力——"我"终于能听到盐生长的声音,"现在即使在喧嚣的白天,我也能分辨出那种细碎的声音","只有那不停生长的盐陪着我"。盐湖依旧,但"我"灵魂的光景已经大为不同。

之所以说王威廉践行的是一种灵魂叙事,就在于他总在现实性、日常性的事物中发展出灵魂的关切。《父亲的报复》镶嵌了现实性的拆迁事件，但其意并不在对拆迁及其人事进行政治社会学的考察。作者关切的是个体的内在尊严。"我"父亲作为一个北方人，曾经是广州笨拙而勤勉的洗发水推销员，后来由于行业竞争加大而下岗，接着他又成为勤勤恳恳的出租车司机。平凡的父亲在旧房拆迁中成为最勇敢执着的"钉子户"，而他内心的隐秘动力在于向所有人证明，他比那些排斥过他的广州人更热爱广州。显然，这不是经济现实的考量，而是渴望被一个地方接纳的卑微梦想，一个大迁徙时代的普通人灵魂。

在一次文学论坛上，王威廉引用了阿甘本的一段话"成为同时代人，首先以及最重要的，是勇气问题，因为它意味着不但有能力保持对时代黑暗的凝视，还要有能力在黑暗中感知那种尽管朝向我们却又无限地与我们拉开距离的光"。在我看来，"凝视黑暗朝向光"正是现代主义揭示／超越荒诞的诗性诠释，它极佳地概括了王威廉兼具荒诞叙事和灵魂叙事的文学复魅之旅。

四、逆时针或同时代性

众所周知，叙事形式有着复杂的社会性内涵：传奇演义内在于传统说书时代，小说以及孤独的现代主义产生于印刷术时代，而这个网络狂欢时代催生的典型文学形式却是段子。换言之，这不是托尔斯泰的时代，也不是卡夫卡的时代，甚至已经不是村上春树的时代，它是在喧嚣的时代泡沫中一笑而过的段子手的时代。然而，同一种社会诊断却可能产生两种截然不同的写作选择：其一是更用心地贴近这个碎片化、表面化和娱乐化的时代，创造出更多短平快的叙事形式，以趋时来保持文学与大众读者的密切关联；另一种则显然是逆时而动，在机械复制的时代追慕着原生性艺术品的光晕；在灵魂急剧贬值的时代继续着并不讨好的灵魂叙事。在我看来，王威廉从出场伊始，便一直坚守着这种逆时针的精神立场。所谓逆时针的写作，既指在一个泡沫文化占据主流的娱乐至死年代中坚守精神性书写，也指在直击荒诞以至于价值虚无的背景下坚持生命意义的寻求。

王威廉的写作还引出了这样的追问：一个青年作家在获得思力跃升过程中，该如何处理跟自身时代的关系？该如何既不脱离于他所独具的时代经验，又不仅囿于代际经验内部，入乎其内又出乎其外，从而找到跟更深精神经验相交的可能。

回到前面青年作家告别青春的议题，我以为王威廉的启发在于如下几个方面：

首先，写作的经验是一种穿透表象的内在经验，作家必须在同质性的当代经验中镶嵌以自身的精神结构。再没有任何时代比当下时代的经验更贬值的了。全国各地的人们在不同空间浏览着同一条新闻、同一个段子、同一篇爆款推文。作家如果不能在表象经验中沉进去，发现尚未被发现的，说出尚未被说出的，把公共经验转化为深刻而内在的精神发现，这个作家就是失败的。我们看到，《父亲的报复》表面上写的是拆迁中的钉子户，涉及的却是迁徙社会中外来者的身份认同危机。这显然比一般的社会性视角更加深刻。

其次，作家必须将同时代经验和超时代经验融合一起。正如阿甘本所说，成为一个同时代人并非在任何方面都同步于时代，而是必须死死地凝视时代的黑暗经验。可见，在阿甘本这里"同时代性"其实是同步与超越的结合。你既要携带时代独具的烙印，却不能被囿于时代之中，必须对时代有超越和反思。《捆着我，绑着我》与西班牙导演阿莫多瓦的影片同名，写一个长年在外奔波，只有在宾馆标准间中才能获得酣眠的业务员与一个女作家的意外邂逅，他在被女作家捆起来时获得了始料未及的安全感。这不仅是离奇的虐恋故事，它写的其实是一种倒错的认同：当颠簸和旅馆标准间成为一种生存常态，家反而成为一种异物。那么，当一个人只能在被捆绑中才能获得安全感时，那本该正常而如今成为异物的又是什么？这是王威廉对迁徙这种全球化时代经验的哲学追问。

再次，作家既必须见证并说出时代的疑难暗影，又必须迎难而上，在虚无的侵蚀下寻求得救的可能。《鲨在黑暗中》以象征性手法，将我们时代的精神难题放到历史的发展过程中考察，回答当代精神主体何以如此的问题，其中既有噬心的悲凉，但依然不乏拯救的期盼。

最后，作家必须努力熔铸自身多样的美学风格。王威廉的小说往往面目各异，但又一以贯之。他对于小说对话性、诗化象征的意义建构模型有相当探索。

如果说青春写作只需要提供一种独特的经验就足以引人关注的话，告别青春的小说家则必须既不走别人的老路，也不重复自己的脚印；既提供深邃的思想，又提供个性的美学；既提供同步时代的经验，又提供沟通时代的经验。在这方面，王威廉走自己的路，却照见了更普遍性的东西。

女性主义哲理小说的新可能：
林渊液短篇小说阅读札记

一、"骨血"和"肌肉"：从散文到小说

关于小说和散文，林渊液曾经说过这样打趣的话：小说是肌肉，散文是骨血。肌肉可以锻炼，骨血却只有那么一点。这解释了小说和散文的文体区别，同时也说明了散文的内在难度。小情小感的性情散文当然可以不断写出，但真正拓展散文可能性的经验却属于不可再生资源。这是散文家林渊液最近尝试小说的原因，在林渊液的文学观中，虚构是散文与小说的文体分界线。散文"虚构"已经颠覆了某种文学伦理，它既是一种诱惑，也是一个陷阱，林渊液对此十分警惕。近年来，当代散文在虚构和非虚构两个维度上得到拓展：在虚构一端，不少散文家在复杂的案头材料准备和对写作对象的精神测量的基础上放开散文细节虚构的传统禁区，使散文得以进入已逝而作者又不能亲历的历史，如艾云的《乱世中的离歌》《黄金版图》等作品；在非虚构一端，近年来"文学家把记者的活干了"的事情得到巨大的关注和鼓励，它是对日益空洞化的官方报告文学的反拨，也是在感时忧世的现实焦虑推动下对文学及物性的实践，这方面，梁鸿的《中国的梁庄》和《出梁庄记》是代表。

显然，这两种拓展路径跟林渊液的文学观都有所抵牾：以虚构去补经验之不足，并不足以成为散文通则；以实证去补经验之不足，在彰显散文及物性之余，艺术散文的艺术性应该仍有他路可走。这样一来，林渊液的人生积累下了很多无法在她的散文中得到表达的经验和想象，这些散文的盈余，她需要用小说去处理。我想这是一贯文体认同牢固的林

渊液最近猛写小说的原因。

二、《花萼》：身体课、身份表演及主体性匮乏之由

《花萼》是林渊液拿出的第一篇小说，它有一个关键词：那便是"身体课"。"身体课"不是"体育课"，不是"生理卫生课"。"身体课"是女性身体主体性的启蒙和苏醒，是西苏所谓"没有享受过性快感的女人是不完整的女人"这种理念的贯彻。所以，"花萼"的隐喻便跟身体课内在相关。当潮剧女演员姜耶多年之后和当年的配角小七一番云雨之时，小七对着姜耶的私处说出："宝贝你自己没见过，它像一朵花，花萼打开之后，是娇嫩的粉红色。"这对姜耶而言无疑是颠覆性的，因此，姜耶在离开时也为这次身体相遇定位，面对小七的"我爱你"，她回的是"谢谢你，给我上身体课。"

可是这并不仅是一个女性身体意识觉醒的故事。女人身体苏醒的故事已经很老了，即使在中国，林白们在90年代就已经将这个故事讲得广为人知了。我认为，林渊液无意通过一个潮味小说奏响对90年代身体写作的共鸣之音。或许她更想追问的是：究竟为什么，又是什么遮住了女人看到身体花萼的盛开？

于是你会发现，小说中姜耶的潮剧女演员这个身份深度参与了小说的意义建构，它成了理解小说的核心元素，它同时是不可替代的。换言之，姜耶如果是一个公司白领、一个女教师，或者其他的什么身份，小说的意义将大打折扣。

不妨借用美国后现代女性主义哲学家朱迪斯·巴特勒的一个概念——性别表演（gender performance），在她看来，主体的性别身份不是既定的、固定不变的，而是不确定和不稳定的，即是表演性的。巴特勒的观点对于解释性取向与文化规训的关系有巨大的帮助。也就是说，在巴特勒看来，每个人的社会性别（gender）都是某出已经给定的主流文化剧本提供的一个角色，而人们就扮演着这出戏规定好的身份，包括

性。这个观点并不难理解，只是巴特勒将之延伸到性取向领域，便显得石破天惊。有趣的是，不难发现林渊液特别凸显了姜耶这个角色的"表演性"身份。表演及角色在小说中不但是实指的，更是隐喻的。姜耶不是一个电影演员，她是传统地方戏曲——潮剧的表演者。那么，姜耶的性别身份，她和她丈夫的性心理、性想象便不可避免地带上了极为传统的一面。

此时，我们才可以慢慢补足小说留下的空白。这是一个善于留白，经常有意识流剪接的小说。姜耶在开车时思绪跳接到年少情事，又在轨外情爱中突然领悟丈夫的处女情结，他"需要过这一关。而已"。

当我们把留白补充起来，便发现，姜耶和丈夫的对峙与冷淡，不过是在一出老掉牙的戏中没出来而已。我们于是理解了，姜耶默默替丈夫的轨外情缘善后，扮演丈夫情人潘云堕胎的陪伴者，不仅是大度、麻木，也许在她的内心同样有着一份潜意识的愧疚与不安——因了自己与前男友一次未有实质的性。林渊液是如此善于捕捉某种传统性观念影响下的尊严、嫉妒的复杂纠结。当潘云暴露之后，姜耶突然发现，她和丈夫的亲热已经多了一个人；而当姜耶的前男友暴露之后，她和丈夫的亲热有着更加的纠结，反应冷淡会被认为是想着另一个人，而反应热烈，过于快乐同样可能被认为是因为另一个潜在的人。谁能说，姜耶跟小七的一番邂逅，内在不是因了姜耶家庭里这种无时不在的纠结和相互报复心理呢？

这份几乎有点"封建"的闺房纠结，在潮剧传唱的这片土地却依然普遍而现实。这出唱了几百年的戏！这一戏种在现代化兴起之后，已经衰落了。只是它还在零落地唱着，而"新戏"——一出具有现代意识的潮剧新戏又是多么的可遇而不可求。于是，小说中的"戏中戏"便有了另外的象征。J. 希利斯·米勒说："观看戏中戏会把一位观众变成演员，并且会怀疑整个世界可能是一个舞台，其中的男男女女不过是演员而已。读一部叙事中的叙事则会使整个世界成为一部小说，并且会把读者变成一个小说中的人物。"林渊液的"戏中戏"却不是在生活／舞台的真/假逻辑中展开的，它来自一种新与旧的纠结。

作为一个资深潮剧爱好者，林渊液甚至为这篇小说设计了一出《官梅驿》的戏。小说中，这出戏是小七为打动姜耶而倾力打造，为姜耶量身定制的剧本。而小说外，这出剧目何尝不是林渊液为这篇小说量身定制的呢？那一批被清兵劫掠的潮汕妇女，何尝不可以视为被某种文化劫掠而不知何往的群体呢？历史的茫茫苍苍中，这片拈着绣花针飞舞的土地，常常把这种被文化劫掠的悲剧性消解于顺从和乐的汤汤水水之中。却居然是林渊液，以"戏中戏"为切口，撬开了这个象征性的悲怆。

我于是更加坚定地认为，林渊液不是要讲一个身体觉醒的主体性复苏的故事，她要说的是主体性匮乏的因由。于是，最后当姜耶上完身体课重新面对丈夫时，她面对的是以为"完成报复"，"过了那一关"而准备往回走的丈夫。可是，姜耶却和丈夫呈现了相反的跑动轨迹，她已经意识到："一个女子，不止有处女膜，还有花萼包裹下的花朵。如果你只纠结于失去第一次，你也只能失去更多的第一次。"她知道，"它会是一把匕首，把他刺得血流成河。"然而，当丈夫说出要带她和女儿出去走走的时候，"姜耶望着眼前的那把匕首，不知道是否自己把它吞下"。

姜耶会扔出那把匕首吗？这是林渊液留下的悬念。姜耶大概不会吧，她还是那个潮剧演员，千百年唱着那首古老的歌。一场意外的戏，不过是一场意外罢了！林渊液看着"主体性"的发芽，却也深深知道着这些演员们多年来接受的训练。

三、《倒悬人》："他者自我化"及一种有趣的情欲伦理

《倒悬人》是林渊液写得非常有现代感的一篇。虚构确实为她提供了另一条通道，也许一直写散文的缘故，这些需要借助虚构才能凝聚和提炼的东西，在她为虚构开了门之后，就汹涌而出。初看时，读者会觉得有点熟悉，是相对于《花萼》的熟悉，同样是跟艺术沾边的中年女人，同样是处在家庭漩涡——或者说暗礁中的女人，林渊液依然是从性

别这个角度来思考问题的，我想。

某种意义上，我觉得短篇小说是一种装置艺术。短篇小说必须借助很多工具来抵达，这些工具可能是一盏灯，可能是一条河流，也可能是一缕头发，一串项链，但它们在小说中被改造成一个装置，获得某种串联或并联的能力，小说的意义空间因此才建立起来。潮汕小说家中，谢初勤的小说诗化、散文化比较突出，但甚少能找到一些有效的"装置"，而林渊液总是很快就熟悉了小说的内在秘密——因为对散文、小说文体边界的熟悉的缘故？——这篇小说一个突出的装置就是"倒悬人雕塑"。对于这篇小说而言，提兰只能是弄一个雕塑，而不是其他，如画画、写作。其他的装置不具有它的发散性。这篇小说中，雕塑的还是一个倒悬人，此间又使这个装置具有很强的象征性。我记得基耶夫洛斯基的《红》中，女大学生是在健身时一个倒悬动作中看到了老法官被指控窃听的报道，并因此开始了对真实人生的了解，有时候只有在倒悬中才能遇见真实的自己。当然此篇中，倒悬更有一种失去平衡之意。

《花萼》是在两组三角关系中来展开女性情欲自主性这个话题的。这篇显然也是一个双重三角关系：显形的三角是提兰、丈夫、小藤，隐形的三角是小藤、师兄、文科男。前者是小说叙事人讲述的，后者是小藤讲述的。这两组三角关系都指向于女性欲望可能性的问题。同时爱上两个男人和"试婚"对于小藤而言都是在实践一种女性情欲可能性（或者说婚姻与性的自由边界）。它进一步引申出"三角"中的暧昧性——小藤对于文科男理智上的拒绝和身体上的接受。甚至是由于某种复杂的原因，这种理智／身体的复杂纠结居然让快感来得像风暴一样猛烈。而"师兄"显然是无法共享这种暧昧经验的，某种意义上说，他后来的意外身亡，与此正成因果。这是小说在隐性三角关系中呈现的复杂性——纷乱而真实的情欲和排他性婚姻伦理之间的对峙，而人，该如何面对这种对峙呢？

提兰显然无法自外于这一难题，从小藤意外空降，为家庭织了一张充满小藤味的网开始，提兰就不断地感受到小藤作为一个他者的压迫性。提兰就不断地用女人、姨妈和妻子这三重角色去打量这个意外来客：她既是同类，亲人，也是入侵的敌人。很多读者都和我一样，在阅读中很快接受暗示，觉得丈夫和小藤之间一定存在着某种或隐或现的关系——那几乎是一定的。小说中的提兰更接受这种暗示，无法排除这种暗示无所不在的压迫。非常有趣的是，当小藤跟提兰讲述了她的三角故事之后，提兰和小藤的关系慢慢被改变了，她们被情欲拉到同一条线上，她们成了相似的女人。当小藤成了提兰的模特之后，提兰慢慢完成着将小藤这个他者的自我化。如果对于性别伦理有所思考的话，"他者自我化"一定是这个小说的亮点，是提兰化解三角矛盾对峙之道，是提兰区别于小藤"师兄"的为人处性之道。

正是因为把"他者自我化"，所以提兰是如此敏感地意识到向丈夫讲述小藤情事纠纷时所隐含的暧昧性——作为一个旁观者，丈夫避免了从道德的角度看待小藤；但作为一个男人，却间接见证了一个女人的情欲漩涡，如果此时夫妻做爱，很难避免小藤作为一个中介在他们身体运动中存在。小藤作为一个他者居然如此自然而不可避免地深入到提兰和丈夫的生活中来。可是，提兰心里当然装了一个醋瓶，但她却具有如此强的"移情"能力，她所塑造的倒悬人，本是自己的象征，她却能移情到小藤身上，让小藤充当模特；她敏锐觉察到丈夫情欲的暧昧性，却又能移情或同情于此种暧昧性——觉得小藤的身体，是她喜欢的；丈夫的身体，是她所喜欢的，那么这两个身体的结合，也应该是很自然的。就此而言，这个小说不是写实性的，而是理想型的，是借助于小说来展开一种理想的态度和人性。

就小说而言，这篇其实也是有散文化意味的，即是说它的动作性很弱，它大部分时候都是在旁述提兰的心理活动，动作也更多是通过转述来呈现的，所以它并不是以情境性、直接性和在场的气味见长。但小说本来就有很多种，我认为这样写并无不可，但如果换一种动作性特别强的叙述方式来处理相同的主题，效果会怎么样呢？我只是突然这样想，并无价值判断，也许作者有兴趣可以试试。

四、《黑少年之梦》：面具、割礼之梦和情爱乌托邦的裂痕

这篇小说继续提兰的故事，继续关于性别伦理的探讨。提兰，这个在《倒悬人》中已经感到内心危机的女艺术家——心灵历险的践行者，发展出一段婚外之情，实在是势所必然的。所以，《黑少年之梦》探讨的便是"婚外情"，只是，它无意讲一个千回百转、扣人心弦的婚外情故事，无意以消费的期待"鉴赏"一段轨道外的桃色轶事，然后又回到最安全的道德视点予以总结。它要说的也许倒是一种"可能性"，它所质疑的是霸权制的单轨道婚姻的合理性。这篇情节并不复杂的小说虚构的情景首先发出这样的疑问：生命在单轨道的婚姻公路上枯萎了怎么办？如果多轨能使生命绽放的话，那么它必然是不道德的吗？可是，这声诘问并不高亢，马上被另一种声音越过：多轨道也许重新点燃生命，可是它的破坏性一定小于创造性吗？

小说对于林渊液，确实提供了新的可能，使她可以超越散文有限虚构之文体伦理的牵扯，径自走到生命深处，搭建种种特殊的平台，透视和捕捉精神暗物质。我以为这篇小说提供了跟《倒悬人》的倒悬雕塑相近的隐喻装置，那便是"梦"——一个接受割礼的非洲黑少年：

> 那个非洲黑少年的梦境经常会在提兰面前晃动，神秘的，有着小小的惊惧。黑少年十四或者十五岁了，他被选中去参加割礼仪式，之后他和同龄伙伴还得隐居六个月的时间，回来之后他们就算长大成人。如果愿意，他们也可以爱女孩子了。从一坠地就朝夕相伴的树屋、部落和母亲，渐渐地被抛在身后，他们，被一个戴面具者引领着，穿越原始森林而去。他不知道远方是一个什么地方。面具人黑少年从未见过他的真面目。他看起来像一个返魂的祖先，动作迟缓僵硬，声音像在唱巫歌，面无表情。不对，他的表情是固化的，而且被掩藏得很深。他的面具是五百年大树的树根雕刻而成

的，雕工繁复有如一顶皇冠。冠前支着七根动物骨刀，后面的两把大羽毛是同一片大树根雕成的，漆着威严的纹路。黑少年知道，这个面具的侧壁，是铭有咒语的。他的不安，像森林中的风卷袭落叶，时而澎湃时而萧疏。

孤陋寡闻，我只知道很多地区存在着关于女性的割礼，却不知道有关于男性少年的割礼仪式。这点疑问存而不论，这里有关割礼的梦和面具无疑是富有深意的，它是作者有意安放在小说房间中的镜子，使空间和意义获得增殖。那么，割礼、面具与黑少年又如何具体体现跟提兰处境的相关性呢？

割礼是某些地方文化所设定的女性成人礼——或者是成人入场券，即使此处接受割礼的是男性少年，但割礼作为成人礼来看待并无不可。只有接受割礼，内化传统以庄严仪式传递过来的文化编码，才可能在这种文化内部被接纳，获得尊严。所以，割礼便是以身体的痛苦来赢得身份认可的仪式。如果针对女性而言，割礼既是少女成人礼，也是男女性别差异的文化定型器。通过割礼，女性身体的"不洁"、未完成、待改造的原罪得到了文化确认，打下了身体烙印。割礼本来是对不洁之躯的再造，但割礼仪式却反过来强化了关于女体不洁的认知。

这番关于割礼的文化解读自是老生常谈，可是我关心的是，提兰的梦折射着什么样的信息？提兰梦见的为何是黑人少年，而不是黑人少女？

我试着这样解释。提兰的性别和年龄跟黑人少年都形成某种反差和张力，这意味着，作为中年女性艺术家的提兰，其实正通过"梦"这样隐喻性机制重构自己的身份。她不再满足于包括婚姻在内的社会制度为此在的她所建造的房子，她一定是感到"中年女性"这间屋子糯稠沉闷的气息和低气压的压抑。梦见割礼少年，意味着她一种"重新成人"的潜意识；梦见少年——而不是少女，也许割礼少女所承载的被动语义实在太浓重了，而割礼少年本身却有某种主动性——它意味着抛弃幼稚而成为成人。

"面具"无疑也是这篇小说需要稍加解释的隐喻装置。前面提到，引领着黑人少年的人戴着面具，面具由五百年的大树树根雕成，雕工繁复如皇冠，冠前支着七根动物骨刀，冠后的两根羽毛来自与该树同根的树木，面具内部还暗含咒文。面具本来就是某种社会身份的隐藏或凸显：一个被识别出来的面具，往往是一种非常规的社会身份编码；而一张被解读为"真实"的脸，其实不过是另一张更符合主流社会编码的面具。这篇小说中"面具"浓厚的仪式感，暗示着这是一种被主流文化所接纳的身份设计——黑少年正是在这样带有神秘感和权威感的引领者引领下走向生命的。

而小说一开始就说了，提兰和苏打因为一本关于制作铁器、镣铐和面具的书而起了争执，书只有一本，二人都想占为己有（提兰手头正在做着一个面具的雕塑）。如果说"割礼"是成人入场券的话，"面具"则是相对稳定的社会身份了。可是"面具"之为"面具"，正因为它有别于"真脸"。社会面具戴久了，就成了一张被内化的"真脸"。打造"面具"在提兰，也许是另一个"梦"，为自己寻找精神性成人和相应身份的梦。

所以，"梦"和"面具"都指向了提兰再造自我身份的冲动，而且，她要抛弃文化加诸她的"成人女性"编码，她抛弃了"社会性成人"，而去创设一种"精神性成人"。

对于很多女性而言，她们并未为自己活过，她们为别人活，也活在别人的模子里。她们经历着少女、少妇、中年和老年的岁月迁徙，可是她们的成人和成熟，都是社会性的，而不是自我意义上的，精神意义上的。她们学着别人那样活，她们用自己的生命小心翼翼、举步维艰地按"社会性"的模板依样画葫芦。这个过程中，"女性"便渐渐丢失了，这也许是最后苏打说那段话的原因，苏打说：

> 告诉你，我有一个毛病。我眼里看到的人与别人不一样。别人

看到的正常人，我看到的很多是不正常的。我看很多女人，不是女人，是不男不女。而有的女人，只是一个母亲；有的女人，只是一个女儿。有的女人像树熊，只会往上爬；有的女人像蚂蚁，一直匍匐在地底上。有的女人轻轻的，飘在半空不着地；有的女人栽在地上生了根，迈不开步子……

女性与社会性成人相认同，大部分难免成了某种异形的单向度物品，苏打之欣赏提兰，显然是在女性主义意义上的欣赏。提兰找到了知音。

可是，对于林渊液而言，幻想一个女性主义者在身体自主性意识推动下的化蛹为蝶，并演绎一段美丽的多轨道（双心人）的柏拉图之恋依然显得过于乌托邦。《黑少年之梦》写的更是女性主义情爱乌托邦的挑战：即使他们相恋的精神基础是如此坚实地基于精神，可是纯精神之恋既是生死恋的出发点，也是生死恋的致命伤——精神毕竟是需要肉身为依傍的，至少这部小说是这样认为的。他们的危机不是来自现实物质，不是来自流言蜚语，也不是来自对现实婚姻的愧疚或被侦破导致客观困难——而是来自孤独。

可是，他们的精神之恋，虽完全出自精神，却未必完全自绝于物质。苏打漂亮干练的妻子之所以让他觉得完全不能离婚，也许并不仅仅是因为孩子。作为苏打的经纪人，他们的婚姻构成了苏打"精神世界"的外壳，这是另一种精神与现实的离合悖论，林渊液为我们指出了情爱乌托邦的另一道裂缝。

肉身相依、婚姻守护的情爱关系很容易走向情爱的枯竭；可是没有肉身相伴的精神之恋，因为孤独而开始，却因为开始而更加孤独。这是情爱与肉身之间的悖论，肉身的过分靠近窒息情爱，而肉身的不可靠近同样导致精神之恋徘徊无地。现实相见的爱恋很可能出欲止于利，精神相守的爱恋却又可能陷于现实缺氧的境地。而人如何在情爱和肉身，精神和现实之间的离合关系中跳优雅的狐步舞，是一个各有各解，却又永远无解的命题。

五、女性主义哲理小说的新可能

　　某种意义上说，林渊液还是小说领域的新手。但是，她近来的短篇小说写作却在做一桩很有创造性的事情。她的理论修养使她很自然地走在一条具有独立性的道路上，一条对于中国当代小说而言不无意义的个人道路上。我想，或许可以用女性主义哲理小说来予以简单概括。

　　女性主义哲理小说无疑关联着女性主义小说和哲理小说这两个概念或两种小说类型，它们某种意义上都是舶来品。众所周知，法国启蒙小说家创造了哲理小说这种小说类型。穿插描写了多方面的内容，把叙事、议论、抒情、讽刺融为一体，表现作家关于政治、法律、道德、文学方面的启蒙观点，富于哲理性。其典型者，如孟德斯鸠的《波斯人信札》等。但是，启蒙小说家的哲理小说事实上缺乏了一种现代小说的文体意识。在他们那里，小说是为哲理服务的。小说穿针引线地把各种社会、人生、政治、文化的现象缝接到一起，为哲理的出场提供合适的平台。"哲理性"压倒"小说性"是这类小说的问题，至少在具有鲜明的小说文体现代意识的作家那里，启蒙哲理小说很难提供写作上的资源和启示。

　　正是在这些方面，林渊液小说截然区别于启蒙哲理小说。具体说，她的小说具有鲜明的小说文体意识。更具体说，是一种短篇小说的文体意识。一个众所周知的说法是：短篇小说是一种切面艺术，短篇以某个横截面去展现人生的广延性。所以，短篇小说某种意义上是一种典型的现代艺术。本雅明在《讲故事的人》中有个有趣的判断："现代人不能从事无法缩减裁裁的工作。"现代的社会形态改造了现代人的时间观和现代的艺术形态，短篇小说的兴起正是某种"现代"的后果。本雅明接着说：

事实上，现代人甚至把讲故事也成功的裁剪微缩了。"短篇小说"的发展就是我们的见证。短篇小说从口头叙述传统中剥离出来，不再容许透明薄片款款的叠加，而正是这个徐缓的叠加过程最恰当地描绘了经由多层多样的重述而揭示出的完美的叙述。

如果接着本雅明的思路，我们甚至可以说：不经过裁截微缩的短篇小说，很难找到以一点容纳万象的结构。最典型的例子，大概是卡尔维诺所提出的"时间零"写作了。卡尔维诺认为，每一件事情的发生发展都有着一条时间链条，可以排列成时间负 N……时间负三、时间负二、时间负一、时间零、时间一、时间二、时间三……时间 N。在他看来，从时间负 N 写到时间 N 的写法是一种无效写作，这显然是一种现代小说对线性时间的反思。卡尔维诺认为写作的真正中心只在于"时间零"，找到事件中可以沟通、想象过去与未来的"时间零"便成了现代小说写作的任务。本雅明和卡尔维诺的说法解释了"切面"写作的现代因由。

但是，短篇小说未必只有"切面"，只有"时间零"一种写作。事实上，我们会发现现代短篇小说其实提供了非常多姿多彩的写法。譬如我们在苏童的《香草营》中可以读到一种"玄关式写法"——表面是按照时间线索在叙述某个事件，但却充满叙事技术上的波澜，真正的事件被叙述事件所掩盖，形成某种玄关式效果；在汪曾祺的短篇小说中，我们读到一种散文式写法。汪曾祺往往从一人一物入手，东拉西扯，状如闲谈。小说情节的虚构被刻意降到最低限度，但他笔墨所涉，一草一木，笔笔有神。这是一种需要以心性涵纳风物而产生的小说，另一种短篇小说的奇迹。可是，在我看来，林渊液事实上创造了另一种进行哲理表达的短篇小说写法——按钮式写法。

在罗兰·巴特看来，小说可以分成意素符码、阐释符码、情节符码、象征符码和文化符码等五种语码。以此观之，短篇小说的艺术特性体现在压缩情节符码而扩大象征符码，使某个象征符码成为理解全篇的钥匙，或按钮。很多时候，短篇小说需要一个按钮，一条连缀全篇的红线。譬如鲁迅的"药"，莫泊桑的"项链"，都是短篇小说经典的按钮。

按钮便是短篇小说推动叙事、创设意义的重要道具，它是短篇小说文体自觉的某种结果。我们会发现，林渊液的小说非常自觉地进行这方面的探索。在《花萼》中，这个按钮或许是"身体课"；《倒悬人》中是倒悬的雕塑；《黑少年之梦》中则有"面具""割礼"和"梦"。舍弃这些道具，林渊液不以情节和故事见长的小说将无以展开。这些小说按钮的具体内涵我在上面已经有详尽的分析，这里仅是在现代短篇小说的艺术谱系中辨认这种写法的位置。要言之，林渊液的短篇小说是剑走偏锋、独辟蹊径的，是具有鲜明小说现代感和文体意识的。可是，这种现代自觉始终是内在于某种观念表达的。跟启蒙哲理小说不同，它多了些现代小说文体意识；跟那些以情境性、叙事性见长的小说不同，林渊液的小说在艺术表达的同时，也极其自觉的思想表达。在这方面，它又依然应该归属于哲理小说的范畴，而且这批小说都有鲜明的思想指向——女性主义性别视角下的思考。

于是说到了 90 年代以来的女性主义小说。众所周知，自由主义和后现代主义是与 90 年代市场意识形态相伴而行的主流话语。在此背景下，身体话语的勃兴便成了 90 年代思想文学界的重要景观。女性主义研究的兴起、身体写作受到主流文学界和文化市场的双重鼓励，并且相互借重相互生产出身体写作伦理的合法性。于是，"私人生活""女性身体觉醒"大行其道，成为了既有文化意义依傍，又暗合市场欲望化阅读需求的文本类型。这股写作潮流在小说、诗歌中都有重要体现，并在世纪末催生了以卫慧为代表的"宝贝"女作家群。直到新世纪的底层写作兴起，这种"身体写作"的合法性才渐被消解，成了一道渐隐的背影。

如今看来，90 年代的身体写作，抛开那些迎合"欲望阅读"的消费文本不谈，即或那些具有真切身体觉醒意味和良好文学感觉的女性主义写作，都不免陷入对身体的单一理解上。这些写作基本上是在"女人要性的自主性"的表达式中进行的，这是 90 年代法国女性主义者西苏、伊莉格瑞理论的中国回声。对于中国文化传统，这自然是石破天惊，也是具有现实针对性的。女人身体意识的觉醒,性自主性的获得也许是时至今日尚没有解决的问题,这是这批作品在当初的意义。然而,性的问题不仅仅是生物之性(sexuality),而是社会文化之"性"(gender)。女人性自主权口号在文学中的喊出和陷落,事实上正印证着 sexuality 所受制的 gender 体制。女性主义研究者在不断拓展着关于"性别"多重性的思考,而女性主义文学写作却在新的文化气候下停滞不前。在这个背景下看林渊液这批短篇小说,便会发现她对于中国女性主义小说的推进。

在今天女性主义写作在中国已经不再是潮流,"去性别化"重新成了诸多男性批评家对青年女作家的谆谆教诲的时候,林渊液的笔再次执着触及性别的深层次话题。而且你会发现,她并非在重复当年林白们的标准动作——透过闺房镜子对身体的自我观看来昭示女性身体意识的苏醒。她写潮剧女演员姜耶身体意识的觉醒,重点不仅在于喊出"我的身体我做主"这样已成口号的老套,而是通过"花蕚"的开合去透视女性自我压抑和禁闭的性别机制。又如《倒悬人》中所提供的情欲伦理,它并非一味关怀女性的情欲自主性,它甚至以"他者自我化"的换位思维,思考着此性与他性共同面临着的困境。它始终把性别置于某种多性模式下进行考察,而避免了某种性自主所导致的偏执。而在《黑少年之梦》中,我们甚至看到林渊液对于情爱乌托邦及其裂缝的揭示,这意味着,这个熟读汉娜·阿伦特、西蒙娜的女作家,她始终在寻求一个具有"可通约性"的性别立场。

正是在这种小说文体自觉和推进中国女性主义小说的背景下,我看好林渊液近来的小说写作,并认为她的写作构成一种女性主义哲理小说的新可能。

故乡叙事的新创和异乡人的小说美学：
谈陈纸的小说探索

　　陈纸（陈大明，曾用笔名橙子）是新世纪广西文坛的实力小说家，是文学桂军继"三剑客"（鬼子、东西、李冯）之后崛起的"70后"作家群中重要的一员。他的写作诚恳执着、沉潜老练，拒绝流俗的消费性阅读，回避粗陋的叙事美学，往往在日常中演绎精神的困境和追问。他始终关怀人——特别是进城者的生活和精神困境，并发展了一种既关切又追问的眼光；一种既有哲思高度，又有文学品质的小说美学。陈纸的《理发师》《红棉袄》《你那边什么声音》《给自己送花圈的人》等作品已经在《人民文学》《花城》《芙蓉》《大家》《山花》《西湖》等最重要的文学平台上登场，并引来众多评论。张燕玲、黄伟林、钟晓毅、王十月、郭艳、吴玄等著名评论家都关注并阐释过他的写作。评论者或敏锐地指出他"书写那些卑微的生命以及他们在城与乡被挤压的生存"的主题特征以及对"生存背后国民性格的劣根性"[①]的揭露，或深刻地道出陈纸的"创作与转型时期的乡土精神嬗变密不可分，又和城市经验的破碎积累血脉相连"[②]，或者指出陈纸小说"在别人思考止步的地方，再进一步发出追问"[③]的精神特性。在我看来，陈纸的小说依然具有很大的论述空间。本文拟在20世纪文学的故乡叙事谱系中，谈论陈纸小说的探索意义。

---

① 张燕玲：《以精神穿越写作——关于广西的青年作家》，《南方文坛》2007年第4期。
② 郭艳：《向异质文明出走的痛感体验——陈纸小说创作述评》，《南方文坛》2011年第1期。
③ 吴玄对陈纸小说的评述，原文见《光明日报》2010年2月18日"我的头题"栏。

异乡人文学："故乡"叙事的当代变体

伴随着现代化和都市化的过程，乡土常常成为文学现代性返观的对象，正如陈晓明所说，乡土"也是现代性的一个有机组成部分，只有在现代性的思潮中，人们才会把乡土强调到重要的地步，才会试图关怀乡土的价值，并且以乡土来与城市或现代对抗"①。换言之，"乡土"总是作为"城市"、"现代性"的对立面或替换性价值出现的。返观乡土发展起的一种脉络清晰的"故乡"谱系，现代性"故乡"叙事的特殊意味在于它以离家为起点，把生命呈现为持续返乡的历程。它摆脱故乡的地理确定性，而成为现代人精神命运的况喻。当然，由于文化位置的差异，作家站在现代性的各个侧面，他们跟"故乡"之间也就确定了不同的精神—审美关系。20世纪以来的新文学史上，在故乡叙事谱系上，也因此有了各种独特的表现。

首先需要略加解释，为何把陈纸的写作置于"故乡"文学书写谱系，看上去陈纸的小说除《理发师》《看电影》《谢雅的婚事》等少数几篇外，并不直接关涉乡土。但如上所言，"故乡"显然比"乡土"更能摆脱地理确定性而具有精神原乡意味。论者已经指出陈纸小说中大量"从乡土经验中出走的青年男女在出租房、饭馆、酒楼、发廊、单元楼里隐形地生活着"②。换言之，即使陈纸没有直接书写乡土，他的笔指向的还是那些从乡土中出走的人，他关怀这些人走进城市后的命运悲欣。因此，"打工文学"、"底层文学"这些新世纪时髦的概念远远地等着陈纸。从切合一面说，"打工文学"确是对那批从乡村走向城市的边缘人的叙写，"打工文学"正是"乡土写作"在城市里的重要延伸。然而，

① 陈晓明：《中国当代文学主潮》，北京大学出版社2009年版，第556页。
② 郭艳：《向异质文明出走的痛感体验——陈纸小说创作述评》，《南方文坛》2011年第1期。

"显而易见，这个标签已经无法覆盖陈纸小说的价值。"[①] 这不仅是因为陈纸的写作在题材和故事上常常溢出"打工文学"、"底层文学"的范畴，更因为即使陈纸描写底层卑微命运，同样拥有一般"打工文学"所不具备的"小说性"和精神品质。

因此，我更愿意从"故乡"，而不是"乡土文学"或"打工文学"的写作脉络下看陈纸的写作。从题材上看，陈纸大部分小说写的是进城者的生存体验，是乡土经验的城市历险记，已经截然不同于以前的乡土小说；从价值上，它又溢出了"打工文学"这种具有浓厚题材决定论的小说类型。某种意义上，我愿意把陈纸的作品，称为"异乡人文学"。某种意义上说，异乡人文学正是 20 世纪故乡叙事脉络的当代变体。"进城者"都是背离故乡者，他们都背着一个渐行渐远的"故乡"在都市里流浪。一个真正敏感的小说家，必须有能力见证异乡人落满尘埃的骨头里千疮百孔的"故乡病"。所以，构成"异乡人文学"的两个重要要素是：一、对人类"异乡性"生存的深刻洞见；二、以文学的方式阐释、想象和创造"异乡"。此二者深刻地把陈纸的写作跟很多底层写作者区分开来。

且让我们简单回顾一下 20 世纪中国文学的"故乡"写作。

过往的中国文学故乡叙事中，提供了两种重要的类型：其一是由鲁迅代表的，可以称之为"孤独者"的故乡写作；其二是由沈从文等人代表的，可以称之为"怀乡者"的故乡写作。作为一个现代启蒙者，鲁迅有一种众人皆睡我独醒的孤独——活在时间前面的先知的孤独。因此，当鲁迅用一种启蒙现代性内蕴的线性时间观返观乡土时。"乡土"便呈现为与现代、文明、进步、精英相对的前现代、愚昧、落后、庸众等一系列有待改良的面貌。在鲁迅的一系列小说中，乡土显然不是审美价值的源泉，而是一个有待拯救的所在。今天，我们不难发现鲁迅故乡叙事背后的二元对立框架和精英心态。然而，孤独者的故乡叙事是无可异议

---

① 黄伟林：《内心冲动与内心空虚——解读陈纸的小说》，《南宁日报》2006 年
　　8 月 21 日。

的中国文学现代性开端，孤独者虽有俯视庸众的优越感，但也有为苍生舍身的悲剧感。这种现代启蒙价值论，对于一个几千年积重难返的国家和文化，自有不可替代的作用。鲁迅之后，这种"孤独者"的乡土写作鲜有后继者，原因在于，"孤独者"的精神资源在文学被革命垄断的时代不再成为可能。80年代新启蒙文学又重构了自我跟乡土的关系——乡土在寻根文学中成为精神根系之所在，而不再是被审视等待拯救的对象。

倒是"怀乡者"的乡土写作在鲁迅之后开枝散叶，蔚为大观，发展出诸种可能和变化。在怀乡者那里，乡土同样是有别于都市、现代性的所在。只是，由于怀乡者往往并非无条件认同启蒙现代性，乡土在他们眼中并非匮乏、落后的代名词，而是散发奇奥幻魅的自在之地。身处现代性勃兴的都市文化空间中，那些出身乡土，又尚未在城市空间中获得充分认同的作家，他们的身份危机往往是通过"怀乡"去解决的。"乡下人"沈从文正是通过小说为湘西赋魅，同时获取自身面对都市知识分子的文化自信。沈从文式的诗化乡土与其说是对化外之境的如实描绘，不如说是通过湘西寄寓他对某种理想心灵样式的向往。无论是爱情还是人物，这种在小说中为乡土诗化复魅的实质，其实是都市空间中为乡土招魂的过程。怀乡病最重的往往是去乡者，而去乡最远的大抵是居于都会的现代价值反思者。"怀乡者"远不止沈从文，80年代的张炜，90年代的韩少功某种意义上都是在为乡土的自在之力复魅，虽则他们的"怀乡"动机跟沈从文并不相同。

跟诗化怀乡不同，怀乡者故乡叙事在90年代又有新变化。贾平凹的《废都》可谓提供了一种颓废式怀乡。在90年代的文化语境下，在市场价值将80年代启蒙价值冲击得七零八落之时，贾平凹通过《废都》预言一种时代的裂变，同时缅怀一种传统文人式的生活趣味。《废都》的颓废美学将怀乡之"乡"上推至一种前现代的文人生活范式。颓废既是现代性的重要面相，又跟启蒙现代性是如此格格不入。所以，贾平凹也一直承受着由于颓废式怀乡而遭受的启蒙现代性批判。在此过程中，贾平凹的乡土写作伦理，也悄然由颓废而转为见证。贾平凹也许不愿再坚守一种颓废式的怀乡书写，但在某种后发现代性强烈地改写着乡土生存伦理之时，他深深意识到"诗化"不再是乡土写作的合身衣。贾平凹的写作于是渐渐转化为见证乡土伦理的破败，这突出体现于他的《秦腔》。成长于乡土的贾平凹，在新的存在面前，已经无力虚构诗意乡土作为自我的审美资源；可是，他同样无力像鲁迅一样扮演现代意义的仲裁者——承担孤独又享受着孤独的意义补偿。这方面有相似表现的是阎连科，他的《丁庄梦》在现实事件和超现实虚构的结合中，追问乡土心灵的变异。在价值和意义日渐成为真空的时代，在一片千疮百孔的乡土上如何还乡，于是重新成为一代作家噬心的话题。

这番简单勾勒，意在为陈纸的写作提供一个必要的背景。我以为在过往的故乡写作中，不曾出现过一种真正的异乡人写作。异乡人是这样一类人，他们把故乡打成包裹，背在心里，他们在现实中颠沛流离，可是他们既无法忘怀故乡，却也无法轻易地在故乡处获得慰藉。他无法像鲁迅那样以启蒙现代性的位置俯视故乡，可是也无法像沈从文那样把故乡诗化，同时获取一张都市文化圈的入场券。

作为"70后"的陈纸跟异乡人写作的相逢并非偶然。跟上一辈作家不同，"50后"、"60后"作家或者更深地感受着乡土的破败，但作为"70后"的陈纸却身受着"进城"的现代性阵痛。进城显然并非一个简单的空间位移，它在中国的特殊背景下，表征着整个文化身份重构的艰难。陈纸本人就是一个怀着文学梦"进城"闯世界的乡村青年，他成功了，可是他却只能把这一切归因于自身的好运气。即是说，他的轨迹是特殊的，作为一个亲历者，他心里当然收藏着无数条一般的命运轨迹。所以，陈纸的写作，有一个强烈的执着，即是对于"进城"者特殊痛楚的打量。他的人物，大部分有着农村的出身，他们的脚洗净了田埂上的泥，可是他们却不能因此免除打在身上的文化烙印。他们怀抱着梦想进城，义无反顾地把故乡甩在身后。他们进城后的生活，在很长时间内成为一种文化真空。正如斯皮瓦克所问：属下能够说话吗？斯皮瓦克认为属下是不能自动发声的。那么由谁来书写属下的命运？显然，历史的任务放在了陈纸、郑小琼这类进城者身上。他们的代际和文化身份无意间创造了他们居留的文化位置：他们不是立足启蒙现代性的孤独者，也不是返身怀乡的诗意乡土复魅者，由于漂流在外，他们也没有选择去书写被他们抛弃的乡土的命运。相反，他们与一代抛离乡土进城寻梦者的艰难命运迎面相遇。他们曾用肉身与时代强烈摩擦并受到创伤，他们又获得了书写一种现代性创伤的契机。这是陈纸的幸运，他置身于一种与鲁迅、沈从文、赵树理、高晓声、韩少功、张炜、贾平凹、阎连科、鬼子等人都截然不同的当代中国经验之中。所以，被赋予了对故乡书写有所新创的契机。

可是，书写进城者破碎的现实乃至于现代性的创伤难道不是很多打工文学、底层文学乐此不疲的题材吗？背井离乡者的现代性的创伤经验难道不是一种为一代人所共享的经验吗？如此，陈纸又如何区别于其他底层写作者呢？概言之，陈纸的小说提供的不仅仅是一种不同于前辈的代际经验，更是将这种经验"文学化"的能力。如上所述，对生存"异乡性"的洞见；将洞见纳入文学形式的创造力。这便体现为陈纸小说的追问能力和艺术探求。

悖论、反思和现代小说的追问能力

在本雅明看来，小说这一形式乃是对传统故事持续祛魅的结果。这显然是一种被现代性严格定义的小说观，它摆脱了将小说视为怡情悦性、娱乐消遣的消费性诉求，并内在呼唤一种与现代生存相匹配的形式变革。所以，小说与存在的深刻关联，小说对悖论的发现和追问能力便成为现代小说重要的传统。

审美现代性对悖论的发现也许肇始于波德莱尔，卡林内斯库敏锐地指出波德莱尔现代性文学观跟悖论的关联：

波德莱尔的美学看来是把握到了一个主要的矛盾。一方面，他呼唤拒绝平常的过去，或至少是认识到传统与现代艺术家所面对的特殊的创造性劳作无关。另一方面，他怀旧地唤起了高雅的过去的失落，哀叹一个平庸的、物欲横流的中产阶级的现在的侵蚀。他的现代性规划呈现为这样一种努力，亦即通过完全意识到这个矛盾来解决这一矛盾。一旦获得这种意识，短暂的现在就可以成为真正的创造性的，也就可以创造出自己的美，某种暂时性的美。①

既站在古典传统之外，又拒绝平庸现在的侵蚀，徘徊于无地是现代性困境的真实写照，波德莱尔创造了现代性艺术的特殊位置——"通过完全意识到这个矛盾来解决这一矛盾"。所以，对悖论的发现，通过悖论进行追问是波德莱尔的《恶之花》《巴黎的忧郁》、卡夫卡的《城堡》、鲁迅的《野草》等众多现代经典沉淀下来的传统。陈纸无疑自觉地站在这个发现悖论、追问存在的传统之中。

陈纸的经验和志趣，使他念兹在兹的不是乡土的破碎，而是异乡人的困境。在《秀发黑童》中，一头秀发的"秀"在城市里成了出卖身体的人。陈纸不渲染情色，也不演绎悲情，他想追问的是离开城市的人如何保持自己的园地。一个把身体隐私性注销的性工作者，能否通过头发为自己保留一片不被入侵的方寸之地，供给自己的爱情和幻想。《红棉袄》中，那个已经在城里获得准入证，有了房子、妻子的"我"，却依然在红棉袄这样的物上遭遇城乡对峙的滑铁卢。从乡村到城市的距离，不仅是地理空间上，更是精神、文化和身份上的，获得城市身份的农村人，并不自明地解决了异乡人的"故乡"问题。《鸟》要追问的则是，在一个良好的社会循环丧失之后，个人的小循环能否维持的问题。在大部分人丧失诗意心灵的环境中，画家如何以一己之力去维持小环境中的天人合一、人鸟和谐。陈纸显然否定了这种浪漫式的想象。

---

① 卡林内斯库：《现代性的五副面孔》，杜克大学出版社 1987 年版，第 58 页。转引自周宪《审美现代性批判》，商务印书馆 2005 年版，第 165 页。

《六十次新娘》中，莫莉是一个奋不顾身背离故乡的姑娘，成了城市景点民俗游戏中的新娘扮演者。这该是个更多弹性，更少坚持的角色；可是莫莉拒绝志得意满的男人的利诱，却为得了晚期癌症的"新郎"心跳，甚至于辞职。或许癌症"新郎"照出了生命的脆弱，莫莉要继续着卑微人生的寻梦之旅。这个小说虽然简单，但陈纸通过一个人尽可"妻"的卑微角色试图探讨普通人尊严是否可能的问题。

在《给自己买花圈的人》中，陈纸试图处理死亡这个重大的话题，正如加缪所说，只有死亡才是真正重大的哲学命题。小说在当代的迁徙背景下探究死亡，古人说：死生亦大矣！西方哲学认为：未知死，焉知生。可是现实中，人们多存对死亡的恐惧和禁忌，却越来越少一份对死与生的豁达理解。小说中夏海生是一个从故乡四川梁平县迁到谭城的手艺人——做花圈的人，他租用了独居老人李先生三层楼的底层。小说创造了一个充满现实性的吊诡情境：一个舍弃父母和故乡的年轻人，和一个被儿女舍弃的独居老人的相遇，一对房东与房客的相互取暖和救赎。陈纸通过两个善良人的对话和并不戏剧性的日常生活，展示了常见的死亡禁忌和现代背景下的亲情冷淡症。连死亡也成为一个被功利原则入侵的领域：本分的夏海生不懂在祭奠产品上推陈出新，生意清淡。而那些懂得跑关系，做市场的同行，则肥得流油。祭奠产品的市场化，跟活人在对待死亡上的功利思维密不可分：一个来夏海生店里下单的人开出一个特别的要求：不但彩电、冰箱、楼房、美元、欧元都要全套，而且"你再弄份组织部任命书，任命他当'市委书记'"。这段素材是很容易被进行讽刺小说式的推演和强化的，但陈纸对其讽刺性的使用极为节制，他显然希望对死亡题材进行更深入、更哲思的发挥。这里提出的问题是：人是否有权利以一种无节制的喧嚣来对待死亡。无论是陈纸还是夏海生，当然都是否定这种方式，它守持一种更加朴素的"向死之道"，因此他也就懂得一种更加朴素的"向生之道"。

小说最后，李先生为自己送了一个花圈，既呼应题目，也是点睛之笔。敬献花圈是生者对死者的哀悼和问候；死者自献花圈，这种"越位"行为既是为了帮衬夏海生的生意，从深层则道出李先生对儿女亲戚的"不信任"。他不但没能在活着时得到安慰，就是对他们献花圈的诚意也不再信任，以致需要亲自操办。

我以为很多打工文学、底层文学常常充当着进城者的梦碎记录单或放大镜，可是陈纸的小说，却更愿意出示一份异乡人的故乡精神病理报告。这意味着，在陈纸的小说观中，小说不是用来消闲的，而是用来提问的。而且，这种提问始终循着心灵陷落的方向。小说的故事背后，始终隐含着一种精神的紧张，一种关于人何以如此的深切追问。小说家是现代生活的省思者，悖论的发现者，这是卡夫卡以来的重要传统。陈纸没有像卡夫卡那样演绎荒诞，却继承了现代性的反思特质，发展出在日常中推演悖论的能力。陈纸事实上正是把一种打工文学转换为一种异乡人文学。

按钮和线条：陈纸的短篇艺术

在一个全媒体的时代，故事每时每刻以各种方式填充读者的眼睛。从体量上看，媒体故事往往最接近于短篇小说，而小说如何区别于这些无所不在的媒体故事呢？区别不仅在于故事，更在于作家观察世界的角度。媒体以猎奇消费始，以社会性观察终；但小说猎奇只是其表，对世界的重新发现才是内核。一个媒体故事讲述人，并不需要对世界有新的看法，就可以通过对材料的占有和合成创造媒体故事；但一个小说家，即使他拥有千万现成社会素材，如果没有经过独特观物视角的咀嚼和消化，这些素材也难以成为小说。就此观之，作为记者的陈纸，却极其自觉地恪守着小说家的立场。他的小说不是在社会性层面，而是在精神立场上对人的困境发言。这创造了一个追问者陈纸；然而，文学追问者的成功还在于对文学想象方式的营构。陈纸写作多年，除了长篇《逝水川》、《下巴生活》及几个中篇外，大部分都是短篇，这并非偶然，陈纸有意在探索一种短篇的艺术。

众所周知，长篇不是短篇的连缀，短篇也不是长篇的缩短，不同的艺术体量使它们内生自身的艺术法则。一种普遍的看法是，短篇是空间化的结构，切面式写作。短篇不同于长篇要创造一种对世界的整体看法或一种厚重的命运感。它更有利于跟现实短兵相接，对某个问题进行深入追问。短篇小说既是小说，就必须站在小说特殊的文学位置上；既是短篇，就必须掌握短篇切入世界的独特性。前者解决短篇小说如何区别于媒体报道的问题，后者解决短篇小说如何区别于中篇长篇的艺术方式问题。

在罗兰·巴特看来，小说可以分成意素符码、阐释符码、情节符码、象征符码和文化符码等五种语码①。以此观之，短篇小说的艺术特性体现在压缩情节符码而扩大象征符码，使某个象征符码成为理解全篇的钥匙，或按钮。很多时候，短篇小说需要一个按钮，一条连缀全篇的红线。譬如鲁迅的"药"，莫泊桑的"项链"，都是短篇小说经典的按钮。陈纸的短篇小说也着力打造这样具有文化象征能力的按钮。

在《红棉袄》中，"红棉袄"无疑就是具有此种功能的象征符码。小说中，两代人之间、夫妻之间、家庭里的城/乡政治，都围绕着"红棉袄"展开，为其象征语义所覆盖。一件凝结着母亲心血和期盼的红棉袄，一个乡村世界传递感情的典型符号，在城市伦理中遭遇冷场。它不再有效传递上一辈的殷殷关爱并由下一辈悉心收藏；相反，它折射了一种进入都市之后无处收藏、无以附着的乡土的文化位置。小说时间跨度很大，却成功以"红棉袄"为按钮，于具体细微的物事中勾勒着农村进城者文化身份的尴尬。《秀发黑童》则赋予"头发"以象征，小说中，进城成了性工作者的秀原本有着一头秀丽的头发，头发是她为自己的爱情和心灵预留的最后底线——秀充满诗意地说，穿过你的黑发的我的手，只有爱人才可以用手穿过她浓密的头发。在"身体"作为爱情专利品被世界征用了私密价值之后，秀倔强地为自己的头发创造了新的专有

---

① 参见罗兰·巴特《S/Z》，屠友祥译，上海人民出版社 2000 年版。

性。"头发"于是成了小说的意义按钮。类似的象征"按钮"在陈纸小说中比比皆是，《你那边什么声音》中的"声音"、《给自己买花圈的人》中的"花圈"、《哑女安平》中的"哑"、《后海2008》中的纪念T恤，等等。

很多时候，我们会看到陈纸善于为小说提炼空间化的象征符码。但有时，他也会尝试对短篇进行时间化处理，并且取得成功。这突出表现在他的《理发师》上。这篇不足八千字的小说，却在巨大的时代转折中呈现了理发师的命运悲欢。小说以少年"我"为叙事人，通过"我"爷爷讲述的故事呈现了镇上老理发师陈勺子的一生。新中国成立前，陈勺子目睹过镇长和自己老婆在家里偷情，然后忍气吞声；可是后来镇长莫名其妙地死去，小说暗示这跟陈勺子有莫大关系（小说暗示，没人注意到，镇长死之后，陈勺子更换了一把剃刀，"只有陈勺子的老婆知道，那把老剃刀，在镇长死的那天上午，最后一次给镇长剃头时，划破了他头顶上的一点儿皮，出了几滴血"）。如此，陈勺子真是城府极深、谋划周详而全不动声色的狠角色。可是，新中国成立后，当镇长儿子（据说是镇长与陈勺子老婆所生）被斗死，有人来请陈勺子前去为死者理发时，陈勺子却冒险去了。这真是极具意味和张力的细节，陈纸一次次为人性之深加码。懦弱过、歹毒过、勇敢过、仁慈过的陈勺子，晚年成了一个再平凡不过的老理发师。他的店只剩下些老主顾，他亲自为老婆打水洗脚——陈勺子跟妻子之间的波诡云谲全化为暮年时分的细水长流，全在这个细节的不动声色中交代。他的手"摸在客人的脸上，就像一块厚厚的、凝脂般的磁铁，服服帖帖，十分舒适地合在一块，分不清是谁的肌肤"。这几乎有些动情的描写，流露着陈纸回眸乡土、想象乡土时的眷念和忧伤。因此，小说在陈勺子命运之外又新增一层，站在剧变当代的"我"的回首之叹：不仅叹普通人的卑微生命的悲欢，同时也是当代的"我"对于理发师所代表的"乡土"时代的逝去那份不可压抑的忧伤。

在我看来，这应该是陈纸艺术上最成功的短篇小说了。打破短篇小说空间化的常规处理，作时间的线性处理，却又在线性中分解出一个故事层和叙事层，使小说在处理陈勺子故事层的叙述时可远可近，可疏可密，叙事推进可快可慢，完全运转自如。陈勺子的生命悲欢于是获得了跳跃剪辑的可能。这个人的性格，复杂得让人称奇。可是，作为一个从爷爷那里听来的故事，"我"并不负责去解释陈勺子的复杂性。"爷爷讲述"使得陈勺子故事进可坐实为见证者的叙述，退也可以理解为记忆的虚构。镇长是否是陈勺子所杀，虽然小说中似乎有鲜明暗示，但是，对于认为陈勺子软弱善良的读者，陈勺子令人"心惊肉跳的光头"未必一定要坐实为"凶手"的内心折射，也可以理解为一个被侮辱者突然面对仇家死讯时的五味杂陈。这个短篇的妙处在于可进可退，人们性格有张力，有理解的空间。这么丰富的命运转折和性格光谱，跟小说的叙事选择有很大关系。

还必须指出陈纸高超的小说语言。短篇的时间化写法很容易令人觉得乏味，要快速地讲完一个长故事，场景的具体性很容易被稀释，但陈纸以富有暗示性、富有光泽的叙述语言让小说重获意义的发散性和阅读吸引力。小说写陈勺子目击妻子偷情的场景就很精彩：

> 陈勺子光溜溜的头上就扯电线似的牵出几条暴突的血筋，他指着镇长和老婆，口气却结巴地吐出两个字：你们——
>
> 镇长不紧不慢地穿上马大褂，末了还扯了扯，拉拉平整，然后轻轻地推了一下陈勺子，走到店门口。
>
> 陈勺子头上的青筋慢慢地紧缩了，终于隐没在骨头和皮肤之间。
>
> 镇长临走的时候，亲热地拍了一下陈勺子的背，还努了努嘴，说，两块大洋在桌上。

人物的多重关系和内心波澜，全在青筋暴突到紧缩，没入骨头和皮肤的白描中显现。这样的小说语言艺术在陈纸很多作品中应该说是比比皆是的。他的小说往往不追求叙事上的炫目和先锋，也不追求情节上的离奇曲折，可是却让人觉得心热眼亮，跟好的语言是有很大关系的。

陈纸作为一个亲历从农村到城市的迁徙之痛的"70后"作家，用笔铭刻了一段最有中国性的经验。同时，他并不流于对经验的简单复制，而是将这种现代性的创伤经验提升为一种"异乡人"文学。其中既有对生存"异乡性"的深刻洞见，也有作者独特的文学创造力。陈纸常被视为"打工文学"、"底层文学"小说家，然而，他的探索事实上更深地诠释了"底层"如何"文学"的内在秘密。

从青春自伤到历史自救：

谈李晁小说，兼及"80 后"作家青年想象的蜕变

　　李晁是"80 后"作家中较受瞩目的一位：获过《上海文学》小说新人奖，受到金宇澄、邱华栋等作家的青睐。他的小说语言精致、想象细腻绵密，邱华栋甚至称他为小苏童。李晁的写作已经受到评论界关注，我谈李晁，尝试将其置于文学的青年想象谱系中，既触摸他想象的个性和代际特征，更以之为标本，探讨当代青年作家在与时代审美想象机制的离合关系中拓宽写作边界的努力。正如金理所说，"20 世纪中国文学史上充满了青年人的形象和声音：晚清小说中的革命少年、鸳蝴派笔下多愁善感的少男少女、'五四'新文学的'青春崇拜'、社会主义成长小说中的'新人'形象、知青的'青春祭'、'一无所有'的摇滚青年、'像卫慧那样疯狂'的上海宝贝、韩寒、郭敬明、张悦然等笔下的'80后'"[①]，文学青年形象充满于整个中国现当代文学画廊。事实上，世界文学史上同样充满了各种类型的青年形象：莎士比亚的哈姆雷特、歌德的少年维特、拜伦的唐璜、司汤达的于连、巴尔扎克的拉斯蒂涅、陀思妥耶夫斯基的拉斯科尔尼科夫、凯鲁亚克的嬉皮青年以至塞林格的霍尔顿·考尔菲德。"青年文学"不仅是青年写的文学，更是关于青年的文学，是追问何为青年的文学。"青年文学"投射着不同时代、民族对于青年的审美想象，又折射着作为精神跋涉主体的作家以"代"出场，又从"代"中逃离，从"代"到"个"的个体探索。具体于李晁，写作伊始，他笔下的青年似乎是脱社会的，这是当代青年文学的共同处。文学

---

① 金理：《"角色化生成"与"主体性成长"：青年形象创造的文学史考察》，《文艺争鸣》2014 年第 8 期。

青年似乎天然地跟性、颓废、反叛、水晶爱以及残酷青春如影随形。可是也未必，如果你看到哈姆雷特对"to be or not to be"的冥思，看到拉斯柯尔尼科夫对超人哲学的实践，你会发现，"青春"不仅是嬉皮士式的性乱和颓废。所谓一代人有一代人之文学，一代人也有一代人的青春想象。我感兴趣的是，青春在李晁的想象中融合了怎样的时代塑形和个人肉搏？在汇入代际的同时，李晁又怎样努力走出青春的困惑和迷惘，在更明晰的历史视野和反思意识中写作，进而将自己镶嵌进不断变迁而又保持着基本秩序的文学传统中？

一、青春书写的出发与告别

　　李晁小说从青春书写出发，从残酷青春至感伤追忆，逐渐积累了一种嵌入历史的自觉。李晁笔下多为青年人物，不论《朝南朝北》中的朝南、朝北，《步履不停》中的水生，《何人斯》中的吉他手"他"（此篇收入小说集《步履不停》时更名为《去 G 城》），《一个人的坏天气》中的罗菁菁，《遇见》中的少年"他"，《看飞机的女人》中的皇甫和卓尔，《米乐的 1986》中的米乐和小米……他的小说，或书写青年江湖的情仇纠葛，于戏剧性血酬中展示残酷青春（《朝南朝北》）；或书写青春懵懂与性爱冲击的纠缠，以及由此导致的命运辗转（《姐姐》）；或于回忆和现实的切换中展示一段高度提纯的爱之怀旧和感伤（《遇见》）；或在青年的爱情纠葛中展示命运的无常和人性的叵测（《步履不停》）。李晁的小说，细腻婉转的笔触和令人身临其境的笔力自有其过人之处，然而残酷青春、成长隐痛、三角纠葛、纯爱伤逝，这些书写并不为其专美，而是诸多青春作家共享的情节模型。李晁的特点，很可能在于他书写青春的角度，李晁很少书写青春进行时，更惯于青春过去时视角回望青春。因此，怀旧和感伤成了他青春书写非常突出的特征。

　　《姐姐》写"我"和表姐之间一场隐秘懵懂的爱恋，由于居住条件和年龄原因，住到家里来的表姐跟"我"同居一室，这为一场懵懂青春的情爱火山爆发埋下伏笔。两个尚未长大的大孩子没有能力抵抗蓬勃生长的欲望诱惑，同样没有经验和准备处理由此带来的身体和精神伤害。"我"甚至懵懂到在姐姐怀孕而处于心理危机之际依然不明所以。《步履不停》则将水生、金莱和罗茜的三角关系从过去铺展下来。小说开始，三位主角已经处于青春末期，水生和女友的同居生活中已经冒出了类似婚姻日常的一地鸡毛。小说围绕水生、罗茜去为金莱父亲奔丧的线索展开，牵出了一场已经被时间中止却未完全消失的情感纠葛：爱着罗茜的金莱始终对好兄弟水生和罗茜曾经走到一起耿耿于怀。当金莱借着酒意对水生喷出满腔失落时，水生才发现金莱的心里深埋着自己不曾注意的部分。其后，当水生在一场大雨中找到遭遇金莱强暴的罗茜时，另一重人性的深渊才渐次揭开。每个人都在步履不停地走向自己的命运，青春即将落场，青春回眸在李晁这里总是呈现为触目惊心的伤害。

　　青春的残酷、伤害与告别，构成了李晁青春想象的核心。站在后青春回望青春，从而显露出浓重的追忆和感伤性——既是李晁小说，也是青春文学具有症候意义的特征。《遇见》以"他们十三年没见了"开篇，回忆视角一目了然。他和她相遇于铁葫芦街父母单位大院，他们的屋子由老苏式建筑改造而来，直通通的一大间用竹料和三合板隔出一小方一小方的空间，就成为客厅、餐厅、卧室和厨房。独特的结构造就了他们的情缘，他和她的卧室就是一通间，隔着一层书本厚的竹席子，表面用报纸糊住，一家一半，隔人却不隔音。他们的床紧挨着竹席，渐渐发展起了相互敲墙的暗号。某次他不小心破坏了脆弱的竹席墙，从此他们的手可以通过墙上的破洞，在黑暗中触摸到对方。此处，李晁通过把描写规限于触角的限制性处理提高了写作难度，这充分展示了他细腻绵密的文学感觉。青春期初次触摸到异性的悸动和克制内敛纯净如水的情感涟漪在他的文字中一一呈现。"他缩起了叶形手掌，改变了手型，用一根拇指刮过她的脸廓，起始是窄小的额头，跟着是眉弓，再是鼻梁凹陷处，下坡又上坡，然后是悬崖，笔直落下，落到唇上，一根小'V'领地带，潮湿绵软，最后是下巴，一根结似的存在，坚硬。摸来的这张脸，在他脑海留下印象，与她真正的面容一点点重合。"①触感建立了一条真实直接却又隐秘不宣的情感纽带。在人类的感觉系统中，视觉具有最鲜明优势，视觉所获取的信息稳定而广阔，相比之下，听觉能获取的信息就稀薄而脆弱得多。触觉的特点则是直接而脆弱，触觉远比视觉和听觉更近，带着温度和手感，可是人类触觉处理的更多是体验性信息而非实用性信息，这导致了触觉与记忆之间的关联非常脆弱。人们可能多年以后依然对某个画面记忆犹新，却很难持久留存某种"触感"记忆。因此，李晁用触感作为人物的情感桥梁就显得别出心裁，他用脆弱的触觉去表征一份风雨飘摇却坚贞不渝的情感。由此，爱的抱憾几乎是情节的必然，再遇见，已经是十三年后。不无程式化的是，她得了白血病，他们依然深爱对方，他们的爱就深刻镌刻在手掌的触角中。"那张小巧又倔强的脸，果冻一般的手感，曾经那样熟悉，每一寸肌肤，纹路，就连指甲盖的形状也还印在脑子里。"②像是一个爱的乌托邦遭遇了现实伤逝的洪流，心爱之物总在抽身离去，归来，重逢，遇见，不过只是另一次的失去。所以，《遇见》不仅是用文字保留一份惊人纯粹的爱，它的密码，或许根本上在于一种青春期"永远在失去"的感伤和怀旧。

值得追问的是，为何青春在轻舞飞扬之际却又永恒感伤？或许，感伤本是青春强烈纯粹情感的必然结果，"少年不识愁滋味，为赋新词强说愁"乃是青年之特点；但李晁小说之感伤，或许也是"80后"小说家在90年代成长过程中持续的去历史化境遇中精神无枝可栖的结果。在他们的成长历程中，历史的纵深被无限压缩，世界变得扁平化、景观化，一切崇高之物在市场、世俗体系中被持续解构。当他们的躯体被一股无名之力甩向即将带来的"小时代"时，朝向个体情感发出伤逝的哀鸣，似乎是一个严肃写作者最本能的反应了。

某种意义上，残酷和感伤之所以是青春书写的重要母题就在于，它通过对创伤的放大跟秩序化生存形成某种对峙。青年文化往往游离于主

---

① 李晁：《遇见》，《步履不停》，贵州人民出版社 2017 年版，第 8 页。
② 同上，第 16 页。

流文化之外，尚未被纳入到主流的象征秩序之中。从精神分析角度看，青年主体一直处于"父"的压抑之下，从而产生了青春期象征性的弑父冲动以及挑战权威失败的感伤。青春作为一场主流秩序不可克服的病提供了自身的反抗潜能，因而青年文学最重要的价值之一便在于它超功利地在秩序之外提出一种理想生存的可能。不管是哈姆雷特、少年维特还是觉慧，青年主体在未纳入文化象征秩序，未占据父之位置之前，它的理想性、挑战性以及由之伴生的感伤性都是其文学价值所在。不过，青年主体的反抗和创伤一旦在融入象征秩序过程中被疗愈，一旦青年主体占据了旧秩序中"父"之位置，并心安理得地维护旧秩序的运作，他也就安全地被转化。在此意义上，"青春散场"对于作家而言是标志性的：有的作家以告别青春的方式宣告与"父"的和解，以成熟的姿态汇入主流象征秩序。比如韩寒在电影《后会无期》中就以"小孩子才谈对错，大人只讲利益"的流俗中年口吻解构了青年主体的叛逆者形象；可是有的作家告别青春，告别的是青春写作的懵懂感伤和绝对化思维，从而寻找崭新的可能。我视李晁为后一种作家，《去G城》便是他的青春告别之作。生活于S城的青年音乐人"他"始终向往着G城的音乐和文化氛围，在双城来回中G城成了他的精神之乡。生活中他和妻子日渐陷入一种无以名状的疲倦状态，去G城成为他维持与青春理想精神关联的象征行为。最后，当他将妻子送回娘家，却惊讶地发现自己丧失了去G城的欲望。从这一刻起，他的认同终于从代表青春梦想的G城转到了代表现实的S城。青春散场了。

可是，青春散场没有导向庸碌的中年生存，它象征性地勾连着李晁对于青春书写新可能的渴求和思索：李晁越来越不愿使写作沦为代际标本和时代症候的注脚，越来越自觉寻找个体嵌入时代的通道。他试图在感性细腻的笔触中发展出对时代的象征性表述，这体现于他的《看飞机的女人》中。此篇讲述了皇甫为首的一群百无聊赖、以看飞机升降为乐的当代青年的故事，他们在急速变迁的时代中无所寄托。而从小丧亲、身世如谜的女性卓尔则以对母亲的强烈感情感染了无所寄托的皇甫，小说呈现了某种以血缘纽带重建价值认同的倾向。不过,《看飞机的女人》之于李晁,更大的意义在于:李晁开始将青春的迷惘置于一种更大的时代和精神结构中来表现。小说中,皇甫说"我们在铁栅栏外看停机坪里的各色飞机,着迷于起飞与降落,就连那巨大的噪音听起来都觉得如此悦耳,如此激动人心"①。皇甫的机场朋友的妻子乘着一架 A320 跟人跑了,婚姻的迅速解体重组堪称一种与全球化同构的机场效应,或许没有任何其他空间比机场更能代表这个科技推动下高速发展的时代了。因此,小说通过典型环境的植入而在故事背后延伸出一层凝视时代的反思现代性意味。飞机固然代表了人类智慧和科技在挑战地心引力、摆脱地表限制方面的巨大成功,机场的繁忙和飞机出行的日常化同时准确表征了这个全球化时代的迅速、扁平和拥挤。"一切坚固的都烟消云散了",人类所赖以依存的情感、价值和认同体系也在迅速地瓦解,并在人心的饥渴中寻求着新的重建。小说写道:"我只能站在空荡荡的阳台看不远处的机场,那一片灯火璀璨的地方,航站楼的圆形弧顶在夜幕中像一只巨型鸟巢落在大地间,空中的巨鸟们睁着明亮的眼睛正在归巢。"② 这个十分精彩的比喻将倦鸟归巢这一传统意象跟飞机 / 机场的现代情境并置,从而植入了一种科技时代的精神乡愁和文化反思。正是这个象征装置大大拓展了小说的精神纵深,使小说截然不同于李晁以往青春书写的那种时代冷感。

二、挖掘出生年的历史自救

李晁对青春书写的告别,既使他走向与时代的象征性遇合,也催生了他日渐清晰的历史意识。我想从李晁的《米乐的 1986》谈起。1986年既是小说人物米乐和小米的出生年,也是作者李晁的出生年。所以回望 1986 年在李晁,并非像苏童回望 1934 年(《一九三四年的逃亡》)仅

① 李晁:《遇见》,《步履不停》,贵州人民出版社 2017 年版,第 19 页。
② 李晁:《看飞机的女人》,《步履不停》,贵州人民出版社 2017 年版,第 35 页。

是对某个历史年份的想象，而是朝向出生年的一种精神寻根。这里包含了一种鲜明的历史意识，一种在历史时间上确认自身来路的写作姿态。这在以往被刻意塑造为唯当下性、去历史意识的"80后"作家中无疑是值得关注的。更有趣的在于，通过或隐或现的方式去触摸历史，成了当下"80后"青年作家一种相当显豁的表达倾向，它表现在张悦然《茧》、双雪涛《平原上的摩西》、王威廉《水女人》、陈崇正《碧河往事》等作品中。与这些作家把人物成长史和共和国当代史结合起来的写法不同，李晃则通过对米乐个人史的隐喻性回溯，表达了一种将被刻意去历史化的一代重置于历史中认识的努力。此时来谈论李晃，不仅是谈论他自身的探索，更是谈论他及其身后一代人身处于激变时代的美学选择。《米乐的1986》情节并不复杂，叙述者小米讲述了她和同样出生于1986年的米乐的故事。小说相当淡化情节，主要围绕米乐正在写作的一部关于1986年的小说展开。小说展示了"80后"小说家站在历史角度审视自身来路的倾向，历史意识和充满意味的诗性象征结合起来，成为李晃告别青春写作、向精神深度掘进的重要路标。

以年份作为小说名称既有致敬经典之意，也在跟经典构成的互文关系中展开一张意义阐释网。叙事者小米说："不知道米乐是否会把小说写成一部当年的先锋之作，像《一九八六》，或者写成另一部伟大的预言式小说，像《一九八四》。"① 这里自觉暗示与先锋和反乌托邦双重谱系的关联，摆脱自我经验式的青春话语，有意打开复杂的互文性窗口，以创造与历史话语接轨的可能。

小说中，"写"构成了跟"年"有内在联系的关键词。"年"是历史的节点，而"写"则是历史的铭刻。换言之，正是"写"把"年"转换为历史的一部分。所以，米乐对出生年1986的挖掘便不仅是一般的情节，而是有意味的精神事件。人们普遍重视出生地的意义，总是试图通过重返出生地以寻找生存之根；但人们常常忽略了"出生年"的意

① 李晃：《米乐的1986》，《步履不停》，贵州人民出版社2017年版，第301页。

义，以为出生于哪一年不过是一种无关紧要的偶然性。小米便"明智且固执地认为 1986 对我们毫无影响力，婴儿时期对世界的观察早消失在不成熟的记忆中，1986 给我们留下的只是一张空白的试卷，而米乐非要填满它并且试图拿到一百分，所以你可想而知我对米乐的担忧有多严重了"[①]。显然，小说通过设置小米和米乐时间观的差异而彰显某种人生观、历史观的对峙。小米以为"1986 年最大的一件事就是你我出生，而外部环境在我们还是婴儿的时候会起到什么作用呢？"[②] 小米基于一种原子式个人主义立场否认时代跟个体之间密切的内在关联，她的时间观其实也打上了典型的时代烙印。90 年代被称为"去政治化的政治"[③]时代，出生于 80 年代，受教并成长于 90 年代的小米们习得了一种典型的个人主义时间意识。这种时间意识与前几代人所习得的那种将个人严丝合缝地镶嵌于阶级政治的意识形态刚好构成截然对立的两极。当它们被强化至一种时代共名的程度，它们也便如盐化水地高度自明化。正是小米们视个人的脱时代性为理所当然这一普遍现实，为米乐的"写"提供了重要的意义基础。书写 1986，对于米乐和李晁而言，都是重新理解自我出处和来路的过程，米乐挖掘历史，重构 1986 的写作本身因此也带上了浓厚的重建个人跟历史关联的意味。

小说中，小米和米乐的反差不是绝对的。某种意义上，小米作为更同调于时代意识的青年，是一个时代的俘虏；而试图对抗着割裂性和淹没性时代洪流的米乐才是阿甘本意义上的"同时代人"。阿甘本在《何谓同时代人》中说："同时代性就是指一种与自己时代的特殊关系，这种关系既依附于时代，同时又与它保持距离。更确切而言，这种与时代的关系是通过脱节或时代错误而依附于时代的那种关系。过于契合时代的人，在所有方面与时代完全联系在一起的人，并非同时代人。之所以

---

① 李晁：《米乐的 1986》，《步履不停》，贵州人民出版社 2017 年版，第 302 页。
② 同上，第 301 页。
③ 汪晖：《去政治化的政治》，生活·读书·新知三联书店 2008 年版。

如此，确切的原因在于，他们无法审视它；他们不能死死地凝视它。"①值得注意的是，小说是以小米来叙述米乐的。作为 1986 叙述者的米乐并没有获得作为这部小说叙事人的权力。这是耐人寻味的！叙述者米乐只能作为被原子个人主义者小米所叙述的对象，这并不意味着作者对米乐的历史重构行为的否定，毋宁说，它显示的是对这种重构的现实遭遇的认识。必须指出的是，小米的立场其实是双向的。她既代表了时代俘虏那种脱历史化的立场，可又抱持着跟米乐可沟通的同情者态度。小说首段的城墙／历史记忆叙述同样是通过小米叙述的。古老城墙跟这部小说的关系不是外在的环境铺陈而是内在的精神同构。

有必要谈到这部小说中两个重要的空间隐喻——城墙和街道。很多人会记得，在历史与城墙之间，毕飞宇曾贡献过一个精彩的短篇——《是谁在深夜说话》，小说在古城墙的重建和房屋拆迁构成的悖论中追问历史记忆的建构性。同样，《米乐的 1986》中历史记忆的坍塌和远逝也是通过古城墙来隐喻的。小说开篇便写道："我们坐在护城河旁惟一残留的城墙上，现在是公元 2009 年，这段城墙早在我们出生前就矗立于此，历经岁月的风尘及两次大地震的考验却不慎败在城市规划的脚下，连贯的城墙被轰隆作响的挖掘机扒成了多米诺骨牌的样子，历史的防线被轻易移除，像剪除多余的指甲，只有我们屁股下这截残垣被当作永久性建筑保留起来，以便后人留连时知晓城市是从这里开始并从这里消失的。"②叙事人把城墙比喻为"历史的防线"，或者说它就是最后坚守着的历史。可是它"败于城市规划"之下，这里的"城市规划"其实关联着 90 年代以降的市场经济以至新世纪大规模城市化进程中的发展主义。代表历史的城墙在只知当下性的功利主义面前落荒而逃，只留下一点断壁残垣作为景观社会的样本。

小说第二个空间隐喻——铁葫芦街。李晃的小说多次放置于铁葫芦

---

① Giorgio Agamben: *What is an Apparatus*, Stanford University Press, 2009, p.42.
② 李晃：《米乐的 1986》，《步履不停》，贵州人民出版社 2017 年版，第 292 页。

街这个市民空间中展开，此篇的街道书写在文辞和感受力上堪称精彩异常：

> 铁葫芦街是这样一条街道，它和一条漫不经心的河流平行，且与那条从城北延伸过来的铁轨相交。在阴雨霏霏的日子街道显得无比悠长，如果站在桥上俯瞰，只能看见梧桐硕大的冠，街道就在冠下无限伸展。时常能听见街道发出树叶摇晃的声音，这种声音有时与河流的声响不谋而合，于是两种声音重叠在一起，气势恢宏。即使有这样气势恢宏的声音，街道本身仍是寂寥冷清的，它被排斥在城市中心之外，像一位乡村骑士孤傲而又落魄……①

"街道"作为一个在 80 年代文学中浮现出来的文化空间，承载着新时期文学从英雄战场走向日常生活的价值转向。所以，我们读到于坚的"尚义街六号"，也领略过苏童著名的"香椿街"。不过，李晁的街道却有着特别的意味。这种不同便在于李晁并不把镜头对准街道本身，它写的不是街道的人间烟火、人来人往以及由此引申出来的日常中心主义。因此，他的街道书写也在文化立场上迥然不同于 80 年代发展起来的市民精神和世俗理性，街道在李晁是一种疏离又同构于时间的落寞感，是一种逆流而上的历史回溯。因此，他才会站在高处俯瞰凝视街道：街道被放在"和一条漫不经心的河流平行"的位置，并放在"城市中心之外"这样的位置坐标中。如果说河流以流动的形态醒目地提示着时间的话，街道因为跟河流的平行而获得了时间性。这条"像一位乡村骑士孤傲而又落魄"的街道，在城市 / 乡村的对立语义中，不像城市那样行色匆匆、一往无前、割舍记忆、向未来无限投诚，它停驻，返身，凝望，获得了自省的历史意识。因此，李晁的"铁葫芦街"是怀旧和感伤的，它同构于迷失在时间渡口的 1986 年，投射着一个"80 后"作家对于高

---

① 李晁：《米乐的 1986》，《步履不停》，贵州人民出版社 2017 年版，第 298 页。

楼林立、钢筋水泥森林的城市猛兽无情吞噬历史记忆的切肤之痛。当然，李晁的批判是感伤的，现实并没有提供足够的信心让他去抵抗发展主义的城市怪兽。所以，他的批判只能寄于语言凝聚的文学结晶。

《米乐的1986》写于2009年，是李晁迎向历史的一次写作尝试。当然，他的历史意识很可能也是朦胧迂回而非清晰明确的，所以《米乐的1986》在他作品中是一种有意义的存在，却不是绝对的分水岭。不过，更重要的是，从历史中拯救出个人的写作，越来越成为"80后"作家的某种共识。杨庆祥在《80后，怎么办？》中也表露了对去历史化一代重建历史意识的期待："从小资产阶级的白日梦中醒来，超越一己的失败感，重新回到历史的现场，不仅仅是讲述和写作，同时也把讲述和写作转化为一种现实的社会实践，惟其如此，'80后'才有可能厘清自己的阶级，矫正自己的历史位置，在无路之处找出一条路来。"[①] 联系到"80后"写作中历史话语的强化，显然不是理论批评召唤出写作冲动，而是身为同代人的"80后"作家和批评家们共同强烈感受到一种历史脉搏的召唤。

三、从"代"到"个"：时代审美想象的个人超越

李晁小说从青年情爱、成长和残酷青春出发，逐渐形成自己的历史意识和关涉时代的隐喻装置。这既是他一个人的写作跋涉，也可以作为一个标本，以之检视当代作家主体在与时代性的审美想象机制的离合中，如何投身和返身，从而探索一个更具反思性和灵动性的文化位置。

一方面，写作很难逃脱于时代性的审美想象，因此，小说如何想象"青春"，不仅关乎作者的才情和灵感，更关乎时代性的审美想象机制。回顾当代文学史，不同阶段青年想象看似各自兀立，内在却通过社会史变迁紧密联结。我想选取几个典型的点予以揭示：《创业史》（梁生宝）、

---

① 杨庆祥：《80后，怎么办？》，《十月》2015年第2期。

《今夜有暴风雪》（曹铁强）、《棋王》（王一生）、《动物凶猛》（"我"）、《革命时期的爱情》（王二）、《我爱美元》（"我"）。新世纪以前的"青年想象"及其背后的社会机制同样潜在地制约着"80后"作家的青年想象。梁生宝这样的青年是"超级历史化"时代"把文学所描写的变成现实，并使其获得合法性"①逻辑下的产物。没有任何青年形象比梁生宝更具集体性、阶级性。这个完全去个人化的青年农民就是彼时的当代英雄，他是作为大写历史链条的文学衍生品而创造出来的。很多年后，我们发现，历史在几十年间被"逆写"，当人们在郭敬明的《小时代》中读到顾里、林萧等人物时发现，这是一些漂浮于物质海洋上的船只，他们的码头是现实物质的丰碑——上海外滩的洋气建筑——他们悬浮于历史和现实之外。就符号化和非真实性程度来说，顾里、林萧们和梁生宝堪称异曲同工，那种将人物从一般的生活境遇和伦理感觉中抽离出来，填充以大历史或小时代的合目的性内容的逻辑如出一辙。可中间毕竟经历了千山万水，我们要问的是，大历史的青年想象是怎样转换为小时代的青年想象的？

众所周知，新时期文学想象的重要逻辑在于从原来的阶级想象体系中释放出更大的个人空间。知青作家"持续不断为一代人的青春立言，证明其价值和合法性"②，此时，虽然梁晓声的曹铁强们依然是"极其热忱的一代，真诚的一代，富有牺牲精神、开创精神和责任感的一代"③，可是一代青年与其曾经信仰的超级历史逻辑之间的裂痕已经无可避免地裸呈了。整个80、90年代文学，一个显豁的表征是：青年们持续地从代表着集体价值的大历史中脱身，投诚于个体的、日常的、物质的世界中去。当然，一切是渐进的。时间来到了1984年，当阿城在《棋王》中展示了那个在棋中成圣的青年王一生时，这个人当然比梁生宝更具个人性，但这种个人性又跟传统文化中的道家思想融为一体。因此，"寻

① 陈晓明：《中国当代文学主潮》，北京大学出版社2009年版，第20页。
② 洪子诚：《中国当代文学史》，北京大学出版社2010年版，第339页。
③ 梁晓声：《我加了一块砖》，《中篇小说选刊》1984年第2期。

根"虽从超级历史化的阶级集体价值中后撤，但依然把个体价值寄托于某种集体性的文化传统。如果说知青文学以青年的创伤表达对大历史宏大叙事的抗议的话，寻根文学则寄望于另一种集体性价值的重建。不过，随着 80 年代新启蒙、纯文学对"人"话语空间的拓宽，90 年代文学释放了与个人主义和自由主义有更深关联的痞话语。最典型代表 80、90 年代痞文学话语的当属王朔和王小波。王朔小说以油滑顺畅的北京土语俗语戏仿政治、调侃精英，以个人化的历史叙述挑战"文革"的统一叙事，在流行文化和反抗性青年文化之间获取了自身独特的位置。王朔小说的油滑和"个人化"，比 80 年代的阿城们又更进一步。与王朔的"俗痞"有所不同，王小波创作了一种与自由知识分子更具亲缘性的"智痞"。当王二面对陈清扬证明自己不是破鞋的请求时，说"你既然不能证明自己不是破鞋，不如干脆证明自己就是破鞋"（《黄金时代》），此时他就创造了一种在他小说中颇具典型性的"智痞"。痞是假模假式、反性反趣的体制性文化的反面，它大大咧咧地道出被主流打入潜意识的言语，一点正经也没有；可是它的背后却又是智的，那种对悖论句式的娴熟运用，在插科打诨的背后深藏了对体制虚伪性的洞悉。无疑，王朔和王小波以各自的痞话语使 90 年代"青年"文学在去政治性和集体性上大进一步。这种痞腔在 80 年代小说中几乎是不可想象的，在 90 年代则广泛流布于媒体酷评和口语诗歌之中。某种意义上，王朔、王小波小说和周星驰电影在内核上大异其趣，但它们却统一于相近的"痞腔"。"痞"是 90 年代相当重要的文化症候，跟市场主义、消费文化以及日益深入的历史虚无主义互为表里。90 年代一度甚至如果一个作家不用一种调侃的不正经的语调写作，就很容易让青年读者视为"装"和"假"。痞在反装反假的同时，在青年文化中把更具正面意义的郑重和崇高也消解了。在接受了王朔和王小波的痞之后，当读者读到朱文的《我爱美元》时，其中零度情感叙述出的惊世骇俗的伦理裂变，便不那么难以接受。在王朔、王小波那里，痞并没有完全内在化，更多地作为一种文学修辞，痞虽其表，内在的精神理路依然是反思性的。而《我爱美元》是没有腔调的，它接近于零度情感的叙述。换言之，痞所有的反讽性及其话语表里之间的张力消失了，它意味着，人物和叙述者的价值立场是无限趋近的。那个以美元衡量一切，为父亲寻找性解决的儿子，展示了超级历史价值被颠覆之后一系列集体化精神价值的弃绝，人既不依附于阶级化历史（梁生宝）和文化传统谱系（王一生），他甚至已经不痞和反讽了，因为他已经无限内化于美元表征的全球资本体系及其衍生的生存伦理。其间，性和钱成了人之为人的核心要件。应该说，《我爱美元》是具有预言性的现实主义。他惊吓时人，却不断成为现实。正是《我爱美元》揭示的现实，成了新世纪以后孕育出郭敬明"小时代"的社会土壤。

以上，我们简单勾勒了当代文学中青年想象机制的演变，"80后"作家的青年想象无疑是这一历史链条的结果。由此我们或许可以理解众多"80后"作家将青春主要限制在成长、性爱、情感纠葛和江湖恩怨等脱社会性书写，这很可能是90年代的纯文学、市场文化和港台流行电影共同作用的结果。这种青春想象跟红色革命毫无关系，所以它截然不同于杨沫的《青春之歌》；它也甚少承载更深沉的时代信息和文化反思，因此也不同于鲁迅的《伤逝》和巴金的"家春秋"。每一代固然都有自己的青春，但并非每种青春书写都具有审美有效性。在我看来，李晁的青春书写既蕴含着深刻的时代症候，同时也包含着他本人对这种被裹挟、被塑形的"青春性"的必要反思。时代性的审美想象常常是潜在、裹挟而自明显现，它为作家打上鲜明的代际烙印；然而，只有对自身写作时代性的反向凝视和有效反思，才可能使作家在代际特征中沉淀出鲜明的个体特征。这种从"代"到"个"的转移，召唤着一个具有文化反思意识和审美创造力的写作主体。除了在时代的泡沫中沉淀出必要的反思意识和历史视野之外，一代作家能否创制自身的美学形式，常常是衡量作家的重要标杆。朦胧诗为什么具有里程碑意义，第三代诗歌、先锋小说为何在文学史上占据一席之地，就在于它们都在重要的历史节点出示了新的美学可能性。某种意义上，只有将一种历史深度转换为独创的审美形式的作家才称得上被历史所选中的作家。

值得注意的是，分别在90年代和新世纪作为青年作家走上文坛的"70后""80后"作家们，事实上并没有沉淀出自身的代际美学。这究竟是为什么？一个特别重要的原因也许是，新世纪以来的青年文化跟主流文化、精英文化成了分而治之的格局。跟80、90年代不同，那时的青年文化和精英文化甚至主流文化在某种程度上分享着相同的现代化目标。80年代中期文学，所谓"85新潮"，跟艺术界分享着相近的文化目标和思想路径。文学顺理成章地从正在兴起的大众文化中获取了写作资源，并反过来成为引领青年文化的重要旗帜。文学青年展示青春的创伤也好，进入历史寻根也罢，甚至于用一种痞的腔调反对假模假式的文化，事实上都具有非常直接的现实文化支撑。对于今天的严肃作家而言，当他要想象青年时，他很难从当代青年文化中获取任何正面营养。当下流行文化提供了一种相当风格化的话语——"萌"。稍具现实感的人都会发现，萌已经成为渗透于所有青年日常交流的话语方式，表情包是萌文化在当代的集中展示。跟痞所具有的文化反抗意味不同，萌在文化目标上是相当空洞化的。娇嗔、搞怪、解构和插科打诨，萌以刻意的稚龄化风格把严肃或不严肃的争论转化为哈哈一笑，在取消对抗性的同时也取消了任何严肃的文化议题。萌话语在表达形式上虽非常风格化，但我们很难想象萌可以像痞一样成为对严肃文学有正面价值的文化资源。因此，当代作家如果要从事有意义的精神劳作，放弃消费主义流行文化的名利诱惑，跟当代流行文化保持一种疏离和批判性关系，就成为一种必要的前提。应该说，严肃追问意义的写作在今天遭遇了严峻的精神资源匮乏难题，但青年作家又不能不于这种匮乏中噬心自审，重新出发。

结　语

一个作家——甚至是一代作家——究竟是横空出世，无所依凭，仅靠着内在的天才就睥睨时空，抑或不管他如何以"断裂"的姿态自我命名，始终与复杂的传统有着千丝万缕的关系，"断裂"不过恰好是和传统确立的一种特殊连结方式呢？这个问题 T·S. 艾略特有非常著名的论述：一个诗人，"不仅最好的部分，就是最个人的部分，也是他的前辈诗人最有力地表明他们的不朽的地方"①。艾略特的"传统"不是一个凝固不变要求后来者去追随或墨守的对象，如果那样"'传统'自然是不足称道了"②，传统是每个人最终都会汇入其中的历史秩序。"现存的艺术经典本身就构成一个理想的秩序"，即使是最新最具颠覆性的作品，也不过是使这个秩序发生了微小的变化。由于新的加入，"每件艺术作品对于整体的关系、比例和价值就重新调整了"③，然而那个在微调中不断充实的传统与其说被颠覆了，不如说在不断丰富中一直稳固。中外文坛上，很多作家出场之际，大都不惜以断裂的宣言声称自己的独一无二，这些断言或者仅是无稽之谈，或者也确实存在着跟以往风格有所区别的美学创新。然而，所有的创新都无法脱离于艾略特流动而稳固的传统秩序。

青年文学往往以创伤、情爱、成长和理想为核心，青春作为主流秩序不可克服的病而提示着崭新的理想空间。不同时代的青年想象深刻地受制于特定时代的审美想象机制，所以，青年作家如何在内在于时代的同时提供超越性的反思，如何从疏离传统到汇入传统，成为决定其从"代"到"个"的重要因素。在我看来，李晁的写作提供了一个合适的标本，用以观察已经不再青春的"80后"作家在告别浪漫化、情绪化的青春书写，建构一种具有历史深度和精神重量的写作方面的努力。杨庆祥曾经指出，"80后"在成长过程中不断被灌输以中产阶级的价值观和小资产阶级的白日梦。因此，严肃的写作者应该从小资的白日梦中醒来，从消费主义构建的时代幻觉中醒来，提供更真实有力的现实勘探和

---

①② 托·斯·艾略特：《传统与个人才能：艾略特文集·论文》，卞之琳、李赋宁等译，上海译文出版社 2012 年版，第 2 页。
③ 同上，第 3 页。

历史反思。值得注意的是，一批秉持严肃文学立场，企图在被消费主义所殖民的现实中镶嵌进历史视野的青年作家在此背景下浮出水面。在反历史的景观化社会中接续历史，这是他们的历史自救。李晁，正是其中重要的一员。

图书在版编目(CIP)数据

互文与魔镜/陈培浩著.—上海:上海人民出版
社,2018
(地火文学批评丛书)
ISBN 978 - 7 - 208 - 15358 - 5

Ⅰ.①互…　Ⅱ.①陈…　Ⅲ.①中国文学-当代文学-
文学评论-文集②电影评论-中国-文集③电视评论-中
国-文集　Ⅳ.①I206.7 - 53②J909.2 - 53

中国版本图书馆CIP数据核字(2018)第171055号

责任编辑　屠毅力
装帧设计　张志全工作室

地火文学批评丛书
互文与魔镜
陈培浩　著

出　　版　上海人民出版社
　　　　　(200001　上海福建中路193号)
发　　行　上海人民出版社发行中心
印　　刷　上海商务联西印刷有限公司
开　　本　635×965　1/16
印　　张　20
插　　页　2
字　　数　270,000
版　　次　2018年10月第1版
印　　次　2018年10月第1次印刷
ISBN 978 - 7 - 208 - 15358 - 5/I·1762
定　　价　68.00元